EL HOMBRE QUE PUDO DESTRUIR EL MUNDO

LA TRAMA

EL HOMBRE QUE PUDO DESTRUIR EL MUNDO

Juan Fueyo

Papel certificado por el Forest Stewardship Council®

Penguin
Random House
Grupo Editorial

Primera edición: noviembre de 2022

Printed in Spain – Impreso en España

ISBN: 978-84-666-7420-1
Depósito legal: B-16.693-2022

Compuesto en Llibresimes

Impreso en Rodesa
Villatuerta (Navarra)

BS 7 4 2 0 1

Este libro está dedicado a Rafael Gómez Rodríguez y a las víctimas de Hiroshima y Nagasaki

Me dijo: «Has visto eso, ¿hijo del hombre?
Aun así, verás mayores abominaciones».

EZEQUIEL 8:15

No le demos al mundo armas contra nosotros, porque las utilizará.

G. FLAUBERT

El cataclismo ha sucedido, somos parte de
las ruinas. Tenemos que vivir, no importa
cuántos cielos se hayan desplomado.

D. H. LAWRENCE

Júzgame por los enemigos que me he ganado.

F. D. ROOSEVELT

No es fácil escribir sobre aquellos a quienes se admira. Y menos todavía exponer en público sus errores y aberraciones. En esta novela, las biografías de los protagonistas han sido deformadas por el cristal cóncavo de la imaginación del autor. Unos pocos hechos son verdad. Entre ellos cabe citar que Estados Unidos de América ganaron la Segunda Guerra Mundial conjuntamente con las tropas de Stalin, que Hitler dejó de ser una amenaza para el mundo y que Hiroshima y Nagasaki han pasado a formar parte de la historia universal de la infamia. Hechos más discutibles incluyen la posible sinergia entre militares y científicos civiles y la suposición ética de que la bondad del ser humano prevalece sobre los defectos morales de la inquietante minoría que controla el destino de la humanidad. Queda para el lector decidir cuáles fueron las razones por las que Julius Robert Oppenheimer se convirtió en el destructor de los mundos.

La fabulosa década de los treinta

Oppie se despertó bruscamente. No lejos de su habitación sonaban varias alarmas. Se había vuelto a ir la luz. Sin saber dónde se encontraba buscó a tientas el reloj, eran las ocho y cuarto de la mañana. Se tapó los oídos y, poco a poco, recuperó la conciencia. Estaba en la Universidad de Berkeley, y el idiota de Lawrence había comenzado otro de sus estúpidos experimentos. ¡Maldita sea tu estampa y la de todas tus máquinas!

Las chispas eléctricas, el calor provocado por la fricción y el aceite derramado generaban los fuegos que se multiplicaban por el suelo del laboratorio. Los estudiantes del Rad Lab de la Universidad de Berkeley, líder mundial en física nuclear, corrían por la gran sala pidiendo a gritos agua y arena. La puesta en marcha del mayor campo magnético de la historia consumía en pocos segundos la electricidad necesaria para iluminar los vecindarios de San Francisco. El pestañeo de luces públicas, al otro lado de la bahía, señalaba el comienzo de cada experimento.

Lawrence dirigía sus legiones de estudiantes desde su trono rojo chillón mientras su cerebro, borracho de adrenalina, empujaba al ciclotrón gigante a vomitar toneladas de información. Eran tantos datos que su equipo no podía procesarlos con la celeridad requerida. Necesitaba un analista que le ayudase a interpretarlos.

El electroimán del ciclotrón impulsaba las partículas subatómicas en el tubo de vacío gigante y, con cada pulso, incrementaba su velocidad hasta que, en el pico de su aceleración, se estrellaban contra un núcleo de deuterio que contenía un solo neutrón. Con cada colisión atómica se producía un descubrimiento que debía divulgar. Publicar o morir.

Lawrence odiaba escribir porque le separaba de sus máquinas. Redactar un artículo en el orden lógico que requerían los burócratas de las editoriales era aburrido. Ernesto Rutherford, quien se sentaba en el olimpo de los científicos junto con Niels Bohr, había criticado a Lawrence tratándole de inventor —otro Edison— y negándole el título de físico nuclear. A Lawrence le daba igual la opinión de los sabios. Su ciclotrón era el motor de la física, y muy pronto el mundo se daría cuenta de ello. Pero Rutherford exigía artículos. Y él se los daría solo para cerrarle la boca. Necesitaba ayuda, alguien dispuesto a interpretar la enorme cantidad de datos, darles sentido y encargarse de las publicaciones. Tardó en encontrar el candidato ideal para el puesto de escribiente. Un físico teórico que ansiaba contactos con experimentalistas. Le llamaban Oppie y era un tipo raro. Tras terminar sus estudios en Harvard, había aceptado una doble posición en Berkeley y Caltech. Cuando se enteró de los proyectos de Lawrence, se ofreció a ayudarle.

Oppie disfrutaba con la teoría y los experimentos que imaginaba. Si Lawrence estaba orgulloso de sus títulos de las universidades de Dakota del Sur y Minnesota, instituciones académicas del montón, Oppie se había graduado en la primera universidad del país, y en tres años, cuando la mayoría de los estudiantes necesitaban cinco años. Era un genio. Lo sabían y lo sabía. En muchas cosas representaba lo que Lawrence despreciaba.

Lawrence era alto sin ser desgarbado, hombros de granjero, pelo pulcro engominado hacia atrás, vestía traje y era conservador. El azul de sus ojos transmitía la honestidad de los animales mansos, y las gafas, casi sin marco, magnificaban como una lupa su humildad. No sabía más que de ciencia, quería a su esposa, creía en sus amigos y adoraba Estados Unidos.

Oppie era un producto de la urbe, cansado de viajar por Europa, donde se había revestido de un aura de intelectual, discutía de física y escribía poesía. Hijo de una familia adinerada, pisaba con confianza, y su cara triangular apuntaba barbilla y nariz hacia el cielo cuando hablaba. Bienvivía de las rentas familiares, pero era lo opuesto a un holgazán. Había estudiado filosofía oriental y sánscrito, participaba en tertulias sobre arte y se sentía tan a gusto con políticos como entre artistas o científicos. Todos ellos eran solo su audiencia. Entraba en los seminarios como un galán de película con un volumen de *Les fleurs du mal* ostentosamente visible bajo el brazo.

Era delgado y llevaba el pelo más largo del campus, que apenas cubría con un sombrero demasiado grande para su cabeza. Ofendía con facilidad a colegas y estudiantes, sobre todo si eran tan naifs como para aventurar comentarios o preguntas. Su excepcional rapidez mental destruía al que preguntaba, con una violencia que no se había visto antes en Berkeley. Si no hablaba, fumaba cigarrillos con filtro o una de sus exóticas pipas. En cuanto a política, si Lawrence era un patriota ingenuo, Oppie era un americano cínico. Nada de esto molestaba a Lawrence. Las maneras de Oppie, más propias de Hollywood que de Berkeley, le parecían cómicas sin suficiente profundidad como para irritarle. Obvió algún comentario antisemita y no escuchó a quienes decían que Oppie se aprovechaba de las estudiantes jóvenes o que era homosexual. En sus reuniones con los administradores, le protegía como si fuese un miembro de su familia ignorando que en el pasado Oppie había intentado asesinar a dos hombres. Y este se había dado cuenta de que necesitaba a Lawrence para disponer de un espacio físico y mostró una admiración fingida por su concepto de «Gran Ciencia».

Además de Lawrence, algunos estudiantes le tenían aprecio a Oppie. Quizá su mejor amigo fuera Robert Serber. Aquella tarde, Serber y su pareja le habían invitado a cenar. Oppie llegó pronto y les obsequió con una botella de un Chateau Pontet-Canet del 32.

—Dejadla a temperatura ambiente y descorchadla unos minutos antes de la cena. ¿Tenéis un decantador? No, por supuesto. Era una pregunta tonta.

—Charlotte ha comprado uno para esta cena —dijo Serber.

Oppie sonrió agradecido a Charlotte y entró en la casa. En el pequeño *living* se detuvo a observar el único cuadro que colgaba de las paredes beige mientras daba fuertes caladas a su pipa. La novia de Serber, que veía a través de la máscara de humo de Oppie, miró a su pareja con una mueca sarcástica.

—¡Admirable! —exclamó Oppie señalando el cuadro con la pipa—. Templo dórico...

—Sí, lo parece —asintió Charlotte, ahogando un ataque de risa. Había comprado el cuadro en un museo de historia y conocía los orígenes del monumento.

—Influencia griega, sin duda —continuó Oppie—, pero los capiteles, ¿cuentan otra historia? Y la curva de las columnas. Su estilo es el de los capiteles y sus bases... No, yo diría que no son dóricas. ¡Hum! Algo no concuerda.

Charlotte reprimía la risa. Serber, colorado, la miró con reprobación y le hizo gestos para que tuviese cuidado.

—Creo que lo tengo —dijo Oppie—. ¡Etrusco!

—Tienes buen ojo, Oppie —repuso Charlotte, sin darle opción a que continuara, y aplaudió—. Puedes confirmar tus deducciones ahora mismo porque en la esquina superior izquierda del cuadro dice: «*Etrusci*».

Oppie no la miró. Mantuvo los ojos fijos en el cuadro.

—Ah, ¿sí? Ya ves qué torpe soy, que no me había fijado. De todos modos, muchas de esas notas son apócrifas, añadidas por el marchante para subir el precio.

Se sentaron a la mesa. Charlotte y Serber habían cocinado fajitas de carne de buey con pimiento, cebolla y tomate a la plancha y, para acompañar, una salsa verde picante hecha a base de jalapeños triturados.

—Parece que al final te has adaptado —comentó Serber mientras Charlotte le pasaba el tapón de corcho a Oppie.

—Ni a Berkeley ni a Caltech. Pides lo imposible, querido —dijo y asintió para dar el visto bueno al vino—. Ambientes vulgares. ¿Dónde está el talento? Me siento como un misionero en África: no voy a salvar a muchas almas...

Serber sabía que bajo sus palabras Oppie escondía su frustración con el trabajo de profesor y de científico. No había nacido para ser un experimentalista. No tenía ni el gusto ni la paciencia necesarios para planear los experimentos y, cuando lo intentaba, su falta de precisión con las técnicas dificultaba la interpretación de los datos. Su mente, muy creativa, odiaba la obsesión por los pequeños detalles que caracteriza a las auténticas «ratas de laboratorio», como Lawrence. En sus pocos artículos contrastaban las ideas profundas con la escasez de datos.

—Dedicas menos tiempo al laboratorio, deberías estar contento —comentó Serber.

Oppie asintió y luego habló en voz baja, con un tono suave:

—No es tan sencillo. No quiero dedicar mi vida a escribir un artículo tras otro y a pedir becas a un Gobierno tacaño. Me pregunto cómo consiguen sobrevivir Einstein y Bohr... Yo necesito acción.

La acción que buscaba no incluía trabajar con instrumentos. Oppie no sabía interaccionar con las máquinas y se sentía incómodo entre electroimanes, tubos de vacío, contadores Geiger y cualquier instrumento que pudiera mancharle las manos con grasa. Los profesores que no querían investigar estaban forzados a impartir clases, y Oppie, poco a poco, había mejorado su trabajo docente. Ya no era el antididáctico novato de los primeros meses. Dominaba la técnica y el teatro en el aula e iba camino de ser un profesor odiado pero carismático.

—¿Lawrence? —preguntó Charlotte.

—Da asco, querida —contestó Oppie—. Un aldeano reencarnado en mecánico cuya visión de la gran física es engrasar una gran máquina. Predecible *ad nauseam*.

Hablaba rápido, con impaciencia. Necesitar a Lawrence le irritaba.

—El rumor es que formáis un buen equipo.

—Le tolero, ¿y qué? Berkeley sigue siendo una tortura y sus megamáquinas son la cámara de los horrores.

Su asociación con Lawrence inyectaba pragmatismo a sus teorías, pero sabía que no era más que un segundón, que Lawrence era el auténtico líder de la física en América.

—¿Sabes qué? Deberías echarte novia.

—Por favor, Charlotte, «he perdido mi corazón; las bestias lo devoraron».

—No te escondas detrás de Baudelaire. ¿Qué hay de malo en enamorarse? —preguntó Serber ignorando la mueca de Oppie.

—Queridos niños, el amor es para zánganos. En mi caso, es una vía muerta.

—¿Cómo lo sabes? —preguntó Charlotte intuyendo que Oppie era virgen.

Oppie dejó que transcurrieran unos segundos antes de contestar:

—Como físico te diría que el amor es una de las formas más inútiles de consumir energía. Y no olvides, querida, lo que filósofos y poetas han explicado. Piensa en Shakespeare: a la larga alguien podría incluso suicidarse.

—Eres un lobo solitario.

Oppie evitó reírse mientras admiraba la mesa donde el verde del guacamole, el blanco de la crema agria y el rojo del pico de gallo destacaban sobre la carne.

—Pero volviendo a Berkeley, la universidad es mejor que vivir en el zoo de la sociedad analfabeta actual. ¿No estarías de acuerdo, querida? —dijo y comenzó a servir el burdeos—. Dejadme que brinde por vosotros: sois un analgésico para el largo invierno que es mi vida. Charlotte, tus conocimientos de arquitectura dejan mucho que desear, pero la cena es digna de Moctezuma. Gracias por acogerme a pesar de mis muchos defectos.

—¿Qué defectos? Solo espero cocinar para cuatro la próxima vez.

—No me tengas pena. No importa si soy el único en Berkeley que ni se acuesta con nadie ni cataloga elementos de la tabla periódica, estoy por encima de las dos cosas.

—Cuéntame cosas del vino —pidió Serber deseando cambiar de tema.

Oppie saboreó un sorbo, y después de hacer varios gestos de aprobación, su voz adquirió un tono pedante:

—¿Qué sabes de la orografía y los microclimas de Francia?

Serber miró a Charlotte, que no sabía si reír o llorar.

Fiesta

Era una fiesta para recaudar fondos para los comunistas españoles y Oppie lamentaba estar allí. Fascistas y comunistas extranjeros pensaban que habían encontrado en la guerra civil española una causa justa. El conflicto, por razones poco claras para Oppie, fascinaba a los americanos, y grupos de estudiantes izquierdistas organizaban este tipo de fiestas para recabar dinero destinado a las tropas leales a la república. Muchos acudían por las bebidas gratis, la posibilidad de socializar y la oportunidad real de acostarse con algún o alguna camarada. El Partido Comunista de Estados Unidos las utilizaba para hacer proselitismo y reclutar nuevos miembros.

Oppie buscaba el momento perfecto para marcharse. Le disgustaba la política, «otra epidemia de Berkeley». Un artista local, conocido suyo, era comunista y había insistido en que acudiese. Pensaba tomar dos sorbos de un merlot barato, sonreír unos minutos y volver a casa a terminar un artículo de Lawrence.

El ambiente era más que relajado. Las chicas le miraban con coquetería no disimulada. Una de ellas vestía un suéter ajustado y le examinaba mientras enroscaba su pelo desaliñado en un dedo. ¿Se oponía Marx a la ropa interior? Oppie se alejó de ella como quien huye de un avispero, no estaba de humor para entretener a feministas desbocadas que se habían matriculado con la intención de tener *una experiencia total* más allá de lo académico. Estaba cerca de la puerta de salida cuando alguien le quitó el sombrero.

—¿Cómo se le ocurre?

Ella sonrió por toda respuesta.

—¿La conozco? —preguntó enfadado.

—No creo, camarada. Soy una princesa irlandesa y me llaman Jean.

—Robert Oppenheimer —contestó de modo reflejo—. Debería...

—Ah, ¿vamos a usar el nombre completo? Jean Tatlock, entonces.

Era muy joven, quizá la más joven de la fiesta. Era de aspecto frágil y ademanes elegantes.

—De acuerdo, señorita Tatlock, devuélvame el sombrero —exigió mientras estiraba el brazo para cogerlo.

—No tan deprisa, proletario. —Oppie se sonrojó. Pensaba que si alguien hubiese oído la palabra «proletario» aplicada a él se habría reído con ganas. En Berkeley sabían que Oppie se creía una especie de Gran Gatsby, un hijo de la clase alta.

Ella hablaba mirándole a los ojos. Había reparado en la bonita cara triangular de Oppie, marcada por la nariz que cortaba una mirada azul angelical en dos mitades iguales. Una mirada que la desarmaba.

—No dice lo que piensa —repuso Oppie—. Sus ojos la engañan.

—Los tuyos en cambio parecen sinceros. —A Jean no le intimidaba flirtear con un profesor. Había crecido entre catedráticos y no les tenía ningún respeto.

—Mi sombrero, por favor. Se me ha hecho tarde —pidió Oppie sin evitar los ojos del color del ámbar de Jean.

Ella se retiró escondiendo el sombrero tras la espalda.

—¡Vamos, por el mismísimo Visnú!

Ella chasqueó la lengua.

—La religión es el opio del pueblo.

—Quizá del *pueblo*, pero no para mí.

—No has oído de Marx, ¿no?

Oppie ni negó ni afirmó. Le molestaba aquella listilla.

—El *pueblo* está de moda. Es la nueva élite, el actor principal en el drama de la humanidad.

—En su órbita, querida —dijo, y con un gesto brusco le arrebató el sombrero mientras el pelo brillante y negro le golpeaba la cara dejando una fragancia de hierba húmeda—. Marx y su comunismo me recuerdan a un viejo cuento indio: un cazador recibió una oferta para ahuyentar a un grupo de bandidos que atemorizaban una aldea. El cazador trajo un tigre y lo dejó libre. Cuando los bandidos se fueron, el cazador no fue recompensado y se marchó, pero no se llevó al tigre, y la fiera atacó a la tribu.

—¿Un adiós sin un martini?

Oppie sintió un escalofrío. «¿Me conoces? Yo también sé quién eres. La alocada hija de un profesor de francés que le ha dado cuatro joyas a una criada mexicana para pagar las cuentas del médico de su hijo. Sé que dedicas horas de trabajo gratis en hospitales y residencias de ancianos. Tienes mucho tiempo para perder, sor Tatlock».

—Verá, para el martini me gusta escoger el momento y la compañía.

—Y nunca los encuentras juntos...

—*Ciao* —dijo.

Ella echó la cabeza hacia atrás con elegante delicadeza, le apuntó con la nariz, le ofreció sus labios, y su mirada sonriente se apoderó de los ojos tímidos y azules de Oppie, que recorrieron despacio observando la fina cintura, las caderas ladeadas y las delicadas piernas de la joven. «Una Lauren Bacall». Ella, consciente de que la observaba, acercó su cuerpo hasta que sus pechos le tocaron y, mientras él sentía los latidos de su corazón, le murmuró al oído:

—No deberías temer a Marx. Es tu salvación.

Oppie se apartó con suavidad y, al hacerlo, casi rozó sus labios. Su aliento tenía la frescura de las uvas.

—*Ciao* —repitió—. Y cuente las copas.

Jean pensó que había perdido la batalla y dejó caer la máscara.

—Tú ganas. Hace mucho que no flirteo. Estoy oxidada.

Estaba claro que el comunismo creaba mujeres agresivas exhortándolas a hablar con ofensiva libertad de sus sentimientos y urgencias sexuales. Tenían permiso para cazar hombres. «Nunca en mi mundo».

—No he bebido lo suficiente para encontrar interesante a la gente.

—¿Hemingway? Prefiero a John Donne.

Aunque él había leído a Donne en el colegio, no recordaba ningún verso; se maldijo. No quería que creyera que era más culta que él.

—Mi verdadero interés es la poesía francesa... —balbuceó y volvió a lamentarse al recordar que su padre era profesor de francés.

Jean le interrumpió hablándole al oído:

—«Destruye mi corazón, Dios trinitario... Usa tu fuerza para romperme, aniquilarme, quemarme y crearme un nuevo yo».

Ella sabía por experiencia que esta línea no funcionaba. Los versos eran demasiado profundos y sofisticados para usarlos en un bar o en una fiesta, pero pensaba que el hombre que reconociera aquellos versos sería su caballero, aquel al que abriría su corazón.

Los versos inundaron el cerebro de Oppie y besó los labios secos y calientes de Jean.

—Salgamos de aquí —pidió ella.

—¿Y los martinis? —preguntó asustado.

Le besó en la mejilla. Esta vez con los labios entreabiertos y húmedos.

—«Juntos el momento, y el lugar, y el amor».

Se apretó contra él y metiendo una pierna entre las suyas le empujó hacia fuera, y cogidos de la mano caminaron por la calle.

Oppie el Rojo

Para Oppie Jean era Laksmí, el epítome hindú de la belleza. Pero la auténtica Jean era terrenal y comunista, y provocó en Oppie una transformación profunda. El profesor, que detestaba la política, era ahora un participante habitual en los mítines izquierdistas. Se había convertido en un experto en Marx y pasaba el tiempo charlando con otros profesores de Berkeley, como Haakon Chevalier, que eran miembros del Partido Comunista y del sindicato de profesores.

Lawrence observaba esta evolución preocupado y trataba de convencer a Oppie de que esos devaneos amorosos y políticos no le ayudaban en su carrera en la física: «Tu destino está en el laboratorio», le advertía.

—Quiero contribuir más a la república española —le confesó Oppie un día mientras salían del laboratorio y comenzaban a bajar una colina de Berkeley. A su izquierda quedaba la torre Campanile, y al frente, a lo lejos, la niebla sobre la bahía de San Francisco.

—¿Dinero para España? ¿Qué se te ha perdido a ti allí?

—No es España *per se*, está en juego el futuro de la sociedad. Hay que evolucionar, aceptar cómo piensa Moscú. Jean cree que deberíamos mudarnos a Rusia...

—¿Vivir en Moscú? ¿Te has vuelto loco?

—No puedes negar que si el comunismo se hubiese impuesto en Alemania, Italia y España habría prevenido las atrocidades de los fascistas.

—El comunismo es otra forma de dictadura y Stalin no es ningún santo...

Oppie negó con la cabeza.

—Es un sistema de igualdad y meritocracia, una nueva concepción de justicia social y un marco político más avanzado que el capitalista. Estamos inmersos en un sistema corrupto que se autoperpetúa como la Hidra manteniendo los intereses de un grupo de Rockefellers. Esto va a cambiar, los obreros e intelectuales se están organizando y el poder monolítico se derrumbará.

Lawrence detuvo sus pasos. Estaba cansado del panfleto.

—Sin competición ni emprendedores la sociedad se estancaría...

—Al infierno con los emprendedores que solo fomentan la plusvalía. Es la vieja filosofía de Carlyle y sus héroes... Los trabajadores llevarán los negocios.

—Eso es absurdo. Es un modelo que destruirá el juego democrático en el mundo. Stalin no lo ha hecho porque no tiene suficientes armas. El día que las encuentre, que Dios nos pille confesados.

—No, por primera vez tenemos un modo científico de

juzgar la historia. Podemos diagnosticar los problemas de la sociedad...

—Pues tengo malas noticias para ti: el diagnóstico para la enfermedad de los soviéticos es psicosis. Y es incurable.

—Ni mucho menos. Avanzamos hacia un nuevo mundo que eliminará la competición por los recursos materiales. Habrá felicidad para cada uno y cada día...

—Vale. Vamos a cambiar de conversación. ¿Me acompañas al seminario de Bethe?

—Hans Bethe, la calculadora humana de Cornell... Me enseñó cómo calcular mentalmente los cuadrados de los números cercanos a cincuenta. Habla del concepto de radar, ¿no es así? Es una tentación, pero no puedo. Estamos recolectando fondos para comprar una ambulancia para España...

—¿Quieres un consejo? No te dejes ver tanto con esos vagos. La universidad, el FBI, todas las agencias...

—Lo sé. No tienes de qué preocuparte. ¡Salud, camarada!

—Te quiero mañana en clase, que hablaremos sobre el último artículo de Nishina en *Physics Review*...

—No, creo que no. Tengo un fórum de filosofía sobre Engels con un invitado especial: un alto cargo de la embajada rusa.

La metáfora del odio

Niels Bohr llegó a Estados Unidos unos días después de entender que la fisión nuclear era posible. La estatura de Bohr y la posibilidad de que la fisión nuclear pudiese ser una nueva e ilimitada fuente de energía impresionaron a los periodistas y los periódicos, hasta entonces no muy receptivos a la ciencia, dedicaron titulares al tema.

Un estudiante de Berkeley leía el *San Francisco Chronicle* mientras estaba en la peluquería y un artículo llamó su atención. Si aquello era verdad, muchos científicos estaban equivocados. Se levantó, se quitó la capa y se marchó sin que acabasen de cortarle el pelo. Entró sin llamar en la oficina de Oppie, donde se lo encontró hablando con Lawrence de ciencia. Los dos miraban una pizarra, Oppie de pie y Lawrence sentado con las piernas estiradas apoyadas sobre la mesa del despacho. El estudiante anunció a gritos lo que había leído:

—Los alemanes han cortado el átomo de uranio en dos.

Lawrence se puso de pie de un salto. Oppie sopló el humo de su pipa hacia la pizarra sin moverse.

—Es una imposibilidad matemática —explicó condescendiente—. Tranquilízate y cierra la puerta al salir.

—Bohr ha declarado ante la prensa que cree que la fisión es posible y que este descubrimiento solucionará los problemas de energía del planeta.

—¡Eso es absurdo! Nosotros no hemos visto fisión en el ciclotrón. Fermi no ha visto tampoco ese fenómeno —indicó Lawrence y miró las ecuaciones que Oppie había comenzado a escribir en la pizarra.

—Lee esto —pidió el estudiante, enseñándole el periódico—. Bohr cree que es verdad.

Lawrence, a quien le costaba rechazar algo dicho por Bohr, lo leyó en dos segundos.

—Oppie, Bohr dice que la fisión es posible.

—El periodista lo habrá entendido mal —comentó.

—Tengo la impresión de que es verdad —insistió Lawrence—. Pero descubrir la fisión del átomo con el ciclotrón debería haber sido un juego de niños. ¿Cómo se nos pasó?

Oppie no quería sentirse culpable por no haber ayudado a aquellos aprovechados que no veían más allá de sus máquinas.

—La fisión es una entelequia. Un mito.

—El sindicato de estudiantes, la guerra civil española, los comunistas rusos y...

—¿Piensas que estoy distraído? —interrumpió Oppie y levantó los brazos—. De acuerdo. ¿Qué dices de Fermi? ¿Se distrajo también? Son bobadas del periódico. Pronto nos reiremos con Bohr de todo esto...

El estudiante se rascó la sien y comentó en voz baja, casi en un murmullo:

—Creo que nosotros también detectamos la fisión nuclear.

—¿A qué te refieres? —preguntó Lawrence.

—El Geiger, ¿recuerdas?

—¡Dios mío! —exclamó Lawrence y le besó en el trozo de frente que había dejado libre la faena incompleta del peluquero—. La radiactividad denunciaba la fisión. Y ¿por qué no pudimos poner esta observación en términos matemáticos? Porque Oppie estaba solicitando una posición de conserje en Leningrado.

—¡Nadie me informó sobre el Geiger! —gritó Oppie.

Lawrence ya no le oía, había salido de la habitación discutiendo en voz alta con el estudiante.

Oppie cerró de un portazo y se dejó caer en una silla. Podían irse los dos al infierno. La fisión no se incluía ni como una posible hipótesis en los experimentos más alocados de Lawrence: era un salto conceptual demasiado radical incluso para él. Era verdad que ese descubrimiento lo tenía que haber hecho Lawrence. Había fracasado. ¿Y qué? Sabía que no era un pensador profundo... Los Geigers habían cantado la verdad. Cogió el periódico de la mesa. «La fisión es un modo de producir enormes cantidades de energía. Podría solucionar los problemas de energía del mundo. Fisión es la energía que mantiene ardiendo las estrellas». Las tonterías de costumbre. Comenzó sin querer un análisis mental de la fisión del núcleo de uranio. Medio cigarrillo después se levantó y trató de escribir sus cálculos en la pizarra. Si la fisión ocurría, de acuerdo con la teoría de Einstein, se liberaría una cantidad masiva de energía en un espacio diminuto y su necesaria expansión resultaría en una explosión, pero no en una pequeña explosión... Fisión no era un concepto para la industria, interesaría a los militares. ¿Cómo la había llamado H. G. Wells? Eso es: la *bomba atómica*. Su mano escribía cada vez con más seguridad. Si la fisión incluía un gran número de átomos podía destruir un barrio, quizá una ciudad... Las fórmulas matemáticas se sucedían, y los cigarrillos también. Se requeriría generar cantidades industriales de uranio, y las fábricas y laboratorios para conseguirlo no existían y levantarlas tal vez nunca fuera posible. Tendrían que construir ciudades enteras para lograrlo. El número de científicos que deberían trabajar en el proyecto era espeluznante y el resto de la infraestructura, ingente. El presupuesto sería mayor que el de un país pequeño. Se trataba de un megaproyecto imposible de organizar, pero las matemáticas no mentían. ¿Y si fuese posible fabricar una bomba? Una bomba atómica basada en la fisión de uranio era factible. *¡Una bomba de fisión nuclear!*

—Fisión —repitió en voz alta—. Parece un cuchillo envuelto en una metáfora oscura.

Quiso tirar la tiza contra la pizarra, saturada de fórmulas, pero se equivocó y tiró el cigarrillo. Las fórmulas se juntaron con las chispas.

«A Jean le encantará. Una bomba atómica en las manos adecuadas ayudaría a la causa. Rusia debería tenerla... Sería el arma del pueblo. Camaradas, el doctor Oppenheimer les proporcionará los medios para conquistar el mundo».

Por fin, una misión que unía física y política. En pocas semanas organizó un nuevo curso de física que denominó Teoría de la bomba atómica. Sería el curso del año en Berkeley y Caltech. Serber fue el primero en apuntarse a sus clases, aquello prometía ser un éxito total. Daba igual que algunos pensasen que no era más que otro producto fantasioso de aquel esnob y que apenas había sustancia detrás del nombre del curso... Oppie hizo caso omiso de las críticas. Tampoco le importó que Jean pensara que construir esa arma sería un acto criminal.

—La humanidad no se salva con bombas, sino con ideas —le dijo.

—Ya veremos —repuso él, sin querer pasarse de cínico.

Un idiota bien informado

En el mismo momento en que los científicos alemanes publicaban sus datos sobre fisión nuclear y Oppie pensaba en la utilidad del ciclotrón de Lawrence para construir un explosivo de uranio, Leo Szilard iba a visitar a Einstein.

Los brujos que leen el futuro en una bola de cristal son timadores. Muchos consideraban que Leo era uno de ellos. Sus visiones habían tenido consecuencias prácticas. Basándose en una, huyó de Alemania con una maleta llena de dinero antes de que la Gestapo lo apresase. No obstante, el don de predecir venía con la maldición de Casandra: ver el futuro servía de poco porque nadie le creía. Así, si comunicaba lo que *veía* al presidente de Estados Unidos, este, por más que fuera una cuestión de vida o muerte para el mundo occidental, no le haría caso. Para romper la maldición de Casandra tenía que encontrar a alguien que informase a Roosevelt de que Hitler iba a fabricar una bomba atómica. Alguien con un nivel científico tan alto que su teoría —por descabellada que esta fuera— no pudiese ser desechada por absurda.

—Supongo que no pasa nada por escribir una carta —aceptó Einstein—. ¿Quién redactará el borrador?

—Aquí traigo uno. Cuando lo dicté, mi secretaria pensó que estaba loco.

Einstein no sonrió.

—Podría ser que no fuese la única persona en pensarlo. Roosevelt creará que somos un par de idiotas...

—Cambiará de opinión una vez que Hitler comience la guerra...

—¿Qué guerra?

—Hitler está a punto de invadir Polonia.

—¿Es una profecía?

—Y esta carta iniciará el mecanismo para que el mundo democrático prepare una defensa contra él. Llámame loco...

Einstein leyó la carta. El texto exageraba la importancia de los descubrimientos de Leo, pero allí estaban las razones para construir la bomba.

—De acuerdo, la firmo ¿y se la entrego a Roosevelt? No puedo presentarme en la Casa Blanca y sentarme en el jardín a tomar un té como hacen otros. No sería de buena educación...

La mano de Einstein no dudó mientras firmaba.

—No será necesario, un amigo personal del presidente se la llevará.

—Bien. Adiós, Leo. Y gracias por darme la oportunidad de hacer Historia —bromeó.

—Gracias a ti por el té —repuso Leo sin reírle el chiste.

Einstein se quedó pensando que Leo era un idiota. El olor del mar y el sonido de las olas volvieron al patio. Sacó la pipa del bolsillo y la llenó con movimientos lentos. Aspiró el humo con placer. «Un idiota, sí, pero bien informado».

El Comité del Uranio

Hitler invadió Polonia un mes más tarde. Muchos científicos húngaros en el exilio, incluyendo a Leo Szilard, Edward Teller, Winger y Von Neumann, colaboraban entre ellos y conocían a una plétora de compatriotas matemáticos y físicos que trabajaban en Alemania, Suiza y otros países fronterizos y que servían como fuentes de información de lo que ocurría en la Alemania nazi. Einstein pensaba que esa red de conocimiento era el truco que subyacía bajo el presunto talento supernatural de Leo. Pero ese septiembre, él y el mundo entendieron, como predijo Leo, que Hitler iba a hacer lo posible por subyugar a la humanidad bajo las botas de los nazis.

Roosevelt no quería que su país participase en la guerra europea por varias razones: Hitler estaba loco, pero no estaba atacando a Estados Unidos; la guerra podía debilitar la economía de países que potencialmente acabarían siendo competidores con la economía americana; su electorado, una gran mayoría de sus votantes no eran partidarios de participar en una guerra. Además, lo que Einstein proponía era demasiado complicado, la gran mayoría de los científicos del país no entendían de qué hablaba, y podía ser que, por muy genio que fuese, estuviese completamente equivocado. De todos modos, estaba el asunto de la potencia destructiva de esa nueva arma. Si era verdad lo que proponía Einstein, esa tecnología podía dar un poderío incomparable al Ejército. Porque si una sola bomba, transportada en barco, podía destruir una ciudad portuaria, había que prestarle atención. Para un político esto significa formar un comité, así que Roosevelt constituyó el Comité del Uranio con representantes del Ejército de Tierra y la Marina.

Nadando a contracorriente

A pesar de la rápida reacción de Roosevelt, el director del Comité del Uranio, víctima de la maldición de Casandra, no creyó una sola palabra de la carta de Einstein. Su misión era proteger el presupuesto de las armas convencionales, así que decidió evitar cualquier tontería atómica. Para acallar posibles protestas adjudicó diez mil dólares a Leo y Fermi *para generar una reacción en cadena controlada de neutrones*.

Fermi estaba estudiando la fisión nuclear con su acostumbrada profundidad. La primera aplicación práctica de la fisión podía ser una *pila* —prefería ese nombre al de reactor nuclear—: una máquina capaz de generar una reacción en cadena de neutrones que pudiera ser puesta en marcha y detenida a voluntad. La Universidad de Chicago mostró interés por la *pila*, de modo que Fermi y Leo se mudaron allí.

No hacía mucho que Fermi había llegado a Estados Unidos. Estaba casado con una judía y tuvo que huir de las leyes antisemitas de Mussolini. La familia escapó aprovechando el viaje a Suecia para recoger el Premio Nobel. Si América entraba en guerra con los nazis, él tenía motivos personales para ayudar a su patria de adopción a derrotar a quien quería eliminar a los judíos.

En Chicago, Fermi se concentró en preparar su *pila*. Como la pila de Volta, la nuclear también requería una ordenada disposición de capas alternativas de materiales, en este caso de grafito y uranio, para producir energía.

Leo, por su parte, presumía de ser la primera persona que había *visto* una reacción en cadena. Fue en Londres, una mañana camino de un museo, justo antes de cruzar un semáforo. En su imaginación contempló cómo un neutrón al chocar contra un núcleo liberaría otros neutrones, que chocarían con otros núcleos vecinos, liberando más neutrones, y así sucesivamente. La energía producida a una velocidad fulgurante y en un espacio tan pequeño buscaría una rápida expansión provocando una explosión. Se quedó de pie en el semáforo bajo la lluvia un tiempo indefinido. Cuando salió del trance, completamente empapado y sin saber a dónde iba, pensó que había redescubierto el fuego. Nadie le tomó en serio. Decidió resolver los cálculos matemáticos para ofrecer pruebas concluyentes de la reacción en cadena y, en cuanto consiguió datos preliminares, patentó la idea. Años más tarde, como le había ocurrido a Oppie con Lawrence, Leo encontró en Fermi, un experimentalista, al colaborador ideal.

Nunca preguntes por quién doblan las campanas

Jean terminó su romance con Oppie en 1939 coincidiendo con la derrota de los comunistas en la guerra civil española y el inicio de la guerra europea. Jean había puesto la relación en constante peligro con una serie de rupturas seguidas de desapariciones de las que volvía a emerger como si nada hubiese ocurrido. Unos creían que era mentalmente inestable y otros, que usaba sus depresiones para escapar en busca de relaciones sexuales más satisfactorias.

A veces, en mitad de la escapada, Jean le llamaba, y él abandonaba lo que estuviese haciendo para ir a buscarla. Ella le aseguraba que iba a conseguir que la quisiese otra vez. A él no le hacía falta que se lo dijera. La noche, negra y brillante, les encontraría en la cama, envueltos en el humo de la pipa.

—Me gustaría que pudieses amar la vida tanto como ella te ama a ti.

—Esa bruja frígida es la más inútil de mis amantes —repuso Jean.

—Un lenguaje impropio de una psiquiatra.

—No estudio para curarme, si eso es lo que quieres decir.

—¿Me odias?

Ella negó con la cabeza.

—Es fácil aguantarte. Tus besos no son perfectos, pero cuando no los tengo no puedo llegar a un pacto con la vida...

No pasaron muchos días desde su regreso cuando Jean le confesó que había otros hombres, que estaba harta de la relación y que lo mejor sería que se marchase de su apartamento y la olvidara. Oppie no quiso escucharla y volvió a pedirle que se casara con él. En el pasado, ante la misma pregunta, ella había dudado. Esta vez dijo claramente que no.

Durante los tres años que había durado su relación, el amor que Oppie sentía por ella no había dejado de crecer. Jean era la única persona a la que podría querer. Verse abandonado era peor que sentirse náufrago: era vagar maldito por haber tenido la mala fortuna de no haberse ahogado al hundirse el barco. En las profundas horas de dolor fantaseaba con hacerla prisionera y torturarla.

Para mantener el recuerdo de Jean vivo, Oppie pasaba el tiempo con los amigos de ella. Haakon se había hecho inseparable. Juntos habían formado una tertulia política y se rumoreaba en el campus que habían organizado una célula comunista destinada a participar en misiones de máxima relevancia, no como las pequeñas tareas encomendadas a otros miembros del partido, como Jean o Frank Oppenheimer, el hermano de Oppie.

La superbomba

El descubrimiento de la fisión nuclear dio enorme prestigio a dos físicos exiliados de Alemania, Otto Frisch y Lisa Meinert. Y con la fama internacional llegaron ofertas de trabajo en universidades de Europa y América. Lisa no deseaba irse de Suecia porque conservaba la esperanza de regresar a Alemania. Otto tomó la decisión de unirse a Rudolf Peierls en Inglaterra. Tenía muchas afinidades con él: además de físicos, los dos eran alemanes y se habían visto obligados a exiliarse para seguir investigando, odiaban a los nazis y querían utilizar la física nuclear para influir en el destino de la guerra.

Una bomba basada en la fisión nuclear le daría al mundo occidental un arma contra la que Hitler no tendría posibilidad alguna de defenderse. La bomba atómica ganaría la guerra instantáneamente. Había, por supuesto, muchos obstáculos. Diseñar la tecnología necesaria para generar la bomba de uranio no era tarea fácil. Ellos solos no podrían conseguirlo, se precisaba una legión de científicos. Así que debían hacer algo para que otros comenzaran a unírseles.

—Tenemos que iniciar el proyecto con una llamada de atención...

—Hablar de física es una cosa, proponer construir una bomba usando un concepto tan nuevo...

Era imposible escribir sobre la bomba atómica sin pensar que estaban perdiendo el tiempo. Se lo tomaron con humor y filosofía y, casi sin darse cuenta, acabaron resumiendo sus notas —llenas de especulaciones— en un documento que comenzaba a tener algo de sentido. Borrador tras borrador, esquivaron aspectos para los que las matemáticas no estaban aún descritas; disminuyeron la trascendencia de otros apartados, incluyendo la escasez de los isótopos de uranio necesarios; y aceptaron como demostrados avances tecnológicos, como la separación y purificación de los isótopos de uranio, que aún esperaban validación. Cuando terminaron la copia definitiva, habían redactado un informe técnico e impreciso.

—Dame un título —pidió Peierls.

Después de descartar varios llegaron a uno que les parecía que cumpliría su misión:

—*La superbomba*.

—¡Suena rimbombante! Atraerá la atención. Hay que envolverlo con retórica física y militar para darle un aspecto más oficial —dijo Peierls.

—«Memorándum sobre las propiedades de una superbomba radiactiva».

Peierls levantó los brazos al cielo.

—¡Estás inspirado! Vamos, coge tus cosas, nos esperan miembros del Gobierno.

—Tenemos que hacer la venta más increíble del siglo.

El informe MAUD

Militares y ministros fueron pillados por sorpresa por el informe de Otto y Rudolf. Los físicos proponían, casi exigían, el desarrollo de un explosivo basado en la utilización de un isótopo de uranio. Afirmaban que un kilogramo de uranio bastaría para producir una explosión devastadora y que una sola bomba arrasaría una ciudad por completo. Este efecto sería aún más devastador si la radiactividad era transportada por el viento y se dejaba caer como lluvia letal lejos del área de la explosión. Debido a la persistencia de la radiactividad, la zona atacada, por ejemplo un puerto, quedaría inutilizada durante meses aunque no resultase destruida.

El proyecto detallaba aspectos técnicos. El isótopo U-235 era el ideal para una reacción en cadena de neutrones. El U-235 y el U-238, por lo tanto, debían separarse y el U-235, almacenarse. Un método de separación de isótopos se había descrito y utilizado en la práctica, aunque no con uranio. El inventor, se advertía con tono siniestro, era un físico nazi.

Para convencer a los militares se comentaba que no existía defensa alguna contra la superbomba. Por lo que su producción, con la amenaza de usarla, constituía un fuerte elemento disuasorio para cualquier tipo de conflicto bélico.

El ministro de Defensa inglés, a pesar del escepticismo de los militares, formó un comité encargado de formular el protocolo para construir el explosivo antes de que lo hiciese Hitler. El comité debería aclarar numerosos aspectos del memorándum: cuán plausible era la producción del artefacto nuclear; cuál era la mejor metodología para construirlo; cuánto tiempo era necesario para conseguirlo, y cuál sería el coste total de la operación. James Chadwick, premio Nobel de Física por el descubrimiento del neutrón, fue el elegido para dirigir el comité, que recibió el nombre clave de MAUD: Aplicación Militar de la Bomba de Uranio, por sus siglas en inglés.

La búsqueda del tiempo perdido

Oppie pronto comprendió que los amigos de Jean y las actividades del Partido Comunista no eran consuelo para su pérdida. Buscó nuevas emociones y encontró a un estudiante de Matemáticas que no ocultaba sus tendencias homosexuales. Sus contactos se hicieron cada vez más frecuentes y el joven se mudó al apartamento de Oppie. El campus se dividió entre quienes creían posible una relación platónica y quienes pensaban que eran amantes. Fuera como fuese, vivir bajo el mismo techo con el estudiante consiguió restablecer el equilibrio en la vida de Oppie, que retornó a su rutina de profesor de física y de director de laboratorio. Para el estudiante, por el contrario, la relación era destructiva y acabó huyendo del piso una noche de lluvia.

Los detalles del informe MAUD

Un año después de que Otto y Peierls remitieran su informe, Chadwick completó el suyo. El informe MAUD confirmaba la posibilidad de construir una bomba atómica y abundaba en detalles técnicos y términos físicos:

1. La mínima cantidad de uranio requerida para que se originase una reacción en cadena era la masa crítica.
2. Se requerían doce kilogramos de uranio purificado para una explosión equivalente a mil toneladas de TNT, un kilotón capaz de destruir Londres.
3. El método que debía usarse para purificar el U-235 era la difusión gaseosa porque las alternativas —electromagnético, centrifugación y termal— eran demasiado lentas.
4. El agua pesada no era un buen moderador.

El informe esbozaba asimismo un plan agresivo y detallado de ingeniería:

1. Para que la explosión fuese eficaz deberían instalarse separadas dos masas subcríticas. Una sería cóncava, donde podría encajar la otra en forma de proyectil.
2. En el momento de la detonación, una masa sería disparada, usando un cañón, contra la otra produciendo una masa crítica instantánea y la reacción en cadena de los neutrones.
3. Debido al cañón, el peso de la bomba superaría una tonelada, pero podría ser lanzada desde un Boeing F-17, también llamado Fortaleza Volante.

El informe terminaba con tres conclusiones:

1. La bomba atómica es posible y dará la victoria en la guerra.
2. Es una prioridad absoluta para el Reino Unido porque requiere una revolución en la tecnología de la purificación de isótopos, seguida de su industrialización.
3. Debido al costo económico, es necesaria la colaboración con Estados Unidos.

Reunión para discutir el informe

El informe no era perfecto, pero sentaba las bases para iniciar el trabajo, marcaba el camino que seguir y establecía la necesidad de emplear cierta logística. Chadwick estaba satisfecho y llegaba a la reunión con optimismo. Le habían recogido temprano en un coche sin ninguna insignia que se había dirigido hasta una granja a las afueras de Londres. Un humo blanco ascendía por una chimenea y, desde el exterior, la casa ofrecía el aspecto bucólico e inofensivo de la campiña inglesa.

Una vez cruzado el umbral, un soldado escoltó a Chadwick hasta un salón donde se encontraban reunidas cuatro personas: el ministro de Defensa y tres altos mandos militares. No había secretarias ni tipógrafos. Veinte soldados vigilaban la casa, pero no estaban a la vista. Cuatro más servían de porteros armados. Tazas de té humeantes, servidas por el ministro, acompañaban los documentos y los blocs de notas.

—Escuche, profesor. Vamos a imaginarnos que la superbomba no es una fantasía, sino una realidad —planteó un general—. ¿Cuánto costaría producirla?

Chadwick esperaba la pregunta. Tenía para ellos un presupuesto detallado si lo querían. Eran matemáticas simples.

—Unos cien millones de libras esterlinas. Con ese presupuesto podríamos construir una fábrica que produjese tres bombas cada dos meses.

—¿Solo una fábrica? Parece sencillo... ¿Cuándo podría estar lista?

—No hay una respuesta fácil para esa pregunta. Podemos reconvertir las usadas para construir turbinas... Tampoco tenemos ciclotrones. Está el de Joliot en París y los de Lawrence en Berkeley. Existen modelos más pequeños en Princeton y Harvard...

—Pero no en el Reino Unido.

Negó con la cabeza. Él estaba construyendo uno. Los trabajos iban despacio y se encontraban en una fase demasiado temprana para comentarlo.

Otro general levantó la mano y preguntó:

—¿Menciona que necesitaríamos un isótopo raro del uranio?

Chadwick asintió con la cabeza.

—El porcentaje de este es menor de un 0,5 por ciento... —insistió el militar.

—Sí. Un gramo de U-235 por cada doscientos del otro isótopo, U-238.

El general sonrió y bajó su mano.

Las ventanas estaban cubiertas con contraventanas de madera gruesa de color marrón oscuro casi negro. Las paredes del salón eran blancas y estaban decoradas con fotografías de zonas rurales de Inglaterra enmarcadas en negro, todas del mismo tamaño, rectangulares, a la misma altura y con una disposición simétrica en las cuatro paredes. Había una docena de sillas de madera, sólidas, de alto respaldo, rústicas y lujosas a la vez que rodeaban una mesa rectangular, negra y brillante.

Chadwick notó que los generales hablaban de la guerra como si fuese su asunto algo privado, sin que los civiles, como él, tuvieran derecho a entender y mucho menos a opinar sobre ello. Los muros que separaban los cuarteles de las calles de las ciudades eran anchos e impermeables. Pero las guerras no le eran ajenas. Se habían inmiscuido en su vida como si fuesen un cáncer. Tras graduarse del laboratorio de Rutherford, con poco más de veinte años, se unió al equipo de Hans Geiger, en Alemania, y allí le sorprendió el comienzo de la Gran Guerra. Cayó prisionero y pasó el tiempo encerrado en un campo de concentración hasta que terminó la guerra. Esta experiencia dejó su marca, y si en la primera guerra europea tuvo que conformarse con un papel pasivo, en esta no iba a ser igual. El destino le había dado la hora de la revancha.

Los militares habían leído el informe y se habían reunido con anterioridad con el ministro. Según ellos el plan de Chadwick no era viable. Ni se podría obtener suficiente U-232, ni se podrían construir las fábricas a tiempo para tener una bomba lista contra Hitler, ni el país podría costear los gastos de la fantasiosa misión. Lo lógico era aumentar el número de aviones, destructores y submarinos. ¿Investigación? Poca y centrada en el desarrollo del radar.

—¿Cuánto personal debería dedicarse a esta misión?

—preguntó otro general tamborileando con los dedos en la mesa.

—Cincuenta mil. Para empezar. Deberían unirse más...

Chadwick no dudó en su respuesta. El equipo MAUD había pasado meses calculando estos detalles.

—Exigirá un gran sacrificio a los ciudadanos y al Ejército... ¿Puede garantizar que tendrá *su* bomba a tiempo? ¿En un año?

El proyecto no había comenzado, de modo que era difícil predecir el ritmo del progreso.

—No —balbuceó entre dientes con la boca seca. Lamentaba tener que decir no: había demasiado en juego, aunque no lo suficiente para mentir.

—¿Podríamos ganar la guerra sin la superbomba? —preguntó el almirante.

Chadwick no necesitaba pensar.

—Si los nazis disponen de esta tecnología, no.

—¡Se equivoca! —repuso el marino—. Ganaremos la guerra con los medios que tenemos ahora a nuestra disposición.

Chadwick miró al ministro. Este le sonrió. Un general tomó la palabra:

—Quiero aclarar un concepto de estrategia militar, doctor. Se necesitan *dos* guerras, no una, para demostrar la utilidad de un nuevo armamento. Monty y Rommel usaron tanques probados durante la Gran Guerra. No se puede emplear una nueva arma sin dedicar tiempo a probarla, a entrenarse y aprender a protegerse... Por lo que dice, la bomba es tan sofisticada que necesitaría meses o años de pruebas antes de poder ser utilizada...

Chadwick respiró hondo. Había venido a discutir logística, no a convencer a nadie de lo obvio: la bomba atómica cambiaría el significado y la naturaleza de las guerras. Eso los generales deberían saberlo ya. Puso las manos en la mesa, apretó los dientes y volvió a respirar hondo.

—Nuestros hombres ganarán la guerra si Hitler no dispone de la bomba atómica. Ustedes ven la guerra como un negocio de soldados y de balas, de Napoleones y Waterloos. Discuten sobre guerras del pasado. ¿Necesitamos dos guerras? ¿Hablan en serio? ¿En qué mundo viven? ¡No entienden que no habrá dos guerras atómicas!

Uno de los generales con más medallas en el pecho de las que Chadwick se iba a molestar en contar se puso de pie; sus nudillos apretados contra la mesa se tornaron blancos. Pero Chadwick no había terminado aún y no le dejó tomar la palabra:

—¡Sigan limpiando sus mosquetones! Hitler conquistó las minas de uranio de Europa y se hará con el agua pesada de los países nórdicos. ¿Por qué lo ha hecho? Las V2 cargadas con bombas de uranio destruirán Londres, Mánchester, Liverpool, Glasgow y Cardiff... ¡en solo una noche! Una noche. Eso es lo que un ejército armado con bombas atómicas necesita para ganar esta guerra.

Chadwick escupía al hablar. Los tres uniformados estaban de pie y miraban al ministro, mientras le señalaban como pidiéndole que lo arrestase.

—Este es el cuento de nunca acabar: el del rayo letal de color verde que desintegra un ejército —uno de los generales pudo balbucear—. Aquí tenemos a un bobo lleno de fantásticas teorías pidiendo que disminuyamos el presupuesto de las armas por una idea improbable y absurda.

El ministro levantó las manos para pedir silencio y compostura. Dos generales se sentaron, el almirante se quedó de pie tamborileando en la mesa.

—No crean que no agradezco la pasión, caballeros. Es parte de nuestra invencible naturaleza —indicó y asintió levemente. Luego se giró hacia Chadwick—. Dudo mucho que nuestros cuatro cerebros juntos puedan equipararse a la mitad del suyo. —Los dos generales sonrieron, pero el ministro no bromeaba—. No tenemos la oportunidad de hablar con un premio Nobel cada día. Además de ser el científico más brillante del reino, es usted un patriota y un héroe de guerra, y por ello le respetamos.

La mandíbula de Chadwick se relajó, pero la tensión en el ambiente no había disminuido mucho.

—Sin embargo, profesor —continuó el ministro con voz suave y autoritaria—, su solución no es perfecta. El informe MAUD describe una serie de escenarios inconsistentes con nuestro presupuesto —explicó y vio en su campo visual periférico cómo el almirante se sentaba—. Y si añadimos que su calendario no se ajusta al de la guerra... Eso disminuye el entusiasmo por el proyecto.

El ministro miró a Chadwick y vio que sus ojos reflejaban cansancio intelectual. El ministro no se inmutó, la cara del profesor no le afectaba lo más mínimo.

—No podemos, a estas alturas, retirar fondos de la RAF, la Marina real o de Monty. Nuestros soldados mantienen las hordas nazis en jaque en todos los frentes.

—¡Así es! ¡Sería absurdo y suicida! —gritó el almirante.

—Pues entonces —concluyó Chadwick en voz baja—, he terminado aquí. —Se levantó de la silla—. Churchill insistió en que asistiese a esta emboscada, y así lo he hecho. Creo que él desechará sus críticas.

Dos generales se levantaron con él.

—Winston me comentó que usted, como nosotros, goza de su amistad —intercedió el ministro—. Antes de que se vaya me gustaría hacer un resumen de la reunión. Así que, por favor, regresen a sus sitios.

Una jaula para un pájaro

Kitty terminaba una copa de vodka en una fiesta cuando sus ojos, rojos y vidriosos, se posaron en el frágil esqueleto de un hombre con un nombre pueril. ¡Dios mío! ¡Quién podía llamarse así! Un nombre que confesaba a gritos: «Soy diminuto, ridículo» y pedía: «Písame, aplástame, destrúyeme». *O-ppi-e*, un nombre de colibrí.

Kitty se sentía encerrada en su tercer matrimonio, tenía más de treinta años y no toleraba comenzar a perder parte de su atractivo. Sumaba un amante tras otro, pero no conseguía mantener relaciones durante un largo tiempo. Su soledad, o su percepción de la posible futura soledad, la amargaban. Sus años felices quedaban atrás. Fueron los de su segundo matrimonio. Cuando Kitty conoció a su segundo marido, fue amor a primera vista y se casaron seis meses después de conocerse. Joe estaba comprometido con la causa del Partido Comunista y organizaba sindicatos de trabajadores. Pronto Ohio se le quedó pequeño y decidió ampliar sus horizontes y su compromiso político uniéndose a los comunistas en la guerra civil española. Durante la batalla del Ebro, rodeado y sin municiones, atacó un nido de ametralladoras armado solamente con un puñal y fue abatido como un personaje de *Por quién doblan las campanas*. Su muerte y la novela de Hemingway contribuyeron a hacer de él un héroe romántico. Durante la guerra, Joe había escrito numerosas cartas a Kitty. Esos documentos constituían la biografía de un luchador por la libertad. El partido las publicó bajo el título *Cartas de España*. El libro fue un auténtico éxito de propaganda política.

Después de la muerte de Joe, Kitty se casó por tercera vez sin estar enamorada. Quizá fuera el deseo de ser madre y fundar un hogar, o su odio a la soledad. Necesitaba un hombre —al menos uno— a su lado. Y pagaba su precio: estaba completamente insatisfecha y era absolutamente libre. Hacía años que había abandonado la idea del marido perfecto: si los había, los estaban destruyendo otras. Sin aprecio y sin amor, las fiestas con alcohol y cama eran una terapia insuficiente; y casarse por error había derivado en una situación de frustración crónica.

Kitty levantó la copa, cerró un ojo y observó a Oppie mirando a través del vodka. Aquel hombrecillo tenía el atractivo del pajarito recién caído del nido en una noche de invierno. Pero ¡cómo hablaba! Tenía un pico de oro, había oído que algunos llegaban incluso a comparar su don de la palabra con el de Lenin. ¡Nada menos que con Lenin! Sabía que en el campus los estudiantes trataban de caminar como él, vestir con su estilo, fumar con sus gestos. Como si el gorrioncito tuviese un carisma invisible. ¿Podría jugar con aquel muñequito? Sí, pero ¿merecía la pena? Probablemente no. Hundió su nariz en el vapor del alcohol y dos copas después le había olvidado.

Al cabo de un rato, los ojos de Kitty se toparon de nuevo con Oppie.

—Veo un gran futuro para ti, Robert —musitó cogiendo su mano y leyendo su palma. Era una mano flácida, seca y delgada que se entregó pasiva a su manipulación.

—Oppie —explicó—, es Oppie.

Estaba sentado con las piernas cruzadas, el codo reposaba en la rodilla y sostenía un cigarrillo por el extremo del filtro para mantenerlo recto que apuntaba al techo. Había hablado sin mirarla. Ella bebió su whisky mirando al cigarrillo y repuso:

—No seas absurdo. ¿Qué eres, un muñeco de peluche?

Él se soltó de la mano.

—Eso lo dice una gatita que atiende por Kitty. Vives en una casa de cristal, no deberías tirar piedras al tejado de los vecinos.

Kitty pensó que Oppie era rápido y no le importaba ofender, el que ella fuese una mujer no la protegería frente a él. Abandonó aquella conversación y trató de iniciar otra, y otra más, y cada vez las preguntas eran devueltas a su cancha con la misma violencia o indiferencia. Al fin, Oppie se levantó y se alejó haciendo un gesto de hastío. Ella le persiguió moviendo sus caderas y mofándose de su manera de caminar.

Hacía semanas que Oppie la observaba porque le habían dicho que estaba al alcance de cualquiera. Kitty le superaba en edad, lo que le restaba encanto; su cara, no muy atractiva, estaba enmarcada por unos pómulos angulares y una nariz casi chata; sus ojos no estaban mal, cargados de energía y húmedos, parecía que las hormonas brotaban de las pupilas como si fueran volcanes.

«Esta pantera piensa que puede devorarme», se dijo a sí mismo sin conseguir ahuyentar el miedo.

Ella se situó tras él y le tocó en el hombro.

—Kitty, no soy comestible —protestó y fue a buscar cobijo entre Serber y Charlotte.

Kitty se quedó espiándolos en una esquina. Dos bebidas más tarde, Oppie volvió a encontrarle solo, y Kitty no desaprovechó la oportunidad.

—No me quieres escuchar: no veo límites en tu carrera profesional. Podrías volar como un cometa.

—¿Y a ti qué más te da? —dijo. Miró sin disimulo el vaso vacío y movió la mano para difuminar su aliento lleno de alcohol.

—¡Toma lo que es tuyo! —insistió ella y puso su mano en la rodilla de Oppie—, dale salida a tu instinto depredador...

Su mano tenía demasiados huesos, pero era cálida.

—No soy un animal, amo al género humano, soy marxista.

Ella soltó una carcajada escandalosa y él sintió vergüenza ajena.

—No, querido —repuso golpeándole el muslo—. Ni un poquito siquiera.

—¡Estás bebida!

Ella siguió dibujándole círculos con los dedos en la rodilla y el muslo.

—Verás, yo me he acostado con un auténtico marxista...

—¡Yo también! —repuso él y le apartó las manos de los pantalones.

Ella negó con la cabeza y se arregló el pelo corto y negro.

—Mi marido, el segundo, murió por una causa, y sé que tú no eres así. Tú eres un superviviente. Matarías, eso sí, por cualquier causa.

Sus ojos pequeños y redondos se movían arriba y abajo, como si le estuviera examinando con rayos X, y sus manos volvieron a sus pantalones. Oppie sintió sus uñas cerca de sus genitales. Se puso en pie y extendió un brazo con la palma abierta para impedir que Kitty se acercase.

—Tu tiempo se acabó...

Ella intentó aproximarse de puntillas.

—No puedes escapar. Créeme, no hay sitio adonde ir. —Se detuvo y se llevó un dedo a los labios como si hubiese recordado algo—. ¡Tienes un refugio en el desierto! Ahora lo recuerdo. Una especie de rancho... ¿Llevas yeguas allí? —Se estiró la camisa desde el talle. Su tono era suave, meloso. Inclinó la cabeza hacia un lado y se tocó los labios con el pulgar.

Oppie caminó de espaldas hacia la puerta, pero antes entró en la cocina para dejar el vaso. Cuando salió, Kitty volvió a cerrarle el paso.

—Me encantaría que me raptaras.

Tenía las manos en la espalda, como si las tuviera atadas, y la cabeza inclinada hacia delante. Era más baja que él y tan delgada como una bailarina de ballet.

—Te mandaré una invitación formal —dijo empujándola hacia detrás para poder pasar.

—Tú y yo preferimos la compañía de quienes no invitan —repuso, sin recordar si citaba a Joe o a Hemingway.

—No sería decente...

—¡Cómeme!

Él la apartó para llegar a la puerta.

—El desierto es un club selecto.

Caminó nervioso hasta la puerta y salió a la calle. Afuera estaba oscuro, no podía ver nada. Se detuvo unos segundos para recordar dónde había aparcado. Ella apareció a su lado. Sus movimientos eran elásticos, ondulados y silenciosos. Su mano acarició el pantalón de Oppie debajo del cinturón. Se puso de puntillas, se acercó a su cara y le susurró al oído:

—Pruébame, Robert, solo una vez. —Kitty palpó la reacción bajo el pantalón.

Él notó sus uñas y se excitó como hacía meses que no lo hacía. La erección era casi dolorosa.

Oppie condujo hacia su rancho en Nuevo México, cerca de Santa Fe. Durante el viaje, Kitty se comportó como una admiradora, con completa devoción hacia su persona. Y a él terminó gustándole ella, o lo que ella decía de él, pero esa noche insistió en que durmiese en la habitación de invitados. La mañana del domingo pasearon por los cañones cercanos y comieron en una cantina regentada por indígenas. Por la tarde bebieron martinis que Oppie preparaba como si requiriesen habilidades especiales, y luego, desinhibido por el alcohol, acomodado en su sillón favorito comenzó a leerle poemas de Baudelaire. Ella se quitó los pendientes y los zapatos, y sentada en el suelo, escuchó inmóvil el primer poema. Durante el segundo, le acarició los pies. Y en el tercero, colocó la cabeza en su regazo.

El libro le impedía verla; solo podía sentirla. A mitad del poema notó los besos, la boca abierta, el movimiento de los labios. Dejó el libro en una pequeña mesa, cerró los ojos y comenzó a acariciarle el cabello. El orgasmo llegó entre temblores y gemidos agudos y reprimidos. En la cama él se quedó quieto con los párpados temblando y sin hablar. Ella pensó que sin sus juegos de palabras, sin su sarcasmo, sin su condescendencia y sin sus citas en idiomas extranjeros, estaba doblemente desnudo y resultaba más patético si cabe. Se había entregado sumiso, pero quería ser complacido, y ella hizo lo que él quería que hiciese sin siquiera pedírselo. Leía su pálida piel, sus músculos flácidos, los gestos de su cara que se escapaban en forma de pequeños tics de la máscara de indiferencia que quería llevar en su rostro. Aceleraba y frenaba el proceso cuando y como quería, y no lo hacía en silencio.

Él emitía suaves sonidos guturales y, cuando por fin quiso besarla, ella terminó el beso frotando su nariz en su cuello sudoroso y clavándole los afilados y pequeños dientes. Se subió encima de él y comenzó a moverse con movimientos circulares. Cogió un cinturón delgado de cuero y empezó a golpearle el pecho.

El ritual no disminuía su placer, sino que lo aumentaba y al mismo tiempo lo paralizaba de tal modo que Oppie solo podía mover la cabeza a un lado y otro de la almohada sin protestar. Fue un proceso largo, y ella no se cansaba.

Cuando lo absorbió, él chillaba como una chinchilla y aulló como un cachorro de perrito, rendido a su dueña tántrica.

—¿Cómo se llama el rancho?

—Perra caliente —pronunció en castellano.

Y al poco se durmió. Su mente en paz, como la noche del desierto. No se dio cuenta de que ella se acarició para liberar la tensión sexual. Tampoco la oyó levantarse e ir al lavabo, donde se quitó el anillo de matrimonio y se lavó las manos. Cuando volvió a la habitación encendió un cigarrillo y se sentó en una silla a los pies de la cama mirándole. No había conocido a un hombre tan poco varonil. Aquel desconocido que había domesticado en medio de un paisaje horrible era ciertamente un peluche. *Oppie.*

De regreso a San Francisco, Kitty seguía viviendo con su marido, pero pasaba con Oppie algunos fines de semana en Nuevo México. En una ocasión alcanzó el orgasmo mientras le montaba borracha. En otra, se quedó embarazada mientras él le suplicaba que no le diese más latigazos.

Oppie no estaba preparado para un embarazo. Se sentía engañado, pero no quería perderla. Las noches con ella le mantenían vivo, su pene no podía vivir sin sus uñas afiladas. Le propuso matrimonio, aunque ni quería ser marido ni deseaba ser padre.

Cuando se pusieron de acuerdo en que juntos conquistarían el mundo, ella condujo hasta Las Vegas y allí se divorció de su tercer marido y se casó con el cuarto el mismo martes. En la noche de bodas, ella se superó a sí misma y él bebió champán ataviado tan solo con un sujetador violeta, tal como ella le había ordenado. Y la dejó que casi le ahogase cuando se sentó encima de su cara y le violó la boca. Y cuando ella le dejó libre, no pudo contener más la emoción y lloró en voz alta antes de dormirse. Ella, entonces, se levantó y se lavó las manos. Luego se olvidó de él y se masturbó en la ducha pensando en el juez que los había casado.

Conclusión de la reunión sobre el informe MAUD

Los militares y Chadwick regresaron a sus asientos. Chadwick pensó que el asunto era demasiado importante para salir dando un portazo. La presencia de uniformes llenos de prejuicios sobre el inevitable progreso no debía ser un obstáculo insalvable.

—Veamos —continuó el ministro—, usted critica a los americanos porque investigan el uranio como una fuente de energía y no creen en la superbomba. Los generales, el almirante y yo queríamos proponerle lo siguiente: ¿estaría usted de acuerdo en mandarles el informe MAUD? Quizá cambien de opinión sobre la bomba de uranio.

—Tarde o temprano vamos a necesitarlos —aceptó Chadwick—, pero no les daría el control de la investigación científica. Hay demasiado en juego.

—Los americanos nos tomarán por locos: el *rayo de la muerte* —dijo un general.

—¿Cuántos se opusieron a la idea del radar? —preguntó

el ministro sabiendo que el general era uno de ellos y se estiró hacia abajo del chaleco—. Me gustaría iniciar la moción para facilitarle al Gobierno de Estados Unidos el informe MAUD.

—Secundo la moción —dijo el almirante.

—Quienes estén a favor que levanten la mano.

Los militares, Chadwick y el político levantaron la mano. El ministro se limpió los labios con una servilleta y se puso de pie.

—Pues, caballeros, si no tienen más que añadir me gustaría concluir esta reunión. Háganme un favor y eleven sus protocolos de seguridad un grado más. No comenten el proyecto. Especialmente con sus esposas.

Los militares se levantaron de sus asientos y uno a uno estrecharon la mano de Chadwick. Salieron en silencio. Un Rolls-Royce, negro y brillante, les esperaba afuera.

Chadwick se disponía a salir cuando el ministro le indicó que se sentara.

—Profesor, ¿podría abusar de su cortesía unos momentos más?

Chadwick asintió con la cabeza. Volvieron a sentarse a la mesa. El ministro le sirvió un poco más de té.

—¿Limón?, ¿leche?

—No, la reunión ya ha tenido suficiente jugo.

—¡Es verdad! Cosa de los uniformes. ¿No entiende su escepticismo?

—Lo que entiendo es que la idea de la bomba atómica ha de ser irresistible para un dictador como Hitler.

—Desde luego, tenemos información de que Alemania invierte en esta tecnología —el ministro guardó silencio unos segundos—. Mi estimado profesor, tenemos un glorioso pasado, pero somos un país pequeño. —Miró a Chadwick. El científico tenía un rostro cansado como si hubiese estado preparando esta reunión durante noches—. Winston intenta equilibrar nuestros medios reales y el peligro nazi. Es necesario convencer a Roosevelt para que declare la guerra a los nazis. Quizá este proyecto pueda persuadirle...

Chadwick asintió con la cabeza. Los políticos como el ministro vivían con agendas dobles: los hermanos ricos quizá no construyeran la bomba, pero el miedo a que Hitler lo hiciera les convencería para iniciar las hostilidades contra él.

—El primer ministro trabaja con los protocolos de colaboración en este tema, y cuando estén listos, en cuestión de días, quisiéramos que usted liderara la misión que expusiera al presidente Roosevelt el contenido del informe MAUD. ¿Le parece viable?

Chadwick examinó con otros ojos al ministro. Aquel hombre, que tomaba té relajado, estaba calvo, sufría de sobrepeso, era demasiado bajito para impresionar a nadie y sus ojos tristes, detrás de sus gafas, miraban sus rodillas con aire de humildad. Había informado a los militares de la nueva tecnología y se había asegurado de que no protestarían por la colaboración con los americanos. Y ahora él no podía negarse a ser el mensajero del Gobierno después de su defensa del proyecto. Esas, y no otras, habían sido las razones para la reunión. No tenía que decir que sí, era, más bien, una orden. El ministro continuó:

—Ah, casi me olvido, Winston tiene otro mensaje para usted.

Chadwick se limpió los labios con una servilleta y alejó la taza de té.

—Exige que, una vez construida la bomba, usted traiga ese conocimiento a nuestra isla. América le tentará, pero su corazón deberá permanecer anclado aquí.

A Chadwick no le pareció una exigencia inhumana. Llevar el protocolo, traer la bomba y mantenerse inglés a toda costa no suponía un gran esfuerzo. Churchill les había anunciado a los demás iba a pedirles sangre, sudor y lágrimas.

La furia de Lawrence

Cada día llegaba nueva información sobre la fisión nuclear a la Casa Blanca. Roosevelt comenzó a preocuparse y, viendo el escaso progreso del Comité del Uranio, destituyó al director y lo reemplazó por Bush, el decano del Instituto de Tecnología de Massachusetts, la mejor escuela de ciencia de Estados Unidos. Este genio debía dirigir la investigación relacionada con física atómica y la guerra. Bush eligió a Conant, rector de la Universidad de Harvard, para hacerse cargo del Comité del Uranio, y juntos se convirtieron en los dos investigadores más poderosos del país. Para dar un nuevo impulso a esta investigación decidieron apoyar los ciclotrones de Lawrence y los proyectos relacionados con el uso armamentístico del uranio.

Lawrence, por su parte, estaba ocupado en otros menesteres: ser el líder de la física y de la medicina en el mundo. Oppie le había ayudado a producir marcadores radiactivos que servían para diagnosticar y tratar el cáncer. Curar y no matar, eso es lo quería. Y dejar a un lado la política. Que Oppie y su hermano Frank estuviesen tan cerca del Partido Comunista había causado demasiados problemas. Según él, América no debería participar en la guerra europea. ¿Para qué? Esos sabelotodo debían arriesgar sus propias vidas.

Sin embargo, sus convicciones fueron puestas a prueba, igual que el hierro se mide ante el fuego. Su hermano estuvo a punto de morir cuando un submarino alemán hundió un barco en el que realizaba un crucero por el Mediterráneo. Lawrence entendió que la guerra ya no era un asunto lejano y frío: habían atacado a su familia, se habían enfrentado a él. Ese hecho quizá hubiese bastado para que cambiase su opinión sobre el papel que debía jugar América en la guerra contra Hitler. Y entonces Japón, sin avisar, arrasó Pearl Harbor. Y eso fue definitivo, para él y para la mayoría de sus compatriotas. La guerra había dejado de ser un asunto ajeno que se les antojaba demasiado lejano.

Había que ganar y la ciencia podía ayudar a conseguirlo. Así que recibió con entusiasmo la propuesta de la Administración de incluirle en un programa científico para generar nuevas armas de guerra. Leyó el informe MAUD y se convenció, más aún, de que los científicos podían cargar los cañones de Roosevelt con la energía del sol: abrasarían al enemigo. No perdió tiempo en transformar su laboratorio para este propósito. El primer paso era aislar el U-235 del U-238, una labor imposible; para muchos, los dos isótopos del uranio eran inseparables. Para conseguirlo tenía que inventar una nueva tecnología. No partiría de cero: pensaba adaptar los ciclotrones a la nueva tarea.

Era otro proyecto de Gran Ciencia. Su especialidad. Usaría un enorme campo magnético para separar los dos isótopos. Podría proyectar los iones de uranio en un tubo de vacío usando un electroimán hasta producir una separación en las trayectorias de los isótopos y recogerlos en dos recipientes en el extremo del tubo. Así funcionaban los espectrógrafos de masa: generaban campos magnéticos y eléctricos paralelos y separaban iones de acuerdo a diferencias entre su carga y su masa. Construiría un espectrógrafo gigante, un calutrón. Por grande que fuese, uno solo no sería suficiente para producir la cantidad necesaria del U-235, así que tendría que construir cientos de ellos y deberían trabajar en serie. Eso requeriría la construcción de la fábrica más grande del mundo. ¡Sonaba a gloria! Esta guerra la ganarían la ciencia y un ejército de científicos comandados por él trabajando en el mayor laboratorio de Estados Unidos.

Lawrence explicó a Bush y Conant sus ideas sobre la transformación de ciclotrones en calutrones para purificar el U-235 y les contagió su entusiasmo. Nadie tenía una idea mejor en todo el país. Nadie podía hacer realidad aquel enorme proyecto con la diligencia y la eficacia de Lawrence. Y decidieron que él estaría al mando del desarrollo de la bomba de uranio.

Además de un genio de la física, Bush y Conant necesitaban una persona que dirigiera la construcción de las fábricas de Lawrence y la puesta en marcha de varias bases militares. Tenía que ser un administrador capaz de manejar un presupuesto equivalente al de un pequeño país. Querían elegir a otro civil, pero Roosevelt exigió que fuese un militar. No se trataba de un capricho: solo el Ejército podría recibir la cantidad de dinero necesaria para el proyecto. Estaban en guerra, y proyectos dirigidos por civiles no tenían preferencia en el Congreso.

Bush y Conant aceptaron la condición. Sin embargo, un militar corriente no podría dirigir el proyecto que proponían. Deberían buscar un hombre experto en construcción, con conocimientos de ingeniería y una mente abierta, capaz de entender las bases de la física nuclear. El proceso de selección se hizo de manera meticulosa, pero con rapidez. No existía un gran número de candidatos con el perfil que buscaban. En semanas concluyeron su búsqueda y ofrecieron al presidente un nombre: Leslie R. Groves, el coronel del Cuerpo de Ingenieros que había construido el Pentágono, el mayor edificio de oficinas del mundo. Tanto políticos como militares estuvieron de acuerdo en que Groves sería capaz de llevar a cabo otro proyecto de envergadura.

Groves no se entusiasmó. No quería volver a ponerse al frente de un presupuesto de miles de millones de dólares ni lidiar con la burocracia pesada y obsesiva de Washington. Su objetivo era unirse a las tropas en el frente y tener un puesto real de soldado. Además de liberarle de las intensas responsabilidades empresariales, que le obligaban a trabajar a destajo siete días a la semana, luchar en el campo de batalla le otorgaría mayores posibilidades de ascender más rápido en su carrera; otros de su misma edad que participaban en la guerra de forma activa ya eran generales. Así que decidió no aceptar la propuesta.

El secretario de Defensa, que le conocía bien, volvió al ataque. El nuevo cargo venía ahora con la promoción a general.

—¿Querías combatir? Con este proyecto podrás ganar la guerra.

Groves hizo un gesto agrio.

—¡Vamos! —insistió el político—, dime que echarás de menos escribir las cartas a los padres de los soldados muertos en el frente.

—Guárdate el sarcasmo para la barra del bar donde te puedan partir la boca sin que se considere un acto de traición —repuso el nuevo general.

Paisajes desolados

Bush y Conant se tomaron varios días para explicar brevemente el proyecto a Groves. Una vez que este entendió el papel de la ciencia en el proyecto, su primera decisión fue lógica: reunirse con Lawrence. Bush y Conant estuvieron de acuerdo. Planearon el encuentro y llamaron a Berkeley para informar de la visita. Lawrence no mostró interés por la noticia, prefería comentar unas complicaciones que habían surgido en el proyecto de los calutrones. Bush no le dejó divagar.

—Escucha, Lawrence, Roosevelt ha nombrado una autoridad militar para trabajar contigo. Se trata del general que construyó el Pentágono.

Si el comentario tenía que impresionar a Lawrence, Bush no consiguió su objetivo. Notó la reticencia de Lawrence en la pausa demasiado prolongada.

—No te preocupes. Seguro que es un hombre razonable y no se entrometerá demasiado en nuestro trabajo. —Lawrence escuchaba sentado en su trono mientras leía un artículo de ciencia y comía una manzana—. Groves, se llama Groves. Es solo un militar del cuerpo de ingenieros. Estará a cargo del presupuesto. Marcará las normas de trabajo, mantendrá la agenda, supervisará el progreso de la construcción de las instalaciones...

—Si no queda más remedio. Ya sabes cómo son estos gestores, que cuentan las balas que le dan a cada soldado y pasan revista en cuanto pueden. Pero tendré paciencia con él si respeta la ciencia —prometió y se limpió el jugo de manzana que había caído en sus pantalones.

—Roosevelt quiere que él sea el director oficial del proyecto. Es la única manera de asegurarnos un presupuesto decente. Y el general querrá estar al mando.

—No me hagas reír —dijo Lawrence riendo—. No creo que entienda mi trabajo. Sabrá cómo construir edificios, implantar la seguridad, escoger los objetivos militares. Sin embargo, este proyecto lo guiarán las necesidades de los físicos. Si no, ni bomba ni Lawrence. Lo entenderá enseguida.

Bush y Conant estaban de acuerdo en que el aspecto más importante del proyecto era la ciencia. Si la hipótesis estaba equivocada no habría bomba, y si era correcta, los siguientes pasos debían darse basándose en complicados cálculos matemáticos. Y no había tiempo para entrenar a Groves, se requerían muchos años de estudio, más de una década, suponiendo que el general tuviese talento para la física teórica. Por otro lado, el proyecto iba a ser una empresa formidable que precisaría la interacción de numerosos líderes. Y sería, por encima de todo, una acción militar. Se trataba de ganar una guerra. Confiaban en que Lawrence mantendría al general ocupado y lejos de los centros de decisiones. ¿Sería esto posible? Necesitaban saber cómo el científico y el militar interaccionarían. Tampoco tenían claro si el mando del general acabaría imponiéndose a las decisiones del comité. Por el momento, el general y Lawrence deberían comenzar a trabajar juntos y en armonía.

—Lawrence, por favor, intenta entenderle y trata de organizar el equipo de acuerdo a sus necesidades. Usa tus células grises y tu mano izquierda. Inteligencia y diplomacia, Lawrence. Has de hacerle entender que formaréis un buen equipo y que puede depositar su confianza en ti.

Lawrence arrugó el artículo entre las dos manos, hizo una bola con él y lo arrojó a una papelera.

—Lo recibirán los ciclotrones, le harán sentirse un simple mortal en una jungla poblada con megafauna radiactiva. Muchos ciudadanos no soportan la visión de la Gran Ciencia cuando están cerca de ella si no tienen la formación adecuada. Querrá volver a casa al día siguiente. Entenderá que sin saber lo que está ocurriendo dentro de las tripas de los calutrones no se puede estar al mando. Al terminar la conversación me preguntará: «Y bien, profesor, ¿qué quiere usted que haga?».

Bush soltó una carcajada al otro lado del teléfono, pero no estaba convencido de que eso fuese a suceder. El ansia de poder de muchos hombres no es racional. Es un instinto feroz por controlarlo todo, incluso lo que no se entiende. El general podía decidir controlar a Lawrence si no podía controlar la tecnología.

—¡Ojalá tengas razón! Recuerda que aquí en Washington muchos militares piensan que la bomba es un cuento de hadas. Hazle ver que la ciencia tiene sentido, que es infalible, que habrá una bomba y que él ganará la guerra con ella. Von

Neumann, en el MIT, se los ha metido en el bolsillo con su nuevo proyecto para el desarrollo de otro radar, una tecnología cuyo uso los militares por fin entienden. Y no olvides que el Ejército quiere ampliar la flota de fortalezas volantes y otros equipos convencionales. Esa es una auténtica meta tangible para un militar cuyos estudios de física se limitan a predecir la trayectoria de un obús disparado por un mortero. A Groves le costará eliminar presupuestos para aviones y tanques y volcarse en el proyecto de fisión. Diplomacia, Lawrence, diplomacia. Y ojo avizor. A ver si consigues leerle la mente y predices sus intenciones. Esos nos ayudaría también a nosotros.

—¿Armas convencionales? Pronto no existirán esas guerras. ¿Qué saben en Washington? Podemos darles varias bombas en seis meses.

Bush sonrió. El optimismo de Lawrence era tan predecible como su peinado.

—No, no podemos, y lo sabes. No tenemos ni idea. Trabájate a Groves y recuerda que su obsesión son los presupuestos perfectos.

—¡Y la mía también!

La vida es ridícula

La niebla se alejaba de Berkeley buscando el Golden Gate. Era temprano. En la oficina de Oppie la temperatura era agradable y olía a café y a tabaco de pipa. Lawrence había llegado pronto. La secretaria le ofreció una silla y café. La silla era cómoda; el líquido, caliente, horrible. Devolvió la taza a Priscilla y le explicó a Oppie la conversación con Bush y Conant. Esperaba convencerle para que se pusiera de su lado e hiciesen un frente común para manejar la situación y al general. Enseguida quedó claro que Oppie no estaba por la faena.

—¿Ahora juegas a político? —le espetó molesto, mientras paseaba por la oficina con cara seria y un gesto de disgusto en la boca.

Lawrence vio que Oppie había colgado un retrato suyo con el primer modelo de un ciclotrón —del tamaño de una mandarina—, en la palma de su mano. Pero ignoraba que el cuadro guardaba otra fotografía en el otro lado: un retrato de

Chevalier, el amigo comunista de Jean. En Caltech, Oppie tenía la foto de Pauling en un lado y el retrato firmado de la señora Pauling en el otro. Dobles retratos. Una de sus maneras de mofarse del mundo y de todos los idiotas que tenían en sus oficinas fotos de sus familias. Hipócritas.

—Vamos, Oppie, no es un juego, y tú lo sabes. Nuestra ciencia podría ganar la guerra. Los militares deben proveer la infraestructura. Y punto.

Lawrence hablaba con un tono más comedido que con el que se dirigía a Bush y Conant, aunque estos fuesen más importantes que Oppie y tuviesen un poder real. Pero sus jefes eran lógicos y previsibles. Su amigo y colaborador, en cambio, no era fácil y siempre encontraba la manera de retorcer los asuntos más sencillos.

—Pensaba que los ciclotrones se usarían para el tratamiento del cáncer —dijo este con sarcasmo. Estaba aprovechando la oportunidad para devolver a Lawrence todas las críticas que le había dedicado por no entregarse por completo a la ciencia e importunarle sobremanera cuando le trataba de hablar de política.

Lawrence movió su mano en un intento de apartar el comentario.

—Esos proyectos tendrán que esperar. Las cosas han cambiado. Estamos en guerra.

Ahora Oppie imitó el gesto con la mano.

—Mi trabajo es la astrofísica. ¿A quién le importa si el mundo gira al revés? Los rayos cósmicos, ese es mi tema. El general y tú podéis iros al infierno subidos en la dichosa bomba.

Lawrence, con media sonrisa ladeada, se quitó las gafas y

las limpió con el extremo ancho de la corbata. Oppie tenía uno de *esos* días. Había que tener paciencia.

—La bomba atómica se construirá. La pregunta es: ¿a quién quieres al mando? ¿A un general o a un físico?

Oppie chasqueó la lengua dos veces y luego replicó:

—Déjate de pamplinas. ¿Qué te ha ofrecido Washington? ¿Una consejería con Roosevelt? ¿Ser senador? ¿Decano en una universidad de la Ivy League? Sé un hombre y di la verdad.

Lawrence se levantó. Aquello era ofensivo. ¿Cómo podía Oppie dudar de sus intenciones y de su patriotismo?

—¡A veces no sabes controlarte! ¡Has cruzado la raya! Si me hubiesen ofrecido algo así no lo habría aceptado y si me forzasen a aceptarlo te hubiera incluido a ti en el contrato. Estamos juntos en esto. Por eso mismo te estoy pidiendo ayuda. Estamos del mismo lado, ¿o qué?

—¿Ah, sí? Escucha, ni he ganado el Nobel ni veneran mis artículos en Europa. Dime, ¿qué hay para mí en todo esto? ¿Muertes sobre mi conciencia? Hagamos un trato: déjame continuar con la investigación contra el cáncer mientras tú planeas cómo aniquilar a media humanidad.

Oppie se había transformado en el *enfant terrible*. Lawrence necesitaba reconducir la discusión. Se sentó de nuevo, levantó las piernas y las apoyó en la mesa del despacho. Volvió a observar su retrato por unos segundos y luego atacó:

—Luchamos contra Hitler, y tú eres judío.

—Por favor, no caigas tan bajo. No vas a cambiar la realidad. Patton y Eisenhower serán condecorados; quizá Einstein y Leo hagan historia por sus profecías sobre la bomba.

Y tus ciclotrones son demasiado grandes para que los ignoren. Bien por vosotros, pero en esta guerra no hay nada para mí.

Lawrence sabía que Oppie no era sincero, pero nadie ganaba una discusión con él, así que decidió jugar la carta de su amistad. Oppie estaba en deuda con él.

—Oppie, no necesitas involucrarte en esta guerra. —Extendió sus manos con las palmas abiertas hacia arriba—. No pido nada de eso. Solo quiero que me concedas una hora. Me gustaría que te reunieses con el general y le hablases bien de mí. ¿Es pedir mucho a mi mejor amigo? —Buscó la mirada de Oppie.

Este permaneció inmóvil. Transcurrieron varios segundos en silencio. Lawrence se puso de pie, se pasó la mano por el pelo, peinándolo hacia atrás, tomó su sombrero y se dispuso a marcharse. Antes de irse, cogió el retrato de la pared entre las manos. Oppie se acercó a él para impedir que le diera la vuelta. Mirando la foto y viendo su rostro reflejado parcialmente en el cristal del cuadro, Lawrence pensó que no había pasado tanto tiempo desde el primer ciclotrón y que él había envejecido muy rápido, era el precio de trabajar sin descanso. Puso un dedo sobre el cristal del retrato y explicó:

—Es importante que un científico esté a cargo del proyecto. Eso evitará excesos militares. Soy torpe en lo social, pero tú sabrías cómo hablarle, cómo convencerle de que la ciencia es lo primero.

Oppie no podía controlar sus nervios viendo cómo Lawrence daba vueltas al retrato en las manos. Con un ágil movimiento se lo quitó y lo colgó en la pared.

—Yo haría lo mismo por ti —ofreció Lawrence.

—No necesitas recordarme que me defendiste de acusaciones injustas. —Oppie movió las dos manos como si se rindiese—. Hablaré con el general. Le explicaré por qué has de estar al mando. Insistiré en ese punto y en que Berkeley sea el centro neurálgico.

Lawrence le abrazó.

—Si trabajamos juntos le convenceremos.

Oppie se quedó sonriente por un momento. Lawrence no pudo imaginar lo que pensaba hasta que él mismo se lo dijo:

—La decisión se ha tomado en Washington. El general viene a verte para confirmarte como líder. Da igual lo que yo haga. En realidad no me necesitabas. Yo no soy ni un peón en esta partida. ¡La vida es tan ridícula...!

—No es verdad. Tienes la oportunidad de influir en el destino de esta misión. El mundo nunca te lo agradecerá lo suficiente.

—Lo que tú digas.

Noche de panteras

Oppie y Kitty estaban cenando en el Candide. Desde los grandes ventanales podían ver las luces de la bahía de San Francisco. Un familiar de Kitty no había vuelto de una misión de bombardeo en el mar del Norte y Oppie, para animarla, la había invitado a cenar. Pensaba que con la cena también olvidaría la conversación con Lawrence.

Pidieron dos martinis secos, sopa de cebolla, aderezada con cortezas de pan y queso, y un *bistec avec sauce de poivre, saignant*. Ordenaron una botella de *Chateau Lascombes*. El camarero tomó nota y después les recomendó que probasen el vino blanco de la casa, un chardonais de California.

—Hemos pedido carne —gruñó Oppie.

—Ah, entiendo. El chef deseaba que supieran de la llegada de este vino...

Oppie iba a castigar al camarero y abandonar el local, pero Kitty, a quien le gustaba el Candide, intervino:

—Apreciamos la sugerencia, querido, y recordaremos el

consejo del chef para la próxima vez. Por el momento, los martinis, por favor.

El camarero no estaba seguro de que el tejido de su camisa blanca y su pantalón negro detuviesen la mirada de Kitty.

—Sí, señora —dijo y se alejó con pasos rápidos y buscó a otro camarero con la esperanza de intercambiar mesas.

Una vez solos, Oppie compartió con Kitty su conversación con Lawrence, que este deseaba ser el líder del gran proyecto y que un tal Groves, general de ingenieros, venía a darle la bendición.

—No me voy a quejar ahora de que la vida sea injusta, no obstante, su ñoñez raya lo insufrible. Piensa que es *su* guerra. Es mi guerra, dice, y hay que conseguir que el Gobierno le facilite los recursos adecuados para llevar adelante *sus* grandes ideas para ganar su *guerra*, y bla, bla, bla sobre *mi guerra*.

Llegaron los martinis y Kitty dio un sorbo. No estaba mal. Y lo que decía Oppie era muy interesante si se miraba desde la perspectiva adecuada.

—Sí, tienes razón. No creo que la cosa vaya a ir bien para Lawrence. Por otro lado, parece una gran oportunidad para ti.

—Eso no es lo que él piensa.

—Olvida a ese mecánico, Robert. Es una ocasión magnífica, cielo.

Kitty tenía la mirada de una fiera lista para saltar sobre un inocente cordero.

—¿Cuándo esperan al general?

—Déjalo estar. No voy a ayudarle y no voy a buscarme problemas...

Ella dio otro pequeño sorbo y la punta de su zapato se estiró para tocar el bajo de su pantalón.

—¿En unos días?

—No. No sé qué tramas, pero no hay tiempo para nada. Groves llegará mañana, al alba —contestó con un gruñido—. Y Lawrence espera ser nombrado oficialmente al mediodía.

—Entonces hablarás con el general después de la primera reunión y probablemente antes de que tome la decisión. Aunque al general le encantaría tomar la decisión en Berkeley, no va a poder hacerlo. Decidirá que ha de volver a Washington y pensar sobre ello. En una universidad izquierdista, un militar siempre se siente como un pingüino en el desierto.

—No voy a ir a esa reunión —advirtió—. Me pondría enfermo —dijo y tomó un sorbo. Y lo más terrible es que no me necesitan.

—Esos dos idiotas no podrán hacer nada sin Robert Oppenheimer. *Au contraire!* Groves encontrará a Lawrence engrasando sus maquinorras. —Movía su mano para dejar claro que el militar lo desecharía—. El general necesita tres personas: un científico, un especialista en recursos humanos y un relaciones públicas. Y tú eres esas tres personas en una.

—Espera...

Kitty no podía esperar. Las ideas le bullían en la cabeza y un plan se iba fraguando con rapidez. Podía ser el golpe del siglo. Su pequeño colibrí iba a convertirse en un gigante en cuestión de horas.

—Ponte en su lugar. Sale del Pentágono y aterriza en Berkeley, una jungla académica, buscando una *liaison* entre militares y científicos. A los tres minutos se da cuenta de cuál es su punto más flojo: es un soldado, habla militar, sus palabras y sus tácticas no sirven aquí. Está rodeado de civiles, y no de civiles cualesquiera: en Berkeley, el mozo de cocina se cree un genio, los profesores no sienten respeto por los galones, y él no habla física, no comprende el lenguaje de la ciencia. —Los ojos de Kitty estaban llenos de luz, sus manos y su cuerpo se movían con un ritmo frenético—. Y Lawrence le hablará como si fuera un mal necesario y le pedirá que no se convierta en un estorbo para ganar la guerra. Pobre general, estará indefenso: sus órdenes no sirven, su uniforme es un disfraz. Necesitará un traductor, y con urgencia. Le intentarán aplastar con una condescendencia que no podrá ni querrá soportar.

Oppie escuchaba en silencio mientras tomaba la sopa. Chasqueó los dedos, y cuando captó la atención del camarero, se quejó de que a la sopa le faltaba queso. El camarero dejó la botella de vino sobre la mesa y se llevó el plato a la cocina.

Kitty estaba tan acalorada que apenas podía permanecer quieta en la silla, pero no se levantó. ¿Sería posible que estuviera llegando su oportunidad para ascender a la élite de la sociedad? Si su marido se hacía con el proyecto de la bomba atómica y ellos ganaban la guerra, en el futuro no habría límite para sus aspiraciones: la Casa Blanca no sería una idea absurda. Oppie debía darse cuenta de que era un candidato superior a Lawrence.

—Si Washington busca a un hombre de Berkeley, tú eres su mejor opción —sugirió, y cogiendo las manos de Oppie, le hizo sentir sus uñas—. El general lo entenderá. Hemos de darle la oportunidad de que te escuche.

—¡Eso es amor! —exclamó Oppie con un gesto teatral y luego chascó la lengua. Cogió la botella de burdeos y comprobó el año, 1939—. ¿No olvidas algo? En la partida de *bridge* que estás imaginando, no hay una carta con mi nombre y no voy a colaborar ni con el físico reconvertido a político-guerrero, ni con el cerebro kafkiano de un burócrata con uniforme. No toleraría a dos idiotas en la misma habitación pensando que pueden darme órdenes. Has de considerar quién soy yo: un científico interesado en descubrir los secretos de la naturaleza. Y nada más. Mi vida es el laboratorio. Gracias, mi amor, en otras ocasiones has tenido ideas mejores.

El plato de sopa, ahora más caliente y con abundante queso, llegó a la mesa. Se quedaron callados mientras el camarero sirvió el burdeos y se llevó las copas vacías de los martinis, abrumado por la voraz mirada de Kitty.

—Mañana deberías estar particularmente receptivo —continuó, sin hacer caso de las disculpas de su marido—. Tendrás que demostrar que sabes escuchar y que tienes grandes conocimientos en diversas esferas de la vida.

Oppie suspiró porque sabía que no cambiaría de tema. Probó la sopa. El sabor del gruyer la hacía suculenta.

—Supongamos que tienes razón —aceptó, simulando estar calmado—, pero ¿no te olvidas de un personaje? ¿Qué pasa con Lawrence? Es la *prima donna*, el proyecto gira a su alrededor. El general no viene buscando candidatos. La razón de su visita es coordinar su trabajo con el de Lawrence. Punto final.

—¡No me hagas reír! ¿No dijiste que Lawrence estaba buscando sitio para construir una fábrica? Es posible que se vaya de Berkeley.

—Eso no quita que quiera ser el director de todo el...

Ella movió la cabeza y sonrió con picardía al camarero en la distancia.

—El general necesita un pastor de hombres.

Oppie se cansó de la conversación y de las analogías disparatadas.

—¿Un mesías? ¿Es eso lo que piensas que soy? No me halagues más, querida. Debemos dejar esta conversación y centrarnos en disfrutar de la noche.

Habló serio y aparentando franqueza. Ella le guiñó un ojo.

—Yo estoy disfrutando. El general podría escogerte a ti. Tráelo a casa. Muéstrale tu clase y deja claro que seguirás sus órdenes como lo haría un buen soldado. Insinúale que lo que piensa, por absurdo que sea, te importa. Y demuéstrale cuánto sabes del proyecto. Llevas enseñando sobre ello más de un año. Nadie sabe más sobre la bomba que Oppenheimer.

Oppie la miró dubitativo. Pensar que iba a poder suplantar a Lawrence no tenía sentido. Era verdad que sabía cómo hacer una bomba suponiendo que la teoría fuese verdad. Y su mujer hablaba con tanta certeza... No cabía duda de que Kitty sabía cómo proyectar a un hombre hacia delante, cómo crearle una situación en la que desease pelear y ser el campeón. El vino había llegado a su córtex y no podía pensar con claridad. ¿Estaba Kitty mandándole al frente a morir por ella? ¿Era eso lo que ocurrió con su segundo marido en la guerra de España? Sobre Lawrence, desde luego, tenía razón. Él mismo no podía imaginarle trabajando con un general. El ejemplo de hablar idiomas distintos era apropiado: se perderían los significados en la traducción. Estaba claro que el militar venía a Berkeley a buscar a alguien con atributos diferentes a los que caracterizaban a un director de laboratorio. Para empezar, Lawrence carecía de la capacidad de ver la situación, cualquier situación, desde arriba, a vista de pájaro. Kitty tenía razón en eso: escogerle sería un error. Pero de ahí a que él pudiera sustituirle había un abismo. Y podía ocurrir que el general fuese inaguantable, un tirano como Patton. Sus pensamientos se vieron interrumpidos por el gesto de Kitty que, levantando el vaso, ofreció un brindis y lo chocó contra el de él.

—Mañana, querido, comienza una nueva vida para Julius Robert Oppenheimer, el líder americano del siglo veinte.

—Para los dos, querida. Si es que tienes razón.

Bebieron varios sorbos sin hablar. Entonces Kitty se quejó de que la sopa no tenía suficiente queso y, sin buscar mejor excusa, llamó al camarero. Mientras ella lo desnudaba con la mirada, Oppie bajó la vista hacia su sopa.

Hierba roja

Al general, como a muchos militares espartanos, no le gustaba California. Demasiados jóvenes creativos y poco disciplinados, de esos que pensaban que habían nacido para disfrutar de la vida y esperaban que los demás hiciesen su trabajo. El campus de Berkeley tampoco era el de West Point porque, además del trajín de muchos estudiantes, había otros muchos tumbados en la hierba, con el pelo largo y aspecto desaseado, tocando la guitarra, leyendo o durmiendo. Aun así, disfrutó del *tour* del campus, la vista del Golden Gate en la distancia, la distribución sin aglomeraciones de los edificios, los laboratorios, las bibliotecas, el letrero «PREMIO NOBEL» que marcaba algunas plazas de aparcamiento, incluyendo la de Lawrence.

Dentro del edificio del laboratorio reinaba una aparente disciplina. La oficina de Lawrence estaba en el piso de arriba, y desde una ventana, el general podía oír el tremendo rugido del ciclotrón, ver las chispas incendiando el suelo y contemplar a alumnos y profesores moviéndose con agilidad y presteza alrededor de máquinas y fuegos.

Admiró la capacidad de trabajo de Lawrence. Le gustaban los tipos que se levantaban por la mañana y hacían dieciséis horas de trabajo. Hablador, pero no charlatán, Lawrence era un sabio. Los ciclotrones, instalados sobre una colina, eran las máquinas más grandes que había visto en una universidad. Si aquellos monstruos no podían proporcionar el U-235 necesario antes de que se les acabase el dinero, nada podría hacerlo.

Un científico era brillante, admitía el general. Pero, como ocurría con muchos sabios, era también incapaz de explicar los detalles con la suficiente claridad para que él pudiera seguirlos. Sobraban ideas y faltaba precisión. Lawrence no sabía cómo contestar de modo pragmático a preguntas de logística: cuántos físicos, cuántas divisiones, cuántas secciones, cuánta infraestructura, cuánto tiempo. Podía ser que, dada la fase inicial del proyecto, tales cuestiones no pudiesen calcularse aún o que Lawrence no viese la realidad fuera del laboratorio. Pero en su cabeza se revolvían todas ellas y alguna más: ¿qué hay que hacer? ¿Cómo hay que hacerlo? ¿Quién puede hacerlo? ¿Cuánto personal será necesario? ¿Qué infraestructura podemos utilizar y cuál hay que construir? ¿Cuánto se tardará en hacer? ¿Cuánto costará hacerlo? ¿Cómo se coordinarán civiles y militares? ¿Cuántos laboratorios, fábricas, teatros de operaciones, etc., se necesitarán? ¿Dónde se instalarán los principales sitios de producción y montaje? Solo encontró respuesta a los interrogantes que, según Lawrence, se relacionaban directamente con la física. Pero la pregunta que hay que hacer en realidad se refería a cómo debía estructurarse el proyecto entero y no a cómo había que separar los isótopos de uranio.

Al general no le gustaba que usara la palabra «bomba», como en bomba atómica, bomba nuclear, bomba de uranio, y menos que la repitiera constantemente. Preferiría que empleara sinónimos como el «dispositivo» o la «máquina» o el «aparato». Tomó una nota en un pequeño cuadernillo. Bush y Conant deberían transmitir a los miembros del programa que, a partir de ahora, no se usaría «bomba» en conversaciones públicas o privadas, conferencias telefónicas o telegramas; era un detalle de seguridad básico. Lawrence prometió que trataría de corregirse, si bien «una bomba es una bomba, y todo el mundo lo sabe». Y cuando Groves insistió que «Uranio» tampoco debía pronunciarse, el físico torció la boca.

La logística de comunicación en la universidad era otro de los grandes problemas para el militar. La información en Berkeley, explicó el general, viajaba sin compuertas y eso debía ser remediado. Cada individuo sabría lo que estrictamente necesitara saber para que el proyecto continuase, y nada más. Contener los avances era clave para mantener el progreso en secreto. La vida en Berkeley transcurría en un ambiente, desde el punto de vista de la inteligencia militar, ajeno a las circunstancias de la guerra y, por lo tanto, peligroso. La seguridad del proyecto requería un cambio de cultura y de mentalidad. ¿Cuánto de ello sería posible? Groves no podía saberlo, pero creía que muy poco y que precisaba demasiado tiempo.

La invasión comunista de Berkeley tampoco le ayudaría a dormir por las noches. Stalin acechaba a los americanos. Hacía tiempo que sabían que agentes de la NVDK espiaban fábricas y complejos industriales. Aquel campus tenía que transformarse en una Ciudad Secreta si iba a convertirse en el cuartel general de lo que ahora ya se llamaba Proyecto Manhattan. Pero ¿cómo conseguirlo? Resultaba claro que ni Lawrence iba a estar por la labor ni que los administradores de la universidad le permitirían transformarla demasiado: era su templo, y él allí no era más que un extranjero pagano, alguien que había venido a complicarles las cosas. El asunto era más complicado de lo que le habían advertido en Washington. Berkeley no serviría como base de operaciones de un grupo de civiles trabajando bajo un mando militar en un proyecto *top secret*.

A Lawrence, por su parte, no le cayó bien el general. Sin un coeficiente intelectual excepcional y con las neuronas rígidas por la disciplina militar, Groves era un personaje unidimensional e inflexible, incapaz de aprender. Su manera de razonar se antojaba demasiado superficial, y esa falta de profundidad en las ideas y en las teorías podía ser vista por estudiantes y profesores casi inmediatamente. Un militar nunca podría estar al mando de algo tan complejo como el arma de uranio. Quería, además, imponer reglas obsoletas e infantiles que dificultarían el progreso de la ciencia. Le importaban más la apariencia y lo superficial que la ciencia y su investigación y desarrollo. Los oficiales de bajo rango respetarían sus decisiones porque las tomarían como órdenes, pero ningún científico lo haría. ¿Por qué Bush, Conant y el secretario de Guerra le habían escogido? ¿Qué habían visto en él?

—Berkeley, general, es perfecta para el proyecto. La ingeniería y los cerebros están aquí. Si añadimos un par de fábricas aquí o en otro lugar, tendremos la plataforma ideal para crear la... *máquina* de uranio —dijo Lawrence sin poder encontrar un sinónimo para el elemento químico.

—Una universidad fantástica.

Lo dijo mientras trataba de meterse la camisa debajo de los pantalones, porque aquellas palabras eran una cortesía que carecía de significado. Estaban hablando de una guerra y no de una empresa académica.

—Usted aún nos ve con reparo...

—El caso es que el Proyecto-U es un tema militar. ¿Sí o no? Y no veo cómo podríamos transformar Berkeley en una base militar. ¿No lo ve usted así?

Lawrence se pasó las manos por el pelo, tragó saliva y le dio una palmada al general en el hombro.

—Por el momento, general, hemos de encauzar la ciencia. Si la física de la fisión no progresa, no habrá proyecto. Eso es obvio. Sentemos las bases científicas y de ingeniería primero, y le prometo que el ejército tendrá su oportunidad más adelante. Mientras tanto, no necesita ni mudarse aquí: me comprometo a mandarle un informe cada sábado o con más frecuencia, si así lo prefiere. Usted será el primero en conocer los avances. Y por supuesto, podrá hacer con esa información lo que crea más conveniente y será quien informará al secretario de Defensa y al presidente en persona. Yo prefiero la ciencia a la política.

Lawrence pensaba que estaba siendo generoso. Renunciaba al poder de Washington y a los créditos, solo pedía que le dejaran trabajar tranquilo. Pero Groves ya se había adjudicado ese poder, Lawrence no le estaba ofreciendo nada nuevo. Peor aún, parecía insinuar que le quería lejos del proyecto y de Berkeley.

—Ha delineado con maestría mi papel —repuso sarcástico, y aunque le pareció que sus palabras tenían una fuerza brutal que envolvía un menosprecio por la opinión que Lawrence pudiese tener sobre él y su función en el proyecto, esperó que la ofensa no se notase—. Y usted, profesor, ¿de qué se encargará usted?

—De la energía y tecnología. No tendré tiempo para más.

Groves sonrió. Eso iba a ser verdad. Daba igual que Lawrence se integrase plenamente en el proyecto o que le apartaran. Su vida, su visión y su misión envolvían esos dos conceptos, física teórica y tecnología, pero esto no era suficiente, si se quería llevar a cabo una misión para crear un arma para la que el enemigo no tuviese defensa. El papel de Lawrence era el de un técnico, no había en su corazón una gota de sangre de estratega, de diplomático o de soldado. La sonrisa del general era la de un perro pachón. Metió los dos pulgares detrás del cinturón, delante de su prominente barriga, y asintió varias veces en silencio. Lawrence no podría llevar ni medio proyecto como quería Washington, ni una décima parte. Y en Berkeley no se hallaba la solución a los problemas de logística.

Groves reconocía asimismo que él era un ignorante en materia de física, y si el científico no estaba preparado para liderar el proyecto, él tampoco lo estaba para controlar esa parte crucial. Ni para liderar el proyecto ni dirigir a un grupo de científicos que veían al Ejército como una intromisión inaceptable en sus vidas profesionales.

Lawrence le hizo ver enseguida que su formación de militar e ingeniero tenía demasiadas lagunas de conocimiento y que disponían de poco tiempo para rellenarlas de información accionable. Le habían dado el informe MAUD prometiéndole que, después de leerlo, estaría al corriente del proyecto. Resultó que como hoja de ruta el informe de los ingleses era demasiado enrevesado, faltaban detalles clave y, a veces, demasiado técnico. Sus repetidas lecturas, hasta casi memorizarlo, no habían conseguido que el general tuviera la seguridad de que podría dirigir el proyecto sin la ayuda de un físico competente. Al contrario: el informe MAUD le había creado la necesidad de contar con un científico como codirector del programa. Quizá debieran contactar a los ingleses y solicitarles que Chadwick fuese su compañero en la posición de líder. Pero Roosevelt no estaba dispuesto a dejar entrar a los ingleses, había demasiado en juego, y esa tecnología, de ser posible su desarrollo, deberían tenerla primero ellos y, después, ya se hablaría con los aliados. La voz de Lawrence le sacó de estas reflexiones.

—Sé que usted está preocupado por mantener el secreto, por la cadena de mando, la disciplina y las órdenes y todo cuanto constituye la columna vertebral de la rutina militar. Las cosas esta vez serán diferentes —explicó Lawrence sin notar que estos comentarios irritaban al oficial del Ejército—. Deben dejarnos libres para que podamos servirles la bomba atómica en una bandeja de plata. Los colegas de Chicago ayudarán a los de Nueva York, que colaborarán con los laboratorios ingleses y los de Canadá, y luego celebraremos congresos con ellos en Berkeley, tres, quizá cuatro veces al año. Impulsaremos el flujo de ideas, el debate a nivel global, más de lo que nunca se ha hecho, y avanzaremos a buen ritmo. La comunicación entre científicos es la clave del progreso. Ustedes vendrán después, cuando haya que recoger la bomba para meterla en un avión y tirarla sobre la cabeza de Hitler.

El general escuchaba con cara de beato y se mordía la lengua para no repetir que buscaba un escenario con mínima comunicación entre los diferentes laboratorios, equipos, fábricas, ciudades involucradas... Nada de viajes. Líneas de teléfono restringidas a los líderes de grupo y comunicaciones rígidas, estrictas. El Ejército le había enseñado que los soldados podían hacer un trabajo excepcional en esas condiciones y no iba a cambiar su método porque un profesor de universidad, que no entendía lo que era una guerra, quería reducir un proyecto militar de gran envergadura a un juego de imanes y matraces... Si actuaban como Lawrence pensaba, Stalin tendría la bomba al mismo tiempo que ellos o incluso antes. Podría ser que hasta espías nazis pasasen los progresos de Berkeley a Berlín. Esta falta de entendimiento de la disciplina le daba escalofríos. Así que quiso cambiar de tema tratando de llevar al científico al laboratorio.

—Profesor, creo que podré conseguir una línea de fondos para la purificación del uranio y construir una fábrica para la separación de isótopos. ¿Puede usted imaginarse una serie de varios, muchos calutrones? ¿Se dice así?

—Puedo verlo con claridad. Déjeme hacerlo a mi modo. Necesito la colaboración de Chicago, de Columbia, de Harvard. Muchos de estos experimentos se podrán publicar en revistas científicas prestigiosas, y eso funciona como un imán para atraer a los mejores físicos.

—¿Y cómo imagina Calutrolandia?

—Puedo mandarle un plano con los detalles en una semana, incluyendo cuántos calutrones son necesarios, cómo deben ser colocados para aumentar la eficacia, el espacio que ocuparán, dónde deberán instalarse los paneles de control. Todo está pensado, analizado y escrito.

Al general le agradó oír aquello. Por primera vez veía que existía una información práctica. Lawrence tendría que aceptar un grado de coronel y asignar graduación militar a los científicos. Continuó hablando sabiendo que la actitud del científico sugería que se opondría.

—Mi idea es dar a los civiles generosos rangos militares —comenzó diciendo en un tono suave—. Usted llevaría el águila de plata...

Lawrence hizo un gran esfuerzo para no reírse y señaló su traje y las batas de laboratorio.

—¿Puede usted imaginarme de uniforme? —preguntó e hizo una mueca cómica.

Groves no se rio.

—Mi plan es que los profesores sean oficiales. Solo mientras dure el proyecto, naturalmente. Roosevelt me ha dado poder para poder llevar a cabo esa transformación —lo dijo casi defendiéndose.

—¡Cielo santo! —exclamó Lawrence y soltó un par de carcajadas. Luego, haciendo un esfuerzo ahogó una tercera risotada, se peinó el pelo hacia atrás y frunció el entrecejo—. Dígame, general, ¿qué tienen que ver los uniformes con organizar protocolos de fisión? ¿Por qué sería eso necesario? ¿Cree que esa medida mejoraría el rendimiento de los científicos? ¿Militarizar la ciencia? ¿Militarizar Berkeley? No sé, general, creo que alguien está yendo demasiado lejos —el tono era agrio. Lawrence estaba entre asombrado y ofendido.

Al general le daba igual si le había ofendido o no, el éxito de la bomba pasaba por su fabricación secreta y nadie guardaba mejor un secreto que un oficial del Ejército responsable ante la ley marcial. No había consejos de guerra para civiles.

—Debe entender mis razones: estamos en guerra. Quizá no deberíamos discutir hoy la profundidad del compromiso del Ejército con el proyecto —dijo en tono tranquilizador—. Hemos avanzado mucho. Estoy contento con mi viaje. —De nuevo la sonrisa pacificadora.

Lawrence se mesó el cabello y sonrió. Estaba perdiendo la batalla. Una tregua le venía bien. Estaba listo para usar su arma secreta: el mejor vendedor de ideas de Estados Unidos de América, su amigo Oppie. Él convencería a Groves.

—General, ¿cuándo planea regresar a Washington?

Groves vio la intención detrás de la pregunta.

—Mañana por la tarde. Traje deberes conmigo y estaré ocupado el tiempo que queda.

—Tengo afuera a un colaborador que desea conocerle. Es un admirador de la construcción del Pentágono —adelantó para sentar el tono de la reunión— y quisiera saludarle antes que abandone Berkeley.

—Supongo que no puedo negarme. —Era más una pregunta que una afirmación.

—Por favor, siéntese.

—Estoy bien de pie —repuso, queriendo indicar que no pensaba hablar más de unos minutos con el invitado.

—Como guste. Voy a ver si el profesor Oppenheimer ha llegado.

«Ah, el fabuloso Oppenheimer». Groves había leído sobre él y desechado la idea de conocerle. Lawrence no le dio tiempo a rectificar.

Afuera de la oficina. Oppie flirteaba con la secretaria, una joven morena, con un ligero tartamudeo y un lunar del color del vino en la mejilla derecha. Unas semanas atrás Oppie pensó que se habrían mofado de ella en el colegio y le había explicado cuánto se habían reído de él, cosa que no era cierta. La mentira había servido para que establecieran una conexión emocional, y ella se había convertido en su confidente. Esta vez, le facilitó los detalles de la reunión de Lawrence y el general y le dejó permanecer cerca de la puerta de la oficina, donde fingía que los escuchaba mientras ella soltaba risitas en voz baja. La noche anterior, Oppie había llamado a un amigo en el Pentágono y este le había descrito la personalidad de Groves: «Es un tipo con sentido común, poco creativo y difícil de engañar. Su mayor habilidad como experto en recursos humanos es leer a otros seres humanos. No sacarás nada de él hasta que no te haya exprimido». En resumen, Groves era un maestro de la entrevista de trabajo. Oppie había llegado un cuarto de hora antes y había intentado interpretar lo que se oía mientras simulaba escuchar a la secretaria con la espalda pegada contra la puerta del despacho. Las risas del físico sugerían que Kitty se había equivocado.

Lawrence salió de la oficina y cerró tras él. Cogió a Oppie por los hombros:

—Ayúdame a ganar la guerra.

—No me necesitas, Lawrence. Y el general estará cansado. Cancelemos la entrevista. Si los calutrones no han conseguido convencerle, nadie podrá hacerlo.

—Sé tú mismo: encantador y carismático —le pidió, e hizo un gesto a la secretaria. Esta se acercó a Oppie y le ajustó el doble Windsor de la corbata.

—Seguro que lo tienes en el bolsillo...

—¡Cielo santo! Ni mucho menos... Primero, piensa que está al mando, y segundo, sufre de paranoia militar. Pero a ti te escuchará. Dale la vuelta, conviértelo en un amigo y colaborador...

Oppie pensó que quizá Kitty tuviese razón, que quizá las cosas no estaban tan claras, que Lawrence no había entendido la situación y no se había preparado de manera adecuada para ella. Más animado, lanzó la segunda parte del plan. Volvió la cabeza hacia la secretaria que acababa de sentarse:

—¿Podrías llamar a mi mujer y decirle que estaré en casa en una hora?

—No vas a dedicarle tiempo suficiente —se quejó Lawrence en voz baja.

—Relájate. No creo que quiera pasar tanto tiempo conmigo y no queremos que piense que somos unos pesados, ¿no?

—Quizá tengas razón —aceptó Lawrence comenzando a caminar empujando suavemente a Oppie hacia la oficina—. No ha parado de mirar la hora.

Cuando Lawrence abrió la puerta, el general miraba el reloj.

—General, permítame presentarle al profesor Robert Oppenheimer, la mente más brillante de América y un experto en energía nuclear. Y además, es mi colaborador más importante. Oppie, Leslie Groves, el general que ganará la guerra.

El general y Oppie se observaron sin escuchar lo que decía Lawrence. Este los vio estrecharse la mano, cruzó los dedos en la espalda y caminando hacia atrás salió de la oficina, cerró la puerta dejándolos solos.

Tan silencioso como la araña

El general se tomó unos segundos de pausa para recordar el informe sobre Julius Robert Oppenhemier. Aquel tipo delgaducho, de mirada azul casi femenina y movimientos de chulo de feria, que ahora le observaba con atención... Era un fracasado. Uno de los muchos físicos cuya carrera había alcanzado su cenit en la juventud, sin grandes fuegos artificiales, y ahora se deslizaba cuesta abajo, terminada la pólvora intelectual. No tenía un proyecto de primera línea, no había logrado ningún eureka que mereciera la pena ser recordado y admitía en público que se le había pasado el tiempo para ganar el Nobel. El expediente advertía de que su extensa cultura le hacía parecer un experto en muchas materias. Desafortunadamente Oppenheimer había acumulado el tipo de conocimiento que solo era útil en los concursos de radio. Le faltaba disciplina mental para profundizar en un campo de conocimiento como la física. Esta debilidad de carácter estaba exacerbada por su bisexualidad, que le convertía en una posible debilidad en cualquier proyecto secreto al hacerle vulnerable a la extorsión y el chantaje.

El informe mencionaba otro aspecto peligroso. Para sus relaciones heterosexuales Oppenheimer había buscado una serie de ninfómanas comunistas, entre las que se incluía a su mujer, la viuda de un soldado comunista. Estas circunstancias definían a aquel hombrecillo como un riesgo para la seguridad de cualquier proyecto militar.

Más aún, Oppie tenía una tendencia política perniciosa. Primero, era judío, quisiera reconocerlo o no; segundo, era de descendencia alemana, lo que había que tener en consideración en una guerra contra Alemania; tercero, patrocinaba la causa comunista en la universidad y en otras naciones, España entre ellas, ya fuese como miembro del Partido Comunista, como su hermano, su novia anterior y su mujer, o como simpatizante. Así que Robert Oppenheimer era la última persona en Berkeley con quien el general deseara hablar. Sería una conversación breve. Tenía trabajo que hacer.

Por su parte, Oppie estaba más nervioso de lo que hubiese deseado. Kitty tenía razón. Groves y aquel proyecto podían ser su oportunidad para cobrarle al mundo la deuda que este tenía con él. Darse cuenta de ello aumentaba su estrés considerablemente. No iba a poder rendir al máximo si no se tranquilizaba. Para bajarle la adrenalina, Kitty se había transformado en una *geisha*, kimono y té incluidos. La noche anterior lo había envuelto en dolor, placer y saliva con sabor a jengibre. Le había recitado mantras en su oído durante el largo y equívoco clímax: «Destruirás al bastardo, harás que el general coma en la palma de tu mano, te quedarás con el proyecto». Habían ensayado juntos una serie de trucos para la conversación de la mañana. Embaucar a Groves no iba a ser fácil, necesitaba ser cauto y jugar bien sus cartas. Y tranquilizarse.

El general se encontraba en el centro de la oficina. Daba golpecitos al suelo de baldosa con los zapatos.

—¿Es este viaje un *veni, vidi, vici*? —preguntó Oppie con pronunciación de latín clásico e indicó al general una silla con un excesivo movimiento de la mano.

Groves miró el asiento y después de pensarlo se dirigió hacia él y se sentó de mala gana.

—Está siendo un viaje informativo —contestó indiferente y movió su mano para girar la pulsera del reloj.

—Me agrada que haya encontrado en Lawrence su *alter ego* científico. Me han comentado que construyó el Pentágono en un tiempo récord.

El general no se inmutó. No era la primera vez que las oía, no eran más que palabras vacías. El científico continuó:

—Este otro proyecto llegará a ser más amplio en infraestructura y vasto en organización. Deberán superarse muchos y urgentes requerimientos para progresar con ritmo y sin pausa. —Oppie le ofreció un cigarrillo, pero el general lo rechazó. Oppie encendió el suyo—. Será un proyecto que evolucionará con rapidez y, por tanto, será necesario adaptarse a cada etapa con agilidad. Nada de esto podrá hacerse sin disciplina. El Pentágono puede haberle preparado para una parte del proyecto, desde luego, pero no para todos los aspectos.

Bla, bla, bla, pensó el general y mandó una primera ráfaga para detener al listillo. Oppie no podía saber de qué hablaba.

—Usted lo dice basándose en su experiencia como administrador... —ironizó. Y sonrió.

—Mi formación profesional tiene muchos ángulos débiles

y ese es uno de ellos —repuso Oppie y echó el humo por la nariz hacia el suelo—. Hablo basándome en mi conocimiento de los hábitos de los científicos. ¡Así son mis colegas! No les gustan las presiones externas ni la imposición de calendarios para sus proyectos porque disminuyen su creatividad. Su tarea, general, sería más fácil si, como ocurrió con el Pentágono, los participantes fuesen militares. La situación, claro está, no será la misma. —Echó el humo hacia el techo—. No existe la mínima posibilidad de que esto sea así.

El general buscó en los bolsillos del pantalón su paquete de tabaco. Aquel bastardo tenía razón. Y eso hacía el diálogo interesante. No encontró sus cigarrillos sin filtro.

Oppie insistió con uno de sus cigarrillos, y esta vez Groves lo aceptó. Mientras encendía el cigarrillo, Oppie le observó.

Era un cuarentón luchando contra su obesidad embutido en un uniforme talla y media más pequeño de lo necesario. Sus pantalones se abrochaban por encima de la cintura enfatizando su silueta redonda. La camisa estaba abotonada contra su voluntad en el cuello de toro y era mantenida así por una corbata apretada hasta el límite legal; en la cintura, sin embargo, partes de la camisa se fugaban de la prisión impuesta por un cinturón usado, brillante y horrible. El pelo estaba rapado y el bigotillo, despoblado y triste, medía cuanto permitían las ordenanzas. Sus zapatos, brillantes a pesar de los días que llevaban lejos del hogar, parecían pertenecer a otra época. El iris era de un azul que parecía esfumarse y evocaba tozudez sin inteligencia. Este carnicero o panadero vestido de domingo no pasaría el test de elegancia de Kitty por muy bebida que esta estuviese. Y solo sería invitado a casa por cuestiones de vida o muerte.

—Estamos en guerra —objetó el general—. ¿Es tan difícil de entender? Y reclutaremos civiles. —Se limpió el sudor de la frente—. Mire, da igual lo que ustedes piensen, han sido todos muy amables. Encantado de conocerle, voy con prisas, tengo que coger un tren —anunció, notando que el cigarrillo era mentolado, como los que fumaban las mujeres—, y los trenes no esperan. —Se levantó y aplastó el cigarrillo en un cenicero en la mesa de Lawrence.

Oppie también se levantó.

—Estaré encantado de llevarle al tren a tiempo. En cuanto a la estrategia, supongo que tiene razón y que las necesidades de la patria deben imponerse a las del individuo. Me refería a que convertir Berkeley en West Point será imposible.

Groves miró el reloj. Su tren salía en tres horas.

—Bueno, Berkeley es la primera opción de Washington —afirmó—, conseguiremos que se adapte a nuestras necesidades.

—Ah, entiendo. Aunque no sé si a usted le pasa lo mismo, Berkeley, con toda su parafernalia académica, termina agobiándome.

Se dio la vuelta y abrió la puerta de la oficina. Vio cómo el general se aflojaba el botón del cuello de la camisa y le seguía.

Caminando hacia el coche, Groves pensó que Oppie estaba demasiado bien vestido para ser profesor de universidad. El chaleco gris y el sombrero marrón, quizá demasiado grande, eran raros atavíos en Berkeley y más raros en un físico.

—¡Vaya bólido! —dijo viendo el deportivo descapotable, el coche que a él siempre le habría gustado tener. Su salario y su estatus le habían impedido comprarlo. Las cosas podían cambiar con el rango de general.

—Me gustaba la velocidad. Ese placer, como la juventud, ha desaparecido. La calidad del motor es excelente y el volante suave y fiable, por eso lo conservo. En fin, general, ha sido un placer y lamento que no podamos seguir debatiendo sobre este asunto. Los funcionarios de Washington viven ajenos a la realidad académica.

—He de admitir que estoy de acuerdo con su análisis preliminar de la situación, profesor Oppenheimer. No va a ser fácil...

—Llámeme Oppie, general. «Profesor» es una palabra demasiado larga.

—Oppie, entonces.

—El factor humano... Un proyecto complejo —comenzó recordando estrategias ensayadas el día de antes—. Quienes piensan que la ciencia será la clave del éxito se equivocan. —Groves se había acercado al coche y pasaba un dedo por la carrocería—. El factor humano incluye a diversos profesionales: políticos, científicos, burócratas, militares, policía, contraespionaje. Y los miles de empleados necesarios para construir bases secretas... Cada grupo, me temo, tendrá agendas y necesidades propias. O los grupos trabajan coordinados o el proyecto, con ciencia o sin ella, no llegará a ningún lado. ¿Quiere que le acerque a la estación?

El general no quitaba la vista del coche, ahora se había agachado a examinar los faros. Luego se puso de pie y miró el salpicadero.

—Supongo que no me retrasaré si me lleva con este trasto.

Oppie le abrió la puerta sonriendo y el general se sentó, estiró las piernas y cruzó las manos detrás de la nuca. El *coupé* rodaba cómodo por las calles de San Francisco.

—¿Ese será el gran problema? La coordinación...

—Diferentes grupos, diferentes *modus vivendi* y *modus operandi*, y trabajando bajo el mismo techo con la misma misión...

El general sonrió: ¿cuántos más *modus* iba a oír esa tarde?

—Sería más fácil si aceptasen una autoridad, una disciplina... En cualquier caso, Berkeley podría no ser la solución —confesó y se sorprendió de que pudiese contarle sus impresiones a Oppie.

En un semáforo, Oppie cargó y encendió su pipa.

—Ya. No creo que pueda hacerse aquí. Demasiado abierto, el ambiente académico no favorece el secreto necesario. Podría cambiar lentamente la cultura. Muy poco a poco. Mas no hay tiempo que perder. Berkeley queda fuera del plan.

—Aunque necesitamos sus científicos y los de Columbia, Chicago, Princeton, pero ninguno de esos ambientes ofrece la atmósfera adecuada —añadió—. Los he examinado sobre el papel.

—De acuerdo, no puede llevar a cabo el proyecto en una universidad y tampoco puede trasladar a los científicos a una base militar —repuso Oppie.

—¿Por qué no? ¿Trabajaría usted en una base militar?

Groves esperó un no por respuesta.

—¿Respetarían mi *modus vivendi*, mis hábitos, mis gustos y mi filosofía vital? No quiero subir la bandera por la mañana, no quiero toques de silencio por la noche, no saludaré a galones o estrellas. Ningún científico aceptaría esa situación —explicó Oppie.

—Asuma, entonces, que el proyecto es inviable.

—No. Una base en el desierto, por ejemplo. Lejos de la

civilización, podría llegar a ser segura y permitiría trabajar con libertad, sin necesidad de tener a dos policías militares en la puerta del laboratorio. Y podría invitar a quien quisiese, pues sería escoltado por soldados para entrar y para salir. El gran truco sería, general, garantizar una completa libertad y tolerar una presencia militar que no fuese agobiante.

—He pensado en eso. Una base secreta —mintió—. Habría que clarificar muchos detalles.

Un arma secreta del general. «Cuando te presenten una idea, pide detalles. Así sabrás si han pensado sobre ella lo suficiente».

Oppie dio dos caladas a su pipa y luego sonrió.

—Una base en medio del desierto. Una villa grande, con pocos caminos de acceso, con el perímetro vigilado por soldados, que miran más hacia fuera que hacia dentro, porque en el interior los civiles llevan una vida aparentemente normal: tienen laboratorios, debates, clases. —No tenía preparado nada de esto, se le acababa de ocurrir. De hecho, comenzaba a notar que le era fácil pensar en la presencia del general. Siguió elaborando con confianza—. Sus mujeres, que viven con ellos, cocinan o trabajan. Hay cines, bares con música, guarderías, enfermerías dirigidas por civiles. Ni se entra, ni se sale, ni se establece comunicación con el exterior sin permiso.

—Ya, bueno, es una idea imposible...

—¿Seguro que no quiere un café? Tengo un paquete sin abrir de *kopi luwak* y estamos cerca de mi casa.

El general sentía curiosidad por el plan de Oppie y le daba igual lo que fuese el *kopi luwak*. Lo que decía el hombrecillo no era descabellado. Era una situación ideal. Él mismo había pensado en algo parecido, pero nunca encontró una solución pragmática. Nunca tuvo un plan. Algo quizá en el fondo de un valle, con una entrada y una salida y camuflado del aire por bosques. Nunca buscó un lugar, puesto que al comité científico le habían poco menos que impuesto Berkeley. Oppie proponía un híbrido de base militar secreta y universidad, completamente aislado, tan seguro como un búnker y que permitiese que la ciencia progresase al ritmo deseado, pero detrás de una alambrada. Prisioneros sin saberlo. Ese plan era ideal, pero imposible. Sonrió.

—Siempre hay tiempo para un café. ¿Cómo de cerca?

—Al doblar la curva, general.

Ahab y Pequod

La casa, de un piso y estilo colonial español, miraba desde la cima de una colina hacia la impresionante bahía. Oppie aparcó el coche frente a la puerta principal y acompañó al general a la entrada, enmarcada por dos enormes secuoyas rojas. El interior estaba decorado con muebles y elementos que parecían muy caros, el estilo era mitad europeo y mitad americano, con elementos decorativos de otras culturas, incluyendo estatuillas de dioses hindús y alfombras orientales. Kitty les recibió en el *living* sin mostrar excesiva sorpresa por la visita, les invitó a tomar asiento en un amplio sofá decorado con motivos geométricos navajos en tonos azules y verdes y les sirvió café en una pequeña mesita de madera rojiza.

—Me gusta mucho su casa, señora Oppenheimer.

—Gracias, general. Puede llamarme Kitty. Robert y yo somos admiradores del Pentágono. Un edificio precioso.

—Verá usted, señora, contratamos a trece mil obreros

para hacerlo... El mérito no es mío, sino del cuerpo de Ingenieros de Infantería.

—Estará contento de haber terminado con la responsabilidad de esa empresa...

El general se encogió de hombros.

—¡Eso pensaba yo! Y mire usted por dónde, Roosevelt tenía otro proyecto en mente para mí.

—¡El precio del éxito! —exclamó Kitty—. Roosevelt ha tomado otra excelente decisión. Y Lawrence es un buen científico y una muy buena persona, general.

—Sí, me lo ha parecido... —dijo y se quedó con la boca abierta. Kitty estaba loca y hablaba demasiado. ¿Cómo era posible que la información estuviera tan diseminada?

—Oppie estaría encantado de ayudar en cuanto fuese necesario. Tiene una gran influencia en Berkeley y otras universidades. ¿No es verdad, querido?

Oppie se levantó, tomó a Kitty por la cintura y la dirigió hacia la cocina. Los dos habían ensayado cada frase y cada movimiento.

—Creo que las plantas del patio necesitan agua, querida.

—Con lo poco que me gusta el jardín..., pero tienes razón —aceptó Kitty y, girando la cabeza lentamente, miró al invitado y preguntó en tono seductor y cortés—: ¿Necesita algo más para sentirse a gusto, general?

—No, gracias —contestó y vio con el rabillo del ojo que Kitty le lanzaba otra falsa mirada de admiración.

Removió el café con la cuchara, la sacó y tomó un sorbo. Aquello no era café, sino un brebaje inmundo. Dejó la taza sobre la mesa y, para retomar la conversación que habían mantenido en el coche, preguntó a Oppie:

—¿Podría describir la base del desierto con más detalle? Tal como lo plantea, parece una utopía.

Oppie le ofreció un cigarrillo, pero el general lo rechazó, sacó uno de los suyos sin filtro y lo encendió con su zippo.

—Esta base secreta será el cuartel general de operaciones. Coordinará trabajos parciales en otras bases, incluyendo aquellos que tengan que ver con la purificación de los elementos necesarios, por ejemplo, la fábrica de los calutrones. Y allí se ejecutarán los experimentos de física más sofisticados, y en una segunda o tercera etapa el ensamblaje del dispositivo. Quizá hasta pudiera ser el lugar donde probar el dispositivo antes de su utilización en batalla.

—¿Cómo se llamaba el café? ¿No tendría alguno del país?

—Por supuesto, general.

Oppie se levantó y le pidió a Kitty que preparase una cafetera.

—Dicen que la ciencia necesita comunicación. Y en esta base...

—No esta vez. No, con lo que hay en juego. —Eso lo había ensayado con su mujer—. Esta base, general, será el único emplazamiento en el proyecto en el que solo unos pocos conocerán la mayoría de los detalles. Los demás tendrán información parcial. El secreto fuera de la base será una garantía y la inaccesibilidad de la base a aquellos no implicados en el proyecto protegerá la información frente a posibles espías y curiosos lugareños.

El general se puso de pie y comenzó a examinar los cuadros del salón. Aquella no era la casa de un comunista: le faltaba austeridad y detalles político-sociales; en cambio, allí había arte y buen gusto, incluso bastante lujo. Reflexionó sobre la idea de Oppie. Un cuartel general en el desierto donde se recabaran todos los datos era un complemento ideal para su idea de fragmentar la información. Le habían sugerido que el cuartel general estaría en Washington, quizá en el mismo Pentágono... Pero ahora veía claro que debería erigirse en el lugar donde se montase la bomba antes de entregarla a las fuerzas aéreas. No iba a decírselo, pero Oppie era más capaz de lo que el FBI había pensado. Y enseguida se había puesto en sincronía con su manera de ver las cosas. Podían trabajar juntos. ¡Lástima que fuese imposible!

Oppie se quedó callado aspirando de la pipa con parsimonia y soplando aún con más lentitud el humo hacia el frente o hacia el techo. Había que dejar que la presa entrase en la red por voluntad propia. Había que tener paciencia.

—El proyecto debería contar con al menos tres ciudades secretas: en la W se produciría plutonio, en la Z se purificaría el uranio y en la Y se establecerían el cuartel general, y los laboratorios centrales, donde realizar la fase de ensamblaje y las pruebas del dispositivo. En la ciudad Y los científicos vivirían en un ambiente de reclusión, incomunicados con el mundo exterior —soltó la parrafada de un tirón. Elaborar ese párrafo le había costado semanas de insomnio.

Oppie se sorprendió de que el general le confiase tanta información. Estaba convencido de que ni siquiera Lawrence conocía estos planes.

—Excelente estrategia. ¿Ha explorado usted alguna posible localización para la ciudad Y?

Kitty reapareció en el *living* con una bandeja con galletas, las tazas de café, una botella de oporto y dos pequeños vasos. Colocó la bandeja en la mesa donde estaban las otras tazas de café y guiñándole un ojo a Oppie se marchó sin hacer ningún ruido.

—Tengo pensada la ciudad de los calutrones, Lawrence podrá emplazar sus máquinas en un lugar perdido en Tennessee.

—Alejado de la costa oeste y de la costa este. Supongo que el enclave no constará en ningún mapa y que Lawrence estará de acuerdo. Es la persona adecuada para llevar a cabo esa parte tan crítica del proyecto. El trabajo allí será ingente.

—Puede hacerlo. Y le tengo un regalo: una cantidad ilimitada de uranio para él solito.

Kitty estaba escuchando desde la cocina. «¡Fantástico! Ha sacado al mecánico del mapa». Oppie se sorprendió. Uno de los factores fundamentales para construir la bomba atómica era asegurarse toneladas de uranio. Pero en Estados Unidos no había minas de uranio, así que ¿cómo podía ser que el general ya lo tuviese? Se necesitaban cantidades enormes.

El militar leyó la pregunta en sus ojos.

—Directo del Congo Belga: pura calidad. Mil toneladas. Suficiente, ¿no cree?

El general vio, sin mirarla de frente, que Kitty caminaba hacia el *living* y no le gustó que alguien más escuchara sus planes. Oppie notó la casi imperceptible reacción en el general y lanzó una mirada a Kitty que la hizo retirarse a la cocina.

—General, su eficacia me abruma. Ningún otro país en el mundo puede disponer de más... Mucho trabajo para Lawrence... Me pregunto si podrá compatibilizarlo con el trabajo en la ciudad Y.

—Para la producción de plutonio estoy explorando una región en el noroeste, cerca de un río, tierra de indios, sin muchos vecinos que desalojar y donde se puede producir la cantidad de electricidad que se precise.

Esto era más información para Oppie, que no estaba seguro del porqué de la logística del río y lo demás, pero asumió que tendría que ver con el uso de una nueva tecnología, una entelequia que algunos llamaban «reactor nuclear».

—Perfecto. Y supongo que nadie sabe dónde está.

—No está en el mapa y está lejos de las carreteras. No hay ninguna ciudad con más de mil habitantes en un radio de treinta kilómetros.

—Lawrence tendrá que desplazarse entre las tres ciudades.

—La ciudad Y sería Berkeley.

El general se sirvió una taza de café y tomó el vaso de oporto, dio un pequeño sorbo y sintió que, afortunadamente, el alcohol mataba el olor fétido del café anterior. Tomó otro sorbo y dejó el vaso en la mesa. Luego bebió el café aguado. Kitty regresó al comedor con más ceniceros limpios. Puso uno delante del general, que tensó sus músculos. Algo en Kitty le daba mala espina.

Miró el reloj y, cuando iba a pedir que le llevase a la estación, descubrió algo en la pared. Se levantó, dirigió hacia uno de los cuadros y lo observó de cerca. No era un experto en pintura, pero su hija tenía devoción por un pintor holandés y había visto suficientes cuadros de este como para identificar su estilo único. Era imposible que fuese auténtico. Pero el paisaje rural, las líneas espirales, los campos de trigo bajo el sol... ¡Parecía un original!

Oppie se acercó al general. Este había mencionado las fábricas de uranio y de plutonio, pero no había aclarado cómo sustituiría Berkeley por otra ciudad Y.

—Ha de ser una copia... pero parece un original —verbalizó lo que pensaba.

Oppie le dio una palmada en el hombro antes de mostrar su admiración sincera.

—Nunca tendría una copia, general. Es un van gogh —pronunció «gogh» con un exagerado acento holandés—. Le felicito por sus conocimientos de arte. No muchos visitantes saben de qué se trata.

—Quizá no valore lo suficiente la formación de un militar.

Oppie le dio otra palmada en el hombro.

—*Touché!* Creo que usted no es un general promedio —insinuó y, cuando Groves iba a comentar algo, añadió—: Conozco un lugar perfecto para la ciudad Y.

El general se giró. Kitty retiraba las tazas de café exótico.

—¿Tiene un van gogh en su casa?

—Oppie es un hombre sorprendente, general. Y un enigma para muchos. Pocos le conocen bien...

El general no pudo evitar sonreír al mezclar en su mente las palabras de Kitty y el informe del FBI.

—No hay tanto misterio. Mi madre vivió en París, general, y se entretuvo comprando arte. En casa teníamos tres van goghs, y nadie les prestaba atención.

Kitty se marchó a la cocina y el general continuó:

—Volvamos al sitio Y. ¿Dónde? ¿Puede proponer una localización?

—Entre mis pasiones se cuenta...

Oppie se quedó callado. Lo que acababa de hacer su invitado era inusual: hipnotizado por el cuadro, había levantado el dedo índice y tocado la pintura.

—Las «camas» y la política, me han dicho.

Oppie se rio del comentario y alejó al militar del cuadro antes de que intentase llevarse a casa un trocito de pintura bajo una uña.

—¡Un buen chiste! Me refiero al desierto —explicó, señalando el sofá. Groves tenía el tacto de un hipopótamo.

—¿En serio? ¿California?

—No, mi corazón está en Nuevo México. Tengo un rancho allí y conozco un lugar que podría ser la base Y perfecta. Es bastante inaccesible. Si tiene interés, y cuando le parezca conveniente, podría llevarle hasta allí.

El militar se sentó y vació el vaso de licor.

—¿Es un valle? ¿Cómo lo conoce tan bien si es *inaccesible*? —se divirtió preguntando.

Oppie ignoró el tono.

—Cabalgando. Exploro el desierto a caballo —vio el gesto de preocupación de Groves y añadió—: No se preocupe, se puede llegar en coche, aunque por una única carretera.

Fueron interrumpidos por el ruido de platos al caer al suelo y romperse. Kitty había bebido para rebajar su ansiedad y estaba torpe. Oppie preguntó si todo estaba bien y ella contestó que era hora que algún físico hiciese algo con respecto a la ley de gravedad. Oppie y el general soltaron una carcajada.

Groves pensó todos los días no se encuentra uno a una persona como Oppie. Era uno de los mayores esnobs que había conocido. Y no es que el Ejército no tuviese su ristra de ellos. Desde Custer y Búfalo Bill, el Ejército había trabajado con ellos incluyendo al maleducado de Patton al hombre que quería ser emperador, MacArthur, y la superestrella británica con boina, Monty. Además, no podía sacarse de la cabeza que Oppie era adecuado para hacer el trabajo. Podía trabajar con él y sentía que podrían respetarse mutuamente. Y debía querer el puesto, y mucho; por eso no había protestado cuando manoseó su van gogh.

—¿Cuándo podríamos inspeccionar el lugar?

Tenía que ver el sitio. El desierto era una buena idea y que estuviese alejado de las otras dos ciudades, también. Encontrar un emplazamiento perfecto para el cuartel general era una prioridad. Si lo conseguía, su viaje sería un éxito.

—Podríamos salir hoy mismo. Me han dicho que tiene un tren a su disposición. Viajaremos a Santa Fe...

—No hay estación de tren en Santa Fe.

—Hay una cerca, general. Pararemos en Lamy. Pero este viaje llevará dos días.

El general se volvió a acercar al van gogh y sopesó la propuesta de Oppie. Aceptar iniciar un viaje de cuarenta y ocho horas era comprometerse a mucho más de lo que había pensado. Por otro lado, no deseaba volver a Washington con las manos vacías. Y había algo en Oppie que impedía que fuese rechazado fácilmente. Podía dedicarle dos días, si el viaje tenía éxito significaría un progreso sólido.

Dos horas después de que llegasen a su casa, Kitty les despidió en la puerta. Dio una pequeña maleta a Oppie y estrechó la mano del general. Este sintió una descarga molesta de electricidad estática, pero no alteró su sonrisa ni retiró su mano.

La búsqueda

En Lamy, Groves ofreció a Oppie las llaves de un Jeep militar, y este aceptó el papel de chófer sin rechistar, después de todo él era quien conocía el camino. Cruzó las calles semidesiertas de Santa Fe hasta encontrar una carretera polvorienta, sin asfaltar, que parecía abandonada y que enseguida comenzó a ascender intrincándose en el desierto. El Jeep ofrecía más resistencia que su deportivo y las curvas parecían diseñadas para probar la pericia del conductor. Oppie parecía ajeno a la dificultad del trazado y conducía con seguridad esquivando cunetas y frenando con antelación en las curvas cerradas. Dejaron atrás arroyos secos y cañones de color rojizo, y los pinos se convirtieron en la vida vegetal dominante. El aire era más frío y más seco que un bocado de pomelo con cada kilómetro. No encontraron coches en el recorrido, lo que agradó al general.

—¿Buscamos un lugar...?

—Una escuela de *boy scouts* en una meseta. Se encuentra a

unos cincuenta y cinco kilómetros de la estación del tren, en dirección noroeste.

«Una escuela —pensó el general—, este viaje va a ser una pérdida de tiempo, después de todo».

Al final de la carretera se encontraba, sin que nada hubiese anunciado su presencia, un conjunto de edificios. Estaban situados en una planicie de varios kilómetros cuadrados. El campus incluía pequeñas casas unifamiliares formando una calle, que debían ser usadas como dormitorios por los profesores. Había también una serie de barracones destinados a los dormitorios de los alumnos y los comedores. Las chimeneas humeaban dando un aspecto de bienvenida. El nombre LOS ÁLAMOS estaba escrito a fuego en un rústico letrero de madera. Había caballos sueltos y estudiantes cabalgando a lo largo de la llanura. Oppie aparcó el coche a quinientos metros de los edificios principales.

—Más que una escuela parece un fuerte militar —comentó Groves.

El general no había pensado en un lugar alto para el centro neurálgico del proyecto. La pequeña meseta, bien mirado, era una idea similar a la del valle que había imaginado como emplazamiento ideal. Quizá fuera mejor incluso. Controlaba el sitio más alto de los alrededores, y así era difícil que alguien pudiese acercarse sin ser visto. Aunque podía ser identificada fácilmente desde el aire, la idea de que pudieran espiarles desde el cielo era absurda. Como el valle, aquella colina podía vallarse en su totalidad y dejar uno, dos o tres puntos de entrada. Otro aspecto favorable es que ya existía una infraestructura, incluyendo edificios, calles, barracones, agua corriente y sistemas de desagüe, que podían usarse como punto de partida para construir una base militar. Siempre era bueno no tener que empezar de cero. Y el tiempo apremiaba.

—Este podría ser el lugar —concluyó y miró a Oppie, que aplastaba con el pulgar el tabaco que rebosaba de la cazoleta de la pipa—. Estoy pensando que las casas —dijo señalándolas con el dedo— podrían ser de utilidad para instalar la primera ola de ocupantes, ganaríamos tiempo mientras construimos las viviendas para los siguientes.

—Algunas de ellas tienen incluso bañeras.

—Eso no me preocupa, las quitaremos.

—No deberíamos. Los inquilinos serán civiles con una educación superior y necesitan confort.

—Ah, ¿quiere que colguemos toallas con «Los Álamos» bordado en ellas? ¿Qué tal añadir sales de baño?

El humor tosco del general no dejaba de sorprenderle. Oppie sonrió y encendió su pipa. Desde los barracones más cercanos un par de estudiantes les observaban con prismáticos.

—Los líderes de grupo, si es posible, general, deberían tener una comodidad igual o mayor a la que tienen en casa. Eso les ayudaría a mudarse y a quedarse una vez instalados.

—¿Familias? —gruñó—. ¡De ninguna manera! Dejemos el tema. Me gustaría comprobar ciertas cosas, pero no quiero llamar la atención bajándome a inspeccionarlo, el Jeep ya está atrayendo demasiada curiosidad, no hay por qué añadir un militar de uniforme de visita.

Sacó un bloc de notas y un lapicero. Dibujó un pequeño mapa, incluyendo la carretera y la distancia desde Santa Fe. Luego escribió el texto de un telegrama para su asistente: «Compra Los Álamos. Prioridad código 1».

Oppie guardó silencio fumando con calma y observando qué ocurría en la escuela. Algunos estudiantes salieron de los barracones tirando de las riendas de sus caballos, vestían uniformes de *boy scout* y cargaban mochilas a la espalda, iban de excursión al desierto. Pasaron varios minutos mientras el general inspeccionaba el lugar con más detenimiento. Volvió a hacer anotaciones en su librito de notas. Había decidido dónde estarían los puestos de entrada, las alambradas, los muros y las torres de vigilancia. Había calculado que dos pelotones de la policía militar serían suficientes para mantener seguro el perímetro y hacerse cargo de las garitas y la torre de vigilancia. Luego, señaló la carretera con el dedo índice y Oppie dio la vuelta con el Jeep para regresar a Santa Fe.

—¿Sabe a qué me recuerda la meseta con una sola carretera de subida? —preguntó pensando en la ciudad heroica judía que había resistido el cerco de los romanos y finalmente había terminado en un suicidio colectivo.

—Masada.

—¿Cómo lo sabe?

—Lo he pensado muchas veces. Esperemos no acabar como ellos...

El general reflexionó sobre su compañero de viaje. Sin ciencia, no había bomba, pensaba Lawrence. Sin ejército, no había bomba, había pensado él. Demasiada oposición entre los dos argumentos para llegar a un acuerdo provechoso para las dos partes. Oppie no era Lawrence, ciencia y ejército podían sentarse a la misma mesa para comer diferentes menús, pero a la misma hora y debatiendo sobre el mismo tema. Era un pedante redomado, ¿y qué? ¡Al carajo si disfrutaba conjugando el subjuntivo! Se notaba que quería el puesto. Ahora, le importaba un pito por qué lo quería. En su experiencia, las razones por las que un soldado se alistaba carecían de importancia, lo fundamental era servir para ello. Lo demás era para psicólogos o curas. Y para ellos también la homosexualidad. «Y Oppie no es un comunista ni de lejos. Y su mujer puede ser muchas cosas, pero tampoco es una comunista. Estos dos son más burgueses que los joyeros de Washington».

—¿Qué piensa de Los Álamos? —preguntó al tiempo que le daba una palmada a Oppie en el hombro.

Este sonrió. ¿Olvidaba el general que el viaje había sido idea suya?

—Funcionará. El equipo de físicos más potente jamás reunido trabajará día y noche junto a un grupo no menos selecto de militares y construirá un arma que cambiará la humanidad. —Fumaba manteniendo una mano en el volante y conduciendo a baja velocidad. El Jeep no era su coche favorito. La amortiguación era una tortura medieval.

—¿Ha pensado en el diseño de la base?

—Es sencillo: dos círculos concéntricos... —El general aguantó la pausa que siguió sin titubear. Por fin, Oppie continuó—: Crearemos dos espacios, uno exterior cerrado por cercas y alambradas, con dos únicas entradas protegidas por garitas y policía militar. Y dentro habrá otro círculo, cerrado por una verja de hierro y con dos únicas entradas. Los científicos vivirán, estudiarán y trabajarán en el círculo interior. Y allí, la presencia militar será mínima, casi invisible y no se inmiscuirá en las reuniones científicas, ni en las clases, ni en los seminarios, ni en los experimentos...

—Dos alambradas —repitió Groves y sacando el bloc y el

lápiz comenzó a escribir—. Una alambrada aquí y otra aquí. ¿Siempre está así de inspirado?

Hablaba mientras garabateaba en el cuaderno. La pipa de Oppie echaba humo. Intentaba adivinar qué ocurriría cuando llegasen a Santa Fe. Su acompañante no debía tomar el tren a Washington sin haberle ofrecido el puesto. Los Álamos no era un regalo. No se le podía dar carpetazo a Oppie como se iba a dar a Lawrence.

—Construiremos una o quizá dos torres de observación para vigilar el exterior y el interior —observó el general—. Los ciudadanos de Los Álamos vestirán uniformes militares, tarjetas de identificación con una foto y un número, sin ningún nombre.

—Vestir a científicos con uniformes militares es una idea... exótica.

El general encendió un cigarrillo. Vino una curva marcada, y Oppie la dibujó con dificultad maldiciendo al Jeep.

—Lo siento —repuso Groves sin disimular el tono agrio—. Estamos en guerra.

Oppie detuvo el coche, abrió la puerta y vació el tabaco de la pipa en la carretera, luego la cerró la puerta y reemprendió la marcha.

—¿Qué físico se presentará voluntario, porque han de ser voluntarios, a trabajar encarcelado en el desierto vistiendo un uniforme militar?

A su izquierda vieron los caballos. Los estudiantes cabalgaban en silencio y en perfecto orden.

—Lo harán por la patria.

Oppie asintió con la cabeza.

—¡Vamos, general, necesitamos más que el eslogan del

cartel de la oficina de reclutamiento! Les vamos a pedir que sacrifiquen por su país mucho más de lo que harán otros y les vamos a exigir que nos den lo mejor de su inteligencia y de su fuerza de voluntad. ¿Cómo conseguirlo? Los científicos y sus familias deberán tener la impresión de que llevan una vida casi normal en la base. Construiremos lugares de diversión, cines, cafeterías, salones de baile.

—¡Olvídelo! —Groves desechó la idea con un movimiento de la mano—. No vendrán a pasárselo bien.

—No será una ciudad de ensueño. Los científicos trabajarán día y noche rodeados por dos alambradas inexpugnables. Sus hijos, en cambio, irán a la escuela y sus mujeres, a la peluquería y las parejas, al cine a ver el último *boom* de Hollywood.

Oppie redujo la velocidad y frenó el coche con el freno de pie y el manual. Una vaca cruzaba la carretera. El animal se detuvo, los miró con ojos tranquilos que no mostraban ningún interés y terminó de cruzar. Groves no pudo ver el odio en la mirada de Oppie. Si hubiese estado solo la habría empujado al barranco.

—El Ejército no trabaja así.

—Nadie ha intentado esto antes —sostuvo Oppie reemprendiendo la marcha—. Dígame, ¿cuánto tiempo deseamos que se queden? Cualquier ciudadano le dará un día de su vida, una semana o un mes. Y si les pone la pistola en el pecho se quedarán seis meses trabajando a disgusto y el avance será muy lento. Me temo que usted quiere más que eso. Tendrá que hacer concesiones y permitir que sigan siendo civiles. —Los estudiantes se acercaban a la carretera y eran cada vez más visibles. Estaban cantando *Nunca volverá a llo-*

ver—. Mire a los estudiantes, general, usted sabe que cargan sus mochilas, cabalgan en una hilera y siguen a un líder porque están haciendo una maniobra paramilitar; su percepción, sin embargo, es que tienen el privilegio de disfrutar de una excursión por el desierto y aceptan las restricciones, las órdenes, la sed y el cansancio de buena gana. Ellos piensan que lo hacen para divertirse.

Varios segundos pasaron antes de que Groves hablase.

—Roosevelt me ha dado permiso para imponer los uniformes —amenazó.

—Con el debido respeto, general, Roosevelt no vivirá aquí.

Viajaron un kilómetro y medio en silencio. El coche se movía despacio. El calor comenzaba a ser agobiante. Perdieron de vista a los estudiantes. Groves quería dejar aquella discusión para más tarde y centrarse en rellenar las lagunas de su conocimiento. ¿Podía Oppie ayudarle también en esto? Ese día había sido prodigioso y ya tenía un lugar ideal, pero la única manera de calcular el tiempo y el personal indispensables era conociendo los detalles precisos sobre la construcción de la bomba. Algo que ni el Pentágono ni Bush ni Lawrence habían podido darle. Conocía algunas dificultades. Por ejemplo, el isótopo requerido de uranio no iba a estar disponible antes de un año y el asunto del plutonio era aún más arriesgado, y podía ser que no pudieran producirlo. Tenía detalles aquí y allá, pero no tenía la descripción completa del proceso y necesitaba tenerlo para poder establecer objetivos a corto, medio y largo plazo. Las metas deberían quedar claras antes de *invitar* a científicos a Los Álamos o a la ciudad de los calutrones. Tampoco sabía cuánto se tardaría en construir una bomba. Nadie se había atrevido a hablar de fechas concretas.

—Si tuviera todos los medios necesarios a su alcance, ¿cuánto tardaría en construir el dispositivo U?

—No menos de dos años. Y no más de tres y medio —aventuró Oppie.

El general no esperaba una respuesta concreta, y menos aún una tan concreta. ¿Más de dos y menos de tres y medio? ¿A qué jugaba Oppie? ¿A quién quería engañar? Era imposible ser tan exacto.

—Eso cree, ¿eh? —preguntó e inmediatamente pensó que le habían ofrecido un presupuesto para dos o tres años. ¿Tenía Oppie conocimiento de esa información? Él pensaba que podrían darle extensiones a cuatro o cinco años, o al menos eso era lo que había ocurrido con la construcción del Pentágono. El tiempo y el presupuesto son siempre flexibles. Una vez que se ha conseguido algo y los inversores piensan que la tarea se acabará con éxito.

En lugar de contestar a la pregunta, Oppie formuló otra:

—¿Cuánto durará la guerra?

El general miró al hombrecillo con cara de pasmo. ¡Dios mío! Eso era. Debía terminar una bomba atómica antes de que acabase la guerra. Si no, no serviría de nada. Y el Pentágono había predicho que el conflicto no duraría más de dos o tres años.

—Menos de tres.

—Eso había imaginado. Este proyecto ha de progresar de modo acelerado. Habría que comenzar a reclutar ya, porque enlistar no será fácil. ¿Quién querrá venir a vivir entre monstruos de Gila, escorpiones y serpientes de cascabel?

—Bueno, si dejamos las bañeras y un par de cafeterías tampoco estorbarán... Los uniformes podrían no ser una prioridad si aceptan otras condiciones...

—No tenemos que ser escrupulosos en nuestra explicación de la misión. Salarios altos —miró al general y este asintió, le gustaba pagar bien—, y conseguirá lo que todo ser humano desea: cumplir con su destino y hacer historia.

—Y eso le incluye a usted. —Había sarcasmo en el comentario. La grandilocuencia de Oppie empalagaba.

El científico no se inmutó. Kitty le había preparado bien. Nada que dijese conseguiría enfadarle.

—*E vero*. Incluyendo a este miserable, ¿y cuál es su excusa?

—Cumplo órdenes —dijo el general sin ninguna entonación—. La Historia y el destino me importan un carajo.

La Fonda

En Santa Fe, Oppie aparcó al lado de la basílica de San Francisco y desde allí caminaron doscientos metros por una acera polvorienta hasta La Fonda, un pequeño hotel familiar que llevaba desde el siglo anterior sirviendo comidas a los vecinos. Las paredes estaban pintadas con cal blanca, macetas agrietadas con cactus de flores rojas llenaban el alféizar de las ventanas, cuyos cristales estaban manchados de barro. Les recibió una penumbra fresca, la humedad de las vasijas vacías, el olor a guiso y a pasteles hechos al horno. Varios camareros les dieron un recibimiento demasiado informal para el gusto del general. Oppie quitó importancia al comportamiento de estos.

—Es la hospitalidad sureña —explicó.

El militar miró alrededor. En las paredes de barro había colgadas fotografías de los cañones y montañas de la comarca. Las mesas, bajas y alargadas, pintadas de un azul intenso, estaban cubiertas con manteles de cuadros verdes y blancos. Dos hombres blancos, vistiendo sombreros, comían y hablaban de arqueología en una esquina. El general y Oppie se sentaron en la mesa más alejada de ellos.

El menú incluía cuatro platos baratos. Oppie llamó a los camareros con una palmada. El camarero comentó, mientras se arreglaba el bigote con dedos gordos, artríticos y limpios, que habían echado de menos al profesor.

—Cosas del trabajo. Cada vez me pide más dedicación. Pero qué te voy a contar a ti que tú no sepas.

No aceptaron el pollo frito con frijoles negros y pidieron filetes de buey con patatas fritas, vino de California, zinfandel tinto si era posible, para Oppie, y una cerveza para Groves.

El general, ansioso por resumir la conversación, no esperó a que llegase la comida, necesitaba detalles. Antes de preguntar, observó a Oppie por unos segundos. Parecía relajado, recostado en la silla, una mano sobre la mesa y la otra en la servilleta extendida sobre sus piernas. ¿Podía aquel hombrecillo liderar un ejército de científicos? El informe del FBI mencionaba que vivía como un parásito de la ciencia de otros.

—Necesito datos. Datos sólidos. Primero, dígame, ¿puede hacerse?

Oppie le miró con candidez. Intentó esbozar, sin conseguirlo, una sonrisa benigna. Aquella pregunta demostraba su ignorancia total. Se recostó en la silla y meditó la respuesta. Luego, asintió.

—Voy a hacer un resumen de los artículos de Frisch, Heisenberg y Joliot...

El militar había leído algunos sin entender nada. Y sabía que pocos físicos sin experiencia en temas nucleares podían comprenderlos, con fórmulas matemáticas o sin ellas.

—Asuma que los he estudiado —ordenó moviendo las manos con impaciencia— y deme la explicación que le daría a su mujer.

Oppie se sonrió pensando que Kitty se habría ofendido.

— Este campo es tan nuevo que los científicos e ingenieros en Los Álamos progresarán juntos en un terreno desconocido. Sin embargo, existen un par de cosas conocidas, son sencillas, y esas sí puedo explicárselas.

El general respondió con la mueca que dibujaría un pachón. Oppie le miró divertido. ¡Aquel bruto tenía que ser su mejor alumno!

—¿Preparado? Así es como se construye una bomba atómica.

Aquella frase casi levantó de la silla al general que, cuando vio que se acercaba el camarero, se puso el dedo en los labios indicando silencio.

Una invitación a pensar

El camarero llegó con las bebidas. Oppie olió el tapón, giró la copa entre los dedos de una mano, tomó un sorbo, examinó la etiqueta y dio el sí al vino barato. Mientras tanto, su compañero vació la mitad de su jarra de cerveza y se limpió la espuma del bigote con el dorso de la muñeca.

—Tenía sed —explicó, cuando Oppie le miró, y pidió otra cerveza—. ¿Sabe cómo se las arreglan para mantenerla tan fría?

Llegó la comida, antes de que Oppie pudiese comenzar la explicación. Los filetes eran gruesos y tiernos. Comieron en silencio. Cuando acabó, Oppie encendió la pipa tratando de apartar la vista de Groves, que masticaba con la boca abierta permitiendo ver sus dientes amarillos y negros. Cuando acabó de engullir el filete con un ruidoso sorbo de su tercera cerveza, hizo gestos con la mano para que comenzase la lección.

—Sabemos que necesitamos disparar una reacción en cadena de neutrones. Si lo conseguimos, la energía liberada por la fisión tendría un enorme poder destructivo, algo así como la masa del explosivo multiplicada por el cuadrado de la velocidad de la luz. Un número casi imposible: una explosión infernal.

—¿Cuánto explosivo? —Groves sacó el cuaderno de notas y el lapicero—. Ha de ser más específico.

—Un kilogramo de uranio es equivalente a dos toneladas de dinamita —afirmó Oppie, aunque nadie lo sabía con certeza.

—¿Por qué uranio y no hierro o plomo?

Oppie le miró a los ojos. El general tenía toneladas y toneladas de uranio y no sabía para qué servían.

—El uranio es el elemento más grande que existe. Debido a su tamaño su núcleo es inestable. Si se le añade un neutrón, explota como un globo que se ha hinchado demasiado —explicó, soplando el humo hacia el techo.

—¿Por qué dispararemos al núcleo con neutrones?

—Los átomos tienen un escudo eléctrico capaz de proteger el núcleo de ataques con partículas que posean carga. En la silla en la que usted está sentado, general, sus pantalones reposan en las órbitas más externas de los átomos, no llegan a tocar los núcleos de la madera de la silla. Pero el neutrón no tiene carga y es capaz de atravesar el escudo y chocar contra el núcleo y partirlo en dos.

— Y ese núcleo liberará neutrones y bla, bla, bla. Entiendo la reacción en cadena de neutrones. Pero ¿por qué este proceso causa una explosión?

El camarero se acercó con la bandeja de postres. Oppie pidió una macedonia de fresas, arándanos, frambuesas y moras, y el general el adobe grande, un enorme trozo de chocolate. El camarero curvó su mostacho en una mueca de satisfacción y se fue.

—¡Excelente pregunta! Como decía, la fisión de los núcleos libera en un instante muchísima energía en un espacio infinitamente pequeño y la necesidad para expandirse de esa energía ocasiona la explosión. Un par de núcleos harían saltar su jarra de cerveza hasta el techo. Pero una reacción en cadena que funcionase solo con un diez por ciento de eficiencia calentaría el uranio a diez mil millones de grados en un segundo.

—¡Dios mío! —Su cerebro de militar expresó el número en destrucción—. Un infierno en la tierra.

—Amén.

—Nunca se ha hecho una bomba atómica. ¿Cómo calcularíamos la potencia de la explosión? —Groves sabía que la pregunta, que indagaba en el poder de destrucción de la bomba, era para un militar no para un físico teórico, pero la formuló igualmente.

—Pregunta de militar y con respuesta matemática: la energía liberada por un átomo durante su fisión es diez millones de veces más alta que la energía liberada por un átomo durante un proceso químico, como el de encender un fósforo o una explosión de dinamita.

—¿Un kilo de uranio equivale a dos mil toneladas de dinamita, dos kilotones? ¡Extraordinario!

Oppie sabía que la fórmula matemática para estos cálculos no se había descrito aún. Él mismo había intentado resolverla sin suerte. Esta vez había ido de farol.

—¿Cuál será el poder destructivo en una ciudad de la primera bomba atómica?

Otra pregunta de militares.

—¿Recuerda la explosión de Halifax? —Groves asintió recordando que dos barcos cargados con explosivos habían colisionado y el estallido había destruido el puerto de Canadá—. Es una explosión que ha sido estudiada con detenimiento: sabemos el radio de la zona destruida y que fueron dos kilotones de explosivos, así que podemos inferir la potencia del dispositivo nuclear partiendo de los datos de esa y otras explosiones accidentales. Si hay tiempo, lo mejor sería ensayar el prototipo del dispositivo.

Groves escribía a gran velocidad y cuando terminó, no hizo ningún comentario y disparó la siguiente pregunta:

—¿Qué es masa crítica?

Esa pregunta casi hizo que Oppie saltase de la silla. Se dio cuenta de que Groves no había entendido nada del informe MAUD. Él había devorado la copia que, saltándose la disciplina, le había pasado Lawrence. Y si algo estaba bien explicado allí era el concepto de masa crítica.

—Define la cantidad de uranio requerida para una reacción en cadena. Es decir, para construir una bomba se necesita una masa apropiada o crítica. Hablamos de cantidad subcrítica cuando es incapaz de sostener una reacción en cadena.

Groves se quedó callado de nuevo escribiendo sin pensar. Oppie vació la pipa, que se había apagado, y la llenó de nuevo tomándose su tiempo. Luego, tomando el mechero que el general había dejado sobre la mesa, la encendió y dio dos caladas profundas para avivar el fuego. Echó el humo por la nariz. Dejó el mechero en la mesa y se recostó en la silla. Hacía años que no se divertía tanto.

—¿Masa crítica y detonador?

Otro tecnicismo bien explicado en el informe de los ingleses.

—Buena pregunta. La idea es como sigue: si construimos dos masas subcríticas y las colocamos en un recipiente no pasaría nada. Si las hacemos colisionar, en el momento oportuno, se formaría inmediatamente una cantidad crítica que provocaría la explosión.

Viendo que el general no comprendía la importancia, Oppie le explicó el sistema de lanzar una masa subcrítica contra otra, tal como estaba descrito en el informe MAUD.

—Ah, sí. Creo recordar haber leído que podríamos usar un cañón. ¡Ahora lo entiendo! ¿Cuánto uranio se necesita para una masa crítica?

Hablaba casi a gritos. ¡Entendía cómo querían construir la bomba!

—Si el U-235 es puro, no mucho. Menos de cinco kilogramos —contestó Oppie tratando de recordar los cálculos de Chadwick.

—Apenas cinco kilos de explosivo. Aunque la bomba, debido al cañón que dispararía una masa subcrítica contra la otra, pesaría más de una tonelada.

—¿Cómo lanzaremos la bomba? ¿Como si fuera el torpedo de un submarino? —Eso era lo que le habían sugerido en Washington. Solo quería confirmarlo.

—Tendría un efecto más demoledor si fuese lanzada desde un avión.

Groves se quedó con la boca abierta. Un torpedo iba bien para un puerto. Un avión podía usarse sobre Berlín. Había aprendido más en las últimas veinte horas que en los varios meses que llevaba preparándose.

—La mejor conferencia de ciencia de mi vida.

—¡Usted me abruma!

—Necesitaré la información por escrito.

—Puedo escribir una *Introducción a Los Álamos* e imprimir copias para que los recién llegados entiendan lo básico de la física del dispositivo de uranio, es decir, lo que nosotros dos ya sabemos.

—¿Cuánto tardaría en prepararme un borrador?

—Tres semanas.

—Pruebe a hacerlo en semana y media.

El general puso el punto final a la cena con un eructo doble. Había llegado a la conclusión de que Oppie tenía que ser su mano derecha y dirigir Los Álamos. Quedaba un obstáculo: el informe del FBI indicaba que Oppie no sería elegible para el nivel de seguridad necesario, dados todos su defectos y amistades peligrosas. Antes de defenderle delante de los federales, le haría varias preguntas clave. Pero eso sería al día siguiente.

—Supongo que disponemos de dos habitaciones. ¿Qué le parece si nos vamos a dormir? Mañana debemos hablar sobre otros aspectos del proyecto y quiero que esté descansado.

Ambivalencias

En 1940, Santa Fe era un pequeño lunar en el desierto de Nuevo México entre Taos y Albuquerque, apenas visible en el mapa de Estados Unidos; la mayoría de los americanos no sabían que existía. Nuevo México era un sitio de paso, que parecía abandonado entre Texas y Arizona y con solo algunos ciudadanos más que Alaska. Tenía atractivo para un escaso grupo de arqueólogos y antropólogos interesados en los orígenes y costumbres de los navajos. Otro pequeño grupo de personas atraídas también por Nuevo México eran los enfermos de tuberculosis porque los sanatorios de Albuquerque ofrecían el clima adecuado para una posible cura.

Por todo ello, nadie sospechaba que Santa Fe era una base de espías soviéticos. Y había servido de base de operaciones para varias misiones ilegales. Los agentes de Stalin la habían escogido para organizar el asesinato de Trotsky, quien había huido a México. Los soviéticos se instalaron en un *drugstore* de la calle San Francisco. Un espía ruso, G, había escogido ese edificio porque tenía una llamativa puerta de entrada y una disimulada puerta de atrás, camuflada entre árboles y escondida tras una valla de madera, a la que se llegaba desde el sótano de la tienda. Una casa con dos salidas, y en diferentes niveles, diferenciaba una casa trampa de un escondite seguro. G había seducido a la dueña del *drugstore*, Katie Zock, y la había reclutado para la causa comunista.

Siguiendo órdenes del Kremlin, G contactó con dos asesinos. S era mexicano, uno de los fundadores del Partido Comunista en México; y M era un macho enamoradizo español captado por los soviéticos durante la guerra civil de España. Ninguno de los dos tenía conexión con Rusia. El 23 de mayo de 1940, S y una docena de pistoleros abrieron fuego contra la mansión de Trotsky en México. El aparatoso atentado falló.

G lanzó la segunda operación también desde Santa Fe. Esta vez sería una acción suicida. M, haciéndose pasar por ciudadano canadiense, cautivó a la secretaria de Trotsky. Esta programó una reunión entre el asesino y el político en la casa de este último y durante dicha reunión, M le clavó un piolet en la nuca.

Stalin había ordenado a G planificar la ejecución de la familia de Trotsky. Para ello, G necesitaba abandonar Santa Fe y establecer pisos francos en México y Europa. A pesar de los nuevos destinos de G, la inteligencia rusa mantuvo abierto el *drugstore*, pagando a su dueña el sueldo de un espía residente. Tener una base en Estados Unidos siempre era conveniente.

El general y Oppie dormían plácidamente, después de un día duro, a pocos metros del nido soviético.

El precio de los pensamientos

En La Fonda, a la mañana siguiente, frente a un desayuno a base de huevos, salchichas y un revuelto de patatas fritas, pimientos, guindillas y tocino, acompañado de abundante café, el general y Oppie reanudaron la conversación sobre su misión secreta.

—Asumamos que tiene permiso y recursos para traer a Los Álamos a los científicos necesarios, ¿cuánto tardaría?

—Unos meses.

—Una vez elegido al director de Los Álamos, ¿cuál sería el siguiente paso?

—Apoyar a Leo Szilard y Enrico Fermi y dar prioridad absoluta a su *pila*. Necesitamos saber si podemos iniciar una reacción en cadena y si podemos fabricar plutonio partiendo de uranio.

El general sabía que Fermi era un premio Nobel, como Lawrence, como muchos otros, y Oppie no tenía ese nivel. Se preguntaba si eso constituiría un problema. ¿Podía Oppie ser el líder de un grupo de premios Nobel?

—Me han dicho que aún no ha ganado el Nobel...

Oppie supo qué quería decir. El comentario no le pillaba de sorpresa: Kitty le había preparado para ello y tenía varias respuestas. Mientras pensaba para elegir la más apropiada, apartó el plato de comida y encendió la pipa. Dio varias caladas creando una cortina de humo entre él y Groves, y luego escogió la respuesta más divertida.

—Es una realidad dolorosa —aceptó con calma— que ni usted ni yo somos premios Nobel —el general, que estaba tenso por desafiar el liderazgo de Oppie, se relajó y soltó una carcajada—. Nuestro trabajo es usar esas increíbles herramientas mentales que han sido laureadas en Suecia para ganar la guerra. Los sabios sufren de una visión demasiado enfocada y parcial. Unos son genios de las matemáticas, otros de la física, otros de la química, otros serán los mejores en explosivos, otros en máquinas de cálculo, otros en radares, otros en ingeniería o en mecánica cuántica, y, sin embargo, ninguno tiene una visión global del problema: saber tanto de un tema les impide profundizar en los demás. —El general apartó el humo de su cara moviendo las manos y tosió. Oppie, entonces, apagó la pipa y habló más despacio—. Usted lo ha comprobado en su entrevista con Lawrence. Si queremos triunfar, debemos ser inclusivos y crear un ambiente que alinee sus conocimientos y nuestros objetivos. Si me permite usar el símil de los neutrones, necesitamos una masa crítica de premios Nobel y luego hacerlos trabajar en cadena. Eso requiere habilidades y talentos que no se asocian con un currículo académico.

Groves estuvo de acuerdo. Las competencias que precisaba un directo diferían de las de un trabajador especializado.

Eso era así también en el Ejército. El general notó que se le había acelerado el pulso. Había llegado el momento de la verdad. Cerró los ojos en un acto reflejo y disparó la pregunta:

—¿Hay algo en su biografía que le impida ser el director de Los Álamos?

Oppie también había predicho que, si las cosas iban bien, le harían esta pregunta, así que había planeado una respuesta con Kitty. Vio que el militar encendía un cigarrillo con gesto nervioso. La tensión creció con el paso lento de los segundos.

—Hay mucho, me temo. —Groves tragó saliva. ¿Iba a ser aquello una confesión?—. ¿Quiero invertir la cantidad de tiempo y esfuerzo necesario para un proyecto tan ambicioso? ¿Estoy preparado para solventar obstáculos a muchos niveles? Siendo optimista, creo que sería un placer trabajar con usted, yo diría que nos complementamos bien, y que el director del proyecto sea compatible con el coordinador científico es un aspecto esencial para el éxito de esta misión. Otro punto a favor es que, como usted ha podido comprobar, me encantaría vivir en Los Álamos.

Groves asintió aliviado, pero seguía sin tener una contestación para su pregunta.

—Fermi, Lawrence y los demás, ¿le apoyarían?

—Son buena gente y quieren destruir a Hitler, así que cooperarán —afirmó, aunque sabía que iba a tener que vencer la oposición obtusa de muchos de ellos.

El general siguió yendo directo al grano:

—Júreme por Dios que no es comunista.

—No pertenezco ni a ese partido ni a ningún otro. Si me permite una confesión personal, creo que la mayoría de los principios marxistas son defectuosos, sino bobadas. ¿Cree usted que un tipo como yo podría aceptar el modo de vida que propone el comunismo?

—¿Daría su vida por la patria?

—Sin duda. ¿No lo haríamos todos? —inquirió con calma.

El general miró a los ojos a Oppie, y lo que vio acabó de convencerle: para el científico, el proyecto no era uno más, ni siquiera el más importante; aquel era *su* proyecto y mataría para cumplir los objetivos del mismo. Oppie sería un buen soldado.

—Voy a serle sincero, Oppie. Es usted mi mejor candidato, aunque no el único. Y tengo que hablarlo con el comité y el secretario de Defensa, y al final será Roosevelt quien tome la decisión. Ellos podrían tener otros candidatos. No van a aceptar deshacerse fácilmente de Lawrence. En fin, hay muchas cosas que debemos solucionar.

Oppie enarcó las cejas. ¿Iba a ser el director del proyecto? Kitty no se lo iba a creer. Su plan había salido a las mil maravillas.

Groves aplaudió para llamar al camarero. Le pidió «frutitas para el profesor» y preguntó si quedaba más adobe. Antes de coger el tren, e ignorando dónde se metían, Groves y Oppie entraron en el *drugstore* cercano a la posada para comprar tabaco. La dueña les atendió con amabilidad.

—No se ven muchos militares por aquí —comentó Katie Zock.

—Es un asunto de arqueología. Investigamos los ejércitos de los nativos. Excavamos tumbas y buscamos armas primitivas.

—¡Gracias a Dios! Por un momento pensé que estaban aquí por la tuberculosis.

Apenas unas semanas más tarde, Oppie, flamante director del Proyecto Manhattan y máxima autoridad civil en Los Álamos, estableció la oficina de bienvenida para los científicos y sus familias en el número 109 de la calle East Palace, en Santa Fe. No lejos del *drusgtore* de Katie Zock.

Los húngaros

Leo Szilard y Edward Teller tenían prisa. Estaban disgustados con el ritmo al que avanzaba el proyecto del uranio. No obstante, con la llegada de Oppie, las cosas habían mejorado.

—Heisenberg y Hahn quieren el agua pesada, no solo el uranio.

Las noticias filtradas de la Alemania nazi señalaban a Heisenberg, líder de la nueva ciencia atómica, que había sido discípulo de Bohr y que había formado a Teller en la física atómica, como el jefe del proyecto de la bomba atómica nazi. Hahn era el director del laboratorio donde por primera vez se había observado la fisión nuclear. Eran dos de los mejores científicos del mundo. Incluso a Einstein le costaba trabajo seguir sus teorías y descubrimientos. Hitler estaba jugando sus mejores bazas.

—Está usando agua pesada y uranio —explicó Teller, y sonó como si sugiriese que ellos deberían hacer lo mismo. Sentía admiración por el Heisenberg científico: el alemán era un genio. Si bien le daba náuseas pensar que este creía a ciegas en la filosofía del Führer y en esa bobada criminal de las razas superiores.

—El agua pesada es un engorro —protestó Leo—. Nosotros usaremos grafito.

—Heisenberg ha desechado ese método —repuso Teller como una advertencia.

—No puede acertar siempre.

—Chadwick está de acuerdo con Heisenberg —insistió Teller. Su tozudez era conocida en el ambiente de la física, discutir con él equivalía a darse golpes contra una pared.

—Cambiará de opinión —dijo Leo bajando el tono de voz. No quería enfrentamientos—. Estamos comprando tanto grafito como podemos... Fermi piensa como yo...

—¿Con seis mil dólares?

—No. Fermi ha pedido más. Al menos cuarenta y cinco mil...

—Que espere sentado...

—Las cosas han cambiado. Oppie ha revolucionado las cosas. Ha terminado con la inercia y ha hecho despegar el proyecto. Y no sé de dónde saca el dinero, porque lo tenemos a espuertas. Oppie ha asignado un millón de dólares de presupuesto para la totalidad del proyecto. Entiende la importancia de diseñar un reactor nuclear.

—¡Está loco! —exclamó Teller, que no aguantaba a Oppie—. Hoy te lo da y mañana te lo quitará. Nunca ha entendido nada.

—Loco como todos nosotros, en el buen sentido de la palabra —dijo y añadió en voz baja—: cree en mí.

Si Teller tenía dudas sobre Oppie, este no albergaba ninguna sobre Fermi. Su genio, como el de Bohr o Chadwick, estaba por encima de toda duda. Él solo había revolucionado la física del uranio. Y si se le escapó la fisión, bueno, también se les había escapado a otros. Y Fermi, afincado sólidamente en Chicago, sabía cómo construir un reactor nuclear y cómo usarlo para producir plutonio en cantidades industriales. Una bomba atómica de plutonio, en teoría, sería más fácil de construir que una de uranio y podía armarse en semanas. El plutonio, a diferencia del uranio, permitiría la fabricación de bombas atómicas en serie.

—¿Qué modelo seguiréis para el reactor?

—El Papa —dijo usando el sobrenombre que le daban a Fermi— prefiere llamarlo la «pila», y tendrá una estructura similar a la de Volta: capas alternas de dos materiales. En nuestro caso: grafito y uranio. Si no, tenemos que usar agua pesada, ¿entiendes, amigo mío? Podemos montar la *pila* en cualquier espacio.

—¿Y para detener la reacción? ¿Cobalto? ¿Como Heisenberg?

Leo asintió. El cobalto, según los espías aliados en Alemania, absorbía neutrones como las esponjas absorben agua.

Teller chasqueó la lengua. Las cosas en las que se metía Leo comenzaban con un gran impulso y luego terminaban en agua de borrajas. Tenía un talento especial para destruir lo que había comenzado y destruirse a sí mismo en el camino. Un genio pasado de revoluciones que se inmolaba a lo bonzo, como un monje tibetano, cuando quizá el proyecto iba por el buen camino. De todos modos, resultaba difícil no tenerle cariño. Un tipo con un sentido moral envidiable que valoraba como nadie la camaradería, más necesaria ahora que nunca, y la amistad.

—Ojalá tengáis suerte, amigo mío.

Un reactor nuclear construido en un gimnasio

Fermi encontró un lugar para construir su *pila*: un gimnasio abandonado en el campus. Un local enorme con techos muy altos y vacío. Durante las siguientes semanas, los carpinteros de la universidad colocaron sobre capas de madera los diferentes niveles de barras de grafito y esferas de óxido de uranio. Los frenos de la reacción —que absorberían el exceso de neutrones cual esponjas— cubrían bastones de madera con una fina capa de cobalto y los insertaron perpendiculares a las capas de grafito y uranio. La *pila* consistía en cincuenta y siete niveles de grafito y uranio. Fermi examinó aquel cubo de materias sofisticadas, en apariencia inocuas, que esperaban una luz verde para encenderse como un mortífero árbol de Navidad. No podía evitar sentirse orgulloso de su obra magna mientras calibraba los numerosos contadores Geiger y termómetros. El calor y la radiactividad serían los indicadores de que la reacción en cadena había comenzado y de cómo se desenvolvía.

Era difícil imaginar que aquella montaña de madera pudiera producir energía: el uranio y el grafito eran materiales divertidos, pero el entramado de la física detrás del experimento tenía muchos agujeros. El Papa acabó la novena inspección y comenzó a dictar las últimas instrucciones. Fue entonces cuando Leo, que se había ausentado durante las semanas de la construcción, entró en el gimnasio.

—¿No querías mancharte las manos? —le espetó Fermi desde la distancia.

Leo siguió caminando con paso lento bamboleando su abdomen circular, sin hacer caso y evitando mirar a Fermi. Los asistentes se sentaron en las gradas altas. Las tres primeras estaban llenas de aparatos y restos de grafito y maderas. Fermi se sentó en la cuarta fila. Leo subió hasta allí y se acomodó a su lado.

—Sabes que soy un manazas —repuso evitando todavía la mirada del italiano. Y después de admirar la obra por unos segundos, preguntó—: ¿No es preciosa? ¿Quitas los frenos o no?

Fermi miró con desprecio las manos rechonchas, pequeñas y limpias del húngaro.

—Como quieras, jefe. ¡Fuera el uno! —gritó torciendo la boca.

En un silencio solemne varios estudiantes retiraron el primer bastón de cobalto. Lo hicieron muy muy despacio, sin ruido. Pasaron cinco minutos observando. No hubo humo. Los Geiger permanecían callados como tumbas. El mercurio de los termómetros no se inmutó.

—Mira a Fermi —comentó un estudiante—, no se asusta. Tiene la sangre más fría de Chicago.

Chicago. El Papa parecía inmune al hecho de que el experimento se realizase en un núcleo urbano de tres millones de personas. Eran esos datos de geografía humana los que habían mantenido a Leo despierto las dos últimas semanas. Matar a un ser humano, para Leo, era una aberración insoportable. Había pensado en decirle a Fermi que detuviese el experimento y que moviesen la *pila* a un lugar desierto. Si la *pila* explotaba y causaba víctimas no podría soportarlo. Sabía que Fermi le necesitaría a su lado, sobre todo si las cosas iban mal. Podía tener ideas. Dos cerebros piensan mejor que uno durante una emergencia. Aunque si la cosa descarrilaba completamente poco iba a poder hacerse. Ni siquiera podrían salir corriendo. Sería inútil. La explosión arrasaría media ciudad en cuestión de minutos.

—¡Fuera el dos!

De nuevo, el lento ritual de los estudiantes cuidadosos, conscientes de lo que se jugaban. Minutos después las agujas de los instrumentos seguían muertas. Algunos asistentes comenzaron a dudar y a ponerse nerviosos. Las toses se multiplicaron. Comenzó a oírse algún comentario jocoso.

—¡Retirad el tercero!

El bastón fue retirado, ahora más rápido que los dos primeros, con menos cuidado ya, con menos miedo. Las manos de los jóvenes habían dejado de temblar. Se hizo de nuevo el silencio. Se oyeron las campanadas lejanas de una iglesia, pero no se escuchó grajear ningún Geiger.

Con cada bastón la esperanza de generar energía se desvanecía más rápido. Las tosecillas y los chasquidos de lengua que la audiencia, con las excepciones de Leo y Teller —sentados en la última grada—, sugerían que el experimento había fracasado. La *pila* de ocho metros de alto semejaba una pira funeraria donde yacía enterrado el primer experimento de la era atómica. Un montón de leña. Una pila de materiales inútiles. ¿Tenían razón quienes pensaban que la reacción en cadena era un cuento para bobos?

—Tontos atómicos —murmuró un viejo profesor—. Eso es lo que somos.

Los comentarios llegaban a los oídos de Fermi. Cada asistente habría hecho el experimento de un modo diferente. «La *pila* es un modelo simplista. Debimos usar agua pesada, ¿cuándo aprenderemos de la eficiencia alemana?». Querían que aquello acabase y poder irse al bar y olvidar la *leyenda* de los reactores atómicos. Y por fin se oyó la excusa favorita de los reaccionarios: «La tecnología requerida para hacer un reactor nuclear aún no está disponible».

—Somos víctimas de las *visiones* de Leo —dijo un profesor señalándose la sien indicando que el húngaro estaba un poco loco.

—Hay demasiadas lagunas en la teoría. Las cantidades de grafito y uranio se han calculado a ojo. Las auténticas deducciones son imposibles. Se ha hecho todo tratando de adivinar esto y aquello. Faltan las matemáticas.

—Hay que volver atrás, a repasar lo básico —dijo alguien sin saber que esa era una de las frases que más odiaban Leo y Fermi.

—Y reformular las fórmulas —otro comentario y otro agravio. Se quejaban del rigor científico. Algo intolerable para Fermi: nadie debería cuestionar su ciencia.

Muchos tuvieron pensamientos negativos que no verbalizaron. ¿Erró Fermi con la fisión nuclear? ¿No le habrían dado el Nobel por error? Ahora se había equivocado otra vez. Había anticipado que detectaría radiactividad con la retirada del tercer o cuarto bastón, y había sido muy franco al respecto: incluso había llegado a apostar sobre el resultado.

A pesar del escepticismo nadie abandonaba el gimnasio. En la atmósfera seguía flotando el aire de los momentos históricos. Y el Papa aún inspiraba mucho respeto. Quedaba el último freno de cobalto y las agujas seguían mudas. Fermi comenzó a pensar que quizá los veteranos tenían razón. Estaba decidido a terminar y volver a estudiar sus cálculos. Prepararía otra *pila* durante los meses siguientes, o quizá esperaría un año entero...

Fue entonces cuando Leo, sentado a su lado, sacó una pequeña botella de grappa del bolsillo de la chaqueta. Era de la bodega de Milán favorita de Fermi.

—No puedo esperar para brindar.

Hablaba con voz suave y con determinación. Fermi observó las agujas quietas en los instrumentos, negó con la cabeza y se giró hacia Leo para gritarle, pero percibió en sus ojos esperanza y pánico. Vio reflejados en ellos sus propios sentimientos contradictorios. Leo dudaba, pero no iba a retroceder ahora. Se dejó llevar por una valentía sin causa.

—Fuera el bastón. *Avanti!*

—Eso es —le dijo un estudiante a su novia—. Acaba y vámonos.

Ella ahogó la risa tapándose la boca con la mano.

Groves viaja a Washington

Primero en Boston y luego en Washington, Groves propuso a Oppie como director del Proyecto Manhattan. Su decisión fue calificada de salto al vacío. Bush y Conant expusieron la predecible batería de comentarios: Oppie era una pieza menor en física y un don nadie en el área nuclear; sus publicaciones científicas, escritas con torpeza, eran escasas; dirigía un seminario sobre explosiones nucleares, pero lo hacía para darse autobombo; no era experto en ese tema y las autoridades académicas de Berkeley o Caltech no le tomaban en serio; como persona, sus defectos eran notables y su vida privada estaba teñida de escándalo. Groves debía aceptar el informe del FBI y rectificar. ¿Quién debería estar al mando? Debía escogerse a un premio Nobel como Lawrence o Fermi.

El general esperaba la tormenta de críticas, pero se mantuvo firme en su decisión. Era parte de la disciplina militar. Una vez que se toma una decisión se llega hasta el final. La construcción del Pentágono tuvo más críticos que ladrillos.

—Es mi equipo y es mi gente —contestaba encogiéndose de hombros—. Solo hay un candidato: el doctor Julius Robert Oppenheimer.

—¿Contra la recomendación del FBI?

—Nunca han visto a Oppie. ¡El informe menciona que sus ojos son marrones! Si hiciésemos caso al FBI la mitad del país estaría en la cárcel por homosexual, judío, comunista, espía o terrorista. Viven de crear paranoia. Trabajan inmersos en conspiraciones.

Estos eran sus planes: Oppie iba a estar bajo su directo control y tendría un grado de tolerancia cero con su vida privada y sus actividades políticas. El FBI era más que bienvenido para seguirle de cerca y la OSS, la oficina de contrainteligencia fundada por Roosevelt, podía espiarle en su casa, en su coche y en su oficina. El personal del FBI y de la OSS podía trabajar encubierto en el sitio Y. Si no se aceptaban esas condiciones y se vetaba a Oppie, tendrían que buscarse otro general.

Bush, Conant y el secretario de Defensa no querían luchar contra un hombre que tenía el visto bueno del presidente, por lo que aceptaron el nombramiento de Oppie, pero impusieron un tiempo de prueba. Si Oppie resultaba no ser la persona adecuada en seis meses, Lawrence, Fermi o Chadwick le reemplazarían. No habría queja ni excusa. La sustitución de Oppie sería automática e irrevocable. Era una condición estándar, y Groves la aceptó.

—Gracias, caballeros. Sé que aceptan un riesgo y me alegra que hayan decidido apoyarme. Si no tienen nada más para mí, debo irme. He de coger un tren.

El general se dirigió a la estación dudando de si había hecho lo apropiado. Esperaba que Oppie no se pasase de listo en los seis meses que quedaban. Bush y Conant se quedaron preocupados. ¿Quién le comunicaría a Lawrence y Fermi que su despreciado rival iba a ser su jefe?

La marca de Caín

En Berkeley, Lawrence vivía consumido por la furia. Su *amigo* le había traicionado y robado su puesto. ¿Cómo había sido posible? No tenía experiencia en organización y carecía de una formación universitaria de ingeniero. El general no era que tuviese pocas luces, es que estaba ciego. Conseguiría que el proyecto fracasase.

Llevaba tres meses trabajando en Calutrolandia en el profundo Tennessee y había regresado a Berkeley para dirigir un experimento del ciclotrón. Por la mañana entró en la oficina de Oppie, hizo un gesto a Priscilla y, antes de que ella pudiera detenerle, empujó la puerta sin llamar.

—Cómo duermes por la noche, ¿eh? —gritó, sin apercibirse del olor perfumado de tabaco de pipa y café ni de la brisa fría que entraba por la ventana—. El gerente de una tienda de hamburguesas tiene más experiencia de director que tú. ¡Eres patético!

Oppie se sentó con un aire condescendiente. La pipa humeaba en su mano. Cerró la ventana como queriendo contener la información en aquel cuarto.

—¡Cielo santo! —siguió Lawrence—. Nadie querrá trabajar contigo cuando sepan lo que me has hecho. Cuando se den cuenta de lo que eres capaz. Ese sitio... Ese rancho del desierto será una ciudad fantasma. ¡Lejos de cualquier universidad!, ¿estás loco?, ¿qué estabas pensando? ¿Quién va a querer vivir allí? No esperes mi ayuda. ¡Traidor!

La expresión de Oppie se endureció.

—Groves espera colaboración total —dijo e hizo un gesto adusto. El tono de voz se había vuelto histriónico e imperativo—. Y así será. Tú tienes el uranio, las máquinas y un presupuesto generoso. Tendrás que darme el isótopo cuanto antes.

—¿De qué hablas? Tres meses más y dormirás en la calle o en una celda. No sabes ni lo que es la empatía, solo eres feliz en medio del desierto físico y emocional... Pero los demás no somos así. Tres meses, Oppie, te doy tres meses. Y seguro que Fermi te dará menos.

Priscilla abrió la puerta y anunció que Oppie debía ir a su siguiente reunión. Lawrence se levantó. Cogió el cuadro de la pared donde creía que estaba su foto con el ciclotrón y, cuando estaba a punto de estrellarlo contra el suelo, vio que su fotografía había sido reemplazada por una de Bush y Conant. Desde el marco que le había puesto Oppie, los dos le miraban con cara angelical.

—Evoluciona o muere —Oppie le soltó a Lawrence, mientras hacía chasquear los dedos, cogía su sombrero y salía por la puerta, como si fuera el mutis de un actor. En la antesala le guiñó un ojo a Priscilla. No tenía ninguna reunión en su agenda.

Solo en la oficina, Lawrence se lamentó de que su amistad hubiese sido una farsa. Seguía sintiendo aprecio por aquel psicópata. Cuando iba a colgar el retrato vio que en el otro lado había otra foto, pero tampoco era la suya, sino la de Groves. ¡Vaya con el depravado! Pensó que nunca le habían traicionado de ese modo. La frustración de haber perdido su puesto de líder absoluto pasaría pronto, nunca había sido rencoroso y no iba a empezar ahora; sin embargo, sabía que jamás podría superar del todo la decepción que había sufrido con Oppie. Saber que iba a estar alejado de él, que nunca más trabajarían juntos, que incluso viviría, al menos durante el transcurso de la guerra y probablemente después —sobre todo si eso estaba en su mano— en una ciudad muy alejada de la suya, le servía de consuelo. Oppie no era lo que había imaginado. «De hecho —se preguntó—, ¿quién es Oppie? ¿Quién es este nuevo doctor Oppenheimer? ¿Cuáles son sus motivaciones e intenciones?». Cogió su sombrero y estrujó el ala entre las manos, echó un último vistazo al despacho del traidor y cerró la puerta despacio, saludó con un gesto amable a la secretaria y salió a la calle. Priscilla se asomó a la ventana y vio cómo la silueta larga y digna, que caminaba con la falta de estilo propia de un granjero, se difuminaba en la distancia mientras se dirigía hacia la niebla.

El precio de la ambición

En Chicago, la *pila* no funcionaba. Era un juguete roto. La retirada de los bastones de cobalto no había iniciado una reacción. No había física allí. Fermi había dirigido las operaciones hasta que habían apartado el último freno con cara de póquer, pero ahora su gesto se había descompuesto y notaba un temblor, que esperaba fuese imperceptible, en sus manos. La punta de sus orejas ardía.

No era el único en sentirse decepcionado. Dos de sus estudiantes se veían estúpidos al lado de una botella de champán y cuatro copas.

El último bastón fue retirado despacio entre susurros y risas contenidas. Parecían los asistentes a un espectáculo de circo. La tensión había sido sustituida por el humor vejatorio.

Un ruido, al principio casi imperceptible, como un murmullo mecánico, se escapaba de las máquinas. Era difícil saber si era real. Leo fue el primero en percibirlo. Fermi no estaba seguro de oír algo.

—¡Silencio! —exigió Leo.

Y entonces lo oyeron. Cientos de grillos metálicos invisibles parecían huir de la *pila* en todas las direcciones por el suelo y por el aire. La puerta y los asientos del gimnasio comenzaron a vibrar. Los contadores Geiger se volvieron hipercinéticos. La lectura de los termómetros eléctricos mostró una subida rápida de la temperatura en el interior del montón de madera. El ascendente cric-cric cortó la respiración de la audiencia. Leo apretó con fuerza el cuello de la botella de Grappa. Las mofas se acabaron. Ahora se trataba de salir huyendo y tratar de salvar la vida. Fermi había cruzado una raya roja. Leo estaba loco y les había puesto a todos en riesgo de morir calcinados.

Leo imaginó el despertar de un dragón atómico que dormía en el interior de la *pila* y cuyo bostezo podía llenar el gimnasio de fuego. Fermi, en cambio, estaba feliz. Miró hacia atrás sonriendo y mostrando los pulgares hacia arriba en signo de triunfo. Nadie le devolvía la sonrisa, pero ninguno de los asistentes se movió. Su miedo tenía las propiedades paralizantes del pánico. Las miradas se concentraban ahora en los estudiantes encargados de reponer los bastones de cobalto. Estos miraban inquietos a Fermi esperando órdenes. Las conversaciones y críticas cambiaron de tópico.

—¿Por qué solo hay dos personas a cargo de reponer los frenos? Deberían ser al menos seis.

—Podría llegar a ser incontrolable.

—Tiene que hacerse más rápido. O no saldremos de aquí.

Fermi, mientras tanto, calculaba ecuaciones de masa y energía. No podía anotar los números con precisión. Era feliz. Después de la carambola del Nobel fallido necesitaba que algo le saliera bien y a gran escala. Y nada tenía una escala mayor que millones de fisiones nucleares. Las agujas en los termómetros eléctricos y los Geiger habían entrado en la franja roja.

«*Chicago delenda est*», pensó Leo y le dio con el codo a Fermi. El Papa tenía que regresar a la tierra y lidiar con este asunto lo antes posible, o nunca podrían celebrarlo. Ni ganar la guerra.

—¿No te gusta Chicago? Ha sido buena con nosotros.

—¡Insertad el primero! —gritó Fermi por toda respuesta—. Hacedlo despacio y bien.

El cric-cric no retrocedió.

—Segundo, dentro.

Uno tras otro, los bastones iban siendo reemplazados, pero ni los Geiger se callaban ni la temperatura descendía. Las agujas estaban atrapadas en la zona roja.

Leo recordó un informe sobre uno de los primeros intentos de Heisenberg para crear un reactor: la explosión había destruido varios edificios en Leipzig. ¡Y su reactor era veinte veces más pequeño! Si la *pila* explotaba, la detonación se oiría en Canadá.

El estudiante abrazó los hombros de su novia. Ella se había cubierto la boca con las manos y ahogaba su llanto.

La reacción en cadena continuaba. Había transcurrido suficiente tiempo para que estuviese fuera de control.

Leo comenzó a temblar. Miró a Fermi. Este no le devolvió la mirada.

—Insertad el quinto. *Piano, piano.*

Criiiiiic.

Leo comprendió que habían cometido un error. La temperatura había subido demasiado y el proceso no era reversible: la explosión era inevitable.

—Introducid el sexto. Despacio.

«¡Nos olvidamos de refrigerante!», pensó Leo horrorizado.

—¿Por qué insiste en que se haga despacio? —la chica preguntó frustrada a su novio—. Ahora mismo, ir despacio es una precaución de mierda.

Fermi examinó la temperatura. Sin cambios. La secuencia rápida de los Geiger iba más lenta, ¡ra-ta-tá! Y el volumen no era quizá tan alto.

—Dentro el siete. Ahora, despacio.

—¡Mierda con el despacito!

Leo miraba las agujas y los gráficos. Mostraban un descenso de la intensidad, pero la temperatura se resistía a bajar y no abandonaba la franja roja. El silencio en el gimnasio era el de un funeral. Sabía que la explosión se llevaría varios barrios por delante. «¿Qué esperábamos? La naturaleza no puede ser domada». Desechó este pensamiento. Era acientífico.

Fermi señaló los gráficos. Los parámetros estaban a punto de alcanzar valores normales. En los Geiger, los grillos nucleares abandonaban el gimnasio. Quizá hubieran entrado en la zona segura. El cobalto estaba absorbiendo los neutrones. La reacción estaba terminando. Paz y felicidad. *Habemus pila!*

En las gradas, las felicitaciones se contagiaban. La alegría del éxito mezclada con la alegría de seguir vivos. Descorcharon una botella de champán y el taponazo asustó a todos. El miedo se transformó en risas. Los brindis se iniciaron antes de que se reinsertase el último freno de cobalto.

Con los frenos instalados, Fermi se puso de pie.

—Hay un sol dentro de la *pila* —explicó señalándola con el dedo—. Con esta energía, el mundo libre destronará al tirano Negro y al asesino Marrón —dijo refiriéndose a Mussolini y a Hitler. El aplauso llenó el gimnasio—. Queda mucho por hacer. Muchos problemas que resolver, tanto de física como de ingeniería. Pásame la Grappa.

Leo le acercó la botella y dejó que sus miedos invadiesen su mente. Chicago había estado a punto de volar por los aires por su culpa. Habría sido una tragedia solo a medias, porque habría servido para convencer a Roosevelt de que la bomba era posible y que debían construirla para asegurarse la derrota contra Hitler. El proyecto habría progresado con rapidez. Eran tiempos extraordinarios y requerían soluciones extraordinarias. Ahora, la *pila* convencería a los generales. Se levantó. Se despidió con un gesto de la mano y salió a la calle. En el horizonte, podía ver intacta la ciudad más bella de América. Un incendio la había destruido hacía cincuenta años, pero sus ciudadanos la habían reconstruido más hermosa aún. Hoy, sin saberlo, había escapado de otro infierno. Los vecinos, ocupados e ignorantes de lo que ocurría en la universidad, caminaban enfundados en abrigos gruesos. El viento frío le cortó la nariz y las orejas. Se ajustó la bufanda. Entró en el coche. Cerró los ojos y, por primera vez, *vio* el hongo atómico.

Giro de tuerca

Oppie entró en la oficina sonriendo y le guiñó un ojo a su secretaria. Una vez en su despacho, tiró el sombrero al sofá, se sentó en su escritorio y abrió el dosier marcado: «CP-1 *Máximo secreto*». Volvía de visitar varias universidades y estaba contento de regresar a su mesa de trabajo.

Durante las pasadas semanas había hecho lo posible, fuera ético o no, legal o ilegal, para reclutar a los científicos que le interesaban. A cada uno le había dado la excusa perfecta para unirse al grupo: unos querían jefaturas de sección; otros, personal de laboratorio; algunos, amnistías para sus problemas con inmigración; los había que buscaban sanatorios para familiares enfermos o puestos de trabajo cuando acabase la guerra; pocos pedían más salario; y ninguno se quejó de la falta de libertad. Tenía que apresurarse para cumplir las promesas que les había hecho y trasladarlos a su desierto. Cuando cruzasen la verja del 109 East Palace en Santa Fe, sería demasiado tarde para rectificar: habrían firmado un contrato blindado para trabajar con el Ejército hasta que terminase el proyecto. Dimitir sería una traición, además de perderse uno de los más grandes momentos de la historia de la ciencia y la tecnología.

El informe CP-1 venía de Chicago. Un documento detallado e interesante de principio a fin. Las fotos que lo acompañaban informaban sobre el plan de Fermi, la estructura de la *pila*, los aparatos de medición y los resultados iniciales, intermedios y finales. «¡Extraordinario!», se dijo.

—¿Café?

La espalda de su secretaria formaba un arco contra el marco de la puerta. Su dulce mirada buscaba los ojos de su jefe, que le recordaban a una escena de *El gran Gatsby*, su libro favorito.

Volvió con la cafetera italiana y sirvió el producto de los granos defecados por gatos salvajes en Sumatra en tazas de expreso, un regalo de la mujer de Fermi.

—¿Cuándo llega el general? —preguntó sin levantar la vista del informe.

—En un cuarto de hora.

Oppie sonrió y levantó la cabeza. Era evidente por qué muchos la encontraban irresistible. Su pelo color miel, sus piernas bien formadas, ni más cortas ni más largas de lo necesario, y sus pechos, ni grandes ni pequeños, y la piel, suave como la nata, hacía que cuantos estaban cerca de ella sintiesen la necesidad de tocarla. Era una tentación divina. Ella estaba loca por él, y él sabía que podía tenerla cuando lo desease. Nunca se acostaría con ella: no tenía tiempo ni predisposición, su libido había fallecido en Los Álamos. A pesar de ello, caminó hacia ella y tomó sus pechos a través del sedoso vestido y sus dedos trazaron círculos sobre las areolas mínimas de sus pezones. Ella no se movió. Él apretó de nuevo su busto y ella enrojeció y entreabrió la boca; él acercó los labios al lóbulo blanco de su oreja y musitó:

—Hay un proyecto en marcha. No puedes ser una distracción. —Abrió la puerta y ella salió andando despacio.

Oppie se cerró en la oficina y dio la vuelta al cuadro con el retrato de Bush y Conant para que mostrase el de Groves, sopló para limpiar el polvo del cristal, luego sonrió a la sonrisa pachona y colgó de nuevo el retrato. El general llegó antes de que Oppie pudiese sentarse. Se estrecharon la mano con decisión y, después de intercambiar unas palabras sobre sus viajes, Oppie se quejó de que la Universidad de Chicago no hubiese forzado a Leo, Teller y Fermi a incorporarse con urgencia a Los Álamos. El militar trató de tranquilizarle asegurándole que los tres científicos viajarían pronto al desierto. Y preguntó a Oppie qué pensaba sobre la *pila*.

—Han construido un reactor nuclear. No hay duda. ¿Qué planes tiene para él?

—Montaremos uno en Oak Ridge para ayudar a producir uranio para Lawrence y construiremos otro en Hanford, ¿le he hablado de Hanford?, para generar plutonio.

—Por cierto, me han dicho que a Fermi no le gusta su estilo.

—Da igual. No está en venta.

—Es amigo de Lawrence.

—Nuestro país ha sido y es generoso con él y su familia, y debe colaborar. Haga lo que tenga que hacer, general, y tráigamelo a Los Álamos o devuélvalo a Italia y a Mussolini. Al igual que con los húngaros. Los Álamos o deportación. Estamos en guerra.

Groves estiró las piernas y puso los pies encima de la mesa de Oppie, luego sacó un cigarrillo sin filtro y se lo puso en la boca, pero no lo encendió.

—El FBI ha terminado su informe —dijo, mientras Oppie buscaba en el bolsillo de su chaqueta la pipa—. Le han evaluado como candidato para director del Proyecto Manhattan. Le han suspendido.

—General, ¿está tratando de decirme algo? Si es así, vaya al grano. No soy un niño.

—Le niegan el permiso para acceder a los informes secretos —su voz expresaba frustración. Encendió el cigarrillo raspando una cerilla debajo de su asiento y echó el humo hacia el techo.

—¡Eso es absurdo! Van a tener que borrarme la memoria: yo genero los secretos cada vez que fundo una base militar, cada vez que contrato a alguien, cada vez que pago por un experimento... ¿Qué razón han dado?

—Sus conexiones con comunistas.

En ese momento entró Priscilla y le ofreció un expreso al oficial. Este lo rechazó y pidió café americano. La secretaria salió pero dejó la puerta sin cerrar. El general se levantó y la cerró.

Oppie aprovechó la pausa para intentar leer la expresión de Groves. ¿Cuál era su postura con el FBI? ¿Le estaba apoyando? No pudo saberlo. Decidió cambiar de tema. Volvería al FBI más tarde.

—Buenas noticias de Princeton —dijo con entusiasmo—. Y Bohr viene también. Nos dará tanto prestigio que hará difícil que otros se nieguen.

El general no estaba seguro respecto a la invitación de

Bohr, otro izquierdista y pacifista como Einstein... Pero reclutarlo era otro éxito de Oppie, un triunfo trabajado y digno de admirar. Contratar a científicos en aquellas circunstancias no era fácil, aunque no quisiese admitirlo delante de Oppie.

—Bohr, Hans Bethe, Serber y muchos más... Ah, sí. Casi me olvido. Quiero que permita que el equipo británico se mude a Los Álamos —Oppie concluyó.

Los británicos estaban bajo la dirección de Chadwick y entre sus miembros figuraban Otto Frisch, Otto Peierls y Klaus Fuchs. Habían viajado del Reino Unido a Nueva York y se habían concentrado en métodos de separación de uranio y requerimientos para la formación de una masa crítica.

Groves no pensaba que trasladar al grupo de investigadores de Chadwick fuese una decisión correcta. Desde el punto de vista de la seguridad no lo era. Los británicos eran poco meticulosos en este aspecto, sus protocolos de seguridad eran muy laxos y padecían de una visión idealista. Un precepto fundamental de su estrategia antiespías señalaba que un inglés nunca traiciona a su patria. ¡Válgame el cielo! Aumentarían los riesgos de fuga de información.

—Debemos ganarnos al FBI —dijo el general—. Acabará teniendo la autorización oficial del FBI y los servicios secretos. Buscaremos la mejor ocasión para hacerlo. Por ahora, sea amable con ellos, algunos agentes son enchufados de Washington y no les gusta que los ignoren o, peor aún, que les impidan el acceso a las oficinas de Los Álamos tratándolos como si fueran idiotas.

Hacía solo unas semanas que agentes del FBI habían visitado Los Álamos para *entrevistar* a varios científicos, y Oppie los había despachado con cajas destempladas.

—Nadie difamará o cuestionará la reputación de ningún científico o militar que haya decidido vivir en el desierto de forma voluntaria —dijo con el tono afectado de un actor.

Groves sabía que, fantasmadas aparte, si estabas con Oppie, Oppie cuidaba de ti. Fue así desde el principio, había algo de cabecilla de secta en su actitud.

—Solo le pido que sea amable. Los jefes de esas *bailarinas* tienen influencia, e ignorarlos podría colocarnos en una situación difícil —explicó y sonrió. Su expresión era un calco de la que lucía en el retrato colgado en la pared.

—Haga lo posible por cancelar sus visitas. Los dos sabemos que son innecesarias. Aquí vivimos bajo una vigilancia extrema.

Groves se preguntó si el científico sabía que Priscilla trabajaba para ellos, que era una soplona del FBI.

Retrato de un científico joven

Princeton desconocía a ciencia cierta qué ocurría en Chicago, pero sabían que algo se estaba cociendo. Rumores sobre grandes cosas corrían de boca en boca. Fermi había tocado el cielo con la mano, su premio Nobel no era nada comparado con lo que tramaba ahora. ¿Qué había conseguido? No se sabía con certeza, la realidad era censurada o decorada con desinformación. Eso sí, no era algo solo teórico, tenía importancia práctica y podría ser de gran impacto para la guerra.

Oppie había pedido a Princeton que se uniera a Los Álamos. Allí podrían trabajar con Fermi y su equipo de Chicago. Sin embargo, los de Princeton querían más detalles antes de decidir mudarse al desierto. Y como nadie soltaba prenda, tomaron las riendas del asunto. En una reunión secreta se decidió mandar a uno de ellos —aquel con la imagen más inocente e inexperta, el más joven— a trabajar de modo clandestino en Chicago.

Richard Feynman fue el elegido. Joven e inexperto, amigo

de la broma, le gustaba tocar el bongó. Feynman tenía la irritante costumbre de preguntar sobre asuntos que parecían no tener importancia y que con frecuencia terminaban siendo el núcleo del asunto. Era rápido en entender un problema y más rápido aún en hacer un resumen preciso de las posibles soluciones. Tenía el don de arrojar luz sobre la oscuridad. Y era una mezcla de cerebro prodigioso, profesor supercarismático y humorista.

Meses atrás, los bomberos de Princeton habían aparcado sus camiones cerca de un edificio. Las gigantes mangueras y escaleras bloqueaban la vista de varias ventanas impidiendo que los estudiantes varones contemplasen las idas y venidas de secretarias y estudiantes. Representantes del área de educación reclamaron por escrito al parque de bomberos que colocaran sus camiones en otros lugares del campus. Los bomberos, que mantenían una guerra privada con el decano, respondieron que los vehículos debían estar en el punto más visible de la universidad. Al día siguiente, un camión amaneció aparcado en la terraza del techo de un edificio. Un cartel pegado a la manguera indicaba: PUNTO DE MÁXIMA VISIBILIDAD. En los pasillos del campus y en los *pubs* decían que el responsable era Richard, aunque no se pudiesen imaginar cómo diantres lo había hecho.

—Sí —decidió el jefe del comité—, Richard es ideal para Chicago.

—Si no se lo comen vivo.

—Si lo intentan, escupirán los bocados muy pronto. Richard es de los que atragantan.

Richard Feynman llegó a la ciudad sin llamar la atención. No le gustó que le escogieran para esto, pero siendo solo un estudiante, que aún no había terminado la tesis, no podía negarse. En su nuevo destino se presentó a las secretarias, a las que prestó más atención que a sus jefes. Estas, sin embargo, no apreciaban sus dotes de ligón intelectual. Cuando le dijo a una de ellas —con ojazos color Coca-Cola— que podía calcular cuántas teclas presionaba por minuto siguiendo los movimientos de sus pupilas, y que no le importaría tener que practicar mucho primero, ella le contestó que era una observación pobre.

—Otros me han dicho —explicó— que mis ojos son más especiales y misteriosos que la teoría de la relatividad... Además, Richard, cariño —añadió para rematarle—, puedo escribir con los párpados cerrados.

—Por favor, no lo hagas —pidió.

—¿Por qué? —preguntó con sarcasmo—. ¿Causarían un eclipse? —Richard sumergió su mirada en las burbujas de sus iris—. ¡Pobre, Richard! ¿Querías la agenda de Fermi?

—Querría saber qué hace el Papa mañana. Esta tarde tengo ópera.

—¿De veras?

—Dos entradas.

—Dicen que el teatro es rojo y oro —comentó ilusionada y le dio un dosier.

Richard observó que Ojos-de-Coca-Cola había incluido las agendas de Szilard y Teller y que había una lista aparte con los seminarios de física. Bella y eficaz.

—¿Qué tal a las cinco y media?

—¡Claro!, pero, Richard, esas entradas son carísimas.

—Había pensado en una cena tranquila en una bodega a la orillita del lago.

Ella abrió sus ojos de refresco, y burbujas de felicidad salieron de sus pupilas.

—Los más generosos me invitan a hamburguesas.

—Hoy vamos a devolverle el chic a Chicago. Es un restaurante pequeñito en el que solo cabemos tú y yo.

—Pues si tenemos que cocinar, lo tienes muy mal.

Los profesores pensaban que Richard era raro e inofensivo. Un tipo de esos que preguntan en voz alta sin importarles un bledo si se equivocan, un ignorante con menos vergüenza que talento. Quizá porque le menospreciaban, a nadie le importaba que se sentase en su oficina para interesarse por experimentos que estaban en marcha, o preguntar por soluciones a ecuaciones que aún no se habían hecho públicas. Le daban explicaciones poco detalladas, como las que se dan a los estudiantes torpes.

En unas cuantas noches, Richard había elaborado un informe sobre el reactor atómico, teoría y práctica, ilustraciones, fotografías, comentarios de los carpinteros, aspectos éticos comentados por Leo, opinión de los ingenieros en materia de seguridad, sugerencias de mejora de Teller y la nueva física de las reacciones en cadena propuesta por Fermi, y de cómo podía usarse para fabricar plutonio. Sus notas capturaron la realidad de la física nuclear y su admiración por el Papa: «Si se muda a Los Álamos, el éxito del proyecto está asegurado», concluyó en sus notas.

—Sí. No es un secreto que él, Leo Szilard, Edward Teller y yo nos tengamos que mudar a un destino supuestamente fabuloso —confirmó el cerebro imaginativo de Ojos-de-Coca-Cola.

Cumplida su misión, Richard pensó que había llegado el

momento de regresar a Princeton. No quería, no debía irse sin presentarse, sin mostrarse como realmente era. Acabado su trabajo, el engaño debía terminar. Encontró la ocasión durante una larga discusión sobre matemáticas; estaban estancados en el abordaje inicial de un problema de física. Durante varios meses los matemáticos habían buscado un modo de simplificar las ecuaciones sin encontrarlo. Después de escuchar los razonamientos, Richard se puso de pie y razonó en voz alta:

—Podríamos dividir el problema en dos partes. —Quiso que fuera una pregunta, pero los nervios le jugaron una mala pasada.

—¿Qué dices? —gritó el profesor que estaba más cerca de la pizarra y se giró hacia la audiencia. Cuando comprobó quién hablaba, le ignoró y volvió a la pizarra—. Podemos dividir en dos muchas cosas, incluyendo el núcleo de uranio. —Rio su propio chiste y muchos se rieron con él.

—La segunda parte, llamémosla parte B, por ejemplo, creo que puede ser resuelta usando las funciones de Bessel —insistió Richard y provocó un coro de risillas nerviosas del grupo de los estudiantes. Fermi y Teller, en silencio, captaron la idea.

—¿Cómo solucionarías la parte A? —preguntó Teller.

Su pregunta generó los gruñidos de protesta de un catedrático. ¿Quién quería asistir al *show* provocado por el payaso de Princeton y secundado por el bocazas de Teller?

—Hemos trabajado en este problema durante meses, Richard —explicó con calma forzada el profesor de la pizarra.

El argumento no era matemático, así que Richard no se sintió obligado a aceptarlo.

—¿Podría acercarme a la pizarra?

—Antes tendrías que aprender a usar una tiza —contestó el profesor desde la tarima y consiguió que media clase se riera y algunos patearan el suelo de madera.

Richard ya se había levantado, pero volvió a sentarse defraudado. Entonces Fermi levantó la voz:

—*Avanti, amico*. Estamos abiertos a toda interacción, y nadie está excluido.

—En realidad, voy a especular sobre lo que oído —repuso Richard poniéndose en pie con energía y caminando con seguridad hacia la pizarra.

El profesor le ofreció la tiza con un gesto neutro y tomó asiento. Richard comenzó a borrar la pizarra entre exclamaciones de protesta.

—Seguro que habéis memorizado las fórmulas. Sois muy rápidos con números y cálculo.

Fue interrumpido por gritos de «bu». No funcionaría el halago.

—Equivocado o no, esto es lo que propongo. —Tomó una tiza con cada mano y luego dividió la pizarra en dos partes—. En la parte B aplicaré los trucos de Bessel. Para la parte A, propongo usar un hábito que practicábamos de adolescentes, cuando pensábamos que no éramos observados.

Se calló, y escuchó la risa abortada de un par de estudiantes. «Audiencia hostil».

—Hablo, claro, de la diferenciación con respecto al parámetro de las integrales.

—¡Eso son tonterías! —gritó un profesor y se atragantó con el café.

Richard comenzó a escribir las ecuaciones de la parte A

con la mano izquierda y las de la parte B con la mano derecha. Las manos describían semicírculos en el aire en rápidas secuencias posándose en la pizarra para anotar números y líneas con increíble velocidad. Cuando creyó haber acabado, retrocedió dos pasos y examinó los resultados.

Fermi preguntó sobre el valor 3 K en la parte B y Richard lo corrigió a 5 K. Teller propuso la simplificación de dos paréntesis, y Richard así lo hizo.

—Creo que ahora está bien.

—¿Qué piensas? —preguntó Fermi dirigiéndose al profesor al mando.

—No es un método ni mucho menos ortodoxo, pero parece correcto.

Richard sonrió y aplaudió a los asistentes. Fermi se levantó a felicitarle. Aquello había sido una exhibición. Si podía hacer esto sin preparación, qué no podría hacer cuando dedicase horas a estudiar un tema. Aquel tipo era un genio, y se trataba casi de un adolescente.

—Bueno, Richard, gracias. Solo nos queda desearte un viaje tranquilo de regreso a Princeton, a no ser que quieras quedarte —dijo Fermi estrechándole la mano.

—Por favor, no borres la pizarra —pidió un profesor.

—Vamos, te acompaño —propuso Teller.

Camino de la estación, el húngaro le preguntó por Los Álamos.

—Sé menos que tú —repuso, no porque tuviese prohibido hablar, sino porque pensaba que era la verdad.

—Va a ser fantástico.

—Podría ser terrible...

—Ah, vamos, Richard. Estamos hablando de Hitler...

—Y de la humanidad.

—No te preocupes. Eres demasiado joven para entenderlo.

«¿Qué tendrá que ver la juventud con trabajar en un proyecto secreto de física?», se preguntó Richard.

Al día siguiente, de vuelta en Princeton, su jefe había reunido a la plantilla de físicos en una clase. Richard se remangó la camisa. Su informe duró cinco horas.

—Gracias, ahora estamos en sintonía —dijo su jefe cuando acabó.

—Bueno, no tanto —repuso Richard—. Fermi y sus colegas han transformado las fórmulas en materia y en energía. Nosotros pensamos que ahora sabríamos cómo hacerlo; ellos lo han hecho ya.

El largo adiós

Oppie ni lo esperaba ni nada podía haberle agradado más. Habían pasado varios años desde la última vez que la vio. Cuando le llamó, supo que iría a verla. Miles de recuerdos invadieron su memoria. No existía un obstáculo capaz de impedir la cita, ni siquiera saberse vigilado por el FBI. Las circunstancias para el encuentro no podían ser más favorables: Kitty estaba visitando a unos amigos.

Oppie cogió las llaves del coche, salió a la calle y saltó al asiento del conductor, arrancó con ímpetu y ordenó al guarda que abriera la barrera. Por el espejo retrovisor pudo ver que otro vehículo salió detrás de él. No le importó, el FBI debía haber localizado a Jean. Esta vez no podía ser Priscilla, pero sabía que habían intervenido el teléfono de su casa. Condujo pensando en Jean y sin prestar atención al retrovisor. Cuando llegó a su casa, aparcó detrás del Plymouth Coupé verde. Los oficiales del FBI sabían que la doctora Tatlock era la dueña del coche y anotarían la hora de la cita: las ocho y cuarto.

Era una obra maestra de Dios. El cuerpo de Jean estaba esculpido en satén gris y tan ceñido como una segunda piel semitransparente. ¡Y cómo se movía! Cuando entró no pudo separar sus ojos de los labios llenos de promesas, y la puerta no se había cerrado aún cuando la besó. Pasando las manos de la cara al satén, notando las tiras del sujetador en la yema de los dedos, bajando hasta las caderas. Se desvistieron en la cama mientras hacían el amor. Oppie, esta vez, se colocó detrás de ella. Jean se quedó más quieta que nunca. Él vio que en la nuca se había tatuado una mariposa que volaba hacia el sol. Cerró los párpados y se entregó sin teatro, sin dudar sobre sus sentimientos o su tendencia sexual. Luego colocó su cabeza entre sus piernas. Jean se había rasurado el pelo negro del pubis, y sus labios y su lengua pudieron cubrir más espacio. «Es sexo trascendental, sexo entre dioses», pensó Oppie. Calientes por la temperatura y por el esfuerzo, se durmieron destapados; él boca arriba y ella boca abajo. El viento del desierto pasaba sin hacer ruido. Durmieron los dos sin soñar.

Oppie se despertó por la mañana relajado. Jean le esperaba en la mesa. Había preparado café, y había pastas en un plato. Su bata cubría a medias sus senos y se abría en la cintura para dejar ver sus piernas.

—¿Cómo estuve ayer? —preguntó ella mirando la taza de café, y sintiendo que citaba a algún macho de las novelas de Hemingway.

—¿Cómo estuve yo? —repuso él y besó sus labios, sus mejillas y el lóbulo de sus orejas—. Tus ojos me recuerdan el mar en un día de verano —susurró y se sentó.

—¿Te casarás conmigo? —preguntó ella encogiéndose dentro de la bata.

—¿Cuándo te lo pedí yo por primera vez? ¿Y la segunda? ¿Cuántas veces? Cuando me dejaste... Nunca me había sentido tan humillado. No sabía cómo seguir...

—Te va muy bien, Oppie —le dijo casi quejándose.

Él se encogió de hombros y notó que se llenaban los ojos de lágrimas.

—No quería vivir, acepté la vida a regañadientes.

—¿Y abandonaste a Marx? Tú, un miembro secreto del...

Hizo un gesto con la mano para detenerla.

—Ni soy ni jamás he sido miembro de ningún partido.

Jean se cruzó de brazos bajo sus pechos.

—Vamos, Haakon y yo sabemos...

Oppie se encogió de nuevo de hombros.

—No quiero que te ofendas, así que cambiemos de tema.

Ella inclinó la cabeza hacia un lado y se enfrentó a su furiosa mirada.

—¿Y tú? ¿Planeas iniciar otra comuna?

Observó que luchaba contra su furia.

—Yo también he cambiado, si te refieres a eso. Me gusta dedicarme a los niños en el hospital. Mis metas son más concretas, y mi ayuda, más directa. Pero soy y seré una comunista. Y moriré siéndolo.

—Te veo muy fuerte.

—Es solo apariencia, estoy deprimida.

Miró su café, *negro, como un invierno sin ella*. Un invierno en el que tendría que recoger sus pedazos, semana sí, semana no.

—¿Estás sonriendo? —preguntó con un mohín de enfado.

—Quien hace el amor con tu pasión no puede estar deprimida.

—Las contradicciones son parte de mi atractivo. Como las tuyas. Tan inteligente, y en la cama...

—Algo torpe, lo sé. Un asexual al que hay que trabajarse, un novato sin recursos ni experiencia. Y no lo arreglan ni los años ni más mujeres. Por favor —suplicó rompiendo su voz, como si fuese a llorar—, guárdame el secreto. —Ella se rio y se tapó con la bata en un gesto nervioso. No quería molestarle—. Mi excusa es mi córtex, bien desarrollado; no me importa la involución de las regiones subcorticales. Pero, dejemos de criticar a tipos aburridos, hablemos de ti.

—¿De mí? Tú aceptaste un mal trato con los opresivos y los violentos. Yo no tengo ni ese saldo, vivo como si estuviera sonámbula, me levanto en mi pesadilla y me acuesto con ella.

—¿Qué necesitas?

—Un enamorado, que aprecie una cama caliente y que no cuestione si tengo o no razón, porque su vida sería hacerme feliz, sin más.

—Pides mucho...

—¡Muchas lo tienen! —gritó sin querer y luego respiró hondo para calmarse, se pasó una mano para limpiar una lágrima—. Fui una tonta dejándote ir, sigues llenando mis planes aquí —dijo señalándose la sien—. ¡Escápate conmigo! Volverás a enamorarte...

Él miró su cara que ahora tenía una expresión alegre, feliz, llena de esperanza. Era muy bella.

—No podría estar más loco por ti, Jean.

Ella se levantó. Y le abrazó la cabeza. Su bata se abrió y él besó sus pezones y acarició sus senos. «Ay, muerte, llévame ahora», pensó. Ella se volvió a sentar.

—Entonces ¿por qué deseas que muera sola?

—Vamos, cariño, hazme el favor...

—¿Soy una histérica? ¿Eso piensas? Sí, tienes razón lo soy: una histérica patética.

—No hables así. Nunca voy a querer a nadie como te quiero a ti. Sacrificaría privilegios, gentes, posesiones para estar contigo, pero el amor, y hablo del mío, no tiene valor.

—Hazlo. Déjalo todo y vente...

—He de seguir mi destino. Ese deseo es más fuerte que todo lo demás.

—No me vengas con frases hechas. No hay un destino, Oppie. Lo importante es la gente, no las cosas ni la profesión. Lo mejor de la vida son los amantes y los amigos.

—Tengo un trabajo que hacer y voy a terminarlo. No soy un Proust ni un Fitzgerald. El pasado, incluyendo el nuestro, es irrecuperable. Abandonar ahora cuando mi aportación va a tener una significancia universal, histórica, no tiene sentido.

—Un cabrón frustrado trabajando para el Ejército mientras busca su revancha contra la sociedad —dijo, poniéndose de pie y gesticulando furiosa—. Eso es lo que eres. ¡Deja en paz a los escritores: no hay poesía en tu vida! ¡Ojalá pudiese matarte!

—Cariño, ya lo hiciste —dijo. Se puso de pie y la abrazó. Ella lloraba en silencio y luego se levantó, empujó su pecho con suavidad y se separó de él.

—Te has convertido en un odioso burgués.

—Los burgueses son felices. —Vio sus pezones rosas, imposibles de rechazar— Y yo no lo soy. Y no lo seré nunca sin ti.

—No sabes qué es la felicidad —repuso y se cruzó de brazos tapándose con la bata.

—Es un proyecto a mi altura intelectual. Y si no es eso, no estoy interesado en aprender. Podía haber sido una mujer y una casa, pero es tarde para eso. Ahora tengo mi gente, mi ejército, mi misión. Y tengo una imagen del mundo que quiero y de cómo lo quiero. Mi vida es mi trabajo. No soy un burgués, soy un monje. Y tú, Jean, eres un recuerdo. Solo eso. A veces uno bueno y otras, uno malo...

Se alejó de él caminando de espaldas y señaló la puerta.

—Lárgate.

A través de la bata se veían sus largas piernas. Oppie deseó hacerle el amor y, sin embargo, abrió la puerta, salió y cerró despacio. Oyó cómo, detrás de la madera, ella le llamó. Se puso el sombrero y con esfuerzo dio un paso tras otro hacia el coche. Una vez al volante miró alrededor. Era uno de esos barrios tranquilos, con pájaros en los árboles, gatos en las puertas de las casas y jardines en flor. Pensó que era una odiosa mañana perfecta.

No fue hasta llegar a Los Álamos cuando pensó en Kitty. No habían tenido relaciones desde hacía meses y ahora sabía que no volverían a tenerlas. No, si estaba sobrio. Cuando llegó a casa, su esposa salió a recibirle y olió a Jean en sus ropas.

—¿Te hacía falta ternura?

—No debería, ¿no? —repuso quitándose el sombrero.

—Recuerda que las cosas han cambiado. Ahora tenemos un hijo.

—No hay cuidado.

—Si esa arpía se interpone la mataré.

—Por Dios, Kitty, no seas trágica —dijo, la abrazó y sonrió. Kitty era la reina de la infidelidad, y este ataque de celos era solo una pataleta sin importancia.

Esa noche, mientras él dormía, Kitty se levantó y escribió una carta a Joe, su segundo marido: «Me es difícil entender que pueda adorarte físicamente cuando estás muerto, y es todavía más extraño pensar que aún quiero que me protejas. Pero eres lo único que me queda. Lo único real».

Luego se quitó el anillo de casada y se lavó las manos. Entonces, pensó en su hijo. Un dolor irracional recorrió la mitad de su cabeza y se extendió a un lado de su cara. Cerró los ojos hasta que el latigazo eléctrico cesó. Se colocó el anillo con tanta furia que se hizo sangre. Se llevó la mano a la boca y chupó dos gotas rojas. «Esa bruja no podrá destruir mi matrimonio».

A sesenta y cinco kilómetros de distancia, en su dormitorio, Jean se desnudó y se sintió aún más indefensa. Se echó en la cama, se acarició las caderas, se apretó los senos con los brazos, levantó las manos al aire y se asustó de su blancura. Pensó en el rosario de noches oscuras que la esperaban y comprendió aterrada que, abandonada por Oppie, sin ansias de otros amantes, y acosada por los comunistas y el FBI, no tenía a quién pedir ayuda.

Un secreto valle de lágrimas

El viaje desde Princeton transcurrió sin contratiempos. Richard tuvo tiempo de estudiar cuatro artículos de física nuclear y de leer las instrucciones de su viaje, que estaban guardadas en un sobre oficial y adornadas con el innecesario sello de MÁXIMO SECRETO. Cuando el tren se detuvo en Lamy, guardó los artículos y las instrucciones en un bolsillo interno de su bolsa de equipaje, salió al pasillo y respiró el aire del desierto desde la puerta, que traía olores de pieles de animales y de pólvora y estaba tan caliente que le taponó la nariz. Bajó al andén limpiándose arena de los labios.

Dos empleados del ferrocarril le miraron indiferentes. Le extrañó su actitud porque la llegada de un blanco a aquella tierra apartada donde vivían nativos de varias culturas debería despertar curiosidad. Muchos caucásicos debían de haberle precedido para conseguir eliminar esa reacción natural. Los trabajadores sabían que no habría conversación —lo prohibían las instrucciones: «No hables si no es necesario.

No los mires a los ojos. No prestes atención. Dirígete a la oficina sin perder tiempo»—. A él le importaban mucho las personas y poco los protocolos.

—¿Santa Fe?

El mexicano, la cara quemada bajo un sombrero texano, habló sin mirarle:

—Siga recto. No tiene pérdida. El número 109 quedará a su izquierda.

Richard cogió su equipaje, dio las gracias en español y se puso en marcha. Aquel individuo conocía la dirección secreta. El viento seguía envolviéndole en un polvo caliente. Oyó a su espalda que llegaba otro tren y se giró a tiempo de ver que varios oficiales saltaban al andén antes de que el tren se detuviese completamente. Ni siquiera esas maniobras distrajeron a los trabajadores mexicanos, que siguieron a lo suyo.

De un vagón de mercancías salió una rampa y un Jeep militar, y de otro descargaron una máquina grande, brillante, de color cobre que le pareció una pieza de ciclotrón. ¿Quizá fuera el de Harvard?

«Los ingenieros se traen sus juguetes», pensó y siguió andando alejándose de la estación. Un Jeep le alcanzó. El claxon sonó tres veces a su espalda.

—Suba —le invitaron cuando se giró.

Fue un viaje corto, apenas unos minutos.

—109 —anunció el sargento y detuvo el auto.

Era una casa de adobe pintada de blanco con cal. El número estaba arriba, en la entrada, alta y ancha, cerrada por un verja de hierro. No había otras señales de identidad: ni banderas, ni rótulos, ni placas. «Al menos no han escrito "Oficina secreta"», pensó sonriendo. Se bajó sin hablar, se tocó el ala del sombrero para dar las gracias al soldado y este arrancó el Jeep con la furia de quien llega tarde a algún sitio.

La verja se abrió sin ruido y una senda recta le llevó a un patio interior donde el viento jugaba en las cuatro esquinas con briznas de hierba seca y pequeños trozos de papel. Había una puerta abierta al otro lado del patio; lo cruzó y entró en la oficina. La sala estaba demasiado caliente y parecía que el oxígeno se había escapado de allí. Temió que volviese su claustrofobia. Recordó las instrucciones: «Recibirá su documentación, incluyendo tarjetas de identificación, y nuevas órdenes».

—Me llamo McKibbin —se presentó una mujer detrás de un escritorio.

Richard movió la cabeza para saludarla. «Y eres la portera de la Ciudad Secreta».

—Bienvenido al *paraíso* de los ingenieros.

Su voz le pareció agradable. Recordó que nunca debería presentarse como científico o físico. Pero para guardar el secreto, el cambio de profesión era absurdo. «¿No hacían falta ingenieros para construir la bomba?». Notó que la portera del paraíso había visto su mueca traviesa y también observó que no le había gustado.

—Tarjeta de identificación. La necesitarás para entrar y salir del recinto. Sin excepciones —dijo y le entregó un sobre sonriendo—. Y el carnet de conducir.

Habían usado la foto de estudiante de Princeton y un número. Ningún nombre. «Un carnet anónimo que llamaría más la atención que uno auténtico».

—Gracias, Dorothy.

Vio sorpresa en su cara. No había mencionado su nombre.

—¿Me has investigado?

Tenía treinta años, era rubia y había trabajado de secretaria toda su vida. Soltera, sin hijos, ahora dedicada a tiempo completo a Los Álamos. Vestía como se esperaba que lo hiciese, nada desentonaba, nada llamaba la atención: la blusa blanca cubierta por una rebeca *beige* de mangas largas, la falda por debajo de la rodilla, una melena que acababa justo sobre los hombros; sus manos se movían solo lo necesario; su mirada era bondadosa e infalible, y su cerebro rápido, en control de las emociones, capaz de leer el interior de cualquier visitante, digno de mejor causa. Oppie la había escogido y contratado personalmente. Ella solo obedecía las órdenes del físico.

—Sería contrario a las instrucciones.

Se colocó el pelo detrás de las orejas. Y continuó en tono automático:

—No me gustan los juegos, muchacho. No se permiten visitas. El correo se abre, se examina y, si es necesario, se censura. Está prohibido utilizar códigos, no se admiten signos no alfabéticos o numéricos desconocidos. Si el mensaje es sospechoso va directamente a la OSS. ¿Dudas?

—Debe de haber un error —objetó e hizo girar su sombrero en las manos—. Nadie abrirá mis cartas. Por mucha OSS que nos vigile, es anticonstitucional, Dorothy.

—Richard, cariño, *estamos en guerra*. —El talante era maternal y el parpadeo repetido imitaba el volar de dos colibrís—. Las reglas son otras. Y no seguirlas puede poner en peligro la vida de tus colegas, ya sabes: una pequeña *fuga puede hundir un barco*.

Ese era el lema que les habían dado para evitar que la fuga

de información causase sabotajes o ataques. El calor era asfixiante. No había ventanas.

—Veré qué puedo hacer, pero lo de la correspondencia podría ser un problema. Tendré que hablar con Oppie.

Ella no aceptó la reticencia. Dio la vuelta al despacho y se acercó a él. Él notó el perfume: olía a jazmines y madreselvas. Se podía construir un hogar con esa fragancia.

—Dime, Richard, ¿para qué hostias has venido aquí?

Caramba, Dorothy disparaba con fuego real. Y era capaz de intimidar a una osa con cachorros.

—Por el balneario pegado al mar: adoro el agua salada.

—Santa Fe está en medio del desierto.

—Saqué cero en geografía, Dorothy. Debe de estar en mi expediente secreto.

La sonrisa femenina llenó de luz la habitación.

—Sabes cuánto te admira Oppie. Pero si no cambias tu actitud pronto tendrás problemas con los militares. ¿Por qué me dijo Oppie que serías un niño bueno?

La suave voz era honesta, como si de verdad le importase el asunto. Con movimientos maternos le ajustó la corbata. Richard pensó que podías confiar en ella a pie juntillas. Y solo por su presencia, porque ella estaba allí por ti. No había ninguna otra razón: estaba allí para cuidarte. Oppie había escogido bien.

—No tienes que preocuparte. —La tranquilizó poniéndose colorado, y ella volvió a su sitio—. Tampoco tienes que inventarte la opinión de Oppie...

—Me comentó que eras un superdotado, Richard. Insistió en que no había visto un físico joven con tanto talento como tú.

—Eso puede ser verdad. Oppie vive rodeado de ciudadanos de la tercera edad —dijo preocupado por la falta de oxígeno.

Ella ladeó la cabeza con coquetería y dibujó su sonrisa hasta incinerar los fotones de la habitación. Era una pena que Richard tuviese que sacrificar su talento allí, aunque eran genios como él los que ganarían esa guerra. Ella sabía por qué aquel joven había aceptado la invitación, conocía la causa, sus razones, y entendía su esfuerzo. La disciplina iba a serle difícil, no había más que verle: era un alma libre atrapada por amor.

Un claxon chilló tres veces. Como había hecho el Jeep. Richard se giró hacia Dorothy.

—¿Tres veces? Parece una contraseña.

—Funciona, ¿no? Y mientras funcione no hay que cambiarlo —explicó con un gesto sin llegar a encogerse de hombros. Extendió una mano por encima de la mesa con los documentos restantes—. Más instrucciones.

Richard tomó los papeles y le estrechó la mano sin hablar. Se puso el sombrero y se tocó el ala, luego salió de la oficina al patio. ¡Oxígeno por fin! Cargó la maleta por el pasadizo, la verja estaba abierta. El conductor era un veterano del Ejército, con cincuenta años mal llevados, sobre todo en la cara y las manos, donde se veían manchas marrones y rojas. Había quemado veinte años como soldado... ¿Qué hacía allí? El chófer se bajó del Jeep, cerró la verja de la casa sin hacer ruido y colocó la maleta con cuidado en el asiento de atrás. Richard le vigiló mientras lo hacía. Vio una botellita metálica debajo del asiento del conductor. Se subió al Jeep con un gesto serio. El soldado pisó el acelerador. El viento ensució sus labios con arena caliente.

—Ingeniero Feynman, me han ordenado que le comunique que no debe discutir o mencionar ninguna información personal o profesional conmigo.

El uniforme olía a sudor y a chicle.

—¡Ah! ¿No discutiremos ecuaciones diferenciales? Bueno, está bien, no tengo nada que decir. Soy un tío corriente, habito calles, garitos y universidades. Me gustan las mujeres guapas, arreglo radios y toco el bongó. Si has conocido a alguien así, me conoces a mí.

—Bienvenido al sitio Y —anunció en tono automático—. Lo llaman La Colina.

Richard movió la cabeza. Si había un sitio secreto Y, tenía que haber un sitio secreto X y quizá un Z. Intentó predecir la distancia desde Santa Fe al sitio Y. Suficientemente alejado para evitar curiosos, más de treinta kilómetros. Pero no mucho más lejos, porque había que transportar equipo pesado desde la estación y tener acceso a autopistas y aeropuertos. No más de ochenta kilómetros. La carretera, llena de curvas, polvorienta, estaba diseñada para enfurecer a conductores con prisas y, sin embargo, el viejo soldado no quitaba el pie del acelerador.

—No me diga que son así los cincuenta kilómetros.

—Llenas de barro si llueve y llenas de polvo si no.

Mientras subían podía ver cañones a ambos lados. Los valles tenían un color verde triste, frustrado, desmotivado. Estar en un lugar elevado, aislado, tenía ventajas estratégicas para los militares. Para los científicos era una prisión de la que sería difícil escaparse. «Un Alcatraz en el desierto. Eso es lo que ha construido Oppie».

—¿Es su primer viaje?

Las manos del chófer reposaban relajadas en el volante a pesar de lo abrupto del trayecto. Su camisa lucía gastada y arrugada, y una de las dos insignias del cuello estaba casi descosida, a punto de caerse. Sus parótidas eran grandes y empujaban los lóbulos de las pequeñas orejas hacia delante. Su nariz era lo más rojo de su cara.

—Siento mucho lo de su mujer —ofreció ignorando su pregunta—. ¿Fue por eso por lo que se presentó voluntario a esta misión? —El conductor le miró en silencio. «¿Qué demonios?».

Richard continuó:

—Supongo que llegó con la primera ola de militares, debió de ser duro. ¿Cuánto tardaron en construir el primer lavabo con ducha?

La pausa duró tres curvas.

—Siglos —confesó rompiendo el silencio—. Pensaba que este era su primer viaje, ingeniero. ¿Nos conocemos?

—Usted me recordaría —contestó, y el conductor no pudo sino asentir.

Luchando con el viento, Richard encendió un cigarrillo y se lo pasó al soldado, y luego encendió otro para él. Había estudiado la región. Estaban cerca de la sierra Sangre de Cristo y el río Grande no debía de hallarse muy lejos. Cruzaron la pequeña villa de San Ildefonso con sus calles llenas de indígenas. Una mujer saludó al soldado y luego lo hizo un anciano. Pensó que muchos aldeanos trabajarían en Los Álamos transportando comida y haciendo tareas domésticas. Los niños corrían detrás del Jeep jugando, sin tener miedo. Un relámpago se dejó ver en la distancia y enseguida una tormenta retumbó a lo lejos. Media hora más tarde, tuvo que tragar saliva para destapar sus oídos. Al llegar a la base, se limpió los párpados del polvo para observar disgustado los barracones, las torres de vigilancia, las vallas cubiertas con alambre de espino. Este era el *paraíso para un científico* que le había vendido Oppie. No iba a quejarse. Oppie había cumplido su parte del trato, y él cumpliría la suya.

La puerta de entrada consistía en un paso estrecho entre las verjas de hierro, cerrado con una barrera levadiza y guardada por soldados de la policía militar. Había dos garitas, una a cada lado de la barrera. Dos vehículos estaban parados delante de ellos. Esperaron su turno. Cuando llegaron a la barrera, el policía militar anotó los números de las tarjetas de identificación, las licencias de conducir, la matrícula del vehículo y la hora de la llegada en su cuaderno de guardia. Luego preguntó a Richard por su especialidad y su supervisor, para darle el nombre de su dormitorio. No le dio tiempo a pensar.

—Vamos, conteste de una vez. —No le miró a los ojos y escupió hacia un lado.

—¿Números?

—Números, ¿eh? —De todos los *ingenieros*, estos eran los más arrogantes. Tenía atrapado al listillo e iba a hacerle entender quién mandaba allí. Guiñó un ojo a su compañero.

Richard lo miró en silencio. Un abusón en el instituto tenía la misma barbilla, con la cara cuadrada y prominente, y tenía el hábito de repetir lo que él decía. Intentar razonar con él era imposible: era como hablar con un muro y oír el eco. Decidió encogerse de hombros, como disculpándose.

—Solo números. Ya ve...

—Dos motoristas separados veinte kilómetros comienzan a avanzar uno hacia el otro a una velocidad de diez kilómetros por hora —explicó el policía militar interrumpiéndole—. Al mismo tiempo, un escarabajo que vuela a quince kilómetros por hora viaja de la rueda delantera de una moto a la de la otra, y luego en dirección contraria, y repite estos vuelos sin parar hasta morir aplastado cuando las ruedas delanteras de las motos chocan. ¿Qué distancia recorrió el escarabajo? —preguntó e iba a escupir, pero no le dio tiempo.

—Quince kilómetros.

—Quince, ¿eh? Has dicho quince, ¿eh? ¡Sabías el truco!

—¿Qué truco? —preguntó Richard—. Lo que hice fue sumar las distancias de cada uno de los viajes del escarabajo. ¿No era eso lo que querías que hiciera?

—Sumar las distancias, ¿eh? No. Como las dos motos tardarían una hora en encontrarse y el escarabajo volaba a quince kilómetros... —razonó en voz alta y se detuvo. No tenía por qué explicar el truco, el listillo ya lo sabía. Volvió a mirar hacia la garita, su compañero sonreía dentro: el profesor había mordido el anzuelo—. Voy a hacerte otra pregunta que nunca has escuchado antes, una para la que no podrás usar ningún truco —advirtió y esperó la reacción en la cara del científico. No hubo ninguna. Se tocó el casco blanco, volvió a guiñar el ojo hacia la garita. Se volvió a Richard y, de un modo muy exagerado, se giró para mirar un Jeep aparcado detrás de él y continuó—: ¿Cuántas ruedas tiene mi transporte? —El policía militar sabía que los rápidos decían cuatro y que los profundos decían cinco, porque contaban la rueda de repuesto del Jeep. La respuesta no llegó de inmediato, y esta vez tuvo tiempo para escupir y observar de reojo, dos o tres veces, el vehículo militar que tenía a su espalda.

El conductor no aguantó más la tensión y decidió intervenir.

—Mira, colega —le dijo al policía—: tiene cinco, y yo tengo tres viajes más.

El policía escupió al suelo y pidió silencio. Él era la autoridad.

—Le toca al *números*.

—Ninguna —afirmó Richard.

—¿Ninguna? ¿Eh?

El conductor observó a Richard perplejo. Richard se tocó la nariz. Y el chofer notó el olor. El policía formaba parte de la Patrulla Montada.

—División Teórica. No existe *números*, se llama División Teórica. —Le devolvió la documentación al conductor—. El ingeniero Hans Bethe es el coordinador. Has tenido suerte con la habitación...

—Hubiese preferido que mi mujer estuviese conmigo...

—¿Cómo sabías que era el pabellón de solteros? No hay constancia de que hayas estado aquí antes...

—Y no lo ha estado, créeme —medió el conductor—. Debo seguir...

—Solo una cosa más. ¿Equipaje? —Señaló el asiento de atrás.

—Una máquina de escribir y ropa.

—Conque una máquina de escribir, ¿eh? —Supo que mentía. Y ahora tenía a aquel hijoputa donde quería—. Necesito verla. Abra el macuto, por favor. —Había vuelto la educación y desaparecido el lenguaje procaz. El casco blanco era ahora peligroso.

Richard se giró y abrió la cremallera unos centímetros.

—Último modelo, verde neón, teclas blancas, una belleza.

El policía vio la máquina de escribir, pero su instinto le decía que el científico tenía miedo de ser descubierto.

—¿Qué más?

—Ropa —contestó y se giró sin abrir más la cremallera.

—Ropa, ¿eh? —Metió la mano dentro de la bolsa. Palpó hierro y ropa. Iba a pedirle que abriese la bolsa completamente cuando el coche que estaba detrás de ellos tocó el claxon tres veces. El pasajero era un general.

—Tiene malas pulgas —avisó el conductor, y señaló con el pulgar hacia atrás.

—Vigilaré tus entradas y salidas —repuso con prisa y subió la barrera.

Cuando llegaron a los dormitorios de la División Teórica, el conductor bajó el equipaje. Vio por la apertura la máquina brillante.

—Es preciosa...

—Lo es —aceptó Richard y extendió la mano—. Ha sido un placer.

—Todo mío, profesor. —Había admiración y un tilde de afecto en el tono.

Richard no le soltó la mano. Miró a los ojos amarillentos. Había estudiado suficiente medicina como para saber qué le ocurría.

—Tu tragedia es una de las mayores que podemos sufrir, pero beber no es la solución.

El soldado evitó mirar hacia el desierto, mantuvo sus ojos en Richard.

—¿De qué hablas, muchacho?

—Digamos que a ella no le habría gustado verte descender al infierno.

El conductor se soltó de la mano de Richard mirándole como el nativo mira al hombre medicina de la tribu. Subió al Jeep. El motor del coche aceleró con demasiado ruido. Al soldado le ardía el estómago del último trago, unos kilómetros después tiró la botella a un barranco. «Jodido cabrón metomentodo. —Sacó de la guantera un anillo de casado y se lo volvió a poner—. He venido a ayudar a darle la patada a Hitler. Y es lo que voy a hacer. Lo prometo, Mabelle».

La colina

Richard vio un muro de hierro y alambre de espino, insalvable, y luego descubrió que había otro más. Examinó el reloj: quedaban quince minutos. Paseó por la base. El campus científico, el *sancto sanctorum* de La Colina era parecido a un zoo. «¿Podré pensar aquí?». Caminando despacio llegó al lugar de reunión, volvió a mirar su reloj. Faltaban segundos.

—¡Aquí estás! —saludó Hans Bethe. El acento extranjero era marcadísimo, pero Richard no lo notó. Hans se concentró en su reloj dos segundos.

—Eres puntual —dijo—. La cita era ocho horas y quince minutos antes de las doce y diez, pasada la medianoche. Y ahora son las cuatro menos cinco. ¡Perfecto!

Richard iba vestido casi igual que Hans: traje azul oscuro con chaqueta de botones dobles, pero el del maestro era en gris. Era veinte años mayor que Richard y su pelo rubio se había vuelto blanco, escaso y disciplinado. Richard lucía una lujuriosa mata negra, larga y caótica.

Hans era una calculadora humana, le gustaba jugar con grandes números, «cuanto más cercanos al infinito mejor», y estaba trabajando con IBM para generar computadoras, «que pudieran ser útiles». A Richard no le gustaba el nombre «computadora» —porque no computan—, pero era rápido con números y sentía devoción por Hans, así que computaría con él, para Oppie, cuanto fuera necesario.

—¿Está ahí? ¿No es demasiado frágil para...? —preguntó señalando al macuto. Se agachó y abrió la cremallera dejando que la ropa cayese fuera—. Ya veo que la has forrado bien... —Se admiró y comenzó a tirar las prendas de Richard al suelo.

—Último modelo, la más rápida —explicó y metió la ropa en la bolsa.

Hans le dio una palmada en el hombro sin levantar la vista de la máquina, que descansaba en medio de la carretera. «Para descifrar la compleja matemática del terror», había contestado cuando Oppie le preguntó para qué la quería.

—*Marchant Calculator Silent Speed* —anunció Hans en tono religioso.

Podía calcular operaciones de más de diez números. Ya no la fabricaban; debido al esfuerzo industrial de la guerra había sido descatalogada. Oppie consiguió que fabricaran una para Hans, pero le dijeron que costaría tanto construir una como veinte.

Un vehículo con una ametralladora frenó delante de la máquina y tocó el claxon. Hans cogió en brazos la calculadora y caminaron hacia el edificio.

—Es única.

—Bueno, no quiero aguarte la fiesta. Van a mandar diecinueve más. Oppie les dijo que si costaban lo mismo quería las veinte.

—¿Bromeas?

—¿Con eso? Quieren convencerte de que dejes IBM y trabajes para ellos.

Hans se tocó el lóbulo de la oreja, cerró sus ojitos astutos y suplicó:

—¿Podría ser el primero en usarla? ¿Qué dices? Sé que pido demasiado...

Los muros del Kremlin

La nieve había comenzado a caer sobre el Kremlin en la primera nevada del otoño. En las oficinas hacía calor, pero no demasiado, los agentes de la NKVD vestían trajes de lana gruesa. Estos no tardaron en darse cuenta de la importancia del informe MAUD, filtrado por el *Zorro Rojo*. Sabían que los americanos tenían una copia y habían alertado a sus espías en Estados Unidos para incrementar la vigilancia de sus enemigos tratando de detectar cualquier reacción: movimientos de burócratas hacia otras ciudades, alertas en bases militares, reuniones extraordinarias del congreso. Pero sus pesquisas estaban siendo en vano. Habían identificado Los Álamos como sitio de interés, pero se encontraba en un lugar demasiado aislado como para ser relevante, la vigilancia sobre él era mínima. De todos modos, utilizando enlaces del partido comunista contactaron con Oppie, aunque no obtuvieron respuesta de aquella *diva*. También activaron el *drugstore* de Katie de Zock en Santa Fe, por si fuera necesario. No podían hacer mucho más: los americanos controlaban e impedían los desplazamientos de soviéticos dentro del país, y el FBI y la OSS peinaban con frecuencia Santa Fe. Su hombre cercano a Roosevelt tampoco consiguió información. Al presidente le gustaba jugar a espías y mantenía secretos los planes más jugosos tanto de la cooperación con el Reino Unido como de las investigaciones sobre la flota japonesa. Sus allegados, incluyendo a su amigo íntimo y *jefe de espías*, Astor, se mantenían también callados.

Roosevelt y Groves lo habían conseguido. El aislamiento, el internamiento y la compartimentalización eran casi perfectos. En Los Álamos, Oak Ridge y Hanford los teléfonos estaban contados y pocos tenían acceso a ellos; el correo era censurado; cada empleado trabajaba con el *motto* de necesidad-de-conocer, es decir, que solo recibían información de aquello imprescindible para realizar su trabajo. Una miríada de patrullas a pie, a caballo, en coche, vigilaban la vida pública. La separación de los lugares de trabajo en compartimentos era otra clave del éxito.

Un empleado tenía acceso a su puesto, a una cafetería para comer y quizá a una sala con una máquina de botellas de Coca-Cola. El acceso a cualquier otra área estaba prohibido. Militares y civiles no podían hablar sobre sus tareas con nadie. Grandes carteles, en entradas y salidas, advertían de que el trabajo debía quedarse allí dentro. Hasta en los botones de batas y uniformes se recordaba que desvelar cualquier aspecto del trabajo podía acarrear serias repercusiones en el frente mediante la leyenda UNA PEQUEÑA FUGA PUEDE HUNDIR UN BARCO.

La ansiedad de la NKVD era evidente en el consulado en

Nueva York y la embajada en Washington. Los empleados fueron informados de la frustración del Kremlin y sabían que algunos pagarían las consecuencias de su incapacidad para recabar información relevante. Miembros del partido que no colaborasen debían ser castigados. Stalin decidió dedicar más tiempo, dinero y personal al proyecto atómico americano, al que se dio el nombre en clave de ENORMOZ, que a ningún otro proyecto alejado de la guerra contra Hitler.

Esperando a Godot

A Richard le despertó el ruido de la calle y el aire zarandeando en el cristal de la ventana. Somnoliento no reconoció dónde estaba. No era Princeton, ¿era Chicago? ¿Dónde estaba encerrado? Cogió el reloj de la mesilla: las seis y media. Miró por la ventana y vio que las calles eran carreteras de tierra sin aceras, entre barracas construidas con prisa, parecía un poblado fronterizo de mineros y pistoleros. Se vistió y salió. Un viento impertinente le irritó los ojos y orejas.

Caminando despacio pasó el primer control designado para evitar la entrada a quien no trabajara en el círculo interno y salió al segundo círculo. Le llamó la atención una cola larga delante de una caseta y, cuando un casco blanco pasó a su lado le preguntó: «¿Lavabos?». Vio la segunda alambrada, más alta e intimidante, y sintió que la jaula en medio del desierto rojo disparaba su claustrofobia. Pensó en regresar al dormitorio y calmarse tocando el bongó, y cuando se disponía a volver sobre sus pasos vio que dos adolescentes, probablemente hijos de premios Nobel, corrían por la base en sus bicicletas. Se dirigían sin dudar hacia la alambrada. Los siguió metiéndose entre las calles, peleando con el viento, caminando de este a oeste, pero pronto los perdió de vista. Habían desaparecido detrás de un edificio que se usaba como almacén. No había llegado a maldecir su suerte completamente cuando, segundos después, los vio pedaleando con furia en la meseta, fuera de la alambrada. Le costó poco encontrar el agujero donde el alambre se unía a un poste. Se agachó y salió.

No había atravesado ninguna muralla ni cruzado ninguna puerta, pero le pareció haber salido al aire libre. Había nieve en las cimas de la sierra Sangre de Cristo. Aspiró hondo el aire, y el viento le trajo imágenes de rituales arcaicos con fuegos tribales, olores de piel de bisonte y saliva de puma y el ruido del galope, carcajes y flechas. Se agachó y cogió un puñado de arena polvorienta, una mezcla de arcilla y diminutas rocas blancas. Un metro más allá, un escorpión marrón se alejaba de un lagarto marrón dormitando sobre una piedra marrón. Estudió el horizonte buscando signos de civilización, no encontró ninguno y se sintió solo. Le hubiese gustado que Arline estuviese cerca. «No está lejos», se dijo, y comenzó a caminar en dirección al sur. No tardó en llegar al puesto de control donde dos personas hacían cola y se unió a ellas.

—¡Siguiente! —gritó el policía militar sin necesidad ignorando las gotas de sudor que huían del casco.

—Deberíais hacer guardia sin cascos. ¿Son necesarios? —preguntó mientras le enseñaba su identificación—. Richard.

—¿Feynman? —preguntó sin mirarle y sin querer una respuesta—. ¿No trae bolsas? Perfecto. Entre. ¡Siguiente!

Entró despacio y luego caminó rápido hasta el poste. Volvió a salir y volvió a poner la rodilla en el suelo. Otro puñado de arena. «Esta pequeña cantidad de arena tiene suficiente energía para destruir una ciudad. Es porque sé esto por lo que me han traído aquí». Pocos lo entienden. Su padre, sí; él lo había entendido. «Parece que si hay un hecho fundamental en la física es que la materia se compone de átomos. ¿No podrías obtener energía de ellos?». Energía para su padre era una palabra pacífica.

Caminó hacia el puesto de seguridad. En la cola ahora había tres mujeres y se unió a la conversación, aunque no sabía con certeza si había más tiendas en Albuquerque que en San Francisco. Después de escuchar un momento, comentó que, sin saber la extensión de las dos ciudades, nadie arriesgaría una hipótesis, y ellas no paraban de reírse y de repetir sesgada *hipotenusa*.

El policía militar no era el mismo de antes. Cogió los cuatro carnets.

—¿Feynman? —preguntó y extendió su brazo contra el pecho de Richard.

—Me has cogido —repuso y se encogió de hombros.

—La ley es la ley y prohíbe entrar con más de dos mujeres bonitas.

Ellas flirtearon con risas. Y Richard volvió a respirar.

—Los números se me dan mal —bromeó y guiñó un ojo—. Y una de ellas es tan callada que si pudieras olvidarte de sus ojos, que no podrás, dirías que no ha venido...

Las mujeres le empujaron hacia delante y él cogió su identificación de las manos del soldado, que no apartaba la mirada de una morenita.

—¿Eres tú?

Ella le miró como diciendo adivínalo, y él fingió desmayarse.

Dentro de la base, Richard fanfarroneó que sabía cómo salir sin ser visto.

—¿De verdad? ¿Cómo lo haces? —preguntó la que no había hablado hasta entonces.

—Es fácil, hoy lo he hecho dos veces: salir y entrar, salir y entrar.

—Más tarde podrías enseñarme... —insinuó y le besó la mejilla. Las tres se alejaron riendo y hablando a voces.

Richard volvió a salir y a su ritual. «Un cuerpo en movimiento tiende a estar en movimiento y uno en reposo, a no iniciar movimientos, ¿por qué?». La voz de su padre tenía un punto de humildad. Él estaba en la universidad y conocía la respuesta: «Se llama inercia, la ley de la inercia». Podía explicarle los estudios iniciales de Galileo y la ley de Newton, pero su padre no tenía interés en eso. «Sí. Eso está bien. Puedes recordar un nombre... Un nombre que no contiene información. Dime, ¿cuál es la razón para la existencia de la inercia?». Ah, eso no; no era conocida. Necesitaba esos estímulos. Y echaba de menos a su padre.

Dos coches hacían cola. Reconoció al pasajero del segundo. Se acercó al Lincoln negro y tocó la ventana con los nudillos. El cristal bajó con un zumbido lento y suave.

—Buenos días, general. Me he torcido un tobillo...

—Feynman, ¿no? Sube, muchacho. ¿Dónde tienes los

timbales? —dijo para impresionarle con su memoria, y pronunció «timbales» como si se mofase.

—Se llama bongó —repuso e ignoró el tono.

—Espero que no tengas tiempo para tocarlos —le deseó sin evitar el paternalismo. No podía rehuir pensar que tocar el bongó era otro aspecto de la indisciplina del jovencito al que había que aguantar porque era un *genio*.

El coche arrancó y se detuvo a los pocos metros, frente a la barrera.

—Buenos días, mi general.

—Tenemos prisa, muchacho. Este viene conmigo. Su nombre es Richard Feynman —añadió con pompa innecesaria.

—No puede ser. —Volvió a consultar su cuaderno—. Debe de haber un error...

—Nunca olvido un nombre. —Movió su mano impaciente—. Sube la barrera.

—Señor, Richard Feynman ha entrado al campo dos veces...

—Pues esta es la tercera. Abre, te digo.

—Ha entrado dos veces, y esta sería la tercera. Pero no hay registro de su salida.

—Alguien no sabe sumar o restar. Eso es imposible —gruñó y luego lanzó una mirada al *genio*—. ¿O no lo es?

—Un gato puede estar dentro y fuera de una jaula al mismo tiempo.

—Soldado, quiero que tu sargento revise los protocolos de seguridad. Quiero un informe de los procedimientos y posibles explicaciones para las salidas de Richard. Lo quiero en dos horas. ¿De qué sirve esta barrera? ¡Ábrela!

El coche arrancó. El general se movió incómodo en su asiento.

—Oppie me contó que la paradoja es que el gato está vivo y muerto al mismo tiempo. —No era una afirmación, era una pregunta.

—Supongo, general, que ese es el ejemplo más trágico.

—Aquí, muchacho, ese podría ser el único ejemplo. Tu parada. ¡Bájate! No pelees contra un ejército que está aquí para que puedas trabajar sin preocupaciones.

—No es sano vivir en una jaula —repuso, mientras alguien abría la puerta.

—Buenos días, Richard.

—¡Oppie —gritó el general—, ha de controlar a sus subordinados!

Oppie se agachó para ver a Groves. Richard salió y retrocedió dos pasos.

—¿No se lo ha dicho? Le he pedido que examine la seguridad de la base. Si él es capaz de salir y entrar sin ser visto, un espía podría hacerlo también.

—Debería haberme informado —gruñó.

—Tengo el informe medio escrito.

—Bueno —aceptó el general con una mueca de resignación—, supongo que entonces he de esperar por él. Y el gato, mientras tanto, podrá seguir tocando el timbal.

El coche arrancó y se alejó de Oppie y Richard.

—¿Cómo has sabido...? —comenzó a preguntar Richard.

—Una de las chicas trabaja para Groves y se pasó por la oficina a informarme de tus hazañas. ¿Cómo estaba el desierto ahí afuera?

—Ya te imaginas. Una pena que no podamos disfrutarlo...

Los ojos de Oppie se habían perdido en la distancia.

—Lo sé —se lamentó por fin mientras llenaba la pipa.

Richard se encaminó hacia su habitación, tenía fórmulas que estudiar. Oppie se encendió la pipa. Había nieve en las cimas de las montañas violetas de la sierra Sangre de Cristo.

Todo se desmorona

Otro día, otra mañana. Richard se levantó sin energía, entró en el comedor y caminó cabizbajo hacia el mostrador para pedir huevos y tocino.

—¿Qué pasó, Ricardito? Tienes cara de armadillo atropellado.

—Me cuesta acostumbrarme a tu desierto, Juanito. ¿Cómo está la santa? —preguntó en español.

—Más soportable, desde que le arreglaste la radio.

Richard cogió su plato y un café y se fue al seminario. La habitación transformada en clase había sido un salón de actos y tenía un púlpito viejo de madera sobre una tarima nueva. Habían añadido tres pizarras rectangulares que iban de un lado al otro de la pared y un centenar de sillas plegables. Los científicos estaban sentados delante y los militares más atrás. Susurros y sillas moviéndose llenaban la clase con excitación. Fermi indicó a Richard que había sitio en la segunda fila, detrás de él. Y Richard, no sin sonrojarse, se sentó detrás del genio.

Cuando la mayoría de los invitados habían tomado asiento, Oppie se puso de pie y subió al podio.

—Buenos días, y muchas gracias por venir. —Se hizo el silencio—. Los que habéis viajado desde la costa este o la oeste estáis cansados, lo sé, pero veréis que el esfuerzo merecerá la pena.

Sostenía la pipa apagada con las dos manos, pegadas al chaleco gris, que hacía juego con el resto del traje; no llevaba puesto el sombrero, que le guardaba la silla en el centro de la primera fila, y su pelo, que en Berkeley había sido largo y ondulado, estaba rapado al estilo militar. Su mirada azul escaneaba la sala, archivando caras, una tras otra: las de los físicos, los especialistas en explosivos, los químicos, los matemáticos, los expertos en comunicaciones o estrategia, y la facies agria de Pash, jefe de la OSS en La Colina, encargado de vigilarle.

—¡Ha llegado el día! Hoy entraremos en detalles, y me gustaría pedir al general Groves que explique el calendario. Creo que tenemos prisa, ¿no es cierto, general?

Groves le escuchaba abanicándose con unos papeles, sentado al lado de su sombrero.

—Exacto —dijo acercándose al podio y sacando pecho—, ustedes trabajan con teorías; yo con presupuestos. —Le sorprendió la carcajada general, no bromeaba—. Háganme el favor de ser pragmáticos. Oppie les ha construido un complejo hotelero de lujo, que cerraremos en dos años, en el 44. —Se detuvo para apreciar la preocupación en la cara de los científicos y le defraudó no encontrarla—. Odio las dudas, piensen menos y hagan más. En enero de 1945, un avión americano deberá volar sobre la guarida de Hitler y borrar del mapa el nazismo.

Oppie aplaudió, para evitar la risa, y media sala le secundó.

—Este proyecto —continuó— no es tan complicado como parece: el Pentágono se construyó con ingenieros menos capaces. —Las carcajadas le sorprendieron de nuevo—. Sois los mejores físicos del mundo y tenemos el presupuesto más grande de la historia de la humanidad, y pongo a Dios por testigo que acabaremos el proyecto a tiempo. Muchos civiles y soldados están dando sus vidas en varios países para ganarnos tiempo. Nos prometemos que cada una de esas vidas contará. Marquen esta fecha en sus frentes: enero de 1945. La humanidad no dispone de una hora más. —Para terminar iba a usar una frase que Oppie le había escrito. No era ni su vocabulario ni su estilo, y la recitó con desgana—. No hay duda de que haremos historia y que Los Álamos se convertirá en el lugar icónico donde la tiranía encontró su némesis.

Se sentó entre aplausos. Oppie se puso de pie y se acercó al podio.

—No cabe duda de que aquí erradicaremos la tiranía. Gracias, general. Y ahora, Robert Serber, profesor de Berkeley y uno de mis mejores *alumni*, ha tenido la amabilidad de organizar una serie de conferencias sobre el dispositivo. Comenzará explicando el estado de nuestro conocimiento sobre la materia. Robert, cuando quieras.

—Ok. Termino aquí mi charla porque el ejército prohíbe usar la palabra «uranio». Pueden irse a sus casas.

Hubo carcajadas y aplausos. Richard fue el que se rio más alto.

—Los protocolos de seguridad salvan vidas. Si no entiendes eso, es que no vas a entender nada de nada, muchachito

—dijo Groves y tiró hacia arriba del cinturón de los pantalones.

—El general tiene razón. Por favor, Robert, ciñámonos al contenido de esta introducción a Los Álamos.

Serber pensó que aquello era demasiado, que Oppie se había vendido a los militares. Allí ya no contaba la ciencia, solo la disciplina.

—Preferiría que tú dieses la charla —dijo mirando a Oppie y dejó la tiza en la pizarra.

El general se giró hacia atrás y lanzó una seña a un policía militar. Este hizo un saludo militar y dio varias órdenes a los soldados del pelotón. Iban a arrestar a Serber.

Esta iba a ser la primera de una serie de conferencias. Serber había escrito el ensayo *Introducción a Los Álamos*, que iba a repartirse entre la audiencia. Le había llevado meses preparar las charlas y había disfrutado recolectando y resumiendo los datos científicos, a pesar de todas las constricciones impuestas por los militares. La última semana había dormido pocas horas, dando los toques finales a las conferencias. Su ansiedad había ido creciendo conforme se acercaba el día de comenzar el cursillo.

Serber vestía camisas pequeñas que le quedaban grandes. Tenía un tronco delgado y extremidades cortas. Su cara, enmarcada en unas gafas de marco metálico delgado, tenía el aspecto frágil de una víctima. Y, sin embargo, Oppie debía tener cuidado, si conseguía atravesar la puerta de salida, además de que iba a ser llevado directamente al calabozo probablemente lejos de Nuevo México, podía retrasar el progreso del proyecto varios meses. Mientras aspiraba el humo de la pipa, pensaba con rapidez. La cara ingurgitada del general mostraba que, salvo el uso de la fuerza contra el pobre Serber, no tenía una solución para aquel problema. Serber caminó hacia la puerta en el mismo momento en que dos policías militares se colocaban a los lados de la misma.

—Robert, nadie te comprende mejor que yo. Pero aquí estamos y hemos aceptado el trato. —Oppie se giró y comprobó que era Richard quien hablaba—. Tengo muchísima curiosidad por saber cómo vamos a proceder con la *bomba de uranio*. —El general tragó saliva. «Malditos bastardos»—. Le dije a Oppie que el uranio era técnicamente imposible, y él me contestó que Robert sabía lo que había que hacer. El proyecto es más grande que nosotros dos e incluye a civiles y militares. Ni el general, ni Oppie ni tú y yo menos somos perfectos. Déjame decirte algo con lo que estará de acuerdo todo el mundo. Cuanto antes acabemos, antes nos darán la libertad para irnos. Deléitanos, por favor.

Oppie miró hacia el suelo y cruzó los dedos. Richard había dado en el clavo. Había roces entre militares y civiles, pero estaban comenzando a vivir juntos y tenían que tolerarse. El general se giró hacia Richard y le señaló con el dedo, iba a decirle que quería hablar con él después del seminario. No admitiría la falta de respeto. Entonces, un vetusto coronel del ejército de tierra se puso en pie y se dirigió a Robert.

—Estoy de acuerdo con el jovencito. No me gusta vuestra actitud. Y entiendo que no os guste la mía. Pero la misión es común. El esfuerzo es conjunto y el general Groves aprecia tanto a militares como a civiles. Hagamos lo que tenemos que hacer y podremos volver a nuestros ambientes en cuestión de meses. Yo también quiero saber cómo vamos a ganar esta guerra juntos.

Entonces Serber volvió al podio y comenzó a hablar:

—General Groves, Oppie, queridos colegas, existe un sistema para construir el dispositivo.

El general sonrió. Y le preguntó a Oppie qué coño había sido aquello. Oppie le dijo: «Catarsis. Las cosas irán mejor a partir de ahora». El general le preguntó si lo había preparado él.

—No, pero me gustaría haberlo hecho. Estas interacciones sinceras y públicas serán necesarias. Hemos de romper la barrera entre civiles y militares. Y esto de hoy es un buen comienzo.

El general comentó que no le gustaba Richard. Y Oppie le contestó que daba igual, que no estaba en venta. El general se rio, era una contestación típica de Oppie.

—Sabemos que el explosivo puede construirse usando U-235 o plutonio, antes llamado elemento 94. Y sí, el plutonio existe y lo generaremos en otro sitio. Exploraremos dos técnicas para separar el U-235 del U-238, electromagnetismo y difusión gaseosa, y eso lo hará Lawrence.

Serber siguió explicando que no necesitaban escoger entre electromagnetismo y difusión gaseosa, que usarían los dos métodos a la vez. Y que, de momento, no haría centrifugación. Serber mencionó, tras una pregunta de Bohr, que la masa crítica de U-235 era del orden de quince kilogramos. Otro de los objetivos consistía diseñar los detonadores. Y contestando a Fermi aclaró los detalles del procedimiento. Serber explicó que consistía en usar dos masas subcríticas. Una de ellas sería el proyectil, con forma cilíndrica, que sería disparado por un cañón contra la cavidad de otra masa modelada en forma de U; el proyectil encajaría en la cavidad, basado en producir una masa crítica instantánea partiendo de dos masas subcríticas lanzadas a gran velocidad una contra la otra.

—Me sabe mal decirlo: disiento del sistema cañón.

El general y Oppie se giraron hacia atrás.

—¿Quién es usted? —preguntó Groves.

El científico que había preguntado se quedó callado, demasiado intimidado. Oppie le hizo un gesto indicándole que siguiese hablando.

—Seth —contestó por fin. Y se pellizcó la piel del antebrazo.

Oppie vio que el brazo tenía las secuelas de muchas autoagresiones. Seth lucía una frente hecha de finas líneas y arrugas profundas, cejas como acentos circunflejos que convergían en el inicio de la nariz, párpados caídos y labios curvados hacia abajo como los de un pez. Era el rostro de la tristeza.

Seth no había intervenido antes, así que era un misterio para Oppie. Y a él le gustaban los misterios.

—Por favor, Seth, si es oportuno y relevante, explícate.

—El cañón funcionará para la de U, pero no para la de P. Los neutrones saltan con demasiada facilidad. Las masas subcríticas explotarían en semifallo antes de chocar.

Fermi y Bohr se giraron hacia él y luego se miraron entre sí. Por supuesto que era relevante.

—¿Qué propones?

—La implosión de un cilindro de plutonio. —El tono fue descendiendo a medida que hablaba.

Groves tiró hacia arriba del cinturón de sus pantalones. Aquel tipejo tenía el aspecto de un enfermo terminal, al que la enfermedad le había consumido el cuerpo, y de un sujeto que espía a una chica y la sigue al atardecer, sin acercarse a ella.

—¿Un cilindro? ¿De verdad?

—Un cilindro de plutonio hueco. Se le hace explotar y cuando se colapsa sobre sí mismo alcanza la masa crítica.

—Tengo que coger un tren —comentó Groves. Todo aquello le parecía demasiado complicado.

—Tomaremos la decisión ahora —dijo Oppie—. Para el dispositivo U, usaremos el cañón y para el P, los dos, el cañón y la implosión de Seth.

—¡Vámonos! —gritó Groves—, deberíamos estar ya en la estación.

El militar y Oppie se dirigieron hacia la puerta. Antes de salir, Oppie se giró hacia Seth.

—No te olvides de mandarnos por escrito lo que necesitas. Sé preciso en el presupuesto y márcame un calendario con la línea de trabajo.

—Haré lo que pueda —prometió, y nadie pudo oírle.

Comunistas

La oficina del general en Los Álamos no era espartana. En las paredes de ladrillo pintadas de blanco colgaba una fotografía que mostraba las fases de la construcción del Pentágono, un retrato de un oficial joven, orgulloso y con algo de sobrepeso, en el día de su graduación en West Point, y la foto de una adolescente. Un mapa de Estados Unidos decoraba la pared detrás de su sillón de cuero verde. Muchas chinchetas se agrupaban en los márgenes blancos del mapa: ninguna marcaba un punto concreto. En un cuadro pequeño podía leerse un eslogan de Roosevelt: HAN VUELTO LOS BUENOS TIEMPOS. En una percha colgaban una chaqueta y una gorra militar. Sobre el macizo despacho reposaba un teléfono negro, un bloc de notas, un tintero con un emblema de la Casa Blanca, un cenicero de cristal con un marco de madera y un mechero con la forma de un cañón napoleónico. Aun así, había espacio para los antebrazos y las manos del general. Oppie se sentó frente a él, en una silla de hierro, sin cojín.

—¿Qué ocurre, general?

Su secretaria le había citado: «El general Groves tiene algo importante y urgente que comunicarle, por favor, acuda a su oficina a lo largo de la mañana de hoy». Oppie había telefoneado a Groves, pero su secretaria le había dicho que se trataba de un asunto que no podía discutirse por teléfono.

—Jean Tatlock. Comunismo.

Oppie le dirigió una sonrisa sardónica, puso su sombrero encima del teléfono y se reclinó en la silla. La pausa duró lo que él quiso porque el militar no habló. Ni el FBI ni la OSS le dejarían en paz. Vivía bajo sospecha. Y su hermano, Kitty, sus amigos... «Viene con el trabajo —le había dicho Kitty—, los demás viven bajo el mismo microscopio». Cada varias semanas, una nueva *entrevista*. Lo único bueno es que con cada una de ellas había ganado experiencia. Ahora conocía la metodología: comenzaban con un *shock* y luego venían preguntas sencillas; después, la intensidad crecía, a veces hasta el salvajismo de un interrogatorio *aumentado*, aunque por el momento él no había estado cerca de eso, ni mucho menos. Él también tenía su técnica: con cada respuesta buscaría incrementar la imprecisión: solo facilitaría información ambigua. Así, se verían forzados a darle la información que poseían si querían progresar.

—Ella siguió siendo comunista y podía darles a sus amigos los soviéticos cuanto sabía de usted. Dígame, ¿cuándo les contactó?

—¿Pasar información? ¿A quién? ¿Qué tipo de información?

Cogió el cañón para encender la pipa. La espiral de humo subió al techo. Pensó que el general no usaba el cuaderno porque no buscaba nueva información.

—Pensó en irse a vivir a Rusia con ella. ¿Por qué no se fue?

—No me agrada el frío, general.

—No es momento de bromear. Lo planeó. —Groves había hablado después de consultar su libro de notas.

—Cuando se está enamorado se dicen muchas tonterías. Y, por favor, si sabe las respuestas, ahórrese las preguntas.

—¿Quién era su contacto para el viaje?

—Nunca planeamos ningún viaje fuera de Estados Unidos.

—Quiero la verdad, Oppie —amenazó con las manos estiradas sobre la mesa—. O viajaremos a Washington hoy mismo y se quedará allí un tiempo.

Oppie miró al suelo, mientras soplaba el humo por la nariz en silencio. No iba a hablar hasta saber qué sabía el general.

—¿Por qué fue a verla el otro día? Ya no está en la universidad. Posee información y material de alto secreto.

El otro día. Habían pasado seis meses. Oppie aspiró con calma el humo del tabaco. «¿Por qué ha tardado tanto en interrogarme? ¿Qué han estado investigando durante este tiempo? ¿Por qué estoy aquí con Groves y no en una habitación neutra con Pash y su OSS?».

—Hay invitaciones que nadie puede rechazar. Aquella noche nos vimos porque ella seguía enamorada de mí —dijo pensando que no le creería.

—Una cita romántica. ¿Me lo dice o me lo cuenta? ¿Y no se le ocurrió que debía informarme del encuentro?

—No hacía falta: tuvimos al FBI de carabina, ¿recuerda? Un informe habría sido inútil. —Sonrió—. Y no hablamos del trabajo —continuó y se encogió de hombros. Aspiró el humo y lo echó hacia el techo—. Repito que era una cita.

—¿Después de tanto tiempo? No tiene lógica.

—No suele haberla en estos casos. Pasé la noche con ella, desayuné y volví al trabajo.

—¿Cómo se comportó ella?

Era una pregunta inesperada. Quien interrogaba debía ser impredecible. Tenía que maniobrar incluyendo juegos mentales y emocionales hasta hacerle caer en una trampa o golpearle por sorpresa con la información que hubiesen descubierto sobre él o sobre ella. Crear un desequilibrio emocional era la clave del éxito de muchos interrogatorios.

—Estaba igual de desesperada que las últimas veces que la vi. Quizá un poco más —confesó.

—¿Por qué?

Oppie pensó que la pregunta había venido demasiado rápido. «¿Era posible que supiesen cómo estaba psicológicamente Jean aquella noche?».

—Creo que odiaba vivir sola.

—¿Quería que abandonase el proyecto?

—Me lo pidió. Es verdad.

Groves sacó un Camel de un paquete que tenía en el cajón de la mesa y, después de jugar con él unos segundos, se lo puso entre los dientes. Oppie se inclinó y le dio fuego con el cañón. A través de la llama pudo ver tristeza en los ojos del militar.

—Debió venir a verme. Así hubiesen quedado claras las cosas. El FBI no puede pillarme por sorpresa —dijo y levantó las manos al cielo—. Si no sé nada de la cita, entonces es que no le controlo bien. ¡Nos ha metido a todos en un buen lío!

Había que aprovechar los errores del *torturador*.

—Mi teléfono, mi mujer, mi casa están bajo constante espionaje. ¿Qué pretende con esta farsa?

En lugar de contestar, Groves echó una bocanada de humo en forma de aros y paso su dedo a través de ellos.

—Los operativos soviéticos han sido activados en bloque. Y eso la incluye a ella.

—Tonterías. Jean quería una reconciliación. No hablamos de política.

—Usted sabía que era una comunista y fue a verla a pesar de tener órdenes precisas de no contactar con comunistas —concluyó y aplastó el cigarrillo en el cenicero.

Pistas de carreras

Richard nunca había visitado Tennessee, pero no le sorprendió ni el frío helado del tiempo ni el de la bienvenida. El invierno reptaba en cada calle y la temperatura había descendido a bajo cero. Se lo dejaron saber bien pronto: él era el espía de Los Álamos. Tennessee no era la segunda parte de Chicago, allí la naturaleza de su misión estaba clara, y no iba a tener éxito; las posibilidades de fracaso rozaban el ochenta y cinco por ciento. ¡Maldito Oppie!

—Sus zapatos.

—¿Qué les pasa?

—Quíteselos —ordenó el coronel.

Se descalzó. Ya preguntaría más tarde por las razones. Le dieron unos calcetines de lana gruesa y se los puso. Entraron en el edificio de la primera fábrica. Lo primero que notó fue que todo el mundo llevaba zapatos. Vio los calutrones. ¡Ah, cuánto le gustaban! Debido a que la purificación de los isótopos era imperfecta, el procedimiento tenía que repetirse muchas veces, y Lawrence tenía más de trescientos calutrones en proceso de construcción y otros doscientos estaban en funcionamiento. Los calutrones trabajan en serie para aprovechar la fuerza de los campos magnéticos. La disposición de las máquinas con la curva de la D hacia fuera formaba una estructura en forma de elipse y otorgaban un curioso aspecto al interior de la fábrica, como una pista de coches de carrera.

— No sé por qué tengo que caminar descalzo.

—No sabe nada de nosotros y le mandan a «ayudar». Ente estos imanes gigantes los clavos de sus zapatos serían proyectiles. Nuestros zapatos son especiales —explicó condescendiente.

El coronel pensaba que era un ignorante. Y era verdad. Pero ¿quién confundiría la falta de conocimiento con la falta de inteligencia?

En un pasillo amplio estaban los paneles: pequeñas luces rojas, verdes y amarillas parpadeando sin parar, parecidos a los controles de la cabina del avión militar que le transportó allí. Le habría gustado poder abrirlos, como hacía con las radios y cualquier otro tipo de máquina que cayera en sus manos, y ver cómo eran por dentro. Ocupaban las dos paredes del pasillo. Jovencitas, blancas y rubias, estaban a cargo de los paneles, cada una sentada en una banqueta muy alta, leyendo los números y haciendo modificaciones usando manivelas y botones. Tres turnos de ocho horas mantenían los calutrones funcionando día y noche, siete días a la semana.

—Son estudiantes de instituto. No es trabajo para doctores, y cada vez que uno de esos pingüinos se acerca a un panel crea un problema. Y se tardan días en recalibrar el aparato.

Las chicas parecían felices. Sus salarios eran más altos que el trabajo de camareras en un café o en cualquier otra fábrica. Pensaban, además, que estaban ayudando a ganar la guerra. Movían sus manos con rapidez como haciendo bolillos, como si tejieran un tapiz.

Volvieron a pasar al lado de los calutrones, dispuestos para poder colocar el máximo número en el mínimo espacio posible, todo un prodigio geométrico.

—Las llamamos *pista de carreras de coches*. Esta es la pista alfa, tiene noventa y seis calutrones.

Varias pistas de carrera dentro de una fábrica de dimensiones inmensas.

El coronel había servido de guía para muchos visitantes —militares de alto rango, administradores de Washington y políticos— y contestado las mismas preguntas una y otra vez. Esta tarea normalmente le aburría. Aquel día disfrutaba adelantando respuestas antes de que se formulara la pregunta y lanzando a la cara del estudiantillo dimensiones, números, nombres, volúmenes. Era fácil impresionar a cualquiera. Groves había construido para Lawrence la mayor fábrica en Estados Unidos. Aun así, el coronel no podía saber si Richard estaba o no impresionado. «Debe de ser un buen jugador de póquer», pensó y se sonrió. Corría el rumor de que en Los Álamos los científicos, faltos de trabajo, se pasaban días y noches en timbas de cartas. Eran lagartos letárgicos del desierto, monstruos del Gilapóquer.

Muerte

En Los Álamos, Oppie no estaba relajado en su silla. Intuía que había llegado ese momento de la entrevista en el que el interrogador daba una información clave para causar un *shock* emocional al interrogado. Estaba preparado para ello. No iba a inmutarse si le decían que querían su dimisión, que le deportarían a Alaska o que encerrarían a su hermano en una de esas sucias prisiones secretas de los campos de concentración de Texas. No iba a inmutarse porque se trataría de un farol: a estas alturas del proyecto se había hecho imprescindible. Y eso lo sabía Roosevelt, que estaba al tanto de su trabajo y encantado con sus progresos. Apagó su pipa ahogando la cazoleta con el pulgar y fingió indiferencia. Mientras el militar se inclinó hacia delante en su silla, cerró los párpados ceremoniosamente e inspiró hinchando el pecho. De pronto, gritó:

—¡Jean Tatlock está muerta!

Oppie recibió el impacto del aliento amargo primero y

luego el de las palabras. Un dolor punzante en un costado le dificultaba respirar. Tuvo una sensación de separarse de la realidad y se sintió nauseoso, mareado, y se aflojó el cuello de la camisa.

—¿La habéis asesinado? —preguntó por fin con rabia.

Se puso de pie y se sentó de nuevo, sin llegar a dar un paso; miró a la oreja izquierda del general, no quería mirarle a la cara, no quería que viese que estaba destrozado. Intentaba saber si estaba jugando con él, si era efectivamente la táctica de un torturador experto. No podía ser, no podía aceptar que así fuese, la afirmación era demasiado cruel y astuta para ser un truco. Groves no haría esto, no tenía suficiente mala intención para marcarse un farol de esta profundidad, lo que decía tenía que ser verdad. Si lo que pretendían era saber qué sentía él por ella, ahora ya no les quedaría ninguna duda. Una rabia intensa le roía las entrañas. Si pudiese le quitaría el arma al estúpido militar y le descerrajaría un tiro allí mismo. Entre los ojos.

—¿Cuándo ha sido? —preguntó en voz baja simulando tristeza y control. Se le había secado la boca y se tocó las mejillas y las encías con la lengua.

—Hable más fuerte —pidió el general—. ¿Qué sabía de todo esto?

Oppie no podía hablar. Carraspeó, pensó en pedir agua, pero no pudo porque explotó:

—¡Maldita sea! ¡No me joda! ¿Quién coño se piensa que soy yo?

El militar se puso en pie y dando la vuelta al despacho, sacó un Camel del paquete y se lo puso a Oppie en la boca y luego lo encendió. Volvió a la mesa y se sentó en su silla. Se colocó un pitillo en la comisura de los labios y no lo encendió. Dejó que Oppie fumase en silencio.

—Piensan que tenía acceso a la medicación en el hospital —explicó Groves por fin—. Tomó un tubo entero de barbitúricos en la bañera. Perdió la conciencia y se ahogó. La encontró su padre. Un suicidio de libro.

Oppie movió la cabeza hacia un lado y otro sin llegar a ser una negación. Jean era psiquiatra en un hospital infantil. Parecía que últimamente había encontrado una razón para vivir, así que ese desenlace no era lógico.

—No estaba deprimida. No como para hacer eso.

Oppie imaginó el cuerpo blanco, los pechos flotando en el agua.

—¿A nadie se le ha ocurrido pensar que podía tratarse de un crimen? —advirtió con un tono que quería mantener la distancia.

—No había señales de lucha, no habían forzado la entrada con excepción de la ventana por donde entró su padre cuando no le abrió la puerta, no ha desaparecido prácticamente nada. Aunque hay un dato que no acaba de cuadrar. Han encontrado hidrato de cloral en su sangre.

—¿Un *Mickey Finn*?

—Una pastilla en la bebida, y entras en coma. Y cuando te despiertas en un callejón oscuro no tienes el monedero o te han violado, o las dos cosas.

—¿Violación?

—No. ¿Pueden haberse deshecho de ella los comunistas? —«Creen que la mataron para proteger mis vínculos con el partido. Quizá fuera una espía y sabía demasiado. ¿No? O era una espía y quería dejar de serlo, ¿tampoco? O se negó a hacer algo que Stalin quería o para asustar a otros y conseguir que hicieran lo que Stalin quería. O no te convenció para que sirvieses a sus planes. Su muerte asustará a Chevalier, a John Tatlock. Quizá lo han hecho para intimidarte, Oppie».

Era una afirmación directa, y Oppie la había oído antes. El FBI y Pash pensaban que Jean y él colaboraban, a un nivel u otro, con Stalin. Era una acusación seria. Estaba psicológicamente tocado, pero se repondría. No iba a darles nada. Ya investigaría si fuese necesario por su cuenta. Pagarían por esto.

—Entiendo que puedan tener ese punto de vista, general, no puedo eliminar mi pasado. Pero se me ocurre que las agencias anticomunistas civiles o militares pueden haberla eliminado si pensaban que era una espía. Y queda la duda del suicidio. ¿Dejó una nota?

—En cualquier caso alguien ha protegido vuestros secretos. Destruyeron su correspondencia después de su muerte. Hay cenizas en la chimenea de su casa que delatan este hecho.

—El hecho que delatan es que algo fue quemado. Yo no tengo secretos con ella que usted no sepa, general. Quien quemó esos documentos no me quería proteger a mí. Y ella no conocía la existencia del proyecto ni el significado de Los Álamos. Y mi pasado es un libro abierto: nadie vive con más transparencia en este país.

El general encendió otro cigarrillo y echó el aire hacia el techo.

—Los investigadores barajan la hipótesis del suicidio porque el escenario parece indicar...

—Los suicidas dejan una nota —indicó haciendo un gesto de rechazo. Miró al general a los ojos. «¿Qué más esconde?».

—Algunos, sí y otros, no —indicó y apartó la vista.

—Jean lo haría —explicó hablando con seguridad. No iba a dejar que se escapase—. Nunca dejaría que culparan a alguien, jamás haría eso. Así era ella —dijo con pasión.

—No había una nota firmada.

Oppie le apuntó con el dedo acusándole. Entonces el militar se levantó y colocó una silla a la izquierda de Oppie, se sentó a horcajadas y apoyó los brazos en el respaldo.

—Ok. Hay una nota que no está firmada.

—Quiero leerla.

—Quizá quisiera que cayera en desgracia con ella. ¡Hable, Oppie! ¿Qué sabía de ella que yo no sé?

Oppie miró a Groves, cuyos ojos azul pálido no mostraban ni atisbo de ansiedad, solo tristeza. Una tristeza que se le antojó indecente. ¿Qué decía esa nota? ¿Le había traicionado Jean en el último segundo de su vida?

Groves le entregó una bolsa. A través del plástico se veía un papel arrugado, con la tinta borrosa. Oppie levantó la vista con una pregunta en los ojos.

—Estaba húmeda. Aunque la encontraron en el comedor, no en el baño —expresó el general con dudas porque no tenía explicación para ello.

—¿Lágrimas...?

—El padre de Jean llevó el cadáver al comedor y luego registró el apartamento y destruyó la correspondencia que Jean tenía guardada, y sabe Dios qué más hizo. Pensamos que destruyó las conexiones de su hija con los comunistas. Y con usted. Después llamó a la funeraria para que la enterraran. Fueron los funcionarios quienes llamaron a la policía. En cualquier caso, al mover el cuerpo probablemente mojó la nota.

Oppie leyó. Jean había escrito sobre ella misma:

«Me he pasado la vida pensando que era un problema para alguien». Pobre Jean, nunca quiso admitir que ella era un regalo de los dioses a la Tierra.

—Es difícil saber si es su letra.

—Su padre dice que lo es.

—Pero yo no estoy seguro... Lo que dice, sin embargo, cuadra con la opinión que tenía de ella misma. ¿Por qué no firmarla?

—Quizá la medicación hizo efecto antes de que acabase de escribir. ¿Tenía enemigos?

—¿Quiere decir personales? ¿Por qué lo pregunta?

—Quien puso hidrato de cloral en la bebida tenía que ser alguien que ella conocía, que estuvo en casa con ella, que fue invitado a entrar y que, cuando terminó su trabajo, pudo cerrar la puerta con su propia llave. Jean escogía bien a quién dejaba sus llaves, ¿no? Ni siquiera su padre tenía una. ¿Tiene usted una?

—Sí.

—¿Sabe dónde está?

—En casa tenemos un lugar para guardar las llaves de amigos y familiares. Las tenemos marcadas con una etiqueta que lleva el nombre del dueño o dueña de la casa.

—¿Cree que alguien pudo coger su llave?

—No, general. Solo Kitty y yo tenemos acceso a ella.

—¿Sabe de alguien más que pudiera tener una llave? —preguntó tomando notas.

—Chevalier. Y supongo que alguno de sus amantes. Sé que tenía, pero desconozco sus nombres o identidades.

—De acuerdo, Oppie. Doblaré la guardia en su puerta. No vaya a ser que tengamos un asesino suelto.

Groves no reprimió una sonrisa triste. Los comunistas, el FBI, la OSS, Oppie, Kitty, Chevalier, sus amantes: demasiados sospechosos de la muerte de una buena chica.

Oppie cogió su sombrero y salió de la oficina. Afuera le recibió el desierto. Algo en él había muerto. Sentía tristeza y unas ganas terribles de venganza. Lloró mientras caminaba. No eran lágrimas de luto o de tristeza, era el llanto de la rabia. Y de la frustración. Porque sabía que era muy improbable que nunca llegase a saber qué había ocurrido. Jean no se había suicidado. Y si lo había hecho, alguien le había echado una mano. Y el general tenía razón: quizá ahora vinieran a por él. Ojalá lo hicieran y se delataran. ¡Pagarían muy caro la muerte de Jean!

Refrescos mágicos

En Tennessee, Richard seguía admirando los calutrones. *Juguetes fantásticos, muy divertidos.* Y no había encontrado explicación para la falta de progreso de la fábrica. El coronel seguía pasándoselo bien a su costa.

—Para generar el tubo de vacío tuvimos que desarrollar una tecnología nueva.

—Un trabajo digno de un faraón. Felicidades. Aunque en la Grecia clásica ya estudiaron los tubos de vacío, hace dos mil años.

Se enfadó consigo mismo. No había ido allí a combatir pedantería, debía concentrarse en averiguar los posibles defectos en las dos plantas de separación de isótopos, la de los calutrones y la de difusión gaseosa. La producción se había desacelerado durante los últimos tres meses. Si seguía bajando la separación de isótopos, tardarían años en obtener la cantidad que necesitaban en Los Álamos. No le gustaba la hipótesis de sabotaje. Groves se pasaba el día buscando espías que no existían.

Además del funcionamiento, Oppie le había pedido que examinase los protocolos de seguridad en el manejo de la radiactividad. El rumor más atrevido sobre este tema era la historia de un trabajador al que su mujer le dijo que brillaba durante la noche, «como las manecillas de un reloj». Con el tiempo se supo que un mecánico había reemplazado una tubería de la máquina de vender refrescos con un tubo que había quitado de uno de los laboratorios. Cuando se descubrió el problema, varios trabajadores habían consumido Coca-Cola en grandes cantidades. El asunto se declaró secreto y a los trabajadores se les hizo jurar silencio y les dieron la baja médica indefinida.

Presionados por Oppie y Groves, los generales que dirigían las dos fábricas sin contar con civiles —Lawrence había quedado al margen y no le consultaban ni siquiera para cuestiones de ingeniería— aceptaron que una persona ajena a sus edificios, personal y proyectos examinara el problema con una mirada fresca. Cuando Oppie propuso enviar a Richard, Groves sintió un calambre en el estómago. Fermi —que recordaba el trabajo de Richard en Chicago— apoyó la decisión de Oppie, y el general, sin tenerlas todas consigo, aceptó. En Tennessee consintieron sin poner muchas pegas: manejar al estudiantillo sería coser y cantar. Y querían evitar tratar con un peso pesado malhumorado como Von Neumann.

—Y ahora, si quiere, puedo enseñarle el otro edificio —se ofreció.

—Perfecto, coronel —dijo el científico mientras se mordía la lengua para no preguntar: «¿Está allí la máquina de Coca-Cola?».

Richard pensó que lo que Oppie quería era ganar tiempo. Al enviarle a él, les obligaba a parar la producción e impedía nuevos accidentes, mientras Fermi y los otros pensaban sobre posibles problemas y soluciones. «Y aquí estoy, jugando a detective sin pistas», pensó y cuando iba a reírse de su propio chiste, algo le llamó la atención. «¿Qué diablos es esto?».

Eran hileras de botellas ordenadas en el suelo de un patio.

—Ese líquido... ¿Cuántas botellas hay? —preguntó alterado—. ¿Cien? ¿Qué son?

Había docenas y docenas de botellas llenas de uranio sumergido en agua. Estaban colocadas en orden, una al lado de la otra, para ocupar el menor espacio posible y evitar que alguien tropezara con ellas por accidente. Aquella larga línea de uranio alimentaba la pista de carreras.

El coronel sabía la respuesta. Se lo habían preguntado en más de una ocasión. ¡Adelante con el *show*!

—El elemento U. Sé que no eres es un experimentalista, así que déjame explicarte...

—Esta disposición, las botellas, el agua... ¿Es una idea de Lawrence?

El coronel trató de recuperar su cara de tipo-que-enseña-fábrica-a-ignorante, mas no pudo. Había algo en el tono del visitante que le asustó.

—No molestamos al *sabio* con tonterías —soltó sin diplomacia—. Estamos bien entrenados, nunca almacenamos masas críticas, si eso es lo que le preocupa. ¿Entiende?

—¡Las botellas están llenas! —exclamó mientras las señalaba.

—Y así debe ser. Usamos agua para evitar una agitación

innecesaria. Está pensado de forma concienzuda —aclaró de nuevo con un punto de condescendencia—. Mejor que se ponga los zapatos. Es tarde y debemos seguir nuestro camino.

—¿Quién coloca las botellas? —preguntó sin moverse de su sitio.

—Mantenimiento. No se necesita ser un doctor en física para hacerlo. Y ellos desconocen qué contienen las botellas, si eso es lo que le preocupa. Groves puede estar tranquilo.

Richard puso sus brazos en jarra. Escogió sus palabras durante unos segundos, luego levantó una mano e hizo un gesto para pedir calma.

—Coronel, este almacenamiento del elemento U no es aceptable.

—No ha entendido...

—A partir de hoy —le interrumpió—, los trabajadores deben saber qué es esto y qué es una masa crítica. Se acabaron los secretos. Y olvídense del agua.

—¡No sabe de qué habla!

—El agua de grifo no es tan eficiente como el agua pesada, pero puede disparar una reacción en cadena y en una masa subcrítica. Estas botellas generan un riesgo de explosiones de pequeña a mediana intensidad.

—Tonterías. Se trata de agua.

—No querrá discutir física conmigo, ¿verdad, coronel? —Su tono no dejaba lugar a dudas de que si el coronel abría la boca sería fusilado con una descarga de fórmulas y teorías de las que no había oído hablar y de las que no quería oír hablar—. Contacten a Lawrence de inmediato. Él les dará nuevas instrucciones para el almacenamiento del elemento U.

—No creo que este asunto sea tan importante como para...

—Su fábrica es más peligrosa que las hordas de Hitler —exageró y lo lamentó.

—Está equivocado. Y no tiene autoridad...

—Escuche, coronel —dijo mientras se calmaba—. Haga los cambios, o en Los Álamos no se harán responsables de la seguridad de esta planta.

—¿Y qué? —gritó poniéndose de puntillas.

—Y Oppie detendrá su operación. No provoque a Groves, ya está bastante furioso.

—Se trata de una reacción química que el agua evita.

—No es una reacción química.

—¿Cómo qué no?

—Como que no.

El coronel se mordió la lengua. Debía evitar enfrentarse al emisario de un general, más cuando se trataba de uno de los más poderosos del país. Así que sacó una pequeña libreta de un bolsillo de la camisa y escribió unas líneas. Acabados los apuntes, tuvo que aceptar que sentía un repelús instintivo cuando caminaba entre las botellas.

Salieron de la fábrica. Afuera, el ajetreo de trabajadores de la construcción, militares y policías era mucho mayor que en Los Álamos. Se había contratado a cientos de miles de obreros de la construcción, que trabajaban a un ritmo frenético. Los barracones, las casas, los mercados, las gasolineras y los lugares de diversión que construían para ellos mismos creaban barrios de la noche a la mañana. Oak Ridge se había convertido en una ciudad de mediano tamaño donde sus ciudadanos estaban concentrados en un solo objetivo: proveer a

Los Álamos con tantos kilos de U-235 como fuese posible y hacerlo cuanto antes. Y también abastecían de uranio a Hanford, la otra ciudad secreta en el estado de Washington, donde Fermi dirigía la construcción de reactores para la producción de plutonio.

Richard encontró la segunda planta tan fascinante como la primera. El coronel caminaba furioso, movía brazos y piernas como en un desfile, la barbilla hacia arriba. Más tarde le diría que no iba a hacer ningún informe sobre las botellas. Venía a aportar soluciones, no a causar problemas.

La fábrica estaba destinada a la purificación del isótopo U-235 mediante difusión gaseosa. El elemento principal eran membranas con unos poros tan finos que podían separar los dos isótopos. El procedimiento no era eficiente y debía repetirse millones de veces.

El coronel recitó en voz alta estadísticas, dimensiones, y volúmenes, que eran descomunales. Harto de la cara de póquer de Richard le espetó:

—Una persona inteligente comprendería lo excepcional de estos datos.

—Las fábricas son enormes porque los procesos son poco eficaces. Una pequeña casita haciendo el mismo trabajo sería mucho más impresionante.

El coronel le miró de arriba abajo. Un individuo que no había hecho nada útil en su vida y se atrevía a criticar una maravilla de ingeniería...

—Aceleremos el paso o llegaremos tarde a la reunión —ordenó mirando su reloj, deseoso de quitarse a Richard de encima.

Camino con rapidez, cruzando un patio tras otro, sin dar

explicaciones. Se había acabado el *tour*. Richard vio una puerta flanqueada por dos cascos blancos. El coronel se dirigió hacia allí y gritó a los guardas sin detenerse:

—Nos esperan. ¡Abran!

Uno de los soldados sujetó la puerta abierta para que entraran. Dentro, alrededor de una mesa de conferencias rectangular que dividía la sala en dos, esperaban dos generales y dos coroneles. Las paredes eran tan blancas como la cal, no había ni cuadros ni ventanas. En un lado de la sala había varias cajas fuertes con las puertas abiertas mostrando carpetas marcadas con las palabras «secreto», «confidencial» o «clasificado».

Un general con grandes entradas en el pelo, nariz aguileña y gafas de cristal grueso presumía del dinero que había ganado vendiendo su deportivo europeo, un descapotable de dos plazas. El coronel se acercó a la mesa, y el policía militar cerró la puerta y se quedó dentro, apoyada la espalda en la madera.

«No hay ni civiles ni aire», pensó Richard.

Hubo una ronda de rápidas presentaciones y apretones de manos. Richard vio que el general charlatán tenía varias líneas rectas descoloridas en la muñeca y, un par de centímetros por encima de ellas, el tatuaje borroso de un nombre. Sin perder tiempo, uno de los coroneles con pelo rojo rapado y brazos arqueados extendió un fajo de papeles sobre la mesa. Una treintena de planos. Richard los miró y se sonrojó. Estaba atrapado. «¡Maldita sea, Oppie! ¿Dónde está el oxígeno?». ¿Por qué no se había negado a esta misión y se había quedado en su dormitorio tocando el bongó? Nunca le habían gustado los planos, y el tamaño de los que iba a tener que estudiar era intimidatorio. Pensó que no podría pensar. Iba a sugerir que se los mandasen a Nuevo México para que los estudiaran Oppie y Fermi y los otros... Entonces vio que los primeros eran completamente simétricos. «Esto simplifica las cosas. Las reduce a la mitad. Aun así... No debo olvidar la sección del medio. Puede ser la más importante».

El secreto de Richard

Se conocieron en el instituto. Él tenía quince años y dedicaba parte de su tiempo a encontrar un método para conseguir citas románticas. ¿Había una táctica que funcionase siempre y con cualquier muchacha? Responder a esa pregunta era el objetivo.

Ella tenía trece y era una de las niñas más populares en la escuela. O al menos eso creía él. Demasiado guapa para poder acercarse con tranquilidad, hablar sin tartamudear y mirarla sin sonrojarse. La observaba desde una distancia donde se sentía seguro y trataba de aprender sus rutinas. Caminaba como la reina de la colmena. Aquí y allá alguno se le acercaba, y ella dejaba que caminase a su lado. Terminaba pasando junto a él, y él la observaba con tal admiración que le paralizaba.

En su *Protocolo para citas* incluyó la necesidad de parecer duro. Y actuar como un tipo duro mejoraba su autoestima, pero seguía sin funcionar. Los machos dominantes, que solían ser los atléticos, triunfaban con las rubias despampanantes y aburridas; los muchachos frágiles y debiluchos se llevaban a las niñas listas y divertidas. No había término medio.

Perfeccionó su método. Y comenzó a tener citas. Sin interés romántico, las usaba para confirmar este o aquel aspecto de su teoría. Sus deducciones le obligaron a tomar la dolorosa decisión de apuntarse a clubes sociales y clases de arte donde podía sentarse junto a ella y charlar sobre tonterías. Ya no tartamudeaba ni se ponía colorado, pero aún no podía decir algo inteligente y mucho menos ingenioso.

Arline le dio calabazas siete veces, y eso que usó siete diferentes estrategias. A la octava lo consiguió, y el primer baile fue maravilloso, y desde entonces no se separaron. A las pocas semanas habían decidido que se casarían. Vivir merecía la pena. Felices acabaron los estudios en el colegio.

Ella enfermó en la universidad. Tenía bultos, inflamaciones y una fiebre que no acababa de irse. Los médicos le diagnosticaron un linfoma incurable. Richard decidió estudiar la enfermedad. Llegó a la conclusión de que el diagnóstico estaba equivocado. Así se lo comunicó a los doctores. Estos no aceptaron su intromisión y menos aún su opinión. Pero con el tiempo, el diagnóstico se hizo difícil de mantener. Los médicos cambiaron de parecer: se trataba de tuberculosis. Esa vez, sus estudios le llevaron a estar de acuerdo con ellos.

Tuberculosis era un sinónimo de estigma. Por miedo al contagio, los pacientes eran, en ocasiones, abandonados por familiares y amigos. Ella decidió que no le dejaría sacrificar su carrera y su vida. Él no iba a permitir que un demonio microscópico estropeara su amor: «Los enamorados se casan, así que nosotros nos casaremos».

El anuncio de la boda no fue bien recibido en las familias.

La madre de Richard estaba furiosa y amenazó con dejar de pagar la universidad si decidía seguir adelante. «El matrimonio es un asunto que requiere entrega y mucho trabajo con pocas recompensas. Si te casas con una inválida, multiplicas el trabajo y reduces a cero las cosas buenas: es caminar hacia un precipicio. En algunas ciudades casarse con una tísica está prohibido por ley». Arline, le decían, se aprovechaba de su buena fe: «Te convertirá en un marginado social». Él repuso que vivir sin Arline no era posible.

Oppie supo de las vicisitudes de Richard. Quería tenerle como fuese, así que alquiló indefinidamente una habitación para Arline en el mejor sanatorio de Albuquerque, privado y exclusivo. Y le ofreció a Richard un salario que le permitiría vivir independiente. Richard esperó a que la oferta de Oppie se formalizara y, cuando firmó el contrato, se ocupó de la ceremonia.

Asfixia

Richard se aflojó la corbata. No entendía cómo los militares podían soportar la falta de aire. Respiró hondo y miró alrededor. Los generales y coroneles estaban demasiado centrados en la mesa sobre la que estaban los planos para darse cuenta de su claustrofobia. Una claustrofobia que se manifestaba como asfixia. Se concentró en las explicaciones del coronel. Las exposiciones no eran precisas y se daban con tanta rapidez que eran imposibles de seguir si no se habían estudiado los planos con anterioridad.

Los planos de la fábrica de calutrones no le importaban. Tenía problemas de seguridad, pero no de producción. Cuando comenzaron a mostrarle los planos de la segunda fábrica, decidió prestar más atención. Pero aquello cada vez le gustaba menos. Era un formalismo estúpido: recibirían al estudiante, abrirían y cerrarían los planos, y se irían a casa contentos y felices. Richard aceptó que ese iba a ser el desenlace más probable.

Si al menos pudieran abrir la puerta... «¿Qué es esto?», pensó que un símbolo cuadrado marcado con una cruz podía ser importante. «Se repite varias veces. Quizá solo sea una ventana, un mecanismo de ventilación. Podría ser eso, aunque no hay muros exteriores en esta zona. No, tiene que ver con las tuberías. Aparece delante o detrás de un depósito o en la salida hacia una máquina... Controla el flujo. Eso es». Siguió las estructuras en los mapas siguientes. «Supongamos que la hipótesis es que los cuadrados tienen algo que ver con el mal funcionamiento de la difusión gaseosa. ¿Cómo comprobaría que es verdad? ¿Hay otros indicios que apoyen la sospecha?». Y tuvo una idea.

—¿Podría, por favor, volver a examinar el primer plano? —Oyó los suspiros profundos y pensó que acabarían con el poco aire que quedaba. No levantó la cabeza de los planos para no verles las caras—. Me refiero al que describe las características generales de la planta.

Notaron la inseguridad en su voz. Y eso les tranquilizó.

—¿Los controles maestros, muchacho? —preguntó el general con más rango. Y sin esperar respuesta le hizo un gesto al coronel para que lo abriera sobre la mesa.

Richard lo examinó durante un largo minuto. Al principio no pudo identificar *su* cuadrado, era demasiado pequeño para la escala de aquel plano. Buscó una de las tuberías principales y la encontró. Se inclinó sobre la mesa, pasó los dedos índices sobre la tubería y los hizo converger sobre el cuadradito.

—Gracias. Sí, era este el que quería ver —asintió y, para pasmo de los militares, se quedó en silencio.

El general al mando y el coronel a cargo de los planos se

inclinaron sobre la mesa sin que pudiesen descubrir qué buscaba Richard. Unos segundos después, el general de las gafas gruesas pasó una manaza sobre su calva y puso la otra sobre el mapa, era la zarpa de un oso.

—Señor Feynman, tenemos que examinar veinte mapas más.

Había hecho los deberes, sabía que Richard no había terminado su tesis doctoral. No era doctor, era simplemente señor. Un civil sin título. Richard examinó de nuevo al general. Las personas eran agresivas por una razón. Vio la coloración amarillenta en el medio de los dedos índice y corazón.

—Me he fijado en el signo de no fumar en la puerta, general. Puede salir y fumar un cigarrillo y mientras tanto creo que terminaré.

El general puso las dos manos sobre el mapa. Pero su superior le hizo un gesto. Quitó las manos, se arregló la corbata, sacó el paquete de tabaco del bolsillo y salió afuera.

Treinta segundos después, Richard dejó flotando su dedo sobre el mapa dando círculos alrededor del cuadradito y luego lo dejó caer. En su cerebro, los caminos del laberinto, regulados o no por válvulas periféricas, convergían allí. Era el nudo gordiano de la fábrica.

—Me gustaría saber si el mal funcionamiento de esta válvula podría enlentecer de forma global el funcionamiento de la difusión gaseosa. ¿Puede un problema aquí afectar a la fábrica *in toto*?

—¿Qué? —gritó, más que preguntar, un coronel—. ¿Dónde?

Richard no le miró. Sin perder de vista el cuadradito dijo:

—No veo trayectorias alternativas o mecanismo de

bypass. ¿Existen redundancias que no están descritas en este plano?

La puerta se abrió y el fumador, envuelto en una nube de olor a tabaco, regresó a la habitación. Los coroneles se concentraron en el plano. E inmediatamente otros planos que ofrecían esa sección en más detalle se pusieron sobre la mesa. El general al mando se rascó la pulpa del dedo gordo, primero de una mano y luego de la otra, mientras miraba de reojo a Richard.

—¿Has terminado? —preguntó el fumador y puso sus dedos amarillos sobre el plano—. Hemos tenido que parar la fábrica doce horas. ¿Sabes cuántos soldados mueren en doce horas?

—Podría tener razón —sugirió un coronel con la mirada fija en el mapa, su dedo en el cuadrado.

—Por supuesto que la tiene —estalló el coronel que había hecho de cicerone en la fábrica anterior.

—Sí. Parece lógico —aceptó el general al mando—. El flujo puede estar enlentecido aquí. —Puso su dedo sobre el cuadrado—. En esta válvula. Que alguien mida el flujo aquí y que reemplacen la válvula en cualquier caso. No perdamos más tiempo.

—Además... —comenzó Richard, cuando el general le frenó en seco.

—Además, que añadan tubos alternativos aquí y aquí. Y comiencen a diseñar un sistema redundante de válvulas. Ya tienen sus órdenes. Pueden irse.

Los coroneles comenzaron a recoger los planos.

El general miró su A-11 Elgin de pulsera. Hacía tres horas que Richard había llegado. Estaba contento y avergonzado.

Contento por haber solucionado el problema y avergonzado de que un hombre de Groves hubiese hecho el trabajo.

El general se acercó a Richard, le notó el sudor en las manos y en la cara, y abrió la puerta, ordenándole al soldado que la mantuviese abierta.

—Bueno, doctor Feynman, debo agradecerle su ayuda en este tema. Por favor, dele recuerdos a Leslie y Oppie.

Richard devolvió la sonrisa pensando que aquel hombre no sonreía con frecuencia. De aspecto mediterráneo con el pelo negro y fino, era más bajo que él y, sin embargo, parecía que sus ojos grandes e hiperactivos le observaban con dureza desde arriba. Se dirigía a la salida cuando el otro general hizo un ruido gutural, se interpuso en su camino y cerró la puerta.

—Has tenido suerte, muñeco. No creas que no conozco a los de tu tipo —dijo y encogió el cuerpo—. Se esconden detrás de los bancos del laboratorio para librarse del frente.

—Valiente o no, estoy involucrado en la guerra tanto como usted. Usted tampoco duerme en una trinchera con barro hasta la barbilla...

—¡Arrogante de mierda! —gritó.

Ninguno de los oficiales había abandonado la sala. Querían proteger a Richard. El general había causado problemas sin necesidad varias veces durante los últimos meses.

—General, el divorcio le está matando. Pero fusilarnos a nosotros no le va a solucionar el problema —musitó.

—No uses el plural —le advirtió, y señalando a los otros uniformes con los brazos extendidos en cruz, añadió—: Ellos son mis colegas.

—Hablo de su hijo y yo. Usted es valiente. Casarse con

una mujer negra, siendo judío, es un acto de valor. Y privarse de su mundo por ella es un acto de amor. A pesar de su tremendo sacrificio, ella le ha dejado. Yo también estaría furioso. Pero centraría mi energía en solucionar el problema.

—¿De qué hablas? Tú no sabes nada.

—Su mujer, Shalondra Weinberg, ¿verdad?, le dejó por un civil, debe de ser un hombre negro y más joven que usted. Buscaba seguramente alguien que le dedicase más tiempo a ella y menos a su trabajo. Algo imposible para un militar en tiempo de guerra. Usted, y ese es el problema, entiende sus razones y, por lo tanto, no puede dirigir su ira hacia ella. Primero la dirigió hacia usted mismo e intentó matarse, algo que sus superiores han ocultado para evitar su destitución.

—Este hijoputa ha leído informes sobre mí. Groves y Oppie...

—No —intervino el otro general con autoridad—. No existen informes escritos sobre esos aspectos de tu biografía —y luego añadió guiñándole un ojo— si es que existen.

—Su hijo —continuo Richard— debe tener una edad parecida a la mía y, a pesar de admirar a su padre, no quiere entrar en el Ejército. —El general se relajó y empujó a los oficiales para que le dieran espacio—. Por si esto fuera poco, su edad, general, está interfiriendo demasiado con su modo de vida. ¿Podría alguien, por favor, abrir la puerta?

El general hizo una seña al casco blanco y este abrió la puerta.

—Le gustaba conducir coches rápidos, deportivos de transmisión manual, como los europeos —siguió explicando Richard—. La artrosis de la rodilla izquierda ya no le permite usar el embrague. Aún podría conducir coches deportivos de transmisión automática, pero hacerlo sería como venir a trabajar vistiendo un tutú.

El silencio en la sala era igual al del interior de un tubo de vacío.

—Con respecto a lo de hoy, su equipo buscó la causa durante tres meses sin encontrarla. Pensaba que era su culpa por estar demasiado distraído. Encontré el problema en unas horas, porque tuve suerte, sí, y porque me gusta observar y deducir, y porque, al venir de fuera, tengo una visión fresca del problema. Usted no tiene la culpa. Y la fábrica cuenta con un problema menos. Y Oppie y Groves nos dejarán en paz a todos.

El general dio dos pasos atrás. Buscó una silla y se sentó. Aquello había sido brutal. Le habían desnudado psicológicamente y le habían leído en voz alta lo que nunca debería haber salido a la superficie.

El coronel cicerone le apretó el brazo.

—Doctor Feynman, Richard, el avión está esperando —anunció con prisas. Richard agradeció sin decirlo lo de «doctor».

Cuando iba a subir a su transporte, el general al mando se le acercó.

—Así que eres un genio después de todo —dijo bromeando—. Groves no se equivocó contigo.

—Ellos estaban ocupados buscando espías y construyendo más torres de vigilancia y no pudieron venir. Y Groves es un general. Quiero decir que no le caigo muy bien...

Un bocazas y un bastardo irrespetuoso, tal como había dicho Groves, y la personalización de la inteligencia teórica y pragmática. Esa que salva vidas y gana batallas. Civiles como él iban a ayudar a ganar la guerra. Soldados y científicos juntos era la mejor táctica.

—Envíeme, por favor, la única copia del informe. —No era un ruego, era una orden. El general se quedó callado unos segundos. Su cara paralizada en un gesto duro—. Le apartaré del cargo. Es una bomba a punto de explotar.

—Quizá no sea necesario.

—¿Y qué haría usted en mi situación?

—Darle vacaciones..., que pasase tiempo con su hijo.

—Es un suicida...

—No, creo que no.

—¡Tú lo dijiste! —exclamó el general.

—Un tipo así no habría fallado el intento —explicó haciendo movimientos de negación con la cabeza—. ¿Dónde está su hijo?

—Esa información es secreta —soltó y se encogió de hombros.

Richard miró al general a los ojos, luego se rascó una sien y después bajó la vista hacia sus zapatos. Levantó la cabeza y los ojos del general seguían allí.

—Mándelo a Hanford.

El general soltó una carcajada. Richard era demasiado para él. El hijo del general estaba allí. Si era un secreto, debería ser en una ciudad secreta, y si no estaba ni allí ni en Los Álamos, tenía que estar en la tercera.

—¿Cómo supiste el nombre de la exmujer del general?

—El tatuaje.

—Shalondra —repitió el nombre en voz alta y asintió— y Weinberg estaba escrito en la camisa del general.

—La magia pierde encanto cuando se conoce el truco.

—¿Y cómo adivinaste su raza?

—Shalondra no es un nombre frecuente entre blancas.

—¿Cómo sabías...?

—No lo sabía —dijo con franqueza—. Sé que es judío por la calvicie, las gafas, la nariz y el apellido. Y vi la marca que dejó el anillo de matrimonio.

—Ninguna de estas *anécdotas* saldrán de aquí —le advirtió y extendió la mano abierta.

Richard soportó el fuerte apretón, aunque no pudo evitar fruncir los labios.

—Un auténtico placer. Vuelva a visitarnos. Podríamos jugar al póquer, incluso podría ofrecerle trabajo aquí.

—¿Quiere que Groves me despelleje vivo?

Richard entró por la parte de atrás del avión de carga militar y desapareció detrás de los contenedores. El espacio del avión, gracias a Dios, era muy amplio. Y hacía frío. Todo bien.

En tierra, Weinberg se aproximó a su superior.

—No te creerás esa mierda. Lo que ha dicho...

—Haz las maletas, Henry. Tu traslado es inminente.

—De ninguna manera. Escucha, ese comemierda...

—Hanford. Irás a examinar los planos de las fábricas y de los reactores. Sabes mejor que nadie cuáles son algunos de los puntos débiles. Reemplaza las válvulas, añade tuberías de compensación y desagüe, establece reuniones periódicas con los científicos, incluye autoridades civiles en los órganos de decisión. No quiero los mismos problemas allí. Sal al amanecer. Y recuerda esto: te recibirán de uñas.

—¿Hanford? Sabes que mi hijo está allí y yo no quiero...

—Me importa un rábano.

El general al mando se alejó con paso rápido. El otro se quedó observando cómo desaparecía el avión en el horizonte. Prendió una cerilla con la uña del pulgar, encendió un cigarrillo, echó el humo dos veces. «Es una generación de hijos de puta sabiondos». Se rascó la rodilla izquierda. «Ya aprenderán». Se encaminó hacia su oficina, quería escribirle una carta a su hijo anunciándole la visita.

Preso

Cuando el FBI informó a Washington de la muerte de Jean Tatlock y de la reunión secreta que había tenido semanas antes con Oppie, las altas instancias de la contrainteligencia sufrieron un ataque de nervios. Ni la supuesta cita amorosa ni la muerte inesperada de Jean podían haber ocurrido por casualidad, y tampoco podía ser una casualidad que el encuentro y el fallecimiento hubiesen ocurrido tan próximos en el tiempo. Las casualidades no existen en la vida de los espías. Los servicios de inteligencia ordenaron el arresto inmediato de Oppie, Kitty y Frank, el hermano de Oppie.

Una vez en la prisión les separaron. A Oppie le dieron un pijama a rayas. Recorrió un pasillo. Se detuvieron al llegar a una puerta de hierro. Dentro el espacio era reducido, menos de un metro cuadrado. Oppie comprendió que solo podía estar de pie. No había interruptor para la luz. No había lámpara o bombilla colgando desnuda de un cable o insertada en el techo. En el suelo, solo un cubo de latón. Si se sentaba, tocaba con la espalda una pared y con las rodillas, la pared de enfrente. De modo que no podía sentarse, solo estar de pie. La pequeña puerta de metal se cerró y la celda quedó a oscuras. Kitty y Frank fueron interrogados inmediatamente, durmieron en celdas individuales de baja seguridad y los pusieron en libertad al día siguiente.

La muerte de Jean había sido una señal de alarma para la OSS y el FBI. Vinieron a buscarlos a casa a las cuatro y media de la mañana, les apuraron a vestirse y los llevaron en coche a la estación de Lamy y, desde allí, a Crystal City, en Texas. En Crystal City se había habilitado un campo de concentración para prisioneros. Muchos ciudadanos americanos de origen japonés fueron considerados un riesgo para la seguridad nacional y trasladados allí. Celdas de castigo y salas de interrogatorio completaban el máximo nivel de seguridad del centro.

Oppie sabía que aquel encierro en solitario era parte de la tortura que, combinada con alteraciones dramáticas del ciclo día y noche —ofreciendo la comida a deshoras, haciendo ruido durante las noches, interrumpiendo su sueño cuando este comenzaba—, pretendía *romperle*, destruir la firmeza de convicciones que rigen la cordura y perforar así la posible resistencia psicológica durante los interrogatorios.

Trató de desarrollar una estrategia mental: suplir la falta de luz y de comunicación y combatir el cansancio físico mediante el yoga y mantras. «Esto pasará pronto. No tienen nada contra mí. Soy un patriota. Puedo resistir esto y más. Concéntrate en respirar». Apoyó los mantras con el canto en voz baja de la sílaba «om». Pero el pensamiento que con más frecuencia invadía su mente no era la mística oriental, ni el futuro de Kitty o de su hermano; tampoco la bomba atómica, el trabajo de los científicos o el resultado de la guerra si Hitler conseguía ganar la carrera hacia el dispositivo de uranio. Las ideas que interrumpían el curso de sus pensamientos eran recuerdos de Jean: los buenos y malos momentos; las lealtades y las traiciones de una amante sincera.

No sentía culpa —no creía tener por qué— sobre su suicidio o, más probablemente, su asesinato. Su mente no deseaba entretenerse con esos sentimientos. Sus emociones eran recuerdos táctiles, percepciones visuales, el sonido de palabras musitadas sin prisa, la elaboración de planes de futuro sin sentido, discusiones filosóficas a tumba abierta. La muerte de Jean le había traído esta desgracia, y ahora recordarla, con la pasión que sabía que podía, le ayudaría a sobrevivir y a salvar su reputación: a vencer a este enemigo que se había lanzado a una caza de brujas inquisitorial, injusta, basada en premisas falsas, en rumores vagos y calumnias elaboradas en los despachos del FBI durante años, porque si él pudiese asesinar al mundo entero, Jean sería la última víctima. Su mente proyectó la imagen poderosa de Jean con la claridad de un holograma: no estaría solo. Si la soledad era el objetivo de sus enemigos, los carceleros habían fracasado. Y si los investigadores eran meticulosos, más tarde o más temprano, sabrían que él no había tenido nada que ver con la muerte de su amada.

Después de permanecer así muchas horas, lo que pensaba que habría sido un día, sacaron a Oppie al exterior. Le llevaron esposado a un lavabo, donde defecó y vomitó bilis, y de allí a una sala de interrogatorios. Esperó a que saliese otro prisionero, un hombre de raza oriental con la cara amoratada por golpes recientes. Cuando entró le sentaron en un banco, detrás de una mesa, y mientras esperaba la llegada del agente de contraespionaje, le sirvieron algo de comida. A pesar del sabor amargo del vómito, se esforzó en comer. Eran alimentos salados. «Quieren que sienta sed».

El agente llegó a los pocos minutos y se sentó frente a él. Era un hombre latino, atlético, de pelo moreno, casi cortado al rape, ojos oscuros y dentadura muy blanca.

—Buenos días, Oppie. Quisiera que hablásemos de la Universidad de Cambridge.

—¿Cómo están Kitty y Frank?

—Colaborando. Son buenos ciudadanos. Pero tenemos trabajo por delante. ¿Podría ayudarme? Hoy nos centraremos en Cambridge, ¿de acuerdo? Veamos. Explíqueme su relación con el profesor de física. ¿Cómo se llamaba?

—Carecía de la estatura intelectual necesaria para Cambridge.

En 1925, cuando Oppie tenía veinticuatro años, intentó usar una manzana como un arma mortal. Dejó la fruta sobre el despacho del odiado profesor y salió de la habitación tan silenciosamente como había entrado. El profesor volvió al mediodía, alguien le había dicho que Oppie le había traído un regalo. Tomó la manzana y se la llevó a la boca, pero un olor extraño le detuvo antes de morderla. Se preguntó por qué Oppie le ofrecería una manzana. Aquel estudiante arrogante hasta la saciedad y psicológicamente inestable no hacía obsequios. ¿Por qué aquel monstruo americano querría darle uno? El profesor de física volvió a oler la manzana y, arriesgándose a convertirse en el hazmerreír de la universidad, la llevó al laboratorio de toxicología.

—¿Fue su primer intento de asesinato?

—¿Vamos a tener una conversación absurda? —quiso mantenerse sereno, pero hablar de Cambridge era lo que menos imaginaba que iba a pasar. Esa herida, por eso, se había cerrado hacía mucho tiempo, si es que había estado abierta alguna vez.

—En Cambridge no tienen secretos con nosotros. No me haga perder el tiempo.

El análisis detectó varios tóxicos, incluyendo cianuro, en una dosis letal. La universidad no podía permitirse escándalos. Filántropos potenciales, profesores de prestigio y estudiantes ricos venían atraídos por su bien ganada reputación. Los padres confiaban a sus hijos a la seguridad del campus. Había que evitar a toda costa una publicidad negativa, y menos aquella que llenaría las portadas de la mordaz prensa amarilla inglesa. Y nadie había resultado herido, no había habido víctimas. Con las debidas condiciones se podía pasar página.

—Fue una broma... macabra. Podría ser considerada así —le dijo Oppie al agente especial—. La manzana apestaba, ni siquiera aquel descerebrado la hubiera mordido. Y no lo hizo.

Los padres de Oppie tampoco querían ese tipo de fama para su hijo. Habían perdido a otro niño en una operación quirúrgica y no querían perder al segundo en una cárcel extranjera. El dinero les sobraba y solicitaron que, a *cualquier precio*, se cerrara el caso y que no se presentasen cargos. Gente razonable aceptaron el consejo de Cambridge para buscar ayuda psiquiátrica para Oppie.

—Le quita importancia. ¿No se arrepiente?

—No volvería a hacerlo, si es eso lo que quiere saber. Mis padres sufrieron innecesariamente. Cosas de jóvenes...

Un especialista inglés, conocido como un mercenario de la medicina, examinó a Oppie y le diagnosticó *dementia praecox*, un tipo de esquizofrenia con alta prevalencia en genios. No se precisaron más pruebas, el diagnóstico era evidente.

—¿Es usted un enfermo mental?

—Ni tengo una enfermedad mental, ni soy un psicópata ni tengo un trastorno de la personalidad narcisista. Cometí un error en la universidad. Como todo el mundo.

—¿Conoce el general Groves su diagnóstico?

—Fui un *malade imaginaire*. Cambridge inventó la enfermedad para justificar mi... traslado.

—Quizá pueda decirme por qué estoy aquí.

—Está aquí porque la doctora Tatlock está muerta.

—No he tenido nada que ver con eso —dijo poniendo las manos sobre la mesa con las palmas abiertas hacia arriba.

—Me gustaría creerle.

—¿Sabe el general Groves que estoy aquí?

—Sí.

Satisfecha con la importante donación para apoyar la investigación de las enfermedades mentales en jóvenes, la Universidad de Cambridge aceptó que Oppie tenía una incapacidad transitoria y que no era un criminal. Cuando nombraron a Oppie director de Los Álamos y, durante el proceso oficial de acreditación para poder acceder a documentos secretos, el rector de Cambridge recibió la visita de agentes del FBI. No vació en detallarles la historia a cambio de que se siguiese manteniendo en secreto. En cuanto a Oppie, «puede poner en riesgo cualquier proyecto. Es impredecible, maligno y peligroso», sentenció.

Tempestades

No sabía qué hora era, ni si era de día o de noche, calculaba que llevaba en aquella celda más de tres días, pero no podía estar seguro. El cubo estaba lleno de heces, no soportaba ni ese olor ni el olor de su cuerpo, hubiera dado su van gogh por una ducha. El escudo psicológico de las imágenes mentales era cada vez más débil. El cansancio, el hambre, la falta de sueño y, sobre todo, el asco le hacían la vida insoportable.

Cuando la pequeña puerta se abrió la luz le cegó. Era una ceguera dolorosa, como un latigazo en la córnea. Al otro lado le esperaba un soldado y un pijama limpio, una ropa usada muchas veces, áspera como el esparto y que olía a un desinfectante horrible. Esposado recorrió varios corredores. Sus ojos no podían adaptarse a la luz y se tropezaba cada tres o cuatro pasos. Le empujaron al interior de una celda, le sentaron en una silla y le quitaron las esposas. Pese a los ojos entrecerrados, pudo reconocer la sala de interrogatorios. El oficial no tardó en llegar y se sentó frente a él.

—Veamos —dijo sin preámbulos abriendo un cuaderno—, ¿dónde lo habíamos dejado?

No iban a ofrecerle un desayuno, ni tabaco, ni una conversación informal antes de pedirle que confesase lo que fuese que querían que declarara. Pensó que andaban con prisas. Ya debían de saber que él no tenía nada que ver con la muerte de Jean. Pronto le liberarían. Se animó.

—Hábleme de París.

Cuando Oppie dejó Cambridge se trasladó a París, donde debería descansar física y mentalmente.

—¿París? Un parque de atracciones para adultos y muy caro —dijo y notó que la esperanza había encontrado un lugar de resistencia en los sótanos del cerebro. De ahí salió este soplo de humor. *Estaba vivo.*

—Sus padres le enviaron con Francis.

—¿Qué les ha dicho?

—Que intentó matarle.

—¿Ha cobrado Francis por contar la historia? Creo que mis padres le pagaron para que viviese conmigo —dijo con desprecio—. Lo hace todo por dinero.

En París, Oppie se dio cuenta de que quería a Francis y le dejó que se hiciese cargo de él y que le organizase sus actividades sociales. Todo iba bien, y Oppie parecía recuperarse de sus problemas psicológicos cuando Francis le dijo que iba a casarse.

—Fue un crimen pasional.

—Nadie murió. Y lo que les haya dicho se lo ha inventado.

Cuando Francis comentó sus planes de boda, Oppie lo miró con la cara desencajada y, sin más aviso que un destello de mirada azul, se lanzó hacia él y le agarró por el cuello con las dos manos. Francis necesitó todas sus fuerzas para no ser estrangulado. Oppie era un psicópata peligroso.

—¿Quiere que dejemos Cambridge y París? Está bien. Solo queríamos que comprendiera que no puede tener secretos con nosotros. Vayamos al grano: ¿cuándo le comunicó a Kheifetz que Einstein había firmado una carta secreta?

—¡No diga bobadas!

—Nuestros agentes han obtenido una copia de los contenidos de la carta de Einstein, pero no en Washington, adonde él la envió, sino en Moscú.

—¿Qué importancia podría tener eso?

Una agente entró en la habitación y le ofreció un zumo de naranja. Oppie lo cogió sin dudar y bebió dos tragos. El líquido era néctar en los labios, pero el ácido le quemaba la garganta y el esófago. Habían puesto demasiada azúcar y quizá algo más. «Esperan que esto me ayude a confesar».

—Cuando Einstein escribió la carta no existía programa de uranio —explicó Oppie—, y después, cuando la carta fue accesible a los miembros del Proyecto Manhattan, hacía tiempo que lo que proponía Einstein era obvio para Heisenberg en Alemania y para cualquier físico ruso que hubiese leído los artículos de Lise Meinert, así que el interés ruso por esa carta sería absurdo.

—¿Qué me dice del equipo inglés?

Oppie vació el vaso y esperó callado a que pasase el dolor en el pecho.

—Necesitábamos su experiencia y conocimientos. Chadwick es...

—¿Le pidió a Chadwick que incluyera a alguien en particular en la expedición que venía de Inglaterra a Nueva York?

—Groves se encargó de eso.

—¿Insistió en que alguien específicamente viajara con él de Nueva York a Los Álamos?

—No. Necesitábamos a teóricos como Chadwick y Frisch y a expertos en difusión gaseosa como Peierls y Klaus Fuchs. Quería y quiero tenerlos a todos en Los Álamos, van a ser clave para progresar. No sé a qué viene esta pregunta.

—Hay un espía en el equipo inglés.

—¿Un espía?, ¿como yo? —Sonrió. Estaban quemando munición, les faltaba sutileza. Le dejarían irse en breve.

La puerta se abrió y alguien puso un zumo de naranja sobre la mesa. Oppie lo cogió y bebió más despacio. La glucosa comenzaba a llegar a su cerebro. El oficial pasó varias páginas de su libro de notas y se detuvo en silencio leyendo una de ellas. Oppie terminó el zumo y colocó el vaso vacío al lado del otro.

—¿No tendrá un cigarrillo?

—No. Lo siento —contestó el agente sin levantar la vista del cuaderno—. No fumo.

—Debe de ser el único en el país.

—¿Qué sabe de un encuentro entre Niels Bohr y Yakov Terletsky?

—Nada de nada. Pero Yakov es un ignorante y Bohr, demasiado listo para deslizar secretos de estado. Y la chica de los zumos, ¿no tendrá un cigarrillo?

Esperó unos segundos, pero no hubo respuesta.

¿Viajó Bohr a Rusia?

—¿Viajó? —preguntó con mucho interés.

—Quiero decir, ¿dónde ocurrió el encuentro?

—En Copenhague.

—¿Después de que los nazis invadieran Dinamarca? Un mitin de dos físicos, uno de ellos comunista, en la ocupada Dinamarca. ¿No me diga que se ha creído semejante estupidez? Bohr se reunió con Heisenberg. Y este sí que quiso convencerle para que se mudara a Berlín y dirigiera el proyecto nuclear alemán.

—¿Quién le ha dado esa información?

—El general Groves y Bohr. Me gustaría insistir, sin ser pesado, en el asunto del cigarrillo.

—¿Con cuántos científicos rusos tiene contactos?

—Con un número pequeño de los que viven en Estados Unidos.

—Debería interrumpir esos contactos. Sus familias están en la Unión Soviética a merced de Stalin. Hemos terminado. Mañana volveremos a vernos.

«Así que nos vemos cada veinticuatro horas», pensó Oppie.

Dos agentes entraron en la habitación y, mientras quien le había interrogado examinaba sus notas en el cuaderno, esposaron a Oppie y le condujeron afuera. Por el pasillo se cruzó con una mujer japonesa. Llevaba las manos esposadas a la espalda y grilletes en los pies. El pijama de prisionera estaba abierto y dejaba ver sus pechos y los huesos de las costillas. De vuelta en su celda el olor era terrible, a pesar de que habían vaciado el cubo con las heces y la orina. Habían puesto un plato con comida en el suelo. Se agachó y lo cogió. Cerraron la puerta y el espacio quedó en completa oscuridad.

Comió de pie pensando que la comida estaba demasiado

salada. «No tienen nada contra mí». Solo querían ahondar en varias pistas muy vagas y probablemente falsas. No recordaba si había hablado de la carta de Einstein con algún miembro de la Embajada rusa. «Probablemente lo hiciera, pero los rusos entonces no eran nuestros enemigos. Ni siquiera lo son ahora. Luchamos contra Hitler y Japón, no contra Stalin. Alguien en Washington no estará de acuerdo con que un judío esté al mando del proyecto. O tal vez sea una venganza de Lawrence». Quiso desechar todas esas ideas, era la paranoia profesional del FBI y la OSS. Forzó su mente a concentrarse en los recuerdos de Jean. Su imagen, soñar despierto con ella, le ayudaría a evitar la locura. Jean le salvaría ahora, después de muerta.

La estrecha senda hacia el interior

Oppie no sabía qué hora era, pero estaba despierto cuando abrieron la puerta de la celda. La voz ronca le exigió que saliese. Le pusieron las esposas, le acompañaron a una sala y allí se cambió de pijama. Pidió poderse duchar y obtuvo un empujón por respuesta. Cuando llegó a la sala de interrogatorios le sentaron en la silla. El agente especial estaba sentado frente a él. Entre los dos, un paquete de cigarrillos.

Oppie sacó un cigarrillo y se lo puso en los labios. A pesar del olor a excrementos de sus dedos, el aroma del tabaco se introdujo en su mente y en todo su cuerpo y sintió un latigazo de placer. El agente acercó un mechero con el emblema de la OSS y le dio fuego. Oppie aspiró el humo del tabaco como lo haría un drogadicto. Pensó que haría lo que fuese, mentiría si fuese necesario, para tener cigarrillos. No le importó que su interrogador se diese cuenta de esta debilidad. Lo único que le importaba era aspirar y tragar el humo del cigarrillo. Después de dos o tres bocanadas de humo se dio cuenta de que, al lado del paquete de tabaco en la mesa, había algo más. Un folio de papel escrito. Tenía membrete. Era una carta. Sus ojos se encontraron con los del agente de la OSS.

—Cójala y léela en voz alta, por favor.

Oppie tomó la carta. Estaba escrita a máquina aunque algunas palabras se habían apuntado a mano. Las letras tenían el color azulado de las copias que se obtenían usando papel de carboncillo.

2 de octubre de 1943. TOP SECRET

3208/M URGENTE

Copia número 3

DE: COMISARIO DEL PUEBLO PARA ASUNTOS INTERNOS DE LA UNIÓN SOVIÉTICA

PARA: COMISARIO GENERAL DE SEGURIDAD DEL ESTADO.

Camarada BERIA, L. P.:

De acuerdo con tus instrucciones del 29 de septiembre de 1943, la NKVD continúa con sus esfuerzos para obtener información más detallada del progreso de la investigación sobre el uranio (escrito a mano) y su desarrollo en otros países. En el periodo de 1942-1943, ha comenzado el trabajo en Estados Unidos (escrito a mano). Esta información fue recibida y transmitida por nuestra red extranjera usando contactos articulados por los camaradas Zarubin y Kheifitz alineados con el Partido Comunista Americano. En 1942, uno de los líderes del trabajo científico sobre el uranio (escrito a mano) en dicho país, el profesor Oppenheimer, que se mantenía como miembro no afiliado al aparato controlado por el camarada Browder (escrito a mano), nos informó sobre estos trabajos. A petición del camarada Kheifitz y bajo la supervisión de Browder (escrito a mano), procuró cooperación y acceso a la investigación científica a varias de nuestras fuentes de información, incluyendo un familiar del camarada Browder (escrito a mano). Debido a complicaciones de la situación de nuestros operativos en Estados Unidos (escrito a mano) y los argumentos de los camaradas Zarubin y Kheifitz en el asunto Mironov, se recomienda interrumpir hasta nueva orden los contactos con los líderes o activistas del Partido Comunista (escrito a mano) con los científicos e ingenieros implicados en los trabajos con uranio (escrito a mano).

NKVD solicita el consentimiento del liderazgo.

Comisario del Pueblo de Seguridad del Estado de la Unión Soviética.

Comisario de Seguridad del Estado, rango primero.

Firmado/MERKULOV

Corregido a mano por Beria «CORRECCIÓN». 2 de octubre.

Escrito a máquina—5 copias

N.º 1 Camarada Beria.

N.º 2 Seg. NKVD.

N.º 3 Subdirector NKVD.

N.º 4 Director GRU.

N.º 5 Oficina Kremlin.

—La hemos encontrado en un lugar donde nadie esperaba que buscásemos, y eso sugiere que es auténtica; además, otras fuentes, algunas en Rusia, han confirmado que se trata de un original. Creemos que ha sido redactada por quien la firma.

—La desinformación es su manera de eliminarme del proyecto... He oído que a veces la información se pasa a través del cadáver de un náufrago, en la conversación sin sentido de un loco, en códigos imposibles de descifrar... La desinformación tiene valor si convence al enemigo. ¿Dónde la encontraron?

—En casa de Jean Tatlock.

Las cenizas hablan

La carta era explícita. Oppie estaba involucrado en una red de espionaje soviética. Eso conllevaba cárcel y tortura. El agente especial se mantenía sentado con la espalda recta, con cara de jugador de póquer. Oppie creyó que pensaba que tenía todas las bazas en la mano. Los soviéticos habían ganado. Habían asesinado a Jean para quitarle a él de en medio. Dio por hecho que pasaría varias semanas en aquella asquerosa celda antes de que le enviaran a un campo de concentración. Cogió otro cigarrillo y lo encendió con el que estaba fumando.

—Vuelva a leerla.

Oppie acató la orden.

—¿Podrían traerme un zumo de naranja?

—¿Cómo le contactó Kheifitz? ¿O fue Zarubin?

—Casi nada en esta carta tiene sentido.

Giró la carta para que el oficial pudiera leerla.

—Si el objetivo es ser más cautos en las relaciones con los comunistas americanos, ¿por qué mencionarían mi nombre?

Usarían un nombre en clave. La carta es una falsificación destinada a retirarme del Proyecto Manhattan.

—Es un documento interno, pueden ser específicos. ¿Qué sabe del asunto Mironov?

—¿Ustedes nombran a los espías que tienen en España o en Italia? Es absurdo —dijo e hizo un gesto despectivo con la mano—. ¿No lo ve así?

—El mundo de los espías no es lógico. Necesito información sobre Zarubin, Kheifitz o Mironov.

La puerta se abrió y dejaron el zumo sobre la mesa. Oppie lo tomó en sus manos y comenzó a saborearlo dando pequeños tragos, la acidez volvió a infligir castigo en la garganta. Le habían dado un vaso de agua dos o tres veces desde que estaba en la celda. Alargó la mano para coger otro cigarrillo.

—Tengo algo mejor —dijo el oficial y de un cajón sacó una de las pipas de Oppie y la puso sobre la mesa.

El efecto psicológico fue inmediato y suficiente para resquebrajar lo que quedaba de su escudo mental.

—El Proyecto Manhattan representa todo para mí —dijo Oppie con sinceridad—. Nunca pondría en riesgo esa misión. Le parecerá ridículo, pero pienso...

—Contactó con los rusos antes del proyecto muchas veces y luego, una vez comenzado, lo volvió a hacer. Veamos —dijo y miró sus notas—, se vio con la comunista Jean Tatlock cuando estaba en Los Álamos y sigues siendo amigo de Chevalier. Y además, aquí lo dice bien claro, reclutó a Serber, otro miembro del partido, para organizar la información sobre la bomba y contrató a Bohr y a Szilard, dos peligrosos izquierdistas que no guardan ninguna lealtad para con nuestro país, y, no vamos a olvidarlo, pidió el traslado del irresponsable equipo inglés, que viaja sin efectivos de contrainteligencia, y lo hizo en contra de la opinión del general Groves.

—Contrato a científicos, ese es mi trabajo. La seguridad depende de ustedes.

El oficial miró a Oppie, y este cogió la pipa en sus manos. El agente abrió de nuevo el cajón y sacó un paquete con tabaco de pipa. El olor llenó la habitación. Oppie tomó el tabaco con dedos temblorosos, se lo acercó a la nariz, lo mantuvo allí mientras el agente consultaba su libro de notas, y luego, cuando este levantó la vista hacia él, comenzó a llenar la pipa tomando un poquito de tabaco entre el índice y el pulgar, poniéndolo dentro de la cazoleta y luego aplastándolo con suavidad con el dedo pulgar.

La puerta de la habitación se abrió y entró un coronel del ejército. Oppie lo miró. Era de la OSS, sin duda. El oficial se acercó al agente especial y le dijo algo al oído, el agente asintió e hizo un gesto de repulsa. El militar abandonó la habitación.

Oppie le mostró la pipa a su carcelero, este sacó el encendedor del cajón y se lo pasó para que Oppie se encendiera la pipa.

—Profesor, me gustaría que me diese los detalles de una reunión, solo una, con un diplomático ruso, con un periodista ruso, con un científico ruso en el último año, eso es todo lo que pido.

—Ya no tiene sentido, ¿no cree? —preguntó Oppie sonriendo y una nube de humo blanco subió hacia los tres micrófonos instalados en el techo.

El interrogador se puso de pie y sin mirar a Oppie salió de la habitación. Entraron dos carceleros, le quitaron con brusquedad la pipa de la boca, le esposaron y le devolvieron a su celda.

Insectos

Cuando cerraron la puerta de la celda, Oppie dejó caer los párpados para que sus ojos se acostumbraran a la oscuridad. No habían vaciado su letrina de lata. Permaneció demasiadas horas de pie, con la espalda pegada a la pared sin oír ni un ruido. Agotó varios sueños sobre Jean y decidió repetir algunos de los que había construido con anterioridad. Cuando los recuerdos de Jean se agotaron, soñó con el desierto, la planicie ocre y su libertad extrema, los cientos de tonos del mismo marrón, la total ausencia de seres humanos, kilómetros y kilómetros de terreno inhóspito donde su espíritu se congraciaba con la eternidad, como lo haría un demonio en su infierno.

No podría decir con seguridad cuántas horas habían pasado antes de que, extinguida la imaginación, se quedase dormido, la cabeza apoyada contra la pared.

Despierto o dormido había notado que los insectos le recorrían la piel y, aprovechando la poca luz que entraba, quiso abrir los ojos y buscar las cucarachas, pero no pudo ver nada. Si no había bichos, tal vez se estuviera iniciando un síndrome de abstinencia al alcohol. Las alucinaciones podían ser el comienzo, al que seguiría el delirio y las convulsiones. Tener una crisis epiléptica en aquella celda tan estrecha le costaría la vida: se golpearía la cabeza repetidamente contra las paredes durante horas. Morir así sería espantoso. Se miró las manos y, aunque no las podía ver bien, supo que no le temblaban. El zumo de naranja tenía un sabor raro, quizá le ponían vitaminas para evitar que eso sucediera.

El carcelero abrió la puerta. Repitieron la rutina de cada día. Llegaron a la sala donde le entregaban otro pijama. Se cambió y le esposaron. Caminó por el pasillo largo, blanco e iluminado, que le obligó a cerrar los ojos, para intentar, sin conseguirlo, aplacar el fuego bajo los párpados, hasta que llegaron a otra puerta, la abrieron y, antes de cruzarla, le quitaron las esposas y le ordenaron que saliese. «¿Salir? ¿No tengo que entrar?». Con los ojos entreabiertos comprobó que se trataba de un pequeño patio interior.

Se tumbó en el suelo de cemento y estiró los brazos y las piernas, y luego las manos y el cuello, y después los pies mientras levantaba las piernas y los brazos al aire. Estos ejercicios le ocasionaban dolor, pero trató de relajar el cuerpo hasta que cedieron las molestias. Entonces se levantó, caminó despacio hacia una esquina, se bajó el pantalón y, admirándose de no sentir vergüenza, vació su vejiga. La pequeña cantidad de orina, de un amarillo intenso y maloliente, le produjo un intenso escozor. Nadie le reprendió, nadie salió a buscarle. El silencio en el patio fue roto por el sonido de un avión volando bajo; habría un aeropuerto cerca. Debería haber volado con Jean a Moscú, exiliarse en un país comunista y morir pensando que había estado toda la vida del lado de la verdad. Demasiado tarde para lamentaciones. Llegó a confiar en que el militar que entró durante su interrogatorio había traído malas noticias para sus carceleros, que Groves estaba fuera esperándole. Pero no le habían liberado y empezaba a dudar de que eso fuese verdad.

Se sentó en una esquina y comenzó a meditar pensando en la sílaba sagrada «om». Pasaron unos minutos más. Un soldado entró en el patio, le condujo al pasillo, donde le pusieron las esposas y le llevaron de vuelta a su celda. Le pareció que el guardia no era el mismo y le preguntó si sabía cuánto tiempo pasaría allí.

—Nadie lo sabe. Jueces y magistrados se olvidan de los que encierran. Envían a demasiados a prisión y siguen teniendo más trabajo cada día. Con esta guerra todos trabajamos más y no damos abasto. Mira, por ejemplo, esa basura amarilla, no dejan de venir, tenemos más de tres mil amarillos. Nadie se ha ido todavía. Moribundos o muertos. He oído que te van a colocar en una celda con dos presos más. Aun así, los tres tendréis que estar de pie y compartir el mismo cubo, y uno de ellos está loco, quiero decir de camisa de fuerza. Fíjate que intentó asesinar a Charles Lindbergh por considerarlo, ¿te lo puedes?, un monstruo nazi antisemita. Y el otro es un refugiado alemán, también judío, que nos devolvió el favor de darle asilo espiando para los nazis, y es que hay gente para todo. Los dos juran que son inocentes. Si quieres mi opinión, echarás de menos las cucarachas de la jaula que disfrutas ahora. Las alimañas de dos patas son peores.

Oppie entró en la celda nauseabunda temiendo que pronto sería transportado a la otra. El guardia tenía razón en una cosa: desde luego que prefería las cucarachas a otros seres humanos.

Sin embargo, no le trasladaron inmediatamente y siguió la rutina —probablemente diaria— de salir al patio durante una hora o algo más. Se sentía mucho más débil y había comenzado a sufrir una tos insidiosa, no muy fuerte, pero que no se iba. Pensaba horrorizado que pudiera tratarse de tuberculosis. Cuando aceptó que no podía recordar a Jean, que había dejado de soñar con ella, Oppie admitió que la locura era inminente.

Ceguera

La portezuela se abrió y una voz le ordenó a gritos que saliera. Oppie no se movió. Se había despertado varias veces creyendo oír esa misma voz, esa misma orden, y cuando se había agachado a oscuras tropezando con la letrina metálica se había encontrado con que la puerta estaba cerrada y que todo había ocurrido en su cerebro, ya no sabía si durmiendo o despierto, porque comenzaba a tener demasiadas visiones oníricas sin conciliar el sueño.

—¡Sal! —insistió la voz—. Tienes visita.

«¿Visita?», quiso preguntar y no supo si lo había hecho o no cuando dejó resbalar su cuerpo por la pared buscando la puerta. Cuando entreabrió los ojos, lo primero que vio, en medio de latigazos de dolor, fueron unos zapatos negros, muy limpios y bastante gastados. Creyó comprender que aquel infierno había acabado, y el llanto y los gritos llegaron con tanta fuerza que apenas se sostenía en pie. Cuatro manos le ayudaron a levantarse y casi en volandas le llevaron a una habitación.

—Oppie, dúchate rápido. Tenemos que coger un tren.

La puerta se cerró detrás de él. Apagó la luz y entreabrió los ojos, en la penumbra pudo ver un lavabo y una ducha; se desnudó y se duchó. Sufrió varios ataques de tos mientras se frotaba con todas sus fuerzas el jabón contra la piel. Trataba de no mirar al suelo porque en el agua flotaban varias cucarachas, no sabía si vivas o muertas. Se dio prisa en salir y encendió la luz, el dolor volvió de nuevo a sus ojos. Encontró una toalla encima de una mesa y se secó frotando con vigor el áspero trapo contra la piel. Sobre la mesa reposaba su ropa de civil, se vistió. Los pantalones le quedaban grandes, apretó el cinturón hasta el último agujero, se aseguró de que el doble nudo de la corbata estuviese bien hecho. Y se dirigió a la puerta, giró la manivela, pero estaba cerrada con llave, así que golpeó la madera con los puños, sin poder reprimir el llanto. «¿Es esto parte de la tortura?», pensó desesperado. ¿Le habían hecho eso para romperle por completo? Trató de calmarse entre ataques de tos. ¿Estaba siendo víctima de otro truco cruel, de otra estrategia de sus torturadores? «No, el Ejército me necesita». Oyó la llave girar en la cerradura, la puerta se abrió y le ordenaron que saliese. Dos guardas le seguían tres pasos por detrás, subieron unas escaleras, caminaron por un pasillo, volvieron a subir otras escaleras. Los ojos de Oppie se iban aclimatando a la luz, veía mejor, aunque el dolor fuera el mismo. Recorrió dos pasillos más y dos tramos de escaleras más y, luego, desde una puerta abierta, Groves le hizo una seña para que se dirigiese hacia allí y entrase en la oficina. Oppie se sentó frente a un escritorio. Un soldado colocó sobre la mesa sus pertenencias: las llaves del coche, el pañuelo de la americana, billetes y monedas.

—¿Está todo?

—Falta mi sombrero, pero es igual.

El soldado le miró con incredulidad y examinó rápidamente una lista escrita a mano.

—No consta ninguno.

—Pues había uno —intervino el general con tono autoritario—. Déjelo estar. ¡Vamos, Oppie! —Y cogiéndole del brazo le levantó de la silla y le arrastró con facilidad hacia la salida.

—Antes debe firmar la conformidad con...

El general le arrancó al soldado el papel de las manos y le dio un bolígrafo a Oppie. Una vez firmado, le tiró el papel al pecho. El soldado se cuadró.

—A sus órdenes, mi general.

—Pierde otro sombrero y acabarás pelando patatas en Alaska.

Afuera llovía y olía a hierba mojada. Oppie disfrutó de la sensación del agua de lluvia sobre la cara y el Lincoln negro le pareció majestuoso.

Súplica

Oppie guardó silencio durante la hora y media de viaje en coche hasta la estación y en el tren se quedó dormido. El general le despertó para decirle que habían llegado al final del trayecto, que había durado diez horas. Le quedaban otras diez horas más por carretera hasta Perra Caliente, donde le esperaba Kitty.

La recuperación en el rancho llevó su tiempo. Cuando recuperó el apetito, la comida y los paseos por el desierto actuaron como una terapia, la tos desapareció y en varios días pudo fumar de nuevo sin ser interrumpido por espasmos bronquiales. El alcohol también ayudó a que los días transcurrieran con más calma. Las noches eran lo peor, porque controlaba las pesadillas que le devolvían una noche tras otra a la oscuridad de la celda.

Kitty y Frank habían permanecido encerrados en un barracón con los japoneses, donde dormían hacinados, pero sin sufrir encierros en solitario. No les habían interrogado, el castigo había sido la reclusión y el aburrimiento. Había sido más bien un aislamiento, un confinamiento alejados de Oppie y de los comunistas. Kitty, según confesó, no tenía nada interesante que contar. Al menos no la habían tratado como hacían con las mujeres japonesas. Allí debía de estar pasando de todo. Su voz no temblaba. Oppie apreció su entereza, ella tenía que ser esa fuerza externa que ahora necesitaba más que nunca.

Tres semanas después, Groves vino a visitarles. El proyecto había sufrido un enorme retraso y las dificultades parecían insolventables. Nada funcionaba ni en Los Álamos, donde la implosión estaba en vía muerta, ni en Oak Ridge, donde nadie manifestaba tener prisa, y en Hanford las cosas iban de mal en peor: «Nunca tendremos plutonio». Oppie detuvo el bombardeo de noticias y quejas para requerir información de su situación. ¿Por qué le habían arrestado? Lo que más le intrigaba era por qué le habían dejado marchar sin forzarle a confesar algún crimen que hubiese justificado su encierro.

El general le dio unas rápidas explicaciones:

—Su reunión con Jean no gustó a nadie, y será mejor que no cometa un error parecido nunca más. La carta de la NKVD en casa de Jean volvió a disparar las alarmas. Desde el principio se sospechó que un agente soviético la había colocado allí con la intención de que la descubrieran tarde o temprano, pero no se podían correr riesgos. La investigación meticulosa del FBI llevó al arresto de un enfermero del hospital donde trabajaba Jean, un joven esquizotípico que paradójicamente —o quizá no tanto— se había afiliado al partido comunista durante uno de los seminarios políticos que impartiste a los miembros de los sindicatos en Berkeley. Cuando se concluyó que Jean Tatlock se había oficialmente suicidado y que se había utilizado ese escenario para inhabilitar al director de Los Álamos, hubo un debate interno e intrainstitucional sobre si usted debía o no volver al Proyecto Manhattan. Roosevelt en persona consideró que, si tan importante era para los rusos eliminarle como director se debía a que usted es imprescindible, así que aunque el FBI y la OSS no le querían de vuelta, la Casa Blanca, Bush, Conant y yo estuvimos de acuerdo en que volviese. Roosevelt me pregunto si se recuperaría del trauma del campo de prisioneros y yo le aseguré que sí.

Oppie asintió varias veces y tragando saliva se esforzó por mantener la conversación.

—¿Cómo van Los Álamos? —Era preguntar por preguntar. Si le habían devuelto al desierto era porque las cosas debían de ir muy mal.

—Si dependemos del dispositivo U, perderemos la guerra. Así andamos. —Los ojos del militar miraron al científico como lo haría el perro al pastor. No había pena, sino urgencia. No era frustración, era búsqueda de ayuda. Oppie era para Los Álamos lo que Edison significó para la bombilla. Habría inventores más sagaces, otros quizá lo imaginaran antes, Tesla le superaba en genialidad, pero sin él no había luz.

—¿Cuándo se supone que puedo volver a casa y a mi oficina?

El general miró a Kitty y ella hizo un gesto de asentimiento. Regresar a Los Álamos era parte de su recuperación y la de su marido. El trabajo haría que Oppie se recuperara más rápido y ella deseaba ver gente, compañeros y compañeras, criadas, secretarias, científicos, ingenieros, tocarse hombro con hombro con otras personas, y disfrutar de ese ambiente

colegial en el que la base militar se había convertido. Necesitaba también sentirse de nuevo la mujer del jefe, la persona
más influyente en La Colina, la Primera Dama de la bomba
atómica: «Ya nos han jodido bastante, Oppie, ¡destruyamos
este mundo de una vez!».

Ulises

El sol salió, como la mayoría de los días de su vida, sin anunciarle nada. Seth estaba decepcionado consigo mismo. Su investigación sobre la implosión estaba en vía muerta. Él había sido el único que había previsto que el uranio y el plutonio necesitarían mecanismos diferentes. Pero esta intuición inicial no se había seguido de progresos prácticos. Y luego, con la desaparición de Oppie de la base, Seth se sentía atascado, o más que eso, a punto de dimitir. Según decía, no era nadie sin Oppie, porque solo un cerebro superior podía entender sus proyectos y sus dificultades. Nadie le tomaba en serio, pero él pensaba que era así.

Oppie se encontró el proyecto detenido. No podían prescindir de la bomba de plutonio. La producción industrial de uranio enriquecido sería demasiado lenta y cara, y la generación de bombas de uranio representaba un desequilibrio importante en la ecuación costo-beneficio. Ningún país tenía una economía tan fuerte como para permitirse el lujo de un programa con esas características. Sin la bomba de plutonio, la bomba de uranio podía convertirse en una anécdota, un prodigio de la tecnología que se usaría solo una vez o la economía del país entraría en quiebra. De alguna manera, que su distancia hubiese tenido aquel tremendo efecto negativo, le animó, le dio fuerzas para volver a ponerse al mando, para exigir más y mejor trabajo.

Comprobó que Oak Ridge, Calutronlandia, producía y mandaba cantidades ridículas de uranio y que cada envío sufría retrasos enormes, incluso ahora que las factorías parecían trabajar a todo trapo. Richard había triunfado, pero ese grupo era negligente. ¿Qué rayos hacía Lawrence? ¿Por qué no le encerraban a él, su actitud sí que era la de un traidor? Pero ¿y si el problema no era Lawrence? ¿Y si el problema estaba en las técnicas escogidas para la separación de uranio? ¿Deberían reconsiderar la centrifugación? Debía reunirse con Feynman, Fermi y Bohr y tratar ese tema.

Cada dificultad había generado otra. La falta de uranio en Los Álamos impedía que Otto y Peierls y todo el equipo británico iniciasen los test del sistema cañón, y esos eran experimentos necesarios, aunque nadie dudaba de que el sistema cañón funcionaría. No había ahí dificultades técnicas. Pero la práctica, los experimentos, a veces mostraban detalles que la teoría pasaba por alto. En cualquier caso, sin uranio enriquecido no había posibilidad de progresar.

Movió con cuidado un montón de papeles temiendo encontrar cucarachas debajo de ellos. Los insectos seguían arando surcos en su memoria. Padecía un síndrome postraumático, leve pero irritante.

Hanford, que hasta ahora había sido la ciudad milagro,

no carecía tampoco de problemas. Habían construido sin perder tiempo el primer reactor de plutonio. Ese éxito había durado poco. La *pila* dejó de funcionar con el tercer intento de reacción en cadena controlada. Las causas del mal funcionamiento eran desconocidas, y los ingenieros se habían quedado sin ideas y buscaban ayuda en Los Álamos. Oppie envió a Fermi, pero el Papa no fue capaz de identificar la causa del bloqueo del reactor en su primer viaje y tampoco lo hizo en el segundo. Si Fermi, que era el experto mundial en reactores, no sabía cómo solucionarlo, nadie podría. Feynman le dijo a Oppie que él podía intentar hallar una solución, pero que el individuo mejor preparado para encontrarla era Leo Szilard. Oppie envió a Leo. Dos meses más tarde, Leo examinó el reactor, reflexionó durante dos horas y detectó el problema: intoxicación por xenón. El xenón era un producto de la fisión de uranio y tenía el efecto negativo de absorber neutrones —como los bastones de cobalto— frenando las reacciones en cadena. Fermi, Feynman y Oppie estuvieron de acuerdo con él. La solución no era difícil pero sí laboriosa. El reactor requería de una limpieza a fondo.

Cada día era lo mismo: elaborar una larga lista de asuntos que resolver durante la mañana, tarde y noche. Los informes sobre problemas, obstáculos y otras tragedias se habían apilado en su despacho durante su ausencia, y seguían llegando. No quería revisar cada papel, temía encontrar una carta incriminatoria de la NKVD, aunque esa carta solo existiese en sus pesadillas, y cuando decidía meditar, la carta se colaba detrás de sus párpados.

«DE: José Stalin... PARA: Robert Oppenheimer... Asunto:

generación de una superbomba para el Kremlin. Estimado camarada: ...».

Observó los montones de papeles con una sensación de agobio. Su mesa, normalmente limpia y ordenada, mostraba ahora el efecto de las varias catástrofes. Había que concentrarse en seguir estableciendo prioridades, hora a hora. Una cosa después de otra. ¿Cuál era el siguiente paso necesario? Buscar ayuda, eso estaba claro, pero no sabía de qué tipo. ¿Más personal? ¿Otro tipo de especialistas? ¿Más ingenieros? La incorporación de novatos era una causa común de retraso de cualquier proyecto; había que formarlos y debían adaptarse al ritmo de trabajo de Los Álamos. Físicos tenía bastantes, de eso no le cabía ninguna duda; los otros grupos quizá necesitaran refuerzo. Estaría bien, para empezar, encontrar ingenieros que ayudaran a Seth en el proyecto de la implosión.

La idea de la implosión de plutonio era poco convencional y le otorgaba al proyecto la percepción de riesgo. Si encontraban la solución a los problemas y construían la bomba, tendrían que probarla antes de usarla en un ataque real, y preparar un test de este tipo iba a ser difícil. Groves le había advertido que no había dinero en el presupuesto para esta eventualidad. No iban a poder construir dos bombas, una para el test y otra para el ataque. Tal como avanzaba la guerra, no habría tiempo para duplicar nada. Oppie descolgó el pesado auricular de baquelita y llamó a Groves. Habló entre lágrimas, que se le escapaban sin que pudiera hacer nada para evitarlo y que reflejaban más su ansiedad generalizada que la angustia por la situación del presente.

El general le escuchó sin interrumpirle haciendo sonidos

guturales de asentimiento. Cuando Oppie terminó su reflexión, habló sin vacilar:

—Despida a Seth y contrate a Kistiakowsky. Le llaman Kisti.

—¿A quién? —El nombre no le sonaba de nada y él conocía a todo el mundo—. Sea quien sea ese Kisti, no es un físico ni un ingeniero, que yo sepa.

—Me olvidé de decírselo. Es químico y un poco ingeniero también. Un gran tipo y nos sería muy útil, si no lo mata antes una explosión gigante. Kisti es un experto en nuevos explosivos. Voy de camino. Despida a Seth. ¿Cómo van sus dolores de cabeza? ¿Y el insomnio?

Marionetas de cera

Groves estaba contento de vuelta en Los Álamos. Era un animal urbano. Eso lo tenía claro, pero cada viaje al desierto le relajaba. Quizá fuera el aire puro o los cielos inacabables, o que se despertaba lejos de todos los burócratas del Gobierno. O todo esto junto. No obstante, aquellos días Groves no las tenía todas consigo con la llegada del equipo británico a Los Álamos y quería subir el nivel de seguridad, pero sabía que Oppie se opondría. Para disipar la tensión, le propuso un paseo por el desierto.

—General, mima usted demasiado a esta vieja alma.

Groves sonrió. Echaba de menos el histrionismo de Oppie y su pedantería. Aquel sospechaba que Groves no quería hablar de un tema tan delicado en su oficina, donde micrófonos y testigos minaban el ambiente privado.

—Me comienza a gustar demasiado esta arena estéril. —Era la mirada azul transparente del perro pachón.

Viajaron en silencio varios kilómetros. El general conducía despacio el Jeep. Se detuvieron en una mesa cercana, desde allí podían ver cactus gigantes en laderas de colinas arenosas; a lo lejos, tres o cuatro vacas pastaban cerca del riachuelo de un pequeño valle apenas verde. A su espalda quedaban el brillo de alambradas, las torres de vigilancia y la silueta de los barracones de Los Álamos.

—¿Sabía que Heisenberg está a cargo del proyecto alemán?

—¿Progresa? ¿Tenemos oídos y ojos en Alemania?

—Otto Hahn se ha unido a él. Heisenberg es un exhibicionista, su vida pública es, ¿cómo se lo diría?, *muy* pública... Eso ayuda mucho a nuestras centrales de inteligencia.

—Siempre ha sido un fantasma, un esnob con pies de barro.

Groves asintió divertido: un ladrón piensa que todos lo son.

—Pero sabemos más de él que de su laboratorio. Aunque todo se andará...

—Dicen que Roosevelt ha lanzado un plan de espionaje enorme —comentó mientras se admiraba de que la inteligencia americana se hubiese infiltrado tan profundamente en el mundo nazi.

—¿Sabe cuánto dinero utiliza Goebbels para crear informaciones falsas? Quizá Heisenberg no sea el director, quizá el mayor esfuerzo lo haga un grupo que desconocemos, porque han adoptado una táctica diferente a la nuestra y han descentralizado el trabajo, varios grupos compiten y se empujan entre sí hacia delante.

—¡Qué error! No tienen tantos científicos excepcionales como para permitirse ese lujo.

Eso es. Y los mejores ingenieros están dedicados a los proyectos de los cohetes V.

¿Sabe algo de Japón? Nishina puede estar organizando...

—¡Claro que lo está! ¡Menudo pájaro! Le seguimos de cerca. Para la Casa Blanca el espionaje de Japón es una prioridad absoluta —explicó. Luego sonrió y le dio a Oppie una palmada en el hombro para indicarle que bajara del coche.

—El espionaje de todos modos no será relevante. Ayudará en algunos detalles, no lo niego —opinó respirando aquella brisa pura sin la contaminación del motor en marcha—. La ciencia ganará la guerra, si acabamos el Manhattan antes que ellos.

—Es bueno saber los pasos del enemigo. Por ejemplo, si Berlín se hace cargo del proyecto, destruiremos los laboratorios allí y les retrasaremos. Tener información factible es clave, el espionaje lo practican todos los países implicados en el conflicto y es importantísimo. Y cada vez resulta más difícil de detectar. Los nazis tenían una red de espías españoles aquí, en nuestra casa, delante de nuestras mismas narices, deberíamos romperle la crisma a Franco. Y siguiendo con este tema, no me gustó nada la llegada del equipo inglés, causarán problemas...

—Seguro —murmuró haciendo que Groves le mirase con interés—. Chadwick y los demás se empeñan en subir al coche por la puerta del conductor... Un *gran* problema.

—Sí, en el mío también, que conduzcan por la izquierda es una locura... Pero no podemos tomarnos la situación a broma. Son sumamente permeables al enemigo. Hay varios alemanes trabajando con ellos. Es una locura. ¿Se imagina que tuviésemos japoneses en Los Álamos? —apuntó y caminó unos pasos alejándose de Oppie—. ¿Han comenzado a trabajar?

—Sí, y ya se nota. Y fuera de los laboratorios, general, son los reyes de las fiestas.

—¡Lo que nos faltaba! Crearán una atmósfera propicia para el espionaje.

—Lo siento, general. Otto y Peierls quieren probar la activación experimental de pequeñas masas subcríticas aquí, en Los Álamos. Y Chadwick ha convencido a Bohr de que debe dedicar el cien por cien de su esfuerzo a nuestro proyecto. Klaus es un experto mundial en difusión gaseosa y se ha hecho amigo de Richard, y esa pareja forma un buen equipo bajo los auspicios de Bethe. A pesar de sus miedos, general, la expedición inglesa no habría podido aterrizar mejor. —Dejó de hablar al comprobar que Groves no le escuchaba.

—¿Es que nadie quiere verlo? Hemos dejado entrar en La Colina a un número elevado de desconocidos, lo que supone aceptar un riesgo de seguridad ridículo, perderemos el jodido control de... ¿Sabe cuántos alemanes tenemos en la base?

—No son desconocidos. Y, aunque suene extraño o terrible, está claro que esta es una guerra civil entre físicos alemanes. Nuestros alemanes, incluyendo a Peierls, Otto y Klaus, quieren destruir a Hitler. Heisenberg y Otto Hahn quieren destruirnos a nosotros. Y no olvide que muchos de los nuestros son judíos...

—Y comunistas.

—Otro motivo para odiar a Hitler.

—El FBI trabaja con la hipótesis de que ya hay espías rusos en Los Álamos.

Oppie levantó las manos al cielo. Aquellos bastardos volvían a la carga.

—¡Paranoicos estúpidos! ¡Malditos descerebrados! Desde

que comenzamos nuestro trabajo tenemos a esos chimpancés con traje y sombrero investigando conspiraciones que no existen, una detrás de otra... Míreme a mí: querían que pagase por un crimen inexistente.

—No han examinado tan a fondo al equipo inglés como al nuestro —dijo ignorando los comentarios y gestos de Oppie.

Oppie dio dos vueltas sobre sí mismo. De extenderse el rumor, podía dificultar el progreso científico, generar miedo en las interacciones entre equipos y retrasar la construcción de la bomba. Había que detener el proceso, pero también contentar a Groves.

—Hagamos una cosa. Pídales que le muestren evidencias. Si tienen pruebas de que existe un peligro concreto y definido. Si tienen nombres y circunstancias, entonces actuaremos con energía. Pero seguro que no encuentra nada, aquí solo hay patriotas.

—Hay que ir un poco más allá, Oppie —dijo Groves con un tono conciliatorio—. Tenemos que actuar de manera preventiva. Me gustaría poder implantar, con su permiso claro está, algunas medidas profilácticas de seguridad nuevas. Las mínimas.

—No deje que le convenzan esos *cazacabelleras*, general. Usted sabe más de todo esto que todo el *bureau* junto.

Groves se detuvo y sacó un paquete de Camel. Le ofreció un cigarrillo a Oppie. Oppie negó con la cabeza., Prefería su pipa, así que comenzó a llenarla despacio. Hizo tres intentos con tres cerillas y no pudo encenderla. Había demasiado viento. El militar formó un cuenco con las manos para proteger la cazoleta y Oppie consiguió que el tabaco prendiera. Echó una larga y densa bocanada de humo.

—Los científicos tendrán que pasar unos test.

—Vamos, general, ya sabe que en Los Álamos se vive con una camisa de fuerza puesta, sabemos con quién se acuestan y cuándo se levantan; abrimos su correo, interceptamos sus conversaciones telefónicas; les seguimos si salen de la base. ¿Cuántas secretarias son espías? ¿Cuántos soldados trabajan para la OSS?

—Solo un pasito más, Oppie, no es gran cosa.

—No se me ocurre qué más podemos añadir.

—Instauraremos interrogatorios periódicos con un polígrafo.

—¡La máquina de la verdad! El milagroso oráculo del FBI, ese artefacto pseudocientífico de fácil manipulación... La máquina de las mentiras, diría yo. Acabarán haciendo pasar a todos y cada uno de los ciudadanos por ella para prevenir el crimen en las ciudades. No sea absurdo, general. Con esa máquina culparán a quien quieran culpar.

—No podremos evitarlo, la decisión está tomada. Y viene de muy arriba —repuso este pronunciando con énfasis la última frase. Luego tiró el cigarrillo al suelo y lo pisó.

Oppie fumó despacio y en silencio. Las nubes en el cielo se movían con rapidez. Dos minutos se desvanecieron con el humo antes de que hablase de nuevo y, cuando lo hizo, su voz sonó grave y teatral, como la de un actor en el momento clave del tercer acto.

—Presentaré mi dimisión mañana mismo si decide aprobar esas medidas draconianas. Nadie bajo mi mando será vejado de esta manera.

—No podemos negarnos, Oppie. Pensarán que tiene algo que ver, que protege a espías. ¿No se da cuenta? Estamos en una situación muy delicada. No piense que no me preocupo por ellos, es mi equipo también. Pero nos lo jugamos todo. Haber concentrado el peso de la operación en Los Álamos nos hace muy débiles. Un espía dentro de las alambradas podría transmitir información de todo el proceso de construcción del dispositivo y arruinar todo aquello por lo que ha trabajado tanto.

—El FBI no tiene jurisdicción en una base militar. Y no vamos a dejar que entren ahora esos incompetentes racistas; para ellos, cada alemán es un nazi y cada judío un agente soviético. Ya tengo bastantes problemas. Si les dejamos actuar, no habrá arma. No comenzaré una nueva caza de brujas a ciegas. Quiero que me diga quién piensa que es y qué pruebas tiene contra él, y entonces trazaremos un plan conjunto. Si no hay sospechosos claros, no entrarán en la base. —Notó el pulso en sus carótidas. Su presión sanguínea debía de estar subiendo a cada momento. Se detuvo jadeante.

Groves se alejó de él unos pasos. Oppie debería ceder. El director de Los Álamos continuó hablando:

—Acosar a Szilard, Bohr, Einstein, a mi hermano y a mi mujer no les parece suficiente, quieren centrar sus tácticas en los ingleses. ¿Quieren más casos como el de Jean? ¿Más acoso y derribo de inocentes? Tengo problemas en los reactores, en la fabricación de uranio, en el diseño de la bomba de plutonio, me falta personal adecuado y ahora tendría que añadir la creación de mal ambiente, el aumento de las sospechas y probablemente la imposibilidad de seguir trabajando en equipo como hasta ahora.

Groves se dio cuenta de que Oppie se había excluido a sí mismo de la lista de los acosados.

—Son los ingleses, no es toda la base. —Le dio una palmada en la espalda para clamarle.

—¿Quiénes serían los siguientes? ¿Los húngaros? A Leo le tiene en el punto de mira desde hace tiempo. ¿Y qué me dice de los alemanes? Acabarían tarde o temprano en el polígrafo. Exijamos un sospechoso creíble.

—El uso del detector de mentiras no es una técnica extrema. Es un procedimiento común en muchas oficinas de inteligencia y bases militares.

—Ya, pero allí lo usan para exculpar o para cubrirse el trasero. Aquí lo usarán para acusar.

Tres nubes de humo emergieron de la pipa y cubrieron por unos segundos la mueca furiosa de su cara antes de que Oppie añadiese:

—Es irracional que usted, general, con su infinita sabiduría y todopoderosa habilidad para coordinar grandes grupos de trabajadores, vaya a permitir que esos *cazacabelleras* puedan inmiscuirse aún más en nuestro trabajo.

El general levantó el dedo índice de la mano derecha y, cuando iba a replicar, Oppie le detuvo moviendo la pipa de un lado para otro, frente a su cara.

—El FBI supone más riesgo para este proyecto que la presencia de operativos soviéticos o del mismísimo Führer. Su posición, general, me recuerda a la del alcalde de la India que contrató a un cazador para ahuyentar a un grupo de bandidos que atemorizaban una aldea. El cazador trajo un tigre a la aldea y lo dejó libre. Cuando los bandidos se fueron, el cazador no recibió recompensa alguna, así que decidió irse, pero no se llevó al tigre, y la fiera acabó con todos los aldeanos. El FBI no entrará en Los Álamos, las consecuencias serían nefastas. Me iré, muchos seguirán mi ejemplo y otros no vendrán. Los que se queden se dividirán en grupos y temerán confiar en los demás. Tendrá un retraso de más de un año. Si el polígrafo se convierte en rutina, esa máquina le hará perder la guerra.

Groves se quedó en silencio. Debía reflexionar. El FBI podía sacar a un par de científicos del proyecto —habían solicitado ese permiso—. ¿Cuál sería la reacción de los demás si esto sucedía? No iba a ser favorable, desde luego, incluso si se oficiaba una campaña de descrédito de los arrestados. Era el riesgo de disminuir la productividad frente al riesgo de que hubiese una fuga de información. Para terminar el proyecto a tiempo, y en eso estaba de acuerdo con Oppie, cada hombre debía avanzar, cada máquina debía trabajar día tras día, sin interrupciones, sin retrasos. ¿Era por eso mismo por lo que Oppie se oponía con vehemencia a las medidas del FBI o tenía otras razones? El FBI insistía en que, como mínimo, simpatizaba con el comunismo y que, por lo tanto, tenía sus propios motivos para mantenerlos fuera de Los Álamos. Por otro lado, el nivel de seguridad de Los Álamos era altísimo. ¡Qué fácil había sido construir el Pentágono en comparación con este maldito proyecto! El general se puso un cigarrillo en los labios, lo encendió mientras observaba a Oppie por encima de la mano que protegía la llama. El físico parecía calmado. Se oyeron truenos en la distancia.

—El FBI insistirá —advirtió Groves.

—Les recordaremos que en La Colina uno de cada tres trabajadores es un soplón de la OSS.

—Una información que se supone no debería tener...

El viento del desierto trajo olor a hogueras y el calor del fuego.

—Ok, suficiente por hoy —alegó Groves y miró el reloj—. ¿Podríamos parar en su casa y tomar un martini? —preguntó y se dirigió hacia el Jeep.

—Una idea sensacional, general. Acaban de traerme un vodka islandés.

—Pensaba que los jodidos bolcheviques destilaban el mejor.

—Ah, pero en Islandia el agua se filtra por rocas de lava, y para hacer vodka, no es el alcohol, sino la pureza del agua lo que importa. Piense que en eslavo «vodka» significa «agua».

—¿Agua pesada? ¿Podríamos usarla para el dispositivo?

Oppie le rio el chiste de físico y añadió:

—Que no se entere Stalin.

La ciudad secreta de Hanford

Violaciones, violaciones y más violaciones. «¡Es imposible que haya tantas mujeres!». Las protestas llegaron primero a oídos de Groves y luego a su despacho, y el general las desestimó: «Los trabajadores viven mejor en Hanford que en sus chozas en el sur. Los sueldos son buenos, estamos en guerra, ¡dejen de quejarse, cielo santo!». Podían irse cuantos y cuando quisieran. Leyó los informes sobre juego ilegal (endémico), borracheras (continuas), violaciones (un buen número) y asesinatos (no demasiados), y no negó su existencia, pero sucedía lo mismo en cualquier base militar: Hanford no era la excepción. Y las estadísticas tampoco eran peores que las de los lugares de donde provenían los trabajadores. «¡Paren ya de quejarse! Trabajen o váyanse».

La ciudad de Hanford fue planificada en 1942 y fundada en 1943 con la misión de construir y acoger el primer reactor de plutonio. Se construyó en una planicie cerca del río Columbia, en el estado de Washington, en la costa oeste. El lugar se había escogido porque no había otras ciudades en un radio de treinta y cinco kilómetros, y las autopistas y estaciones de tren estaban a quince kilómetros. Además, el río proveía el sistema de refrigeración y una central eléctrica suministraba el enorme voltaje necesario para el reactor.

La construcción del complejo fue rápida y la contratación de personal lo fue aún más, lo que hizo que, en muchos casos, ocho personas viviesen en una casa unifamiliar con una sola habitación, y esas condiciones eran peores para los negros tanto dentro como fuera de la base. Los que vivían fuera de la base viajaban en autobuses segregados, con horarios menos frecuentes y cómodos que los de los blancos; los grupos de limpieza ignoraban las barracas y comedores de los negros si iban sobrecargados de trabajo.

Los científicos de Hanford vivían fuera de la base en cómodas casas, llegaban y se iban sin mezclarse con los trabajadores. De vez en cuando, se les veía caminar con unos contenedores cilíndricos cubiertos con una funda de tela negra, que ellos mismos transportaban fuera de la base. Si eran muchos, lo hacían en camionetas escoltadas por la policía militar.

Miró el informe de nuevo. Tachó diez violaciones de la lista: «Si son prostitutas no son violaciones, como en la guerra, donde las muertes no son asesinatos». ¿Qué se suponía que tenía que hacer con las protestas? Él tenía que construir bombas, no arreglar los problema del país. Tiró el informe a la papelera.

En Hanford, Fermi y un selecto grupo de colegas supervisaron la construcción del reactor nuclear B. Los trabajos concluyeron en 1944, y Groves planeó suministrar el primer cargamento de plutonio a Los Álamos en febrero de 1945. Estaba previsto que la base albergaría otros dos reactores, que no serían necesarios para acabar la guerra, pero sí para iniciar un arsenal atómico.

Acoso

Klaus se había adaptado rápido a Los Álamos. Las alambradas, las patrullas de vigilancia, la mezcla de soldados y civiles le recordaban el campo de concentración en Canadá donde había sido trasladado cuando Alemania atacó al Reino Unido. Aquí, sin embargo, sus compañeros eran amigables y no podrían tratarle mejor, así que, a pesar de la dificultad de movimientos y vivir en pleno desierto, no estaba descontento. Se las ingeniaba para evitar conflictos, se sentaba en la última fila en las reuniones y no daba que hablar. Enamorado de su novia, que sabía que le esperaba en Inglaterra, no buscaba relaciones románticas, y menos con las mujeres de otros científicos, quienes le trataban muy bien porque sentían una simpatía instintiva por él.

Klaus comenzaba a entender en profundidad su papel en el proyecto, que consistía en mejorar el método de purificación de difusión gaseosa, y también el plan general en su totalidad. Asistía a la mayoría de los seminarios y tomaba notas sin parar, luego en casa organizaba los apuntes en un informe que mandaba al organizador de la reunión, con una copia para Richard y otra para él.

Esa mañana se encontraba en un seminario de difusión gaseosa. Estaba sentado al lado de Richard, al que le agradaba la personalidad afable y sencilla de Klaus.

—¿Vas a apuntar eso?

—No tengo tu hipermemoria, Richard, así que tomaré notas.

El conferenciante, Hans Bethe, hablaba mientras escribía ecuaciones.

—Difusión gaseosa, *ja?* —comentó Klaus al reconocer las fórmulas—. Es lo más apropiado. ¿Te has fijado en que escribe con las dos manos a la vez?

—Hans, esa ecuación calcula la liberación de energía en un reactor, no en una reacción en cadena desenfrenada... Klaus y yo calculamos las diferencias ayer por la tarde. Los neutrones no son lentos, la reacción es más rápida...

—¡No me toques las narices, Richard! ¿Klaus?

—Richard tiene razón, creo. Y las diferencias en las masas son diferentes —apuntó Klaus en voz baja, casi inaudible.

Bethe, la calculadora humana, miró a Klaus. El joven vestía una chaqueta y unos pantalones usados que parecían de segunda mano. Tenía la cara mal afeitada y las gafas redondas de marco metálico, como un alambre fino, cabalgaban torcidas sobre su nariz. Sabía que Oppie había dejado de insistir en mejorar su vestuario y presencia dándole por un caso perdido. Después de unos instantes, se detuvo a reflexionar. Bethe volvió a la pizarra y borró las fórmulas. Esperó un par de segundos y lo hizo con más decisión.

—¿Cómo te trata Oppie? —preguntó Richard en voz baja.

—Condescendiente y amable. Mejor que Groves.

—El gran general, *el último faraón*, impone, ¿no?

—Me da pánico. Me odia a muerte.

—Es parte de su trabajo. Nada personal.

—El otro día me interrogó sobre una carta. —Richard se fijó en los lentes redondos que rodeaban unos ojuelos redondos sin ninguna expresión—. Los censores detuvieron una carta que tenía las iniciales «SCUB» junto a la firma, y el general me llamó a su oficina y, allí, delante de un oficial de la OSS, me preguntó si sabía cuál era ese código. Les dije que no lo sabía.

—Sellada con un beso —explicó Richard muerto de risa.

—¿Es eso? No te rías... Groves me cogió por la camisa y me zarandeó: «¡Explícame ahora mismo qué significa SCUB!» —dijo imitando la voz de Groves.

Richard no podía parar de reír.

—Le dije que preguntase al que había escrito la carta.

—¡No me digas que no era tu carta!

—Groves me acusó: «Estas son tus iniciales, F. K.». Me enseñó el texto... Leí unas líneas y le dije que era una carta de amor.

Richard no podía aguantar más y lloraba de la risa.

—Groves me dio un puñetazo en el pecho. «Puede estar escrita en código», me dijo.

Richard tuvo que evitar soltar una carcajada.

—Entonces llegó la mujer de Fermi a la oficina y cogiéndome del brazo me sacó de allí. Groves no se atrevió a detenerla.

—Son como dóberman. ¿Se lo dijiste a Oppie?

—*Nein, nein*, no quiero líos... Soy alemán, ya sabes... A estas alturas el general ya habrá descubierto quién escribió la carta.

—Oppie es alemán también. Tiene que saberlo. El otro día hubo otro jaleo con una carta que escribió Theodore Hall porque citó un verso de *Hojas de hierba* de Whitman. Pensaban que el número del capítulo y el número del verso podían ser una fecha y una hora. Bastaría que el contacto en el exterior tuviese la misma edición del libro. El general se está pasando con la censura. ¡Es ridículo! Oppie se encargará de que te deje en paz. En cuanto ven que eres un buen tipo, van a por ti. No les dejaremos —prometió y se puso en pie.

—¿Te vas? —preguntó Hans sin volver la cabeza de la pizarra.

—Sí. Lo que queda es fácil. Deberías cuidar las horas de sueño, estabas lento hoy —bromeó. Sabía que Hans había jugado al póquer hasta la madrugada.

—Haznos un favor y cierra la puerta al salir —repuso aquel malhumorado.

—Te veo después de cenar para hablar sobre el problema de la detonación.

—No te molestes. No he dormido lo suficiente como para aguantar tus tonterías.

—Como quieras, pero tengo el número exacto.

—¿Quieres decir que lo has solucionado? —preguntó tratando de averiguar si hablaba en serio o en broma. La detonación era una cuestión complicada. Resumirla en una fórmula parecía imposible.

Richard ya había salido. Así que Hans buscó con la mirada a Klaus.

—No me ha dicho nada —explicó Klaus y miró el polvo de sus zapatos—. Creo que tiene la solución. Lleva noches trabajando en ello. Es bueno que no le guste el póquer.

—¡No le gusta porque pierde! Solo Von Neumann juega peor que él.

Visita

De madrugada la sombra de la torre de vigilancia era tan larga como la meseta de Los Álamos. Esa presencia amenazadora le recordaba a Richard que estaba en una prisión.

—Soy un animal enjaulado —se había quejado a Klaus.

—¿Por qué viniste? Oppie no te secuestró a punta de pistola —se interesó Klaus.

Richard le había pedido prestado su viejo coche y se alejaba de Los Álamos camino de Albuquerque. El moribundo Buick perdía cada batalla con los baches, y los frenos sufrían tortura en cada curva. Entonces, al menos, iba cuesta abajo, porque al volver, al subir la ladera, el motor suplicaría por refuerzos. El viento en llamas del desierto ascendía desde el valle y arrojaba arena y arcilla contra el parabrisas. Richard detuvo el coche dos veces y se bajó para respirar y ventilar el interior. Su ansiedad y su felicidad tenían el mismo nivel.

En Nuevo México, tal como le había dicho Oppie, estaban los mejores sanatorios para tuberculosis. «El mismísimo D. H. Lawrence se curó en Albuquerque».

Carretera abajo, cerca del sanatorio, el viento dejó su lugar a una brisa tímida. El microclima hacía maravillas: el aspecto de Arline había mejorado.

Un día magnífico en Nueva Jersey, no muchos meses atrás, Richard había preparado el coche para que ella pudiera viajar recostada, tan cómoda como en su cama. Desde el día en que compartieron con la familia que el diagnóstico era tuberculosis, nadie quería acercarse a ella. «No pretenderás que sonriamos como hipócritas ante los problemas que nos quieres crear», le había dicho su madre cuando le comunicó su intención de casarse con Arline a pesar de su oposición. El automóvil descendió del ferri y se detuvo cerca del lugar de la ceremonia. Ella bajó del coche con su palidez radiante vistiendo un traje de novia blanco, feliz hasta el delirio. Los dos dijeron sí y se besaron, aunque no en los labios como ella había exigido. Después, la señora Feynman volvió al hospital donde esperaría hasta que Oppie acabase con los preparativos del viaje y pudiera mudarse a Nuevo México.

Desde que comenzó su trabajo en Los Álamos, Richard la visitaba cada fin de semana; al principio, alguien le bajaba a Santa Fe y desde allí hacía autostop o tomaba varios autobuses, hasta que llegó Klaus a Los Álamos y desde entonces usaba su Buick.

Ella quería que el tiempo que pasaban juntos contase, y un despertador sobre la mesilla de noche, más ruidoso que veinte carrillones y que tenía como sombrero metálico una campana que amenazaba con despertar al vecindario, exigía que debían disfrutar cada segundo en el sanatorio. Él traía comida del supermercado, algún producto de belleza —que ella daba a las enfermeras— y cualquier cosa que le hubiese pedido en sus cartas.

La luz de la habitación entraba por una ventana ancha y se reflejaba en paredes y muebles, pintados de un blanco intenso y aséptico.

—¿Por qué te casaste conmigo?

—No me gusta caminar solo y no quiero caminar con nadie más que contigo. Estás mucho mejor que hace una semana...

—Este lugar es extraordinario. No sabes cómo me cuidan, y mi enfermera personal se desvive para ayudarme: «¿Hay algo más que pueda hacer por ti? ¿Preferirías salir y tumbarte al sol? ¿Está el té demasiado caliente? Hoy es mejor no salir, el viento rojo del desierto está demasiado travieso...». Y mira la cama —tocó el colchón—, es comodísima, y tengo mis libros y tus cartas, por favor, dile a... ¿Cómo decías que se llamaba?

—Julius Robert Oppenheimer —dijo con tono rimbombante—, pero le llamamos Oppie.

—Sí, dale las gracias por encontrarme esto. No es un sitio cualquiera.

—No, él siempre quiere lo mejor. Su atención al detalle es exquisita. Demasiado, me da miedo.

—No puede darte miedo que nos cuide.

—Me da miedo precisamente por eso.

—Es obvio que necesita tu talento, ¡tú también eres el mejor!

Richard pensaba que si no fuese por ella, él y Oppie no se hablarían; pero no tenía más remedio que trabajar con él, así estaban las cosas y no iban a cambiar. La ética quedaba para otro día.

—Lo único importante es que te recuperes, no hay que pensar en nada más.

Llegada a Hanford

Maldecía mi suerte cada día. ¿Sería posible que tuviera que delinquir para sobrevivir? No era un criminal y lo sabía, pero la vida apretaba demasiado y no había salida. Estaba desesperado cuando hice el viaje desde Parville, Mississippi, y no recuerdo con claridad cómo supe de Hanford —o del estado de Washington, puestos a decir—. Creo que oí un rumor: pagaban más de un dólar por hora de trabajo y no les importaba si eras negro o blanco, hombre o mujer, el ejército nos necesitaba y éramos bienvenidos. No lo hago casi nunca, pero esa vez pensé que el rumor era cierto, fui a la oficina y pregunté por el trabajo, después de todo no iba a perder ninguna esperanza que no hubiese perdido ya.

Me trataron como a un rey, incluso sus ojos azules miraron mis ojos negros mientras hablaban, y me dijeron que sí, que existía ese lugar, y que sería bienvenido. Me dieron cupones para gasolina y me aseguraron que pagaban un dólar cincuenta la hora, ocho horas al día, seis días a la semana. Yo había trabajado por un dólar al día, y antes por uno a la semana, y la mayoría de quienes tenían buenos trabajos en la construcción en Parville cobraban treinta céntimos la hora. «No, no es un cuento de hadas», me dijeron. Habitación en barracones o caravanas, barata y limpia; seguro de enfermedad, con médico y enfermera con horas de visita diarias; tiempo libre para disfrutar, salas de baile incluyendo máquinas tocadiscos, que no había visto todavía. «Un lugar seguro para vivir y disfrutar del trabajo haciendo un servicio a nuestra patria», comentaron. Y dijeron de verdad *nuestra* patria.

Tengo mujer, no tenemos hijos, pero no quería llevarla conmigo, podía quedarse a vivir con sus padres dos o tres meses y luego, cuando hubiese ahorrado algo de dinero, me gustaría que viniese a vivir conmigo, no iría a entorpecerme en mi trabajo, de eso podían estar seguros, y volvieron a decir que sí, que era una buena idea y que así lo hacían otros: las esposas eran bienvenidas.

Volví a casa alegre y, si hubiese sabido, habría silbado por el camino. Mi mujer lloró de pena, no quería que me alejase de ella, aunque entendía mis razones, yo no lo hacía, como otros, como la mayoría, para escaparme de casa, y podría salirnos bien, por primera vez, algo podría salirnos bien... Estábamos enamorados y por eso aún creíamos en el futuro. Y no había mucho de eso en Parville.

Un familiar lejano me cogió la mitad de los cupones de gasolina —la otra mitad se la di a mi mujer— y, a cambio, me llevó en coche a Nashville, le di las gracias y él me deseó suerte y me pidió: «Manda señales de humo si la mitad de lo que cuentan es verdad». En la estación esperé nueve horas al tren. Subí en cuanto se detuvo y me senté en la ventana porque quería ver *mi* patria. Busqué una postura cómoda, iba a ser un viaje largo, como el de volver a África o, puestos a decir, cruzar el río Grande.

Había pasado más de un día desde que salí de Parville cuando el tren se detuvo en Oak Ridge, donde tenía que bajarme e ir a una oficina cerca de la estación. Caminé atento porque me habían dicho que aquella ciudad y Hanford eran parecidas, tanto como si fuesen hermanas, pero no vi demasiado mientras paseaba: fábricas de muros infinitos, muchas casas nuevas, vehículos de la construcción, grúas —estaban construyendo la ciudad delante de mí—, negros y mexicanos cavando. Coches de policía y camiones militares rugían por los cuatro costados.

En la oficina me dijeron que querían probar mi fuerza y habilidades en el trabajo. «Ningún problema». Después de unas cuantas preguntas me sacaron a la calle, había un pelotón de obreros —hablaban de ellos como si fueran soldados— haciendo una acera. Más preguntas. Coge esto, toma aquello, empuja aquí, ¿sabes encofrar? Sí, señor. Súbete a esa grúa. Baja aquí... ¿Sabes guardar secretos? Mejor que una caja fuerte, señor. No tardaron mucho en decidir que era apto para unirme a un escuadrón en Hanford. Estaban construyendo mucho allí, más que aquí. «Felicidades». «Ningún problema».

Tomé el tren a la madrugada del día siguiente y volví a sentarme junto a la ventana, el paisaje era árido. Me habían explicado que Hanford estaba en la confluencia de los ríos Columbia, Yakima y Serpiente, así que esperaba que poco a poco se fuese volviendo más verde. En la oficina me contaron que la ciudad estaba donde miles de años antes los nativos americanos de la gran nación cheroqui tenían sus campos de caza y pozos de pesca, y que cuando el Ejército los desalojó de los terrenos, los colonizadores europeos construyeron las primeras granjas y llamaron al lugar Hanford. Más tarde trajeron a los esclavos negros. Pero más recientemente, cuando empezó la guerra, había orientales viviendo en el área y, como Japón es nuestro enemigo, fueron capturados y llevados a campos de concentración en Texas.

Tardé más de tres días en llegar y lo hice exhausto. Lo primero que vi fueron las alambradas, tan altas que darían miedo al hombre más valiente, y luego vi los coches patrulla blancos conducidos por patrulleros blancos. También había policías militares derrapando con sus Jeeps y gritando como lo harían adolescentes malhumorados.

En la recepción me dieron la bienvenida y me regalaron una botella fría de Coca-Cola, una taza de cerámica para el jabón del afeitado, una tarjeta de identificación con mi fotografía, dos sábanas blancas y un folleto con explicaciones que no podía leer. Insistieron en que no debía comentar detalles de mi trabajo fuera de la base. Ningún problema. Me pidieron que acompañara a un soldado que me enseñó la barraca donde viviría: cincuenta habitaciones para cien trabajadores. La habitación era pequeña y tenía dos camas pegadas a la pared y una mesilla empotrada entre ellas. «No esperes un palacio», me habían dicho. Todo estaba tan nuevo y tan limpio...

Le pedí al guía que me explicase lo que decía el folleto y repuso que era una lista de tonterías y que la verdad sobre Hanford era que un tal general Groves había comprado todas las granjas del área hacía un año y les había dado a los antiguos dueños tres meses para abandonar la zona, y cuando estos lo hicieron, la compañía de construcción DuPont, para la que yo trabajaría, contrató a cincuenta mil obreros, la mayoría del sur, para construir una ciudad nueva. Le pregunté por el trabajo.

—Es inhumano. Por eso la mayoría son jóvenes, entre treinta y cuarenta años, y hay muchos hombres negros, con un pequeño número de mexicanos. Las mujeres, una por cada cinco hombres, hacen faenas de limpieza o sirven en los comedores, unas pocas cocinan. No hay mucho tiempo para diversión.

—No hay problema, me divierto poco.

—Vas a encontrarte con cosas aunque no las busques, puedes comprar alcohol, pero está prohibido beber en la barraca o trabajando.

—No bebo.

—Y hay mujeres a buen precio, sábados y domingos.

—No para mí. Estoy casado —expliqué y le enseñé mi anillo de aluminio.

—La mayoría de los clientes lo están. Si caes en la tentación, verás que hay negritas que hacen virguerías. Pero en el lado malo está la violencia, y has de vigilar: a pesar de la policía, en estas calles mueren más hombres que en el frente, tantos que dicen que los cobardes dejan Hanford y se marchan a primera línea —bromeó con gracia y nos reímos los dos.

Cuando me dejó solo, salí a la calle. Los hombres no podían entrar en los barracones de las mujeres, separados por vallas. Los barracones de los trabajadores blancos estaban pintados con el mismo color verde militar y tenían la misma forma y tamaño que los barracones de los negros. Eso era una sorpresa, en el sur eso sería imposible. Los blancos podían entrar en los dormitorios de los negros y, como era normal, no estaba permitido que los negros visitasen a los blancos. ¿Había segregación? Menos que en Parville. Aquí nuestras vidas valían poco, pero allá abajo, valían menos que nada.

Locura necesaria como el pan de cada día

Groves había pedido paciencia a Oppie porque «Oak Ridge y Hanford harán su trabajo», y el tiempo le dio la razón. El uranio llegaba con más frecuencia y Otto Frisch y los ingleses habían tenido por fin suficiente para demostrar que el choque de dos masas subcríticas causaba, en efecto, una reacción en cadena. Los experimentos se hacían sin tomar tantas precauciones, parecía que se habían acostumbrado a trabajar con materiales peligrosos, y los accidentes acechaban; una de las pruebas culminó en una miniexplosión y Otto por poco perdió una mano, lo que llevó a Richard a comentar en una reunión que estaban cruzando la línea roja: no había que despertar al dragón antes de la batalla.

Más allá de la alambrada, el crepúsculo progresaba sin prisa, una niebla rosa rodaba montaña abajo por Sangre de Cristo mientras Venus, contento con la distancia que le separaba de Los Álamos, brillaba en el oeste.

Demostrada la verdad matemática y comprobada en experimentos, quedó claro que el cañón funcionaría para el dispositivo de uranio. Richard y Bethe diseñaron una ecuación que establecía una relación directa entre el tamaño y la capacidad de destrucción. Klaus creó un documento con la fórmula con explicaciones adicionales de Bethe y Richard y le envió una copia a Oppie. Oppie declaró la fórmula una obra maestra; Groves la declaró *top secret*.

Resueltos los problemas de física, una vez comprobado que el sistema cañón era práctico, solo quedaba asegurarse que se les proporcionase la cantidad necesaria del isótopo de uranio y que los ingenieros comenzaran el diseño de la bomba. Cuando todo eso estuviese listo solo cabía montarla y mandársela a la Marina, que tenían los planes para el transporte y el lanzamiento.

Las buenas noticias del proyecto del uranio contrastaban con el ritmo lento de la implosión de plutonio. A ese paso no iba a ser posible fabricar la bomba a tiempo para derrotar a Hitler, así que Oppie pensó que necesitarían tres bombas de uranio para destruir Berlín y otras dos ciudades. Los generales nazis no podrían ignorarles y se rendirían antes de averiguar que esas tres bombas eran las únicas disponibles. Sería un farol arriesgado, pero matar al ochenta por ciento de los habitantes de Berlín en cuestión de horas iba a hacer que los nazis lo pensasen dos veces antes de especular con el armamento americano.

La noche había caído despacio sobre la base militar, el viento del desierto susurraba cuentos atávicos en la ventana. Oppie quería dejar de pensar e irse a la cama. Se levantó de la mesa del comedor y fue a la cocina, donde se preparó su segundo martini, y regresó al comedor para dejarse caer en un sofá. Tomó dos pequeños sorbos y aprobó la mezcla. Tenía sueños, no pesadillas, con borrar del mapa ciudades alemanas, más de tres: diez, veinte, y estaba seguro de que Groves ambicionaba lo mismo. La leyenda de Hitler, y la percepción de que el líder nazi era la reencarnación del mal, permitiría esas masacres sin que ningún país occidental hiciese preguntas. Destruir diez ciudades en Alemania y luego quizá continuar Japón o Rusia exigía fabricar bombas atómicas en serie, y eso sería mucho más factible si conseguían la bomba de plutonio. Dio otro pequeño sorbo y notó cómo el alcohol llegaba a su cerebro y sus músculos se relajaban. Movió el cuello de un lado a otro y se tocó el pecho con la barbilla, la tensión muscular estaba desapareciendo. Se necesitaba menos plutonio para hacer una bomba, y un reactor podía producir plutonio mucho más rápido que cualquiera de los métodos de enriquecimiento de isótopos de uranio e incluso más rápido que con la combinación de ellos, y las bombas serían más potentes. Si el reactor B en Hanford, y quizá la construcción de dos o tres más, garantizaba la producción de una bomba por mes, el plutonio sería el futuro.

Un futuro todavía lejano. Si tuviese que publicar un trabajo teórico sobre la bomba de plutonio podía inventarse fórmulas o resultados, porque mientras fuese una idea lógica, alguien lo publicaría aunque solo fuese una fantasía. Había muchos artículos de física que eran así, daban fama y reputación a los autores durante varios años, antes de que algún espabilado se diese cuenta de que no eran verdad. Pero ahora no se trataba de teorizar, había que lidiar con algo concreto, nadie podía falsificar el resultado de un experimento de implosión y, si lo hiciese, ¿qué obtendría con ello? ¿Cuánto tiempo podía ganar? Había reclutado un ejército de premios Nobel; si algo se falsificaba, alguno se daría cuenta enseguida. No, no podía engañar a Groves ni a Roosevelt, tenía que buscar la verdad. Por desgracia, no había otra opción.

Seth necesitaba ayuda. ¿Quién podía ayudarle? Quizá fuese un problema sin solución... ¿Podía ser que Seth no fuese la persona más adecuada? Acabó el vodka martini y se acostó. Últimamente tenía problemas para dormir, le molestaba el estómago y necesitaba echarse con dos almohadas, una sobre la otra. Aquella noche, sin embargo, el alcohol hizo su efecto y se quedó dormido en pocos minutos, y segundos después estaba hablando con el fantasma de Jean, que le envolvió la cara en su pelo de seda negra, en su perfume fresco, y una paz que nunca encontraba despierto le inundó. En su sueño vivía sin miedo, sin ambiciones, en paz consigo mismo. Los ojos de Jean eran de una luz similar al amor, recorrió con sus labios la suavísima piel de sus hombros y pensó que ningún otro placer podía superar esos instantes. Le despertó un ruido.

Kitty estaba en el lavabo. Oppie se levantó y la vio lavándose las manos. «Está borracha», pensó y la maldijo por haberle sacado de su sueño. Volvió a la habitación y se acostó. A los pocos minutos Jean le habló, con su mirada ámbar envolviéndole completamente.

—Ven aquí —cantaba—. Vuelve a casa.

Kitty eructó y la bocanada de aliento en su cara le despertó.

—¿Estás bien? —preguntó controlando apenas la rabia.

—¿Quién lo quiere saber? —inquirió ella luchando contra otro ataque de hipo.

—Dime si necesitas algo —dijo él, y se giró dándole la espalda.

Adicción explosiva

Seth había rechazado la esfera sin hacer experimentos y aceptado la hipótesis del cilindro. Y no funcionaba. La implosión debía ser simultánea y homogénea a lo largo del tubo y, sin embargo, las pruebas demostraban que era asimétrica, sin excepciones. Después de utilizar cientos de cilindros y cientos de kilos de explosivos no le quedaba más remedio que pensar que el cilindro quizá no fuese el mejor método.

Se deprimió y estuvo quince días sin trabajar antes de comenzar a estudiar la teoría de la esfera. Implosionar una esfera es imposible. Otras dos semanas pasaron mientras absorbía conceptos geométricos olvidados hacía tiempo y comenzó a acumular el equipo necesario. Cuatro meses después de rechazar el cilindro, tenía el esbozo de un plan para implosionar una esfera. El primer intento falló y el segundo, tres semanas después, también. Las implosiones de esferas eran menos homogéneas que las del cilindro. Había llegado a un callejón sin salida y veía preocupado cómo la paciencia de Oppie comenzaba a agotarse.

No tenía a quién preguntar, los intentos de formar un equipo numeroso habían sido abortados desde el principio. El personal no prestaba atención, no hacían lo que se les decía, no empleaban todo su esfuerzo. ¿Es que no veían que su jefe trabajaba doce horas diarias, que no vivía para otra cosa? No parecía importarles el fracaso, no eran profesionales y, además, sobre todo no creían en él. ¿Por qué no le entendían? Trabajar con él no tenía que ser un infierno: no era tan testarudo como decían, no era injusto, ni mucho menos, y tenía la flexibilidad necesaria para adaptarse a ellos. Eran ellos quienes no se adaptaban, no querían hacerlo. Quienes se fueron lo hicieron porque no les gustaba trabajar duro y antes de abandonar habían corrido la voz de que Seth era un capataz de esclavos, y ya nadie quería participar en su equipo. Daba igual, porque nadie en Los Álamos estaba intelectualmente capacitado para ayudarle.

—Seth, el coeficiente de inteligencia por metro cuadrado de Los Álamos es el más grande de la historia de la ciencia —repuso Oppie cuando recibió una de sus frecuentes quejas.

El último intento había sido reclutar a un militar experto en explosivos recomendado por Groves, pero duró dos semanas y después se había quejado de que la colaboración era imposible y que debían despedir a Seth, nombrarle a él líder del equipo y quizá abandonar la idea de la implosión. Cuando Seth se enteró, se dedicó a tratar de apartarle e inició una guerra civil entre los pocos que le ayudaban.

Oppie intuía que la idea de la implosión era buena. Este tipo de ideas, que se salían de lo común, eran la clave para que los proyectos avanzaran, por eso defendía a Seth, porque pensaba que al final tendría razón. No había muchos científicos que se atreviesen a alejarse de las líneas principales de pensamiento, la mayoría de ellos eran conservadores y preferían pensar sobre seguro. El proyecto del plutonio requería pensadores originales, así que mantendría a Seth. Y le conseguiría ayuda técnica.

Buscando otras opiniones y a sugerencia de Groves, Oppie organizó un viaje para visitar el Laboratorio de Investigación en Explosivos de Pennsylvania, donde estaban innovando en el campo de los explosivos convencionales aplicando química, matemáticas y física de modo sistemático. Para ellos, los tiempos de probar y rectificar se habían terminado: las explosiones iban a convertirse en una ciencia.

—¿Para qué deberíamos ir? —se quejó Seth y cruzó las piernas—. Están estudiando bombas convencionales y no saben nada de física nuclear —hablaba casi en un susurro porque había notado en la mirada azul-asesino de Oppie que negarse no era una opción razonable.

—Es verdad —aceptó Oppie—, no son físicos, pero la física y las matemáticas de las ondas de choque son interesantes, y Groves quiere que vayamos sin una idea preconcebida. ¿Quién sabe?, quizá ellos vean el problema desde otro ángulo.

Seth movió la cabeza y se pellizcó la piel del antebrazo. ¿Cómo podía Oppie entusiasmarse con explosivos convencionales? Pólvora, dinamita... ¡Dios mío! ¿Qué querían hacer? ¿Fuegos artificiales?

Seth estaba en casa de Oppie. Dos martinis después, accedió al viaje más que nada para que no se cancelase su proyecto. Sentía más que respeto por Oppie. Después de muchos años de auténtica soledad pensaba que había encontrado en él a un amigo con su misma estatura intelectual, y aquella tarde sentía que los sentimientos de Oppie y Kitty venían desde lo más profundo de sus corazones.

Filadelfia les recibió con hielo y nieve. Seth se lamentó de no haber llevado guantes. El laboratorio de explosivos no era grande y parecía activo: un ejército de técnicos comandado por un par de estrellas de la nueva ciencia y donde George Kistiakowsky era el astro rey.

Kisti, como le llamaban allí, dirigía a veinte científicos y necesitaba más. Su interés era descubrir explosivos, con énfasis en los plásticos, así que no estaba al día en física nuclear. Por lo tanto, era un escéptico sobre la posibilidad de crear una bomba atómica, sin embargo, encontró la idea de implosionar una esfera no solo factible, sino fascinante, porque permitiría probar la tecnología que él estaba desarrollando.

—¡Será un buuum! Puedo verlo —exclamó e hizo una esfera con las manos y dio un fuerte taconazo para imitar el ruido de la explosión; su expresión era la de un niño con un juguete nuevo.

Comentó que le gustaría hacer algunos cálculos utilizando unas fórmulas creadas por Von Neumann y que podrían discutirlo más tarde. Estaba haciendo un experimento e invitó a Seth y a Oppie a acompañarle al patio.

Salieron a un solar cubierto de césped, tan amplio como medio campo de fútbol. Era la zona de pruebas del laboratorio.

El paraíso de Hanford

El trabajo era fácil. La renta era barata. Mi compañero de habitación, Halfdollar, era un *sioux* cruzado con sangre de esclavos negros, bebía demasiado y compraba *bourbon* a los contrabandistas. Debido a sus hábitos, la habitación olía a alcohol, sudor y ropa sucia. Me había pedido dinero para comprar alcohol. Sabía que si le prestaba una vez, me pediría constantemente, porque además de beber le gustaba apostar dinero o jugárselo a las cartas o los dados, y le dije que no, esperaba una pelea, y no la hubo, así que acabó bien.

—¿Ves estos rubís? —preguntó y me enseñó unos dados rojos con puntos blancos—. Estas bellezas me harán rico con su danza. Toma, cógelos: no notarías la diferencia con unos que no estuvieran trucados.

Trabajábamos ocho horas con una para comer, y si comía en diez minutos tenía cincuenta libres. Una docena de hombres en cada mesa y quinientos en el comedor más grande. Cuando entraba, me dirigían a un sitio, no podía escoger lugar o compañero, pero no importaba, iba a comer. La comida la traían en camionetas y la colocaban en bandejas desde las que te servían dos cucharadas grandes de lo que tocase. Siempre había carne, pescado y patatas, algunos días había fruta y dulces. Podías escoger, además, entre chicle o tabaco, y cerca de la salida había una pequeña habitación con café donde podías servirte una taza o llenar el termo antes de volver a trabajar. Y comer como un rey cuesta menos de cincuenta céntimos. La vida podía ser mucho peor.

Los comedores parecían más un cuartel que una cárcel, la disciplina era para todos igual y la policía vigilaba para que no hubiese violencia. En el sur vivía sabiendo que un hombre blanco me mataría, violaría a mi mujer o me echaría de mi casa o, puestos a decir, todas esas cosas juntas, y muchos negros acababan en la cárcel sin ser culpables. Allí los hombres blancos mantenían el orden, pero no vivía atemorizado porque no iban a por mí; no me sentía perseguido. Era bueno saber que se podía vivir así.

Durante la comida no hablaba, concentrado en mi plato, escuchaba a algunos quejarse de la política y de que Roosevelt era un fascista más grande que Hitler. A veces se formaban barullos y los trabajadores se gritaban, los policías no tenían más remedio que sacarlos del comedor y en ocasiones los arrestaban con la acusación de ser antiamericanos o cosas similares, y los soltaban a la mañana siguiente, cuando se habían calmado, para que pudiesen volver al tajo. Así que el castigo era una cosa menor, una advertencia, no me parecía un abuso.

Por sujetos como Halfdollar quería mudarme a una caravana. El problema es que estaban reservados para familias.

Decían que debajo de las camas de las barracas encontrabas dados trucados y debajo de las camas de las caravanas, canicas con las que jugaban los críos. No tendría compañeros de habitación, solo mi mujer y quizá, con el tiempo, niños, porque ella quería hijos y yo quería darle lo que quería.

Los domingos no se trabajaba. Para comprar alcohol, negros y blancos teníamos los mismos derechos. Éramos pocos los que no probábamos el alcohol y estábamos orgullosos de ello. Algunos hombres casados se emborrachaban de un modo salvaje porque decían que echaban de menos a sus mujeres, pero quienes más bebían eran jóvenes criminales, fugitivos que no podían volver a sus casas porque serían encarcelados. Para ellos Hanford era una prisión de baja seguridad.

El domingo también era el día de la prostitución, otra actividad segregada: una prostituta blanca perdería su empleo y correría el riesgo de ser apaleada si aceptase clientes negros. Funcionaba así: en los barracones para negros un proxeneta llamaba a las puertas, de una en una, preguntando si alguien tenía interés. Costaban de cinco a veinte dólares, y un servicio completo —sin extras— se hacía por diez. «Si le gustas, te puede hacer uno de veinte por diez», decían sin nada de imaginación. Los que tenían más dinero y más deseo podían contratar a dos muchachas a la vez, y ellas bailaban para ellos hasta quedarse desnudas y luego hacían un *tan-tan*: una se sentaba en una mesa y ofrecía sus genitales abiertos y el cliente la penetraba sujetando una pierna con cada mano, mientras la otra bailarina se ponía detrás del hombre y le empujaba el culo atrás y adelante con las manos, la barriga o las tetas. El *tan-tan* costaba veinticinco dólares.

El macarra montaba asimismo los juegos de póquer para aficionados; los profesionales se organizaban sus propias timbas en lugares y con horarios secretos y no admitían a negros. Miles de dólares podían cambiar de mano en una noche, y por eso eran sitios peligrosos.

Los recursos de un hombre civilizado

En el campo de pruebas, Seth vio varias cargas explosivas adheridas a una serie de placas de acero de diferentes grosores. Parecía que no había nada sujetando los explosivos, como si estos se pegasen al metal con algún tipo de cola. Oppie nunca había visto un explosivo tan maleable, y así se lo confesó a Seth, que se encogió de hombros. Se protegieron los tres detrás de un parapeto de cemento, y Kisti detonó las explosiones una tras otra, con pocos segundos de pausa entre ellas. Nadie le ayudaba, apretaba los detonadores él mismo. Y luego agitaba brazos y manos, y aplaudía y gritaba como lo haría un niño durante un juego en el recreo después de cada ¡bum!

—¿No tienes quién te ayude? —preguntó Seth, sonriendo a Oppie.

—Ah, sí, a todos les encantaría participar, pero quiero que sigan trabajando ahí dentro, reservo la diversión para mí —dijo y guiñó un ojo.

Kisti coordinó y ejecutó varias series de explosiones más.

Primero iba a los diferentes blancos y colocaba los explosivos. Enseguida, Oppie se animó a moldear las cargas contra el acero y a enterrar el detonador en la masa suave y marrón. Luego volvían a los parapetos donde se encontraban los detonadores. Con cada explosión, Kisti practicaba sus gritos y sus bailes. Seth comenzaba a impacientarse: era una exhibición peligrosa dirigida por un inmaduro desesperado por impresionarles. ¿Habían hecho el viaje para eso?

Oppie fumó un par de pipas más mientras examinaba a Kisti. Sabía que para algunos científicos su trabajo era una profesión dura y un pasatiempo fabuloso a la vez. Kisti era uno de ellos y tenía esa pasión que llevaba a vencer obstáculos, a conseguir alcanzar objetivos difíciles. Tenía que contratarlo para Los Álamos, mentalidades así tenían éxito y alentaban el espíritu del equipo. Una vez que Kisti entendiese el proyecto y aceptase que este era posible, se daría cuenta de que no había otro lugar mejor que Nuevo México para cumplir sus sueños por grandes que estos fuesen. Allí iba a construir el mayor explosivo hasta la fecha.

—¿Desde cuándo te interesan las explosiones? —le preguntó Oppie.

—Desde la niñez, como a los demás. Solo que el olor de la pólvora es para mí como el perfume de una mujer bonita...

Oppie soltó una carcajada.

—¡Qué cursilada! —murmuró Seth.

—No, no es una afirmación romántica, la pólvora me excita sexualmente —repuso con naturalidad—. Soy adicto a las explosiones, el olor llega a mis centros de placer, aquí en el cerebro —dijo señalándose la sien.

Oppie sabía que Kisti tenía fama de mujeriego. Y ahora

que parecía que su matrimonio iba de mal en peor, ese tema estaba dando que hablar.

Durante la última explosión, Kisti volvió a lanzar sus brazos por lo alto con otra expresión de éxtasis para celebrar que el experimento había salido bien.

Seth estaba harto del teatro del *ruso*.

—¿Qué estudias? —preguntó con aire de sospecha pensando que allí solo había diversión.

—Controlar la explosión, o sea, enfocar las ondas de choque en una pequeña área del blanco. ¿Esquías?

Seth, pillado por sorpresa por la pregunta, murmuró un furioso no.

Kisti contestó con un gruñido y continuó:

—Es igual. Recuerdas la relación entre presión y superficie, ¿no?, por eso los esquís son grandes, para que no te hundas en la nieve. Si usases botas de patinar sobre hielo, te hundirías sin remedio.

—Un principio muy conocido —dijo Seth.

—Nos servimos de una ley parecida, y concentramos la explosión en una región de la plancha, no en toda ella, y así conseguimos cortar la plancha de un tanque alemán como si fuera mantequilla. Una línea de trabajo interesante se basa en canalizar dos explosiones que ocurran a diferentes velocidades sobre el mismo punto. Si eso funciona, las cargas derretirán la mantequilla, y este experimento estaba intentando demostrar eso. ¡Vamos a verlo!

Caminaron los veinte metros que les separaban de los blancos, la hierba estaba manchada de negro y en algunos parches, completamente quemada. Antes de llegar ya se podía ver con claridad que las placas de metal habían sufrido daños diferentes, algunas estaban casi intactas y otras, rotas en pedazos.

—Esta pieza de hierro —explicó cogiéndola en la mano y dándosela a Seth— está casi entera. Ha resistido la explosión sin desperfectos. Era casi un kilo de dinamita, pero la explosión se ha difundido... Y lo mismo ocurrió en esta otra a pesar de usar más dinamita.

Se la iba a dar a Oppie cuando Seth la cogió. Tampoco había resultado dañada.

—Y esta otra es una belleza. La explosión ha roto la placa, a pesar de ser la más gruesa. —Esta vez sí se la entregó directamente a Oppie, y entonces Seth dejó caer las otras dos al suelo—. Imagina que fuese la carrocería de un tanque. ¡Pum, bum!

Los ojos le volvieron a brillar. Kisti estaba visualizando el tanque en llamas. Oppie comprobó que el grosor de la placa y el metal, que además había sido pintado del color de la arena del desierto de los tanques de Rommel, se podían corresponder con el blindaje de un vehículo pesado.

—¿Y cuáles son las diferencias entre los explosivos?, ¿por qué unos tienen más efecto que otros? No será simplemente porque son más potentes, supongo —preguntó Oppie.

—Mira, Oppie... —Se rascó la cabeza—. ¿Puedo llamarte, Oppie?

Oppie se quitó la pipa de la boca.

—Por supuesto, Kisti.

—Diferentes potencias justificarían estos resultados, pero en realidad, en este caso menos explosivo ocasiona más efecto. Estamos comparando dinamita convencional con explosivos plásticos, no sé si has oído hablar de ellos, ¡son la marca de la casa!

Cuando estos se usan de modo que la explosión funciona como si pasase a través de una lupa de una lente y se combinan con otros procedimientos clasificados son capaces de perforar la placa, y en esta ocasión solo los usé con la última placa.

Oppie volvió a la plancha y admiró el boquete en el centro de la misma. No le extrañó que fuese *top secret*, por eso esta metodología de las lentes le era desconocida.

—Esta tecnología... ¿podría aplicarse a la implosión? —preguntó de modo casual.

—Buena pregunta. Aún no lo sé, tendría que pensar sobre ello, pero te diré una cosa, si necesitamos que las explosiones sucedan a diferentes tiempos, y que a pesar de eso lleguen a la vez, entonces esta es la tecnología más avanzada de que dispones.

—Lo veo muy difícil —intervino Seth, que para no coger ninguna plancha más se había metido las manos en los bolsillos del pantalón.

—Puede hacerse —concluyó Kisti con un tono que amenazaba enfrentamiento. Y se situó entre Oppie y Seth dándole casi la espalda a este último—. Los explosivos plásticos pueden adherirse a la esfera y podríamos regular su velocidad para que todas las explosiones sucediesen a la vez. ¿Sabes lo que es el fútbol, eso que aquí llamáis *soccer*? Imagínate que la esfera sea una pelota de fútbol y que los explosivos se dispongan sobre la superficie con la forma de pentágonos...

—Estas lentes actúan como una lupa que concentra los rayos del sol en un solo punto...

—Un concepto similar.

—Las explosiones no están hechas de luz —repuso Seth—. ¡Qué absurdo!

Kisti ni le contestó ni le miró. Hizo un gesto despreciativo con la mano.

—Bueno, Seth —medió Oppie en un tono conciliador—, estarás de acuerdo que tanto la luz como la explosión son ondas.

—¡Exacto! Lo has entendido muy bien, Oppie. O sea que usaremos lentes para conseguir que la superficie de la esfera implosione al mismo tiempo y en el mismísimo centro. No será fácil... Supongo que las cargas más exteriores serán rápidas y con una forma convexa y las más cercanas al punto de explosión, más lentas y con forma cóncava.

—Parece increíble —respondió Oppie con exagerada admiración.

—Ya sabes que toda la tecnología parece magia si se desconocen los principios fundamentales.

—Necesitarás mucho personal.

Seth se alarmó. ¿Estaba Oppie ofreciéndole el proyecto de la implosión a este lameculos? Tenía que intervenir.

—Parece magia, sí, un juego espectacular y todo eso. Pero es muy preliminar. Para asimilar lo que hacemos nosotros y poder ayudarnos necesitarías años —opinó—. Debes seguir concentrándote en los tanques.

—Si tengo un equipo grande no.

—Tengo tantas manos y cerebros como necesites. ¿Cómo concibes la formación del equipo?

Kisti no pensó sobre el asunto más que unos segundos y soltó un chorro de palabras y gestos. Una sección trabajaría las matemáticas, otra la química, otra se compondría de expertos en explosivos militares, otra de física nuclear, otra de expertos en fotografía con rayos X y otra de los experimentalistas...

—En resumen —concluyó—, de ciento cincuenta a trescientos profesionales.

Ahora fue Seth quien levantó los brazos al cielo y abortó una carcajada, pero a Oppie le gustó la respuesta. Seth tenía dos técnicos trabajando en el problema, pero Kisti era ambicioso y Los Álamos tenía cuanto necesitaba su ambición. ¿Sería capaz Seth de trabajar con Kisti? No estaba seguro, pero podía darles esa oportunidad. Los recelos iniciales a veces desaparecían con el entusiasmo de los éxitos.

—¿Dices que necesitarás expertos en fotografía con rayos X?

—Son importantísimos para estudiar la cinética de la explosión. Las fotografías con rayos X en intervalos separados por microsegundos son muy prácticas para seguir la evolución de la reacción. ¿No los usáis? —preguntó extrañado.

Oppie miró a Seth y este hizo un gesto de rechazo del comentario con las dos manos.

—Antes de hacer cambios drásticos —dijo Seth—, me gustaría probar un par de cosas.

Kisti le miró a los ojos, sus pupilas tan pequeñas como alfileres, y le hizo detenerse.

—Por supuesto, aunque si no ha funcionado ya, ¿cuántos días llevas intentándolo? En fin, buena suerte y que tengáis un buen ¡bum!

Les estrechó las manos y desapareció dentro del edificio. Oppie apagó la pipa tapando la cazoleta con el dedo pulgar, la guardó en un bolsillo de la chaqueta y tocó a Seth en el hombro.

—El viaje no ha estado mal, ¿eh? Un tipo intenso este Kisti.

De hecho, Oppie pensaba que había sido un éxito. Kisti no había ridiculizado la implosión y pensaba que podía hacerse con una esfera, aunque no supiera que sería de plutonio. Era la primera persona fuera de Los Álamos que creía en esa posibilidad. Se había hecho candidato a vivir una temporada en su desierto, pero no le iba a invitar inmediatamente, le daría unas semanas para que estudiase física nuclear, entender los conceptos de fisión y de masa crítica y de las condiciones de trabajo de los físicos que hacían experimentos con radiactividad. «Necesita tiempo para saber de nosotros».

—No lo sé —repuso Seth—, no habla el mismo lenguaje que hablamos en la base, así que la comunicación con su equipo... ¿Invitarlo a vivir en Los Álamos? Solo pensarlo me aterra. En cualquier caso, necesita tiempo para que sepamos quién es. Y dicen que es un pichaloca. Quizá traiga problemas.

—Claro, varios meses.

Oppie pensó que Seth tenía razón y a su regreso le preguntaría a un consultor de Groves, que visitaba Los Álamos cuando se lo pedían Hans o Teller, por la lógica y la matemática de la implosión. Groves le había dicho que Von Neumann había colaborado con Kisti, así que, además, podía darle su opinión personal sobre él. El único problema era que Von Neumann tenía una personalidad insufrible. La cuestión de la ligereza moral de Kisti en temas sexuales más que un defecto podía ser una oportunidad para atraerlo al desierto. Y oportunidad quizá también lo fuera que le gustaba esquiar. Llevaba tiempo pensando en construir pistas de esquí cerca de Los Álamos.

Cifras dinamiteras

Oppie decidió buscar información sobre Von Neumann. No fue difícil porque abundaba, como si él mismo se había encargado de difundirla para impulsar su profesión de consultor. Una década no es mucho tiempo y, sin embargo, durante la de 1930, cuando tenía veinte años, Von Neumann había asimilado el conocimiento real sobre la matemática de las explosiones, un tema desconocido hasta entonces por considerarse que aquella cinética era caótica, es decir, imposible de analizar de un modo serio con las matemáticas existentes. Así que cuando comenzó a proponer modelos matemáticos para estos fenómenos se convirtió en el líder de la TNT. Para desarrollar su teoría utilizó conceptos y abstracciones que parecían alejados de la realidad, pero poco a poco, los experimentalistas tradujeron sus fórmulas en explosivos de lentes y cargas maleables y huecas, planeadas para concentrar la onda explosiva originada en una superficie amplia en un pequeño blanco. Era un salto enorme. Cabía decir que, por primera vez, la ciencia, controlaba el ritmo y la concentración de la explosión. Los blindajes convencionales no podían detener estos explosivos.

La llegada de la guerra había puesto en primer plano esta nueva tecnología, que adquirió clara importancia en las batallas de los tanques y en el desarrollo de los misiles. Von Neumann, profesor del MIT, se ganaba un salario extra y mucho más alto del que le pagaba la universidad como consultor frecuente de los militares, sobre todo, de la Marina. Gozaba de una óptima relación con los almirantes y ellos tenían una buena opinión de él, a quien consideraban un pensador pragmático porque, si le daban un problema para resolver, no les respondía con una ecuación ininteligible, sino que ofrecía una solución *para la vida real*. Les ahorraba las fórmulas matemáticas traduciéndolas en posibles estrategias, maniobras, modos de disparar o de cómo usar de manera más eficaz las nuevas ideas y los mejores inventos. Uno de esos ejemplos era el futuro radar antisubmarinos, algo relevante porque los *U-boats* no solo eran la pesadilla de la Marina inglesa, se habían acercado ya a las costas americanas.

Por otro lado, como Oppie bien sabía, las relaciones interpersonales no eran el punto fuerte del húngaro. Igual que a muchos científicos, a Von Neumann la autoridad le importaba un pito y en eso se asemejaba a Leo y a Teller, pero al húngaro no le importaba humillarles en público, y generales, coroneles y demás se cuidaban en las reuniones oficiales con él, porque si decían tonterías, él sería el primero en llamarles tontos. Debido a sus constantes triunfos, la Marina desviaba la atención de las provocaciones: eran las excentricidades de un genio y la ignorancia de un civil en la misma persona.

Oppie le contactó y se sorprendió de que Von Neumann estuviese al corriente de lo que ocurría en Los Álamos —aunque Leo y Teller probablemente le tendrían informado— y que parecía defenderse muy bien en los terrenos de la física nuclear y la mecánica cuántica. Cuando Oppie le explicó su dilema, no necesitó mucho tiempo para opinar que la implosión era el método adecuado para la bomba de plutonio.

—Puedo hacer los cálculos —dijo e hizo un esquema con un lápiz en una servilleta—. Las explosiones han de ser meticulosamente coordinadas. La implosión de las masas fisibles ha de ser simétrica... No debe separarse más de un cinco por ciento de la geometría de una esfera perfecta. Bueno, este es el razonamiento —masculló y les enseñó a Oppie y a Seth varios dibujos de esferas cortadas en diferentes secciones—. Te mandaré por correo los cálculos matemáticos exactos.

—Estos cálculos están exagerados —repuso Seth, que veía en peligro su proyecto. ¡En sus experimentos la variación oscilaba entre un veinticinco y un treinta y ocho por ciento! Según Von Neumann, el cilindro estaba muerto. Y bien muerto.

—¿Quién es este carapáncreas? ¿Necesita que le bese o le puedo joder directamente? ¡Fuera de aquí, bobo!

Oppie le hizo un gesto y Seth se fue. Y Von Neumann recomendó el desarrollo de la implosión de la esfera de plutonio y recomendó encarecidamente a Kisti.

—Cuidado con él. Pierde el culo por las mujeres, así que no le presentes ni a tu mujer, ni a tu hija, ni a tu hermana.

Oppie se lamentó de que necesitase a Von Neumann. No es que le cayera mal, es que además era de los pocos que podían entenderle. O eso creía ver en sus ojos, hundidos por completo en la osamenta de su cara, que acechaban más que mirar. De todos modos, le ofreció un despacho en el paraíso.

—¿Mudarme al medio de la nada y comer pieles de lagarto secadas al sol y hablar con ignorantes mientras escucho las quejas de las criadas cuyos hijos mueren en los frentes de Europa o el Pacífico? ¿Sabes lo que pides?

—Me temo que no hay otra opción... —repuso Oppie sin firmeza.

Von Neumann levantó una mano para interrumpirle.

—¿Quién te crees que eres, tontolaba? —Se frotó con energía la nuca—. ¿Patton? No me hagas tener que enviarte al infierno de una cachetada. —Hizo una pausa—. Te voy a decir lo que vas a hacer, sombrerete. Me vas a nombrar director de Consultas Externas con derecho a cabreo continuo y domicilio en Boston. Volveré en tres semanas.

Von Neumann, flamante director de Consultas Externas, regresó a las tres semanas y durante dos días estuvo hablando de los misterios del cielo y la tierra con desbordante autoridad, hizo varias sugerencias para el proyecto de uranio y el del plutonio, incluyendo la teoría de que la implosión de la esfera generaría una densidad mucho mayor que la del uranio, y, por lo tanto, la cantidad necesaria de plutonio sería menor que la de uranio para el sistema cañón. Otto y los demás habían confirmado esta hipótesis, pero solo después de meses de intenso estudio y realizar experimentos, y Von Neumann lo había deducido al segundo de hacerle la pregunta.

En otra visita, Von Neumann pidió hablar con Oppie a solas. Durante la reunión, le informó de que había calculado la altura a la que debería explotar la bomba.

Oppie negó con la cabeza.

—Explotará a ras de suelo, como una incendiaria.

—¡Ni en broma! Los números dicen que si el ángulo de incidencia de la bomba con objetos sólidos es cercana a noventa grados, las ondas de impacto y los demás componentes de la explosión serán mucho más eficaces y el área de la Zona 0 será varios kilómetros cuadrados más extensa. Explotará en el aire, sombrerete.

—Eso complicará mucho las cosas —repuso Oppie lamentando no haber entendido la importancia de ese factor por sí mismo.

—No lo entiendes, ¿eh? —Disparó y le dio un toque en el sombrero con un dedo—. La eficacia del dispositivo aumentará miles de veces si la detonación ocurre varios kilómetros sobre el blanco.

—Suponiendo que pudiese hacerse...

Von Neumann se arregló la chaqueta y luego la desabotonó.

—Lo bueno del caso es que no se necesita precisión ni tener demasiada puntería, ¿entiendes? El lanzamiento solo requiere que un copiloto visualice la trayectoria e informe de cuándo detonarla. El cielo, falta decirlo, deberá estar despejado para realizar esta operación, y eso es bueno, porque así sabremos cuándo hemos de atacar, ¿me sigues? Bombardearemos en verano, ya te digo ahora que probablemente en agosto. En Alemania, el resto del año hay más días con lluvia que tipos que lamentan que Hitler ganase las elecciones. Haz que Hans Bethe o Richard Feynman recalculen el área de destrucción, ¡os vais a quedar lelos! —exclamó y se quitó el sudor de la calva usando las dos manos.

—Es debido a la forma: una bola de fuego.

—Me alegro de que llegase algo de sangre al ático. Una bola de fuego. Destruiremos Berlín sin tocar el suelo, ¿entendido?

Oppie sonrió. Von Neumann trabajaba para él y podía pasarse de grosero mientras saliesen las cuentas...

Cuando Von Neumann subía al coche, Oppie vio que al otro lado de la calle Edward Teller los observaba y le pareció advertir un gesto de complicidad en la cara del húngaro. Hasta ese día no se había dado cuenta de que formaban un grupo. ¿Debía tener más cuidado con Teller? ¿Tramaban algo los *marcianos*?

El olor de los pensamientos

Las semanas pasaban despacio, y Richard veía que Arline empeoraba, así que escribió a varios expertos en tuberculosis con la esperanza de que hubieran encontrado una cura en los últimos tiempos, un tratamiento que al menos detuviese el deterioro físico, pero el único consejo que recibió fue que Arline debía hacer lo posible por mantener su peso. Lo demás, lo de siempre: reposo físico e intelectual y aire puro eran las mejores defensas contra la progresión de la enfermedad. Albuquerque ofrecía descanso y el viento seco del desierto; él debía ocuparse de alimentarla. En aquel viaje había traído ocho litros de leche.

—Se estropeará antes de que pueda beberla.

—Es una primavera fría y debes intentar beber más, si comparas el poder nutritivo de la leche con otros alimentos...

—La leche de vaca es lo mejor para aumentar de peso —se le adelantó Arline y quiso cambiar de tema—. Vamos a ver, dime, ¿por qué te casaste conmigo?

Richard se sentó en la cama.

—¿Qué clase de pregunta es esa? ¿*Quién* no se casaría contigo? La chica más deseada del barrio.

—Pues no hemos hecho el amor desde que nos casamos.

El comentario le pilló desprevenido a Richard porque Arline no solía ser tan directa. Se quedó callado sin querer y, cuando se recuperó lo suficiente para hablar, lo hizo con dificultad. Era un tema muy sensible. Tenía miedo a hacerle daño, a debilitarla o a que perdiera el conocimiento.

—No tengo queja —dijo y le guiñó un ojo.

—Quizá tu chica la tenga, *baby*.

Hablaba mirando sus dedos de pianista, sus uñas recién pintadas.

Richard tomó su cara entre las manos. Vista más de cerca se podían ver signos claros de que estaba exhausta: tenía una palidez gélida, los ojos rodeados de aros lila, su nariz afilada por la falta de grasa de sus mejillas y el carmín rojo brillante, que había encontrado los labios con dificultad, hacía de su boca una herida. Le acarició un pecho con suavidad y compartieron el beso más largo que nunca se habían dado. Él se levantó y corrió el cerrojo de la puerta de la habitación. Luego, cerró las cortinas de la ventana, se desnudó y se echó en la cama a su lado.

Diez minutos después ella respiraba como si hubiese realizado un enorme ejercicio físico y él se sentía satisfecho y culpable cuando la besó en los labios.

—Yo vengo buscando esto —mintió.

Ella le pasó los dedos entre el cabello.

—Entonces esta tarde, al menos, te irás más contento.

—No sé si me iré, ese reloj mide mi felicidad y es testigo de que solo soy feliz contigo.

Ella cogió el reloj y sopló para limpiar unas motas de polvo en el cristal.

—Tienes tus necesidades.

—Tú las satisfaces todas, no me entiendas mal, el sexo es genial —dijo y se sintió como si hablase un estudiante de la universidad, aquella situación le había descolocado completamente—, pero nosotros estamos por encima de eso...

—Las mujeres de Los Álamos deben acosarte.

—Si has de estar celosa, piensa mal de Hans Bethe y Klaus Fuchs, son esos dos crápulas y sus razonamientos los que ocupan mi tiempo.

Richard percibió que la respiración de Arline se normalizaba y que, si bien hacía lo posible por prestarle atención, se estaba quedando dormida. Cuando ella cerró los párpados y le soltó la mano, se vistió, entreabrió la puerta, se sentó en una silla y comenzó a leer un artículo sobre mecánica cuántica.

Estaba oscuro afuera cuando ella se despertó. El descanso le había sentado bien y tenía más energía, tanta, que le propuso salir a cenar fuera del sanatorio, algo que estaba prohibido. Él la ayudó a vestirse y observó cómo se ponía las medias y cómo se arreglaba el pelo. La cogió en brazos; apenas pesaba, y salió caminando despacio, sin hacer ruido. No se encontraron con personal de enfermería en el pasillo y no había nadie en el mostrador de la recepción, así que salieron sin ser vistos. Ya en la calle la dejó ponerse de pie para subir al coche.

Cenaron al aire libre, en la terraza de un restaurante junto a un viñedo donde pidieron el vino de la casa, hablaron del instituto y de la universidad y, para postre, ella aceptó tomarse un vaso de leche. Cuando regresaron al sanatorio, la enfermera del turno de noche estaba esperándoles. Miró a Richard con severidad y él le guiñó un ojo y se encogió de hombros. La enfermera trajo una silla de ruedas para Arline. Una vez en su cuarto, Arline colocó el reloj de la mesilla para poder ver la hora al despertarse. Richard y la enfermera esperaron fuera de la habitación mientras se acostaba.

—Es encantadora. Tienes suerte.

Richard notó el anillo de casada.

—También la tiene tu marido.

—Pearl Harbor —dijo ella en un murmullo.

Quiso pedirle disculpas, pero ella entró en la habitación y ayudó a Arline a desnudarse, después la sentó en la cama, le dio dos pastillas y, cuando se las tomó, la acostó y le colocó la sábana bajo la barbilla. Al salir del cuarto, le guiñó un ojo a Richard y se fue.

Arline no tardó ni diez minutos en dormirse.

Él se sentó en la silla y volvió a su lectura de física, y tres cuartos de hora después cerró los párpados y se durmió. Por primera vez en varios meses no tuvo ningún sueño.

A la mañana siguiente, Arline estaba radiante. Pasaron el tiempo del desayuno planeando el futuro. Ella bebió dos vasos grandes de leche y se rio varias veces. Por primera vez en las últimas semanas era optimista sobre su enfermedad, pensaba que mejoraba. Le preguntó, sin darle importancia, si tendrían hijos.

—En cuanto consiga un trabajo decente.

—¿Cuándo acabaréis aquí?

—Depende de la guerra, aunque temo que no podré aguantar mucho tiempo haciendo lo que hago. Date prisa en mejorar y buscaré un trabajo de profesor, quizá en California. El clima es mejor que en el este. Compraremos una casa y tendremos hijos, nos lo merecemos.

El lunes por la tarde Richard regresó a Los Álamos. Cuando fue a devolverle las llaves del coche a Klaus, se enteró de que había un guateque. Necesitaba un trago y Klaus lo acompañó. Bebió *bourbon* como si fuese agua y media hora después no podía casi ni caminar, así que Klaus lo llevó al dormitorio y le ayudó a acostarse.

—¿Está mal Arline?

—La vida es una fábrica de dolor.

—¡Dímelo a mí, colega!

—¿Quieres saber cómo está Arline? Está *increíblemente* mejor.

Klaus miró a los ojos a su amigo. Sabía que los enfermos terminales mejoran justo antes de fallecer. Richard asintió.

—*Mein Gott!*

La geometría de las tinieblas

El proyecto necesitaba solucionar la geometría de la explosión. Seth no tenía nuevas ideas y Oppie, presionado por Groves y Von Neumann, decidió traer a Kisti a Los Álamos. Este, probablemente aconsejado por el húngaro, prefería un contrato de consejero porque así no tendría que vivir en el desierto, pero Oppie, que sabía que Kisti se acababa de divorciar, le prometió una casa unifamiliar con teléfono.

—Así podrás tener tus fiestas privadas. ¿Hay alguna mujer en tu vida?

—Ninguna activada.

—Este es tu lugar.

Lo aseguró con la mayor naturalidad del mundo, insistió en explicarle que las mujeres eran jóvenes y abundantes y buscaban relaciones, algunas puntuales; otras intermitentes; la mayoría, duraderas. Había muchas solteras y pocos hombres sin pareja, era un lugar perfecto para romances. No había publicidad, ni chismorreo.

—Hay fiestas en las que mires donde mires solo ves piernas. Escoge edad y color de pelo y tendrás tres candidatas la primera semana llamando a tu puerta, ¿no me crees?, vete y pregunta a los ingleses, ellos se han hecho con la organización de la juerga. ¿Y esquiar?, aquí se esquía cinco meses y medio al año.

—La verdad es que en el instituto donde estoy...

Iba a explicar que estaba muy a gusto, que le daban todo lo que pedía, que no había pensado en mudarse. Pero todo eso Oppie ya lo sabía, así que le interrumpió:

—Tu carrera se beneficiará, piensa que tendrás toda la atención de la academia y del ejército al mismo tiempo. Aquí trabajarás rodeado de premios Nobel, no hace falta que te lo diga, pero de Los Álamos a la fama universal solo hay un paso.

Así que Kisti se mudó a Nuevo México como consejero de Seth y director de su propio laboratorio. Las alambradas no le impresionaban, allí no tenían el mismo significado que en el campo de concentración donde los bolcheviques le mantuvieron prisionero durante un breve periodo de tiempo en los años veinte.

Le gustó mucho el entorno. Las montañas donde podría esquiar en laderas vírgenes podían mejorarse despoblando de árboles las pendientes para deslizarse con tranquilidad. Y con la aquiescencia de Groves y el entusiasmo de Bohr, diseñó un explosivo plástico circular que cercenaba un árbol con una explosión, lo que convirtió la tala en un espectáculo único y muchos se agrupaban para verlo y corear sus truenos. La construcción de la pista se terminó en dos meses. Kisti se convirtió en un héroe local, y aunque Oppie había exagerado con el asunto de las mujeres, la verdad era que había muchas más y más guapas que en el instituto de Filadelfia. Mujeres explosivas y bombas nucleares: ¡qué gran combo!

A Seth seguía sin gustarle Kisti. Su mala relación amenazaba con detener por completo el nuevo plan para estudiar la implosión de la esfera. Mientras que a Seth se le iban las horas en atacar a Kisti, este no perdía el tiempo y se iba haciendo cada día más necesario en Los Álamos, donde encontró dos buenos colaboradores en Otto y Peierls. De hecho, fueron estos contactos los que le convencieron de que, para solucionar el problema de la implosión de la esfera, químicos y físicos deberían trabajar juntos.

En abril de 1944, varios experimentos realizados en Los Álamos usando el plutonio producido por el Reactor B en Hanford mostraron que el explosivo nuclear contenía impurezas. La contaminación provenía del isótopo 240 del plutonio, que tenía una velocidad de fisión mayor que la del plutonio 239. La velocidad de fisión de la mezcla de los dos isótopos sería tan rápida que predetonaría y se autodestruiría antes de formar la masa crítica si se usaba el sistema cañón. Klaus comentó con Richard que el Thin Man, nombre dado a la bomba de plutonio que usaba el mismo sistema que la de uranio, estaba *kaput*.

Oppie se dio cuenta de que se había autoengañado al desear que el sistema cañón funcionase también con plutonio. Ahora sabía que esto no era posible y se alegró de que Seth hubiese propuesto la implosión en primera instancia. Sin embargo, este se había rendido y ya no podía ni siquiera visualizar una esfera de plutonio colapsándose sobre sí misma de manera tan perfecta que solo en el último instante se formaría una masa crítica.

—Es imposible —se quejó Seth—, mis experimentos son peores con una esfera que con el cilindro. Regresaré al cilindro. Sí, haré eso, hay que ir para atrás y volver al principio.

«Ir para atrás», una expresión que Oppie ya no podía tolerar y que Groves odiaba. «Ir para atrás» es lo que se recomienda a los competidores para boicotear su progreso. Groves le dijo a Oppie que pensaba que Seth era el mayor enemigo de la implosión.

—Es lo que piensa Von Neumann. Ya sabes que él quiere ser el padre de la bomba y desacreditarnos a nosotros.

—Tiene razón en esto. Pero me han dicho que hace buenas migas con Teller y que buscan generar una bomba más potente que la atómica. Les llaman los marcianos, ya sabes por *La guerra de los mundos* de Wells. Piensan que su inteligencia no es de este mundo. De todos modos, Kisti, es un buen tipo y odia a los comunistas por razones personales. Y en el equipo británico piensan que puede trabajar con ellos. Tú encárgate de Seth y déjame a mí al Macbeth húngaro.

La generosidad de Hanford

En Hanford construíamos cohetes electrónicos, eso me habían dicho, aunque era algo que se suponía que no debería saber. Un día me encontré con uno de los jefecillos en la carretera. Tenía una rueda pinchada. Le ayudé. Vi el contenedor brillante. Le pregunté. Se rascó una sien. Quise saber si era combustible para uno de los cohetes y me confesó que sí y que era peligroso. No hablaba bien inglés, pero me lo repitió despacio: «Es un trozo del sol», o algo así, quizá le entendí mal, y tampoco es que entendiera mucho. No pregunté más y decidí olvidarlo. Me llevó en su coche a Hanford. Era un MG, tan importado como su dueño, y púrpura, como un corazón desbocado. Daba gusto ir subido allí, era tan rápido que mi mujer no tendría tiempo de marearse aunque fuéramos de Hanford a Parville.

La base militar no paraba de crecer. Me gustaba esta actividad. Era diferente al sur, allí las cosas no cambiaban o lo hacían para peor, y aquí cada día comenzaban una casa nueva y llegaba un barco nuevo al río; abrían una tienda cada semana, y las colas para comprar tabaco y alcohol habían casi desaparecido. Inauguraban más salones de bailes o bares musicales cada mes. Me gustaban mucho las máquinas tocadiscos. Entendí por qué esas máquinas eran tan populares.

Muchos de los edificios estaban restringidos a trabajadores que vestían con corbata y sombrero, a los que nosotros llamábamos «Trajes». El nombre del edificio era Reactor B; eso tampoco debía saberlo, así que nunca hablé sobre ello. Ni con mi mujer.

Algunos de los Trajes no hablaban inglés, pero no eran mexicanos ni chinos. No sabíamos quiénes eran o de dónde venían; no iban a los comedores, ni a los salones de baile; no hablaban con nosotros, solo hola y buenos días. Conducían coches caros como Buick y Ford, y algunos incluso algún Chrysler Coupé, tan rápido como un coche de carreras. Yo sabía que no podría comprarme uno, y era una pena, porque me gustaban mucho y lo cuidaría con mimo. Era fácil apreciar la unión de belleza y potencia. A veces veía que en el maletero transportaban los contenedores metálicos brillantes, de diez o quince litros, que cubrían con una funda de terciopelo negro. Los sacaban del Reactor B y los llevaban fuera de Hanford. Podía ser verdad que trasladaran algo de gran valor, porque trataban los contenedores con mucho cuidado, como si fuesen de cristal y no de acero.

Recuerdo que las ganas de volver a casa empezaron en mi estómago. Echaba de menos la comida que cocinaba mi mujer. De hecho, si bien me enamoré primero de su sonrisa, fue el día que cocinó *blackfish* con salsa *comeback* cuando me echó el lazo. Algunas tardes se hacía duro pensar en ella.

Otras pensaban que una prostituta me aliviaría el dolor. Superando la tentación, no acudí a ellas. En aquel negocio había más que sexo, y mi dinero no serviría para esclavizar a una mujer. Además, tenía que ahorrar.

Pedí que parte de mi cheque se depositase directamente en el banco. Podían hacer esto para los trabajadores. Y lo solicité, sin esperar más, con el primer sueldo. Lo que no ves, no lo gastas. Ese sábado acudí al banco para ver cuánto tenía en la cuenta. Era día de pago y había un coche blindado con una docena de policías militares dentro y fuera del edificio. Tenía miedo de tanto hombre blanco con rifles, pero no existía razón para alarmarse: estaba en Hanford y me trataban como a un rey. El cajero me dijo que tenía novecientos dólares y algunos céntimos. Eran ahorros de solo siete meses. Nunca había tenido tanto dinero en mi vida y acababa de cumplir los treinta y cinco.

¿Era suficiente para que se cumpliese uno de mis sueños? Fui a ver las caravanas. Había más de mil unidades. El vendedor, un latino hablador, me recibió con una gran bienvenida, puestos a decir, como si fuese el único cliente que había tenido en toda su vida. Estaba *encantado* de enseñarme el parque. Desde fuera, las caravanas eran elegantes, cada una tenía un pequeño solar vallado y la parte delantera del patio se podía cubrir con un toldo retráctil, y bajo el toldo se podían colocar un par de sillas y una mesa. Me mostró el interior de una y me gustó lo que vi. Olía a limpio y a nuevo. Era, si se me permite, como la casa de un blanco, y sé que está mal que lo diga yo.

La cocina era pequeña, si bien no tanto como pensaba, y estaba bien equipada; a mi mujer le gustaría. ¡Había un extintor! Y vi un cenicero resplandeciente, pero no olía a tabaco.

El comedor tenía espacio para dos sofás, varias sillas y una mesa. Cada dueño recibía una suscripción a *Casas y Jardines*.

—Esta será —me comentó el vendedor mostrándome un número de la revista— la pieza favorita de decoración de su mujer.

Había un florero con una planta verde con flores amarillas y rojas que olían como el río Columbia. En una mesita reposaba una pecera con un pez naranja que se entretenía en mirarnos por un cristal tan limpio como sus ojos. Y había un RCA, una de esas radios de casi un metro de alto, que puedes comprar si quieres gastar varios cientos de dólares. Ninguno de esos objetos estaba a la venta, los tenían allí para dar una idea de la decoración que otros propietarios tenían. ¿Quién ganaba suficiente en Hanford para poder comprar esas cosas? Sin embargo, ¡cómo me gustó el sonido de la palabra «propietario»!

Había, por supuesto, segregación: el dinero no podía comprar la clase social. A mí eso me daba igual. En la oficina me senté frente a un escritorio. El precio, todo incluido, eran setecientos dólares. Cerré la mandíbula con tanta fuerza que casi me cerceno la lengua. Choqué la mano del latino y de varias otras personas y salí de la oficina. Le diría a mi mujer que tenía que venir a Hanford si quería comprarse la casa de sus sueños. El sol estaba muy alto. ¡Gracias, Señor!

Puñetazo en la mesa

El general llegaba directo desde la estación. Le habían apretado las tuercas en Washington, había tenido que exagerar los éxitos del equipo y estaba impaciente por conocer si Oppie había encauzado la bomba de plutonio. En Los Álamos le recibieron con simpatía militares y científicos. Existía un ambiente magnífico. Aquellos tipos eran auténticos patriotas. Deseaban derrotar a Hitler y el fascismo. Buena gente que peleaba por una causa justa. Su corazón se llenó de orgullo. Ahora había que centrarse en solucionar la implosión de la esfera. Después de saludar a Oppie y de reconocer que en el Pentágono no sabían cómo preparar un martini, fue entrando poco a poco en los asuntos que le interesaban. El plutonio era una prioridad para Bush y Conant, y tenía que salir como fuera. Oppie tendría que superar su inversión profesional y personal en Seth y comenzar a tomar las decisiones necesarias, fueran dolorosas o no.

—¿Te ha escrito Kisti? Comentó que te escribiría. Necesita ayuda.

—Sí, lo ha hecho.

La carta era un ataque directo a los métodos científicos y al comportamiento profesional de Seth. Según Kisti, su ética de trabajo iba a conseguir que se atascase del todo el proyecto: «La colaboración amistosa es imposible. Seth esconde datos relevantes o da información falsa. Con él de director, las posibilidades de éxito son menores de cero, y acabará destruyendo los equipos. Por eso, me veo en la obligación de informaros de que mantener a Seth en su puesto resultará en mi automática renuncia».

Kisti daba un puñetazo en la mesa. Una actitud quizá necesaria. Oppie aceptó que sus sentimientos contradictorios sobre el sistema cañón, la complejidad del proyecto de implosión de una esfera y su preocupación por el posible gran papel que Von Neumann jugaría en ello le impedían pensar con claridad. Así que formó un comité para tomar una decisión, que no tuvo dudas al respecto: el Proyecto Manhattan centraría su esfuerzo en el sistema cañón para construir el dispositivo de uranio y se reorganizarían Los Álamos para solucionar posibles problemas y acelerar la implosión. Para esta segunda parte se crearían nuevos equipos y se reorientaría a cientos de científicos hacia esta tarea.

Cuando la creación de la nueva división se hizo pública, Seth se presentó voluntario para dirigirla, luego se dirigió a un lavabo y destruyó una fórmula que pensaba que podía ayudar a progresar a Kisti. Esbozó una sonrisa al sol del desierto.

El escarabajo sordo

Oppie lo tenía claro: Oak Ridge y Hanford serían capaces de mantener una producción regular de plutonio, en cantidades suficientes para construir una bomba cada mes. Groves le contestó que acelerara el proyecto de la esfera.

—Ya has perdido mucho tiempo con ese idiota de Seth. ¿Sabes que se autodenomina el *rey del onanismo*? Pues eso.

Kisti, después de analizar sus cálculos matemáticos, y consultar con Von Neumann, inició un abordaje metódico al problema de la esfera. El apoyo del húngaro podía apreciarse en la abundancia de cálculos matemáticos que usaba Kisti para definir las series de explosiones. Von Neumann, que estaba construyendo una computadora para IBM, producía series de números y de ecuaciones como si esa máquina le estuviese ayudando ya. De hecho, Oppie pensaba que así era.

Kisti iba a necesitar un ejército de científicos y los tendría. Los seminarios de introducción de Serber, que integraban la nueva información que obtenían los diferentes equipos en las tres ciudades secretas, eran cada vez más amplios y profundos y formaban incluso con mayor rapidez a las oleadas de científicos que llegaban a Los Álamos. La implosión dejaba de ser un pequeño proyecto para convertirse en uno de los más grandes. Para clarificar la organización, Oppie formó una división a la que llamó División X, por eXplosivos, para que fuera imposible conocer sus metas basándose solamente en el nombre.

Así pues, la decisión había sido tomada y la logística puesta en marcha. Solo quedaba comunicárselo a los ciudadanos de Los Álamos. Oppie informó a los científicos de que Kisti era el nuevo director de la División X a través del correo interno. No consideró necesario decírselo a Seth en persona.

Seth caminó hacia la casa de Oppie con la carta arrugada en su mano derecha, ignoró a los dos policías militares que la custodiaban y golpeó la puerta con los puños. Unos segundos después, Oppie apareció en el umbral, sujetando la puerta con la mano. Los dos hablaron allí, flanqueados por los cascos blancos; la puerta a medio cerrar.

—¿Escogiste al ruso?

—Seth, ven a verme al despacho en horas de oficina. Y Kisti es ucraniano y no le gustan los rusos.

Hizo un gesto de cerrar la puerta.

—Creí que éramos amigos.

Dijo casi susurrando. Tenía los ojos llenos de lágrimas, la boca seca y le dolía el pecho al respirar.

—La decisión es de Groves y es irrevocable —se defendió Oppie—. Lo que has hecho hoy, es decir, salir de tu despacho, deberías haberlo hecho antes. Si te hubieras mezclado con los demás y formases parte del equipo no te hubiera pasado esto —señaló y, no pudiendo aguantar más la cara de depresivo de Seth, cerró la puerta con desmedida violencia.

Seth no se podía mover de allí. Sus piernas parecían hundidas hasta las rodillas en el barro de la carretera y sus mejillas ardían como si le hubiesen dado dos bofetadas. Los dos cascos blancos que guardaban la casa del director de Los Álamos se le acercaron. Uno le tocó en el hombro y le pidió que se fuese.

—¿Te imaginas cómo debe de sentirse? —le preguntó un policía al otro.

Los dos policías habían oído toda la conversación.

—Como un brazo que acaba de ser amputado sin anestesia.

Dentro de la casa, Kitty mostró preocupación por lo que pudiera hacer Seth en un momento en el que su vida profesional se había ido al garete y su mejor amigo en el desierto decidía retirarle su apoyo personal. Oppie la tranquilizó. «No tiene valor para hacerlo —le dijo—. Y si se suicida, no es cosa mía. El libre albedrío existe por una razón: para eximir a Dios de toda culpa».

Ingenieros y científicos

Con las fórmulas sobre la mesa, lo importante ahora era el diseño de la esfera y los diferentes mecanismos de implosión. Habían resuelto la teoría. «Pues si ahora solamente se trata de un problema de ingeniería, no hay problema alguno», le aseguró Groves a Oppie.

Kisti había terminado los cálculos, y las cifras mostraban que una esfera hueca compuesta por una masa subcrítica de plutonio podía comprimirse para adquirir una masa crítica. La solución de las ecuaciones indicaba que una cáscara metálica, como la que los ingenieros proponían —igual a la que Seth había usado para sus cilindros y esferas— no era necesaria. Es más, la cáscara impediría la compresión homogénea de la esfera. Era un problema de elasticidad: debido a su rigidez, la cubierta metálica producía una implosión asimétrica.

Los ingenieros militares probaron una serie de aleaciones de plutonio y demostraron que la de plutonio con galio ofrecía las mayores garantías de éxito. Sin embargo, esa combinación era altamente corrosiva y difícil de manejar.

—Ahí lo tenemos, otro problema de ingeniería que pronto dejará de serlo —insistió Groves con confianza.

Los ingenieros militares no tardaron mucho en encontrar la solución. Forrarían la esfera con níquel, un metal resistente a la corrosión.

El progreso era ahora notable. Oppie le comentó a Groves que ya se veía el final del largo túnel de la implosión.

—Mandaré preparar un esquema de la bomba con todos los detalles. Si me apura, lo tendré listo en dos semanas.

—¿Qué tal una semana?

Impaciencia

Una semana después, el viento del desierto agitaba la puerta de la casa donde Oppie tenía su oficina. El físico estaba inmerso en el esquema del Fat Man, la bomba de plutonio. El general no tardó en llegar.

—En Washington han perdido la paciencia.

Oppie se recostó en su silla y cogió la pipa de sobre la mesa.

—¿No fue Kafka quien señaló que la impaciencia es el origen de todos los pecados? —preguntó y sacó de uno de los cajones del despacho un paquete de Camel y se lo ofreció al militar—. Creo que son sus favoritos.

El general tomó el paquete, lo golpeó suavemente y sacó un cigarrillo. Oppie se levantó y le dio fuego con un encendedor de plata con incrustaciones de diminutos rubís. Luego, encendió la pipa.

—¿Una copa?

—No tan temprano. Aunque, pensándolo bien, mi garganta está más seca que el desierto de Mojave.

Oppie buscó en otro cajón, sacó una botella de *bourbon* y dos vasos, los puso en la mesa y sin decir palabra sirvió el licor. Pudo ver en la expresión nerviosa de Groves que algo había pasado en Washington, algo serio y confidencial. El alcohol ayudaría a que se lo contase.

—Eres el mejor anfitrión de California —afirmó este, que se aflojó la corbata militar y el botón superior de la camisa caqui, apuró un trago y chasqueó la lengua—. Un licor excelente, ¿de Nashville? —preguntó y cogió la botella.

—No, Buffalo Trace, de Kentucky. Y aquí tiene el plano.

Groves se puso de pie, entusiasmado, apartó un cenicero y se acercó al mapa para poder ver los detalles.

Era un plano grande que ocupaba tres cuartos de la mesa y estaba dividido en dos mitades: en una se describían los detalles del exterior y en la otra, el interior del dispositivo. A primera vista mostraba un laberinto euclidiano de esferas, pentágonos y triángulos cuya complejidad sobrepasaba con creces la descripción ilustrada del sistema cañón.

—Déjeme que le recuerde un par de cosillas antes de que profundicemos. Los equipos de Fermi y Richard han demostrado que, para producir una masa crítica, la esfera ha de comprimirse hasta alcanzar dos veces la densidad inicial, y que solo entonces, los neutrones libres dispararán la fisión ultrarrápida y la imparable reacción en cadena.

—¿Matemáticamente? ¿Dónde están las lentes?

Oppie las señaló en el mapa.

—¿Cuánto tiempo necesitamos...?

—Estamos listos —repuso Oppie y bebió un sorbo de *bourbon*.

El militar alcanzó su vaso vacío y se lo pasó para que le sirviese más.

—¿Saben cómo explotar de forma simultánea las treinta y tantas cargas?

Oppie sirvió el licor. ¿Estaba bebiendo Groves para olvidar? ¿Qué diantre había pasado en Washington? No podía ser nada grave. Las noticias malas llegaban a Los Álamos a la velocidad de la luz.

—No sé si sabe los detalles del nuevo detonador que usa un circuito eléctrico complejo para desencadenar las explosiones al ritmo necesario.

—¿No me diga? ¿*Otro* detonador? —preguntó haciendo muecas.

—Son sus ingenieros, general —dijo Oppie bromeando—. Pero, descuide, no quedan más sorpresas. El detonador eléctrico dispara el inicio de la explosión en las treinta y dos cargas modeladas con forma de pentágonos —explicó mientras señalaba en el mapa la parte externa de la esfera.

—Es lo que Kisti llama el *balón de fútbol* —dijo con un ligero tartamudeo.

Oppie movió un poco la cabeza para asentir y sonrió; el *bourbon* estaba haciendo efecto. «Pronto, general, cantará *La Traviata*».

—Iniciada la detonación, la onda de la explosión viaja a diez metros por milisegundo.

—Me sé el cuento —dijo el general—. Eso quiere decir que pequeñas diferencias en tiempo podrían crear grandes diferencias en la explosión.

—Si se retrasase un milisegundo la explosión de una carga, la onda de las otras habría recorrido... ¡diez metros!

—Generando una asimetría y bla, bla, bla. Pifiada. Nada de bang, solo bing. Me lo contó Kisti.

El *bourbon* en ayunas parecía demasiado para Groves. Hablaba de un modo demasiado casual y utilizaba un vocabulario diferente al que normalmente componía su sobrio y parco estilo.

—Por eso hemos usado detonadores eléctricos, que tienen un retraso de disparo menor de 0,1 microsegundos. ¡Diez mil veces menos que los convencionales! Y como están colocados en varios puntos alrededor de la esfera, el inicio de la explosión será casi simultáneo.

—La detonación comienza aquí, aquí, aquí y aquí y en varios puntos más — dijo Groves, que necesitaba sentir que estaba al mando y puso las manos sobre el mapa con un gesto torpe que casi derramó el *bourbon*—. Produciendo un efecto de simultaneidad en toda la superficie de la esfera. Para mayor claridad, la forma de la onda explosiva no está representada.

—Pero sabemos que es inicialmente convexa, en la zona de los explosivos rápidos, y se vuelve cóncava y más lenta a medida que avanza hacia la superficie de plutonio —añadió Oppie.

—Y así chocarán contra la esfera concentrados, con un menor ratio superficie-presión y bla, bla, bla —dijo Groves y vació el vaso, lo dejó en la mesa y encendió un cigarrillo con la colilla del que aún no se había terminado. El temblor en los dedos le dificultó la tarea. Quería que el efecto de la nicotina le compensase por el sopor del alcohol—. ¡Una pena que no podamos ver las ondas!

—Sí podemos. ¿Recuerda, general? Fotografías con rayos X.

Groves recordó entonces haber examinado las fotografías con Kisti. Las numerosas nubes, una por cada explosión, sucedían a la vez y se trasladaban hacia delante al mismo tiempo. Las fotografías se habían tomado con milésimas de segundos de diferencia y conformaban una película de la implosión.

—¿Sabe por qué bebo hoy?

—¿En homenaje a nuestra amistad? —preguntó. Era mejor no mostrar curiosidad. Fingir que no había entendido que había algo importante detrás de la pregunta.

El general soltó una carcajada y sufrió un ataque de hipo. Oppie vació el cenicero en la papelera y guardó la botella y los vasos en un cajón, no quería que no pudiera *confesarse*. Pero la expresión de Groves había cambiado de nuevo. Tenía un gesto de horror. Sus movimientos parecían indicar que algo terrible para el Proyecto Manhattan acababa de pasar en Washington.

—Y hemos llegado al centro de la esfera —explicó Oppie con tono neutro reprimiendo las ganas de preguntar qué había ocurrido. Señaló una pequeña esfera situada en el centro de la de plutonio—. Aquí se encuentra la fuente interna de radiactividad hecha de berilio y polonio.

—La guinda no está encima del pastel, está dentro de él, ¿verdad?

—La implosión de la aleación de plutonio y galio impactará con la pequeña esfera interna y pondrá en contacto el berilio y el polonio, con lo que se originará la fuente radiactiva que actúa como el detonador interno, y la reacción en cadena será inmediata e imparable.

Oppie sabía que hacía apenas unos meses Groves sería

incapaz de entender nada de esto. De hecho, a muchos físicos que no estuvieran involucrados en el proyecto les costaría seguir estas explicaciones. Pero para Groves parecía que ahora era pan comido. Sacó dos habanos de una cajita de madera labrada y le ofreció uno al general. Este aplastó el cigarrillo en el cenicero, cogió el habano, raspó una cerilla debajo de la mesa, le dio fuego a Oppie y después encendió el suyo.

—Supongo que esto es para celebrar el éxito del Fat Man.

—Sobre el papel. Solo sobre el papel. —No quiso seguir explicando. No podía aguantar su curiosidad más—. ¿Podemos descansar? ¿Quiere explicarme qué ha ocurrido en Washington o es una información secreta?

—Es una noticia que pronto será pública y estoy cansado. Dígame, ¿cómo van los cálculos sobre la potencia y eficacia de la explosión?

Oppie notó que al general le iba a costar poder hablar. Fuera lo que fuese, lo que había ocurrido era una cosa grave.

—Richard y Hans me han dicho que uno de cada seis kilos de plutonio tendrá una fisión eficaz y liberará la energía equivalente a veintiún kilotones de TNT.

Oppie lo pronunció lentamente con un efecto casi cómico. Pensó que el poco *bourbon* que había tomado también le había afectado. Debería tener cuidado con lo que decía.

—Nos hemos superado a nosotros mismos. —Se pasó un dedo por el cuello de la camisa, se desabrochó el botón y se aflojó el nudo de la corbata—. ¿Cuándo cree que podremos dar el dispositivo al Ejército?

—¿Cuándo se reúnen Roosevelt, Churchill y Stalin?

—Entre mediados de julio y agosto, la fecha no está aún decidida.

—El presidente podrá decirle a Stalin que hemos probado la nueva bomba en un test y que estamos listos para arrojarla sobre Hitler.

El general observó cómo Oppie hacia aros con el humo y los veía elevarse. Había hecho un buen trabajo y podía estar contento. «Pobre Oppie, no sabe que ya nada tiene sentido, que el proyecto se acabó».

—Si terminamos la bomba un día más tarde, el plan se habrá ido al garete.

—Aún nos falta un pequeño detalle.

El general se puso rígido. Oppie pensó que tenía el aspecto de un dóberman a punto de atacar.

—No juegue conmigo, Oppie. Hoy, no.

Oppie se levantó y caminó por la habitación. Luego se sentó de nuevo.

—Tenemos que probarla antes de usarla en combate.

Groves hizo un gesto excesivo con las dos manos para indicar que rechazaba la sugerencia.

—No tenemos presupuesto ni tiempo.

—Para la de uranio no hay que hacer más pruebas, podemos tirarla en Berlín, pero la de plutonio... hay quien tiene dudas.

—¿Te has vuelto un experimentalista? Acepto los riesgos. Punto. No más pruebas. Estamos viviendo tiempos delicados, Oppie.

—No es una cuestión académica, ni de especulación, hablo de una operación militar en toda regla. El Ejército ha de pagar por ella, estoy seguro de que Roosevelt y el secretario de Defensa estarán de acuerdo conmigo. El Proyecto Manhattan es *su* proyecto. Nadie está más involucrado que nuestro querido presidente.

—Saque la botella —ordenó el general y esperó—. Sirva dos vasos. Beba.

Oppie tomó un pequeño sorbo.

—No, no... —Groves movió la mano para animarle—, acábelo.

Sueño eterno

Nuevo México era diferente de México. Al sur del río Grande, los mexicanos celebraban la muerte de sus familiares con alegría, decoraban las casas con fotografías de los difuntos, cantaban sus canciones favoritas, vestían sus ropas y bebían mezcal. En América, la muerte significaba luto y dolor. La muerte de Arline destruyó a Richard. No había nada que celebrar.

Estaba dormida. Él cogió su mano y la miró con ternura y con miedo. Su respiración se enlentecía y era cada vez más superficial, como si le costase inspirar. Pronto, tuvo que acercar el oído a su boca para oírla respirar. Dos minutos más tarde su aliento se detuvo. Su cara no cambió, el olor era el de siempre, su piel tenía la misma textura, solo faltaba el vaivén del movimiento del aire.

Richard intentó grabar una imagen mental de ella, recordar los buenos tiempos, las buenas cosas. No pudo. Los átomos y la matemática de su memoria habían sido impregnados por una materia oscura y pegajosa. Su conocimiento de Arline no estaba en ella y no estaba en él: se necesitaban los dos factores para entender esa ecuación vital. Vital, así era ella.

Varias horas pasaron antes de que la enfermera le comunicase que había llegado el médico forense, y como había estado de rodillas desde no sabía cuándo, le costó levantarse y apenas pudo caminar los pocos metros hasta la puerta. Afuera se recostó contra la pared buscando apoyo emocional, dejando pasar al médico, quien tardó poco en certificar la muerte, y después la enfermera le pidió que firmase los papeles, y leyó en grandes letras el nombre de ella y la hora oficial de su muerte: las ocho y cuarto.

Le inundó un dolor intolerable, entró en la habitación y la besó, se enderezó cuanto pudo y salió al pasillo; allí la enfermera le llamó para darle algo: el despertador que Arline usaba para contar el tiempo que pasaban juntos. No lo quería. Ella insistió.

—El reloj se ha parado —le dijo y él la miró a través de sus lágrimas—, creo que no crees en lo supernatural, y esto no tiene por qué serlo, aunque es una gran coincidencia que el reloj se detuviese a las ocho y cuarto.

Entonces entendió. Arline usaba el reloj para medir *su* tiempo y el reloj se detuvo cuando ella se murió: a la misma hora y el mismo minuto.

—Este gesto —dijo asintiendo y secándose los ojos— significa mucho para mí, muchas gracias.

—Viene de arriba. —Sonrió y señaló el cielo.

Sabía que la enfermera tenía que creer en la otra vida, porque allí era donde se reuniría con su marido. Hoy no iba a disputar las matemáticas de la esperanza, ¿no estaba él resolviendo la matriz de su dolor? No le importaba ser irracional. Necesitaba serlo.

Al salir notó enseguida que el paisaje había cambiado. Se dio cuenta de que hasta ese momento lo había contemplado a través del filtro de la enfermedad de Arline y su amor por ella, y que ahora no tenía protección para la vista. El desierto era increíblemente árido, rocas y cactus secos. La mirada sin filtrar le permitió ver las dos cosas: la hostilidad del paisaje y la prisión de Oppie. Sin el amor vivo de Arline, trabajar en Los Álamos sería imposible. El dolor, como el que aplica el médico a un paciente en coma para estudiar su reacción, le había abierto los ojos.

La miel de Hanford

Estaba tan bonita que algunas noches no podía aguantarme, y nada más llegar a casa, cerraba la puerta, la apoyaba contra ella, le levantaba el vestido, le quitaba las bragas, cogía una de sus piernas con mi mano y empujaba y empujaba hasta perder la vista, mientras ella me acariciaba el pelo y me besaba el cuello.

Mi vida cambió cuando llegó mi mujer. Tenía luz y alegría, más que nunca, era como estar recién casados de nuevo. Al principio, a ella no le gustó la ciudad. Los vecinos de Mississippi, yo lo sabía, adoraban Mississippi, y Hanford era demasiado diferente, simétrico y con demasiada población. Se asustó con el agitado estilo de vida del norte o, puestos a decir, lo que ella se había imaginado que era el norte. Y sus pupilas no la engañaron: vio los guardias blancos y las alambradas grises. Y al atardecer, cuando las sombras bajaban al pueblo, las alambradas se hacían más grandes y ominosas.

—Hanford no es más que una prisión —me dijo y no

pude negarlo porque era lo que yo también veía y porque ella decía la verdad.

Al cabo de unos días las cosas le parecían diferentes. La caravana le parecía cómoda y mucho mejor que la choza de Parville. Los supermercados eran más grandes sin ser más caros; le gustaron los salones de belleza y le encantaron los de baile.

—Este sitio tiene ventajas y desventajas —dijo, y sus pupilas brillaban contentas.

Tardamos unas semanas en instalarnos, y ella comenzó a cocinar y a mí dejaron de gustarme los comedores. Hacíamos el amor en cualquier momento: las cortinas cerradas, día y noche, y la cama estrecha, continuamente deshecha y caliente.

Iba a trabajar sintiéndome poderoso, y ella me daba la bienvenida cada tarde con una sonrisa y el olor a sopa y guiso. No sé dónde conseguía la comida, porque sabía igual que la de Mississippi.

Algunos domingos íbamos a bailar y compartíamos una botella de cerveza. Otros días de fiesta caminábamos por la ribera, mi mano en la hospitalaria curva de su cadera, casi como cuando bailábamos. Nos sentíamos como si hubiésemos ganado una lotería secreta en la que el premio no era dinero, sino tener una experiencia de felicidad inigualable. Antes de que ella llegase, no me había dado cuenta de que alrededor de la base se podía ver un valle verde donde pastaban las vacas y que en el viejo río nadaban los peces, y me sonaban a gloria las sirenas de los barcos ululando en el puerto. Lo natural y lo artificial estaban cubiertos de una belleza brillante. Me dormía con sus brazos delicados rodeándome el orgulloso pecho de amante.

—¿Sabes que este lugar está situado entre tres ríos? Dicen que el paraíso estaba entre dos.

—Estaba pensando lo mismo —musitó con sus brazos en mi corazón.

Excursión al final de la noche

En la oficina de Oppie el humo de los habanos lo llenaba todo. Oppie se levantó y abrió una ventana. El mapa con el complicado diseño del Fat Man yacía desatendido en la mesa. El general y Oppie habían acabado los vasos de *bourbon*, y a Oppie, que no podía aguantar más su curiosidad, le costaba mantenerse callado y fingir calma.

—Una tragedia enorme —Groves le explicó a Oppie—. Recuerde este día: 14 de abril de 1945.

—El FBI ha conseguido permiso para instalarse en Los Álamos, ¿es eso?

—Ha muerto Roosevelt.

Oppie sintió punzadas en las sienes y se tocó la garganta.

—¡No puede hacernos esto!

—Una embolia. Algo así, rápido —dijo chasqueando los dedos.

—¿Precisamente ahora? —gritó Oppie en una reacción histérica.

—Su presidencia ha muerto con él. Y quizá también el Proyecto Manhattan.

Oppie golpeaba con la pipa la mesa. Deseó que Kitty estuviese allí. Ella seguro que tendría ideas sobre cómo lidiar con esa situación, cómo darle la vuelta a ese asunto. Se levantó y caminó por la habitación, cerró la ventana. El general permanecía sentado mirando al suelo. Al fin, Oppie estalló:

—El interés de Estados Unidos sigue siendo derrotar a Hitler y mantener a Stalin en jaque. Seguiremos adelante, general. ¿Quién es el nuevo presidente? Seguro que lo entenderá.

—El vicepresidente, claro. Truman, Henry Truman.

—¡Ay, no! ¡Ese bastardo! Lo tenían apartado del proyecto...

—Roosevelt no le dijo ni mu. Y tiene muy malas pulgas.

Oppie volvió a golpear la mesa con la pipa.

—No es un pacifista —dijo queriendo ver algo bueno en el asunto—. No le disgustará la idea...

—Ya de senador exigió que se le informara sobre los proyectos secretos de Roosevelt, y luego como vicepresidente pensaba que estaba al tanto de la política de guerra, pero es demasiado franco y Roosevelt le tenía algo de miedo; estaba seguro de que cuando se enterase del proyecto, tendría cosas que decir y querría hacerse con las riendas. Además, Roosevelt temía que si el secreto era compartido, los espías alemanes y rusos lo averiguarían todo. Y nosotros no teníamos nada sólido en Los Álamos, así que le mantuvo en la oscuridad. Truman sospechaba que algo se tramaba a sus espaldas y juró que si descubría un proyecto secreto lo destruiría *ipso facto*.

—¿Sabe algo de los experimentos con humanos? —preguntó Oppie alarmado.

—No los llames así. Hemos analizado media docena de individuos. Y da igual si Truman cierra esa línea de investigación. No es importante.

Se pasó un pañuelo por la frente. Oppie hizo chasquear la lengua.

—Es un subproyecto pequeño, sí, pero puede tomarse como la excusa perfecta para cancelarlo todo.

Oppie sirvió dos vasos más y acabó la botella. Groves saboreó el *bourbon* y miró hacia abajo.

—Excluir a Truman tuvo sentido. Me he enterado de que ha sido un bienintencionado optimista, con un fuerte acento húngaro, quien le ha anunciado que estamos perfeccionando una bomba que podría destruir el planeta.

—Así que no conoce nuestro proyecto y ya está al corriente de la idea de Teller. Seguro que ha sido Von Neumann: la super-superbomba es el pasaporte para construir sus ordenadores. ¿Cuándo nos reuniremos con el presidente?

—Mañana le veré en su oficina.

—¿Me necesita?

—No, no quieren atraer la atención del público, será una reunión de pocos oficiales, Truman, su secretario y yo —dijo y pensaba que la última persona que debería estar en esa reunión era Oppenheimer.

Oppie hizo un gesto de disgusto. La torpeza de Groves podía descarrilar el Proyecto Manhattan.

—¿Ha elaborado una estrategia? Para la conversación, digo.

El militar miró el fondo del vaso de licor.

—No pasarse de listo es crucial. Los presidentes modifican muchas cosas que han hecho sus predecesores, quizá yo no le guste o piense que gasto mucho, o que Hanford u Oak Ridge son absurdos, etcétera. En fin, ya veremos si sobrevivo.

Aunque el general no le mencionó a él ni a Los Álamos, Oppie entendió que a él podían cesarle en esa reunión.

—Hágame un favor. Durante la conversación repita y repita Stalin tantas veces como pueda, será su mejor baza. Háblele del programa alemán para producir la bomba y de que pensamos que Nishina en Japón está reformando sus laboratorios para construir un reactor nuclear. Dígale que tanto Alemania como Japón creen que sin la bomba no se puede ganar la guerra y que han convertido sus proyectos de uranio en el tema central de su ejército. Asegúrele que Stalin tendrá la bomba en cuatro años.

—No tenemos esa información.

—¿Acaso espera otra cosa?

—Me dirá que estamos ganando la guerra contra Hitler.

—Aún quedará Japón, en el Pacífico la bomba salvará vidas americanas, Tokio podría sustituir Berlín como nuestra prioridad.

El general se movió inquieto en la silla, cogió el vaso vacío y lo volvió a colocar en la mesa. Lo que Oppie proponía era demasiado obvio. No le ayudaba en nada. Había bebido demasiado para poder pensar con claridad, necesitaba descansar, consultar sus planes con la almohada.

—Roosevelt era presidente cuando los nazis y los nipones estaban en la ofensiva. Truman llega al poder en otras condiciones. Hitler pierde en el frente ruso y nuestra aviación está golpeando Alemania día y noche. Ya veremos qué piensa Truman. Eso sí, tomará una decisión con rapidez; se actúa así. Si el Proyecto Manhattan desaparece, nuestro presidente devolverá Los Álamos a los civiles en un par de semanas. Ah, cuánto echo de menos la visión de Roosevelt, creía en el uranio.

Oppie se puso de pie. Quería salir de la oficina y comentar la situación con Kitty. Estaba cansado de no poder mostrar su furia y de aguantar a un general medio borracho, que, como de costumbre, no sabía qué hacer.

Un hombre sin cualidades

Truman era un agresivo halcón decidido a hacer saber al mundo que con la muerte de Roosevelt Estados Unidos no se había debilitado, sino todo lo contrario. Y en esa línea de pensamiento hizo un anuncio público: «El mundo puede estar seguro de que mantendremos la guerra en los dos frentes, Este y Oeste, con el vigor necesario hasta acabarla con éxito».

A pesar de la certeza que encerraban sus palabras, el nuevo presidente, que no había esperado llegar a la presidencia tan pronto, no estaba seguro de cuál debería ser su actitud en la guerra. Von Neumann le había dicho que había una bomba que derrotaría al enemigo al instante. Si era así, usaría esta arma sin dudarlo, le ahorraría largas y aburridas reuniones con generales sabelotodo explicando infinidad de tácticas; le evitaría tener que mediar en las guerras intestinas entre la Infantería y la Marina, entre la Aviación y la Marina; entre la Artillería y la Caballería. No más molestas reuniones con los embajadores de países de los que nunca había oído hablar y que querían que el suyo les solucionara los problemas que esa guerra les estaba causando. ¿Existía esa bomba? Para obtener tal información pidió al secretario de Defensa que organizase una reunión con el militar a cargo del proyecto del uranio.

El Proyecto Manhattan, por lo que Truman sabía, podía ser una ambición metafísica más que científica. Tenía un presupuesto mayúsculo, que desafiaba la lógica de la economía de una nación en guerra, y cuyo resultado, incluso si la premisa principal —crear una bomba contra la que no hubiese defensa— fuese cierta, era dudoso, porque los nazis se rendirían en pocos meses y el Pentágono tenía un plan sólido para destruir toda defensa en Japón. El secretario no estaba de acuerdo con él: la bomba atómica era la solución porque los otros planes costarían vidas americanas. Así que habría una reunión, pero no con una representación del proyecto, y desde luego no con los sabiondos de los científicos, sino con una persona sola, un militar, un experto al que interrogaría sobre la razón de ser de esa sofisticada arma.

El secretario era metódico y discreto. Mandó un emisario a ver a Groves y le dio una minuciosa agenda llena de detalles:

- Un coche le recogerá en el Pentágono a las diez de la mañana.
- No hablará con el chófer. Él no le dirigirá la palabra.
- El coche se detendrá para recoger al secretario de Defensa.
- No hable con él, a no ser que él se dirija a usted.
- La siguiente parada será la Casa Blanca.

- No debe separarse del secretario bajo ninguna circunstancia.
- En la reunión conteste a lo que se le pregunte. Sea breve.
- Una hora después, el mismo chófer le llevará de vuelta al Pentágono. No hable con él.
- No comentará esta conversación con nadie incluyendo a sus superiores.
- Esta reunión nunca habrá existido.

A Groves le encantaron esas instrucciones. Ni él mismo las habría preparado mejor. Tal como esperaba, le recogieron con puntualidad y poco después el coche se detuvo para recoger al secretario de Defensa, que se sentó en el asiento de atrás, al lado del general, sin mirarle. Groves había hecho el viaje del Pentágono a la Casa Blanca en varias ocasiones para ver a Roosevelt. El viaje y la conversación habían sido agradables. Las cosas habían cambiado.

Examinó de reojo a su acompañante: pantalones negros, corbata negra y abrigo negro. Ese color hacía que su cara pareciese enfermiza. Estaba sentado con el cuerpo recto, pero miraba hacia abajo, hacia el sombrero negro que tenía cogido con las dos manos cubiertas con guantes negros. Era la compañía perfecta para el entierro del Proyecto Manhattan. Después de un corto trayecto en paralelo al río Potomac, el coche cruzó el Memorial Bridge y pasó al lado del Lincoln Memorial. Fue entonces cuando el secretario habló:

—El presidente quiere pruebas de que la bomba funciona.

Groves no le miró ni habló. Se limitó a asentir con sobriedad. Pensó que no tenía ninguna.

El sedán negro buscó la avenida de Pennsylvania y allí el número 1600.

Una vez en la Casa Blanca, caminaron con prisa, escoltados por numerosos civiles. Cuando abrieron la puerta del despacio, Truman estaba esperándoles. Pelo rapado a lo militar. Más delgado que su predecesor. La chaqueta del traje le quedaba pequeña y la pajarita era demasiado grande; sus gafas estaban tan limpias que no se veían los cristales. Estaba de pie en medio de la habitación. La puerta se cerró tras ellos. Después de las presentaciones y formalidades, y de lamentar el fallecimiento de Roosevelt, comenzó la reunión.

—Entiendo que no ha luchado en el frente —dijo Truman dirigiéndose a Groves y señalando dos sillas para que se sentaran—. Lo debe echar de menos.

No había mala intención en el tono.

—Pretendía unirme cuando me asignaron este proyecto —aclaró hablando en voz baja y despacio. Había pasado mucho tiempo y ahora sentía el Manhattan como algo suyo y no había vuelto a considerar la posibilidad de mandar tropas directamente.

—Mala suerte. Durante la guerra anterior fui soldado de artillería. En Francia, ¿sabe? Un soldado que no ha ido a la guerra y un político que tiene experiencia de presidencia. ¿No le parece paradójico? —El tono ahora era desafiante, condescendiente.

Ese era el estilo que esperaba Groves. Y no le importaba. Su carrera militar le había preparado para ello.

—Veo la paradoja, señor presidente.

Truman le examinó lentamente y miró con descaro su barriga. No había abdómenes de ese tamaño en el campo de batalla. Luego dio la vuelta al despacho y se sentó frente a sus invitados.

—¿Le parece absurdo que tengamos esta reunión? Es un asunto curioso, de esos que le interesarían a nuestro odiado enemigo Himmler, una mezcla de física y brujería, átomos y algo paranormal, ¿no? Himmler piensa que esas bobadas le ayudarán a ganar la guerra. —Groves vio sonreír al secretario y sonrió por imitación—. Usted cree en la división de lo indivisible, la fisión del núcleo, ¿se dice así? Algo imposible, por supuesto.

—Cierto, señor presidente. La semántica no se ajusta a la física real...

—¿Había estado usted antes en el Despacho Oval?

—Sí, señor presidente. Veo que ha cambiado algunos detalles.

—Me gusta cambiar cosas, general. No estoy en una silla de ruedas, así que no me importa que se vean mis piernas cuando estoy sentado. Y tengo mis propios héroes: los cuadros reflejarán eso. La próxima vez no podrá reconocerla. ¿Le molestan los cambios?

—Supongo que son necesarios, señor presidente.

—Usted pasó de la construcción del Pentágono a intentar crear esa entelequia. Ya sé, obedecía órdenes, así que no le culpo de que este proyecto huela mal, general. ¿Cómo, dónde y por qué estamos donde estamos?

—Los hechos son los siguientes. Primero, podemos fisionar el átomo de uranio y liberar su energía. Segundo, sabemos cómo enriquecer el uranio para fabricar un dispositivo atómico. Tercero, podemos convertir uranio en plutonio y crear una bomba aún más potente. Cuarto, la bomba de uranio está lista. Cinco, es necesario probar la de plutonio antes de lanzarla en combate. Cada bomba destruiría una ciudad. No hay defensa contra estas bombas. El Proyecto Manhattan supone el fin de las guerras convencionales. Un arsenal de estas armas garantizaría el poderío del ejército americano durante décadas, sino siglos.

—Para conseguir esta tecnología se construyeron varias ciudades secretas —añadió el secretario pensando que ese dato comenzaría a justificar el astronómico presupuesto y le indicó a Groves que lo explicara.

Groves relató al presidente la historia y función de Los Álamos, Oaks Ridge y Hanford.

—Y todo se ha hecho con un presupuesto que ningún otro país en el mundo puede dedicar a una empresa similar.

—Entonces los proyectos atómicos de Alemania y Japón, ¿no son reales? —inquirió Truman.

El secretario se movió incómodo en su silla.

—Nuestra inteligencia tiene buenos datos sobre Alemania. Van atrasados, no conseguirán la bomba antes de que les derrotemos, hemos destruido sus laboratorios en Berlín varias veces. Sobre Japón, no tenemos tanta información. La persona principal sería Nishina, un físico formado con Bohr en Europa y en Berkeley. Quizá convenga bombardear selectivamente sus laboratorios. Aun así, nada alarmante.

—Vamos ganando. Nuestra bomba sería la primera e innecesaria —repuso Truman—. ¿No cree? Necesitamos mucho dinero para mantener la invasión de Europa. ¿Sabe que no tengo suficiente dinero para apoyar a nuestros amigos y aliados británicos? ¿Sabe usted cuánto costará nuestra campaña en el este? Espero que sea usted un hombre comprensivo y pragmático y que me ayude a cancelar el Proyecto Manhattan. Podemos volver a él en unos cuantos años, cuando nuestra nación se haya recuperado del esfuerzo del conflicto bélico.

Groves se levantó y puso en el despacho tres gruesos sobres.

—Señor presidente, esta es la información precisa sobre el Proyecto Manhattan. Como le he dicho, el proyecto se ha culminado con éxito y esperamos tener dos bombas, una de uranio y otra de plutonio, listas para combate en cuestión de semanas.

—¿No me ha oído, general? —preguntó sin mirar los documentos.

—Las bombas cambiarán el signo de esta guerra y de las del futuro.

—¿Qué tontería es esa? Hitler está perdido. No sale de su búnker. Quizá no salga nunca más.

—Japón no se rendirá.

—MacArthur tiene un plan sólido para acabar con los nipones. Pronto tendremos completo dominio aéreo.

El general encajaba un golpe detrás de otro sin inmutarse. Y eso impresionaba al presidente y al secretario. Ninguno de los dos esperaba su entereza.

—Si usted me permite especular, me gustaría decir que esa era la guerra de Roosevelt y que usted tendrá que lidiar con Stalin, él será el nuevo Hitler. Stalin es peor que Hitler.

—Vaya, general, una de mis mayores frustraciones es que no podemos acelerar el ritmo de la Historia. En cualquier caso, dígame, ¿son las bombas tan poderosas como piensa nuestro amigo el secretario de Defensa?

—El efecto será similar a sumergir Tokio en el interior del sol durante unos segundos.

—¡General, es casi poesía! ¿Le gustaba la poesía a Roosevelt?

Groves se limpió el sudor de la frente. Truman le iba a hacer tragarse la estratagema de Roosevelt. Tenía que centrarse en dar información. Y útil.

—De veinte a treinta kilotones de TNT —especificó por fin recordando que Truman entendía de explosiones.

—¡Imposible!

—Y solo nuestro ejército dispone de ese poder.

Truman se levantó de la silla y dio la vuelta a la mesa. Miró al secretario y este hizo un signo afirmativo con la barbilla. Entonces se sentó en la esquina de la mesa y se dirigió a Groves:

—Eso que dice sería extraordinario. Quizá no hemos gastado el dinero comprando. Treinta kilotones es impensable.

El general vio sonreír al secretario y trató de sonreír, pero no pudo.

—Y es solo el principio: la capacidad de esta energía para generar bombas más y más potentes parece carecer de fondo. No serán un par, señor presidente. El Proyecto Manhattan está diseñado para dar a Estados Unidos un arsenal durante los próximos cinco años.

—¿Quiénes estamos al tanto de las bombas?

—Los militares de más alto rango del Pentágono y los científicos más relevantes del proyecto. Nadie más.

—Me refiero a qué países comparten el secreto.

—Únicamente Churchill.

—Ese zorro no me dijo nada.

—Supongo que piensa que usted está informado sobre ello.

—Sería lógico que pensase así, ¿no cree? —masculló con los dientes apretados.

—Verá, general, soy solo un antiguo soldado de artillería que ha recibido la orden de salvar a su país en una guerra mundial. Honestamente, creo que puedo hacerlo sin usted y sin ese bufón, ¿cómo se llama?

—No sé a quién se refiere, señor presidente.

—Se refiere al doctor Oppenheimer —soltó el secretario.

—¿Usted no diría que es un fantoche?

—Ha hecho un gran trabajo. Pero su personalidad y estilo son peculiares, presidente.

Truman soltó una carcajada. No quería dejar al general irse sin varias puyas. No obstante, la capacidad destructora de las bombas no solo le había impresionado: le había convencido de que debía seguir adelante con el proyecto. Y el general que tenía enfrente estaba sin duda capacitado para acabarlo. Tenía la experiencia y el carácter.

—A ese Oppenheimer, ¿le ve usted de soldado?

—Sinceramente no, señor presidente.

—Yo tampoco. Los comunistas no tienen agallas, les gusta trabajar en la sombra. En fin, general, debo confesarle que no tengo plena confianza en la solidez del Proyecto Manhattan. ¿Cuánta confianza tiene en que podríamos tener una bomba?

—Cien por cien, señor presidente. Estamos preparando una explosión en el desierto que confirmará las predicciones —aventuró pensando en los planes de Oppie.

—¿Con qué presupuesto, general?

Groves miró hacia el suelo.

—¡Estoy bromeando, general! Me gusta que anticipen mis deseos. Sería por eso por lo que Roosevelt le tenía tanto aprecio. Quiero que me comunique el resultado de la prueba inmediatamente. Con respecto a Oppenheimer, si llegase el momento y se demostrase que alguna de sus múltiples acusaciones es cierta, ¿va usted a entregarme su cabeza en una bandeja de plata?

—Hasta ahora no se ha podido probar nada —contestó Groves y pensó que Von Neumann no solo había hablado de física con Truman.

—Ah, entonces solo podemos esperar que eso no sea necesario, mi querido general. La debacle de Oppenheimer, en cualquier caso, no debería arrastrar a los buenos. Y veo que usted es un auténtico patriota. No le quiera usted demasiado, general. Oppenheimer está destinado a bajar al infierno arrastrado por su bomba.

Truman se levantó de la mesa y le ofreció por primera vez la mano a Groves. Este la estrechó.

—Me gusta su estilo, general —se sinceró el presidente—. Creo que vamos a llevarnos bien. Dígame, ¿qué piensan en el Pentágono de mí?

—Todavía no saben qué pensar, señor presidente.

—Vamos, no sea tan diplomático.

—Supongo que temen que les zarandee demasiado.

—¡Lo haré, lo haré! Así me gusta, prométame que me informará con la verdad. Y que no me ocultará nada más. El secretario dice que usted es un gran hombre y que quiere ganar esta guerra. Si es así, yo le ayudaré a que lo consiga. ¿Tiene algo más que decirme? —El general negó con la cabeza—.

¿No? Entonces el secretario le acompañará a la salida. Dele por favor recuerdos a su mujer y transmítale a los líderes del Proyecto Manhattan mi admiración por su trabajo y su servicio a la patria.

—A sus órdenes, presidente —dijo e hizo un saludo militar.

El general se dirigió a la puerta, giró la manilla y se disponía a salir cuando Truman volvió a hablar:

—Quiero pruebas irrefutables de que el proyectil es útil. Recuerde que estamos en guerra. Tiene todo un mes para su prueba del desierto.

Groves asintió y salió de la oficina. Afuera del edificio le esperaba un coche con chófer.

—¿Al Pentágono, señor?

—No. Lléveme a la estación. Tengo que coger un tren.

De hombres y zorros

«Hace más calor aquí dentro que fuera», pensó Klaus. La bombilla colgaba desnuda del techo y aumentaba la temperatura sobre su cabeza. Vio las manchas mojadas en las camisas de Groves y del interrogador que indicaban que llevaban tiempo sudando, debían de estar esperándole desde hacía un par de horas.

Veinte minutos antes, Klaus había cruzado el vestíbulo y observado que no había muebles de escritorio en la habitación, así que no era una oficina. Solo tres sillas y una mesa de madera, como la de una cocina. Pensó que probablemente la usaran para negocios no convencionales y un hormigueo recorrió sus venas. Un desconocido estaba sentado en una de las sillas, vestía una bata blanca y de su cuello colgaba un estetoscopio. No se movió cuando entró, ni le miró, siguió manipulando los cables de un aparato pequeño, un polígrafo. Un rollo grueso de papel cuadriculado entraba y salía de la superficie de la máquina.

Groves estaba al fondo de la habitación, medio cubierto por sombras, y dio dos pasos adelante al entrar Klaus y, con una sonrisa, le pidió que se sentara en una silla cerca de «la máquina de la verdad». Luego, cerró la puerta. Le tocó el hombro y colocó la mesa a un metro de él. Se sentó al otro lado, carraspeó, sacó un libro de notas y lo abrió encima de la mesa. Con un lápiz escribió la fecha y la hora y trazó una línea horizontal debajo de ellas. Entonces, pareció relajarse, dejó que su espalda descansara echada hacia atrás, extrajo un paquete de cigarrillos del bolsillo del pantalón y le ofreció uno a Klaus.

Klaus no contestó a la oferta y el general colocó el paquete de cigarrillos y el zippo en el centro de la mesa.

—¿Cómo es su vida en Los Álamos, Klaus?

—Compañeros agradables, trabajo interesante. La comida no es tan buena como me dijeron —explicó sin ganas y se encogió de hombros con un gesto torpe y asimétrico.

—¿Mejor que en Canadá?

—Por supuesto. Era un campo de concentración. ¡Allí pensaban que era un nazi!

—Qué equivocados estaban, usted nunca podría ser un nazi.

En su niñez, dos signos externos delataban la disidencia de Klaus y, a causa de ellos, sufrió discriminación y abuso en la escuela. El primero era el color de su pelo, para los profesores los pelirrojos eran estudiantes malos, traviesos y violentos: Judas era pelirrojo y las alimañas más traidoras y dañinas, como el zorro, tenían el pelaje rojo. Eran supersticiones, pero se discriminaba basándose en ellas. Por si fuera poco, además de pelirrojo era zurdo. En la escuela le reeducaron, al menos a medias. Para evitar castigos e insultos comenzó a escribir como un diestro. Si en apariencia no mostraba resistencia a estos cambios —¿habría servido de algo?—, en su interior aceptó ser un individuo diferente con un comportamiento distinto, y por las noches practicaba escribir con la mano izquierda, lo que le resultaba mucho más fácil que con la otra.

Klaus pronto entendió otras cosas también. Fuchs, su apellido, significaba «zorro» en alemán, y la sociedad había tratado a los Fuchs como alimañas. Su abuela, incapaz de resistir, se había suicidado. Tampoco había tenido compasión de la siguiente generación, y su madre también se quitó la vida. Su padre, devoto cuáquero y un verdadero socialista, no dudaba en exponer sus ideas en público y en su casa educaba a sus hijos para la batalla contra la opresión. Culpaba a la sociedad capitalista de la muerte de su madre y de la madre de Klaus. Entonces, durante su juventud, llegaron los nazis.

—Sí, no podría ser nunca un seguidor de Hitler —aceptó Klaus mirando al suelo.

—Ya, tú eres más de Stalin, ¿eh? Klaus volvió a hacer un gesto asimétrico con los hombros. Si la afirmación del general le había trastocado, no se le notó.

Una hermana de Klaus se afilió al partido comunista alemán por oposición al crecimiento de las ideas fascistas. La Gestapo la acosó y una noche, cuando la tenían acorralada, saltó de un puente y se mató. Su hermano pagó el precio de tener ideas izquierdistas y fue expulsado de la facultad de Derecho. Su otra hermana, tan socialista como los demás, se mostraba más cauta en sus opiniones en público, así que las autoridades la dejaron vivir en paz. Klaus se afilió al partido durante la adolescencia.

El general estudió su libro de notas.

—¿Es verdad que le llaman el Zorro Rojo?

—Fue en insulto en mi infancia, hace ya tiempo de eso —repuso Klaus.

El sudor le caía en los ojos. Groves lo tenía en el punto de mira. Pensaba que acabaría en un calabozo.

—La Gestapo tenía un par de cosas contra usted. Casi le matan, pero consiguió escapar a Francia y luego a Inglaterra con la ayuda de sus camaradas comunistas.

Klaus extendió el brazo y cogió un cigarrillo. Negó con la cabeza.

—Me ayudó un grupo de cuáqueros amigos de mi padre, no una célula comunista.

Groves pensaba que mentía para proteger a su padre.

Las actividades de Klaus en el Partido Comunista durante su juventud estuvieron marcadas por su bravura. Cargado de razón, no dudaba en enfrentarse a los matones de camisas pardas en las calles o en acudir a sus mítines para boicotearlos. En esas guerrillas callejeras arriesgaba su vida; la última vez que lo hizo cayó en una emboscada y le golpearon hasta caer inconsciente. Luego, dado por muerto, fue arrojado a un río. Una camarada, aun a riesgo de morir, se metió en las aguas heladas y le sacó a la orilla. Le limpió la sangre de sus labios y luego los besó. Se llamaba Margot.

Cuando Hitler llegó al poder acusó a los comunistas de haber incendiado el Parlamento, y esta calumnia justificó su persecución y ejecución en todo el territorio alemán. Durante la represión, docenas de amigos de Klaus fueron encarcelados, torturados y asesinados, lo que le convenció de que su país no era un lugar seguro para él. La impotencia ante la situación cambió su carácter, se convirtió en un hombre introvertido, pero solo en apariencia.

Fue su apellido, Fuchs, junto con el color de su pelo, por lo que le bautizaron como el Zorro Rojo, pero para usar los argumentos de sus enemigos contra ellos mismos, quiso adoptar las características de este animal: a partir de entonces sería tan astuto como él. Haría lo que tuviera que hacer sin anunciarlo, fingiría estar muerto de día y atacaría de noche, negaría culpa y motivos, y viviría entre ellos, agazapado, hasta el momento de golpear.

La situación era cada día más peligrosa para su familia. Su hermana, casada con un comunista, había emigrado a Estados Unidos y había instalado en Massachusetts. Él tenía que hacer lo mismo, Margot le había advertido que la Gestapo aún le seguía los pasos. «Has de irte, aunque me muera sin ti», imploraba la nota. «Volveré para casarme contigo», le respondió. Nunca supo si ella la había recibido.

Klaus salió hacia Francia y desde allí, con el apoyo de los cuáqueros, viajó al Reino Unido, donde le acogió un grupo de *Kameradem*, que le proporcionaron una casa y le ayudaron a costearse un doctorado en Física. Desde Inglaterra, escribió a Margot varias veces sin tener respuesta.

—¿Quién es su contacto en Estados Unidos? —El tono casual de Groves no engañó a Klaus: una respuesta equivocada, y saldría de allí hacia algún calabozo secreto del FBI o la OSS. Decían que Oppie había estado prisionero en uno de esos.

Inglaterra era perfecta para un comunista de veinte años porque no había otro país en Europa más tolerante con las opiniones políticas de sus ciudadanos. Vivió en calma dos años y se doctoró en Física con honores. Entonces ocurrió una tragedia imprevista: el Reino Unido entró en la guerra europea y Klaus fue considerado un enemigo potencial, un nazi. Y sin más pruebas, le arrestaron y recluyeron en un campo de concentración en la terrible Isla de Man. Al cabo de unos meses le trasladaron a otro, igual de horrible, en Canadá. Allí le escribieron sus Kameradem: no le habían olvidado y estaban luchando para traerle a Inglaterra.

—¿A qué se refiere? *Nein, nein!* —negó sin evitar los ojos del general—. ¿De qué contactos habla?

Klaus metió sus dos manos en los bolsillos de la chaqueta, apretó los puños y el sudor hizo que los dedos resbalasen al entrecruzarse.

—Puedo enviarle a Crystal City o Fort Bliss, nadie sabrá dónde está, quizá no salga de allí. En Texas desaparecen los enemigos potenciales como usted. Allí están los alemanes que se quedaron aquí o que se escondían en América Latina cuando empezó la guerra.

—Soy ciudadano británico.

A los seis meses del ingreso en prisión en Canadá, sus camaradas ingleses consiguieron su liberación. Al llegar a Inglaterra recibió una oferta de trabajo de un equipo de físicos dirigido por Rudolf Peierls. Este no quiso darle detalles del proyecto y solo mencionó que estaba relacionado con la guerra. Klaus no hizo muchas preguntas, no tenía nada más y era una buena oportunidad para continuar su carrera como físico y olvidarse de los campos de concentración. Cuando aceptó el trabajo, los servicios de inteligencia ingleses examinaron su biografía. En los informes, que en parte los proporcionó el partido nazi, se mencionaba su afiliación al partido comunista. Los extranjeros comunistas eran considerados espías rusos en potencia y a Klaus, sospechoso de ser un nazi unos meses antes, se le acusaba de ser un espía de Stalin. Peierls leyó los informes de los servicios de contraespionaje y no les dio ninguna importancia. Preguntó a los burócratas por la fuente de su información. Le dijeron que era la Gestapo. Y siendo él mismo un judío exiliado de la Alemania nazi, Peierls vio a Klaus como a una víctima. Le preguntó si trabajaba para el Partido Comunista, cosa que no era un delito, le dijo. Klaus respondió que él era un físico profesional. El comunismo, además, era legal en Inglaterra, y ser comunista se asociaba a ser culto y tener altos valores morales. Incluso los defensores del mercado capitalista veían el comunismo como una doctrina benigna, aunque estuviese equivocada. Para los *compañeros de viaje* de los comunistas, el comunismo constituía la evolución de la democracia, y esta visión era popular entre los intelectuales europeos y americanos. Peierls rechazó el informe de los servicios de contraespionaje ingleses y admitió a Klaus en su grupo, donde le trató como a su propio hijo. Klaus apreció su afecto, y el de su familia, y disfrutó trabajando en su equipo. Pero para el Zorro Rojo, Peierls era un instrumento más y no iba a dudar en sacrificarle si era necesario para salvar al mundo. Tenía sueños muy confusos sobre su relación con él. En una de sus peores pesadillas le daba un abrazo y le decía «Te quiero, papá», mientras le apuñalaba por la espalda.

El general Groves se limpió las gotas de la frente con un pañuelo, luego se inclinó sobre la mesa y señaló a Klaus con el dedo.

—Puedo ponerle en el tren de Texas y encerrarte con los

demás *Krauts*, tus camaradas cabezacuadradas. Ya sabe que no necesito una excusa.

—Esto es absurdo, quiero derrotar a Hitler tanto como usted.

El general encendió un cigarrillo.

—Claro, hijito. Solo que eres un comunista y necesito saber quiénes son sus Kameradem, me lo piden aquí, expresamente —dijo señalando una página de su libro de notas—. No me diga que los tontos del FBI y la OSS han escrito bobadas en mi cuaderno.

—Desde que Peierls me acogió, no he vuelto a reunirme con un comunista; mi vida cambió con el Proyecto Manhattan. —Era completamente sincero cuando hablaba.

La prisión en dos campos de concentración le había mostrado el futuro de la humanidad bajo Hitler. Los diferentes, los marginados, los parias serían tratados como seres inferiores que vivirían temiendo ser fusilados al amanecer, cualquier amanecer. La vida en el campo de concentración no era una visión o una alucinación, era una experiencia sangrante. Otto y Peierls pensaban que Gran Bretaña no llevaría el proyecto nuclear adelante, y creían que los americanos tampoco lo harían, y si eso era así, los nazis podían fabricar la bomba atómica antes que ellos y su monopolio de las bombas pondría a los nazis al frente de un mundo de tiranos y esclavos, de supremacistas arios y genocidas. Klaus no pudo aguantar más sin reaccionar y asumió la responsabilidad. Quizá fuese más fácil convencer a los soviéticos de que una bomba atómica prevendría el progreso de la bestia parda. Una mañana, decidido, entró en la Embajada rusa en Londres con una copia del informe MAUD bajo el brazo.

Cuando comenzó el tintineo de las agujas del polígrafo, el general Groves miró a su izquierda y el operador de la máquina de la verdad hizo un gesto con la cabeza indicándole que estaba listo.

—Klaus, usted ha sido comunista y tenemos que estar seguros. —El tono era suave—. Tiene acceso a demasiada información clave y no puedo aceptar su negativa.

Los fracasados de Hanford

La pistola humeaba cuando caí al suelo y Halfdollar gritaba: «¡Policía, policía!». Las noches de Hanford pertenecían a los pecadores. Con la llegada de más y más trabajadores, los juegos ilegales de dados invadían cada esquina después del ocaso. Las apuestas se pusieron tan de moda como pedir dinero a tu compañero de habitación. Muchos lo hacían para olvidar el aburrimiento o la fatiga. Estaba acostumbrado a encontrármelos cada noche, cuando salía a comprar tabaco y los evitaba con facilidad. Sin embargo, un sábado tuve una pequeña discusión con mi mujer porque me comentó que quería traer a sus padres con ella y se negaba a aceptar que no teníamos sitio para ellos. Decidí salir a dar una vuelta para refrescarme las ideas.

Era noche de luna tímida. Halfdollar y otros cuantos estaban jugando en un callejón polvoriento y sucio. Me los encontré por casualidad, y cuando me vio, se puso de pie y me cogió por el brazo. Quería mostrarme cuánta suerte estaba teniendo. Eran seis o siete en el grupo, bastante jóvenes, dos eran mexicanos, los otros, blancos, uno llevaba un sombrero de vaquero. Halfdollar y yo éramos los dos únicos de color. Yo era el único negro.

Noté enseguida que habían fumado hierba o bebido demasiado. Un mexicano bebía a morro de una botella de jerez. Me la pasó con una mirada ebria y desdentada. Apreté mis labios contra el vidrio caliente e hice como si bebía. El del sombrero era rubio, parecía un adolescente y estaba ebrio. Comenzó a hacer bromas sobre quienes hacen dinero con dados trucados y acaban ahorcados.

Su camisa de vaquero era elegante, como lo era el águila de plata de la ancha hebilla de su cinturón. Lo más caro eran sus botas de piel de serpiente adornadas con cuero de toro marrón claro.

No me gustaba el giro que estaba tomando la conversación. En el sur dicen que la provocación es un juego que solo tiene un final. Le dije a Halfdollar que tenía que irme. Él asintió varias veces, se carcajeó y me apuntó con el dedo diciendo: «Este negro cabrón no puede llegar tarde. La *caraculo* de su mujer no acepta ni una puta excusa». No había acabado de decirlo cuando recogió sus dados, se puso de pie y tocándose el pecho con la mano cerrada que contenía los dados, les aconsejó:

—Nunca os caséis, hermanos.

Los mexicanos rieron el chiste y sacaron otro par de dados para seguir jugando. El vaquero se levantó con dificultad. Casi no se tenía de pie y necesitó ayuda de un mexicano para mantenerse erguido. Cuando habló, era el alcohol el que lo hacía por él:

—No puedes largarte ahora, tramposo. A no ser que nos devuelvas lo que nos has robado. Agáchate y sigue jugando con estos nuevos dados. Te vamos a desplumar.

—Vamos, muñeco, pórtate bien. No hay que tener mal perder.

—Tus dados están trucados —balbuceó apuntando al bolsillo donde Halfdollar había guardado los dados—. Deja nuestro dinero en el suelo y podrás vivir otro día.

El pelo amarillento se volvió blanco cuando la luna emergió de detrás de una nube. No tenía veinte años. Sus labios sonreían; sus ojos, del color del plomo, no.

Halfdollar no pareció acobardarse.

—Tranquilo, niño, jugamos para entretenernos, ¿qué son unos dólares? —bromeó y se puso una mano en el pecho—. Tengo el corazón puro.

Hablaba como un predicador.

—Esto no tiene nada que ver con el dinero. No me va a engañar un cuatrero. Suelta la plata y lárgate.

—Me voy con lo que es mío. No sabes jugar, por eso pierdes. Eres solo un niñito malcriado que quiere estafar a negros y mexicanos. ¿Te crees que somos unos primos? Eres basura blanca, y te vas a quedar ahí quietecito y callado mientras este negro se va.

El vaquero empujó al que le sostenía y bajó la mano a la cintura. Los dos mexicanos dieron dos pasos atrás. Miré hacia abajo y vi las sombras de Halfdollar y del adolescente alargarse en el barro del callejón, con las cabezas acabando entre la sombra de escombros y basura. Oía cómo el vaquero respiraba furioso y se movió para ponerse justo frente a Halfdollar. En el sur dirían que al hacerlo así se convertía en la diana perfecta: dejaba ver sus intenciones y su cuerpo estaba expuesto y sin aparente defensa. Todas sus acciones estaban marcadas por una ingenuidad peligrosa. Sin aviso alguno, un cuchillo apareció entre los dos, y Halfdollar se lanzó hacia el muchacho. Le cortó en el brazo. Una herida superficial: camisa y piel, pero suficiente para sangrar.

El vaquero saltó hacia atrás por instinto, más sorprendido que acobardado por aquel ataque de serpiente, y sacó una pistola que guardaba bajo la camisa, en la cintura. Ceño fruncido, los párpados casi cerrados. Halfdollar no estaba impresionado: lamió la sangre del puñal como si saboreara un postre.

—Mejor que vayas a que te contengan la hemorragia, niñato. Los negros jugamos a este juego mejor que el otro: tenemos menos que perder.

El vaquero movió la cabeza desesperado y levantó la Colt.

—Deja el dinero en el suelo o te bajaré a ti con él.

El cañón temblaba tanto como su voz.

Pobre ingenuo. Hablaba demasiado, estaba claro que no quería disparar. Halfdollar se calmó aún más. Tanto que no pude predecir su siguiente movimiento, y por eso pudo agarrarme por la cintura y colocarme entre el cañón y él, con la navaja extendida hacia el muchacho. Me retuvo así un segundo y después saltó hacia delante empujándome contra la pistola, e intentó cortarle la yugular al vaquero mientras gritaba: «¡Jodida basura del desierto, estás tan borracho que te dispararás en un pie!».

Fue demasiado rápido para mí. Me empujó de nuevo contra el vaquero, y otra vez trató de alcanzarle el cuello con la hoja del cuchillo. El vaquero inclinó la cabeza para esquivar la navaja y perdió el equilibrio. Estaba en plena caída cuando disparó dos veces, y cuando su espalda tocó el suelo disparó dos veces más.

Sentí un único impacto, pero las cuatro balas habían hecho diana en mi cuerpo. Y sentí, como si lo recordara, que las balas me desgarraban la ropa, la piel, y me hacían agujeros calientes en los músculos y luego, aún ardiendo, se quedaron enterradas en mi carne y mis tripas.

Halfdollar gritó: «¡Policía, policía!», y encima del vaquero, huyó corriendo. Desde el suelo, vi su sombra alejarse y oí su voz que desaparecía con él: «El vaquero ha matado a un hermano a sangre fría». Oí al vaquero a mi lado pidiendo a los demás que buscasen a un médico. Se arrodilló junto a mí y musitó entre lágrimas:

—No te preocupes, no puedes morir hoy. Joder, Dios, me iba mañana. Sábado, maldito sábado, quería celebrarlo. Por fin me iba a ir de esta alcantarilla. Mi padre me da trabajo. Quiere que vuelva y yo quiero volver. Oye, hazme un favor: no te mueras ahora. Mañana regreso a Abilene. No nos merecemos esto: él debería morir, no puedes ocupar su sitio. ¡Despierta!

Sentí que mi piel se había enfriado, las balas habían dejado de arder y la luna no aparecía por ningún sitio. Solo la noche cerrada. Bajé los párpados.

La marca del Zorro Rojo

El general estaba decidido a sentar a Klaus en el polígrafo.

—Cuanto antes comencemos, antes acabaremos —dijo endulzando la voz y señalando la máquina de la verdad.

—*Nein!* —negó Klaus otra vez y extendió las manos para detener cualquier acción del general o el interrogador.

Groves encendió otro cigarrillo y volvió a sus notas.

Mientras lo hacía, la mente de Klaus viajó de nuevo a la Embajada de Londres. Allí consiguió llamar la atención lo suficiente para un miembro del NKVD le recibiera. Salió con él de la recepción pasando por detrás del mostrador de información y a través de una puerta llegaron a la zona privada de la embajada. Caminaron por un pasillo estrecho y mal iluminado hasta unas escaleras de mármol blanco, que subieron en silencio hasta el cuarto piso. Klaus recuperó el aliento cuando el ruso introdujo la llave en la cerradura y abrió la puerta.

—Esta es mi humilde oficina. Por favor, siéntate.

Era un despacho pequeño que olía a humedad y tabaco.

Habían tapiado dos ventanas con cemento y las habían repintado, pero los rectángulos eran aún visibles. La mesa de madera, marrón y negra, estaba limpia y brillante. Había dos archivadores de metal de color verde claro en un lado del despacho. Detrás del oficinista reinaba un retrato oficial que tendría dos metros de alto de Stalin en un uniforme militar, azul grisáceo con cuello rojo, y una medalla en el pecho. Su mostacho estaba perfectamente recortado. El ruso abrió un cajón de la mesa. Dentro había un revólver Nagant M1985, reglamentario, limpio y cargado.

—Creo entender que tienes algo para mí.

—Soy comunista.

—Un camarada alemán, ¿verdad?

Klaus asintió en silencio y bajó la cabeza.

El ejecutivo de la NKVD se había encontrado en estas situaciones varias veces con anterioridad.

—¿Te persigue la Gestapo?

Preguntó dando por hecho que la respuesta era que sí.

—Esto no es personal —quiso aclarar Klaus—. Derrotar a Hitler es una prioridad.

—Tienes razón, camarada.

«No quieres hablar de ti, no hablaremos de ti», pensó.

—Moscú está comprometido con la victoria total —afirmó Klaus; para su sorpresa sonó como una pregunta.

Sus ojos miraron al techo sin encontrar nada donde quedarse fijos. El diplomático ruso entendió enseguida lo que quería saber Klaus.

—La Unión Soviética nunca contempla la derrota. ¡Ganaremos! Sin embargo, la situación es trágica. Toda ayuda es bienvenida.

Reclutar espías era un arte, tanto como pescar es un arte; los espías debían entrar en la red de modo voluntario. Y este estaba a punto de hacerlo. Si cruzaba la raya, quedaría atrapado.

—Traigo conmigo un informe. Creo que tiene mucho valor.

Escuchándose a sí mismo, Klaus pensó que quizá el informe MAUD no tenía valor alguno, que les estaba ofreciendo un cuento de ciencia ficción, algo que podía distraerles de su lucha directa contra Hitler.

—¿Nos informas sobre un asunto del que no somos conscientes y del que deberíamos serlo?

Klaus asintió.

—¿Quieres que la información se remita directamente al Kremlin?

La palabra «Kremlin» abría mentes y corazones. Los espías pensaban que tenían algo único y fundamental que ofrecer. No trabajaban en pequeñas cosas y no querían que sus informes se perdiesen en un despacho oscuro. Deseaban que los ojos de acero de Stalin lo examinaran.

—*Ja, bitte*. Describe una nueva arma que será decisiva para ganar la guerra —explicó. Su voz se rompió al final de la frase.

El ruso hizo un movimiento extraño con el cuello. El tipo que tenía enfrente estaba asustado, tenía miedo de la estrategia que les estaba proponiendo. ¿De qué se trataría?, ¿quién era este tipo? Había conocido a varios locos en su larga carrera. Uno decía saber la fórmula química de un gas que esterilizaría a las mujeres de los fascistas en Europa y América. Según aquel esquizofrénico, la dirección del viento y su fuerza eran los dos únicos parámetros que necesitaban conocerse antes de soltar el gas. Sin embargo, no todos eran enfermos mentales o ignorantes arrogantes, había conocido también a un par de genios. Volvió a examinar a Klaus y concluyó que no se comportaba un loco, al menos no *tan* loco, estaba nervioso, eso sí, pero era una *virgen*, en su argot, y por lo tanto tenía que estarlo. Fuera como fuese debía controlar su curiosidad, no hacer preguntas directas ni dar a entender que deseaba conocer su identidad. «Los peces son paranoicos». Con disimulo y sin ruido le quitó el seguro al revólver. Lo hizo porque si el informe valía la pena y el aprendiz espía se echaba después atrás, quizá tuviera que forzarle a colaborar o desactivarle.

—No existe la posibilidad de confirmar los documentos. Solo existe una fuente: yo, y nadie más puede corroborar la información. ¿Algún problema?

—Es verdad que usamos varias fuentes de información, pero hay excepciones. Creemos en nuestros camaradas. ¿Sabe alguien que estás aquí?

Klaus negó moviendo la barbilla, luego alzó la frente y quiso puntualizar una cuestión que le preocupaba.

—Quiero dejar una cosa clara. Entrego esta información no para traicionar a mis colegas británicos, que son unos héroes, sino porque Inglaterra, como nación, ha decidido ignorar el asunto y no tomar los pasos necesarios para derrotar a los nazis.

—Estoy seguro de ello —le aseguró. Ningún espía se consideraba un traidor, y además, debido a su moral turbia necesitaban que les confirmasen sus buenas intenciones—. Los británicos son nuestros aliados en esta guerra.

Klaus hizo una pausa y asintió.

—Este es el informe. —Se lo entregó y, al levantar la vista, se encontró con los ojos paternales de Stalin—. Con esta información Rusia ganará la guerra —dijo mirando a los ojos del retrato.

En ese momento, el oficial de la NKVD pensó: «¡Ha saltado al barco! ¿Eres un loco? Necesito examinar el informe».

—Gracias —murmuró y, sin pedir permiso, abrió el sobre.

Leyó la primera página: *Informe del comité MAUD sobre el uso de uranio como una fuente de energía. Parte I.* Ojeó varios párrafos de dos o tres páginas. Sabía de Heisenberg, estaba en todas las listas de los más buscados que elaboraba la agencia. La información parecía sólida, pero era técnica, imposible saber si el contenido era real o inventado. Klaus le interrumpió la lectura y la meditación:

—Me temo que los americanos recibirán esta misma información en un par de días, y aunque es difícil predecir cómo reaccionarán, parece que existe una alta posibilidad de que ignoren este informe y que es poco probable que tomen las medidas adecuadas. De modo que espero que los *Kamaradem* del Kremlin reaccionen con prontitud y profundidad.

El miembro de la NKVD apartó la vista del *pardillo* y regresó a la lectura. Había demasiados detalles como para que aquello fuese una invención vacía. «No, los americanos se tomarán esto muy en serio», se dijo.

—Estoy de acuerdo. Roosevelt tiene muchas dudas. Debemos enviárselo a Moscú de modo prioritario. —Guardó el informe en un cajón de la mesa—. Puedo asegurarte que ellos le prestarán atención inmediata: llegará con grandes letras rojas indicando URGENTE.

Klaus se puso de pie, ya no tenía nada más que hacer allí.

—Quiero darte un nombre y un número de teléfono por si necesitaras contactarnos en el futuro. Volver aquí no sería una buena idea...

Klaus leyó el nombre de una mujer y una larga lista de números.

—Ella tiene comunicación directa con el Kremlin. El nombre y la profesión son...

—*Danke* —le interrumpió dando a entender que sabía que eran falsas.

El ruso abrió otro cajón.

—Puedo ofrecerte una cantidad de dinero suficiente para...

—Trabajo y no tengo necesidades.

El agente del NKVD cerró los dos cajones, se incorporó, levantó los brazos y se disculpó.

—No quería ofenderte, sé que no eres un burgués.

Extendió un brazo hacia Klaus.

—*Polyakov.*

Un zorro en apuros

En la habitación de Santa Fe, Groves no paraba de sudar. Con su corpulencia el calor era aún más insoportable. Se puso de pie, dio la vuelta a la mesa y se sentó en una esquina frente a Klaus. Tenía que forzarle a cooperar y pasar el polígrafo, no había otra manera. Apretaría otros botones para tentarle.

—Tiene una hermana en Massachusetts, ¿no es cierto?

—*Ja!* —Su voz temblaba. Pensaba que conocían la existencia de Raymond, que su hermana les había hablado de él.

—Y es comunista.

—No lo entiende —argumentó. Las gotas de sudor le resbalaban por debajo de la camisa—. No éramos comunistas, solo nos oponíamos a Hitler.

El militar dio una calada profunda y echó el humo girando la cabeza hacia el cuaderno de notas.

—Podría ayudar a su hermana a ser una ciudadana americana, de hecho, podría ayudarse primero a usted mismo.

—Los ojos de los dos colisionaron.

—Este país nos ha dado ya demasiado —refutó usando una defensa estereotipada y falsa.

—Bueno, pues ha llegado el momento de dar algo a cambio, ¿no le parece? Y créame que no le va a quedar más remedio.

—*Ja, ja*, desde luego, ¿qué me sugiere que haga? —preguntó evitando usar el verbo «ordenar». Suponía que le *sugeriría* que confesase y después le ofrecería un trato, pero ¿qué tipo de trato? ¿Evitar la silla eléctrica?

La expedición británica, que llegó a Nueva York con el informe MAUD, incluyó a Klaus. Que fuese parte del equipo tenía sentido porque era uno de los expertos mundiales en difusión gaseosa y se había nacionalizado inglés, «y un inglés nunca traiciona a su país». En América, Klaus se convirtió en la mejor baza de la NKVD, ya que pertenecía a la infantería que trabajaba en los laboratorios, en contacto diario con genios y generales, y además, entendía los conceptos y obstáculos de la investigación y podría, con el tiempo, preparar un libro de instrucciones para la construcción de la bomba en Rusia.

La NKVD le dio órdenes precisas. Debía establecer contacto con un espía en Nueva York. Su misión sería darle continuos informes sobre el progreso con la difusión gaseosa, sobre la distribución geográfica y el organigrama de la jerarquía del Proyecto Manhattan.

En su primer encuentro con el espía americano, Klaus debía llevar una pelota de tenis en su mano izquierda, y su contacto, un fular rojo al cuello. El punto de reunión sería una calle abierta, de tal modo que los dos pudiesen observarse desde lejos y apreciar, con tiempo suficiente para abortar el encuentro, si seguían o vigilaban a uno de los dos.

Acercarse al lugar era excitante. Tomó el metro y se bajó una estación antes de la más cercana al punto de encuentro. «Evita el camino más corto», le habían dicho. Se paró distraído frente a escaparates, observó con el rabillo a su alrededor y cuando llegó al punto de reunión estaba bastante seguro de que no lo habían seguido. Se vieron a lo lejos y no dejaron de mirarse mientras se acercaban el uno al otro. Se detuvieron con un par de metros entre los dos. Se sintió torpe cuando intercambiaron seña y contraseña. Luego se presentaron: Klaus usó su nombre y el americano, su *nom de guerre*.

Raymond era lo opuesto a Klaus: calvo, bajo, pícnico, tenía el aspecto común de un oficinista sin carisma, el habitante anónimo de una clase media gris. Caminando juntos eran un don Quijote y un Sancho envueltos en una loca aventura entre los rascacielos de Nueva York. Klaus habló de política, un tema que no podía tocar en el trabajo, contó su sueño de que la sociedad comunista se hiciese global una vez que hubieran aniquilado a Hitler. Se sorprendió al saber que Raymond no era comunista y que deseaba que la guerra acabase para poder dedicarse a sus negocios, su *pub*, su iglesia y el béisbol. Parecía, de cualquier modo, una buena persona, y le cayó bien.

Klaus le contó a Raymond que tenía una hermana comunista en Massachusetts, que podía usarla como segundo contacto —«Establece un sustituto fiel a la causa», esa era la recomendación de Moscú— si por algún motivo no podían verse. Raymond le contó cómo su mujer y sus dos hijos —gemelos, un niño y una niña— no sabían nada de su doble vida, y quería que siguiera siendo así. Si él desaparecía, Klaus debería contactar al operativo de la NKVD que le guiaba: Semyonov. Explicó que se sentía como un animal acosado en un bosque peligroso y, aunque Raymond no podía saberlo, al Zorro Rojo le pareció un símil muy apropiado. No hablaron de ciencia y no hubo intercambio de materiales. Se despidieron después de acordar el lugar, el día y la hora del siguiente encuentro, y decidir lugar y fecha alternativos por si fuese menester cancelarlo.

Ese mismo día, después de conocer a Klaus, Raymond informó a Semyonov, un ingeniero del MIT, que había establecido la línea de comunicación. Aquel se dirigió al consulado ruso y, sin esperar al ascensor, subió de dos en dos los peldaños de las escaleras hasta el tercer piso, donde le dictó un párrafo a un operador de radio, que codificó la información y la mandó en un telegrama a Moscú. Nueve horas después de la reunión de Raymond y el Zorro Rojo, Stalin supo que habían hecho un agujero en el muro de silencio del Proyecto Manhattan. El dictador estaba jugando con su nieta y al enterarse la cogió en brazos y bailó con ella al son de *Stalin, amigo, camarada*.

—Verá, Klaus, —observó Groves mientras volvía a su sitio tras la mesa— la vida es complicada.

—Tengo mi ración de complicaciones y es generosa, así que, ¿por qué no damos por terminada la charla y deja que me vaya?

—Es libre de irse cuando quiera. Aquí está como muestra de su buena voluntad y de su espíritu de cooperación con el ejército. Quiero hablar sobre un espía que ha conseguido infiltrar en Los Álamos.

Klaus miró al techo. Allí pudo ver los rectángulos de los adobes. Se preguntó si las paredes de la cárcel de Santa Fe serían del mismo barro y notó que su cuello estaba más que húmedo, mojado, sus axilas empapadas y la silla cubierta con sudor.

—Necesito que se siente allí. —Señaló Groves hacia la silla—. Al lado del polígrafo.

La justicia de Hanford

El doctor y la enfermera que usaban la jeringuilla de hierro volvieron. Pidieron a mi mujer, con mucha amabilidad, que esperara afuera. Movieron el cable rojo a lo largo del cuerpo mientras me sonreían y escuchaban el cric-cric de la pequeña máquina que transportaban con ellos. Se miraron. Estaban contentos, casi satisfechos. Y me explicaron que me tenían que dar otra dosis del tratamiento.

—¿Es 238 o 239? —preguntó el médico.

—Hoy 238, ayer fue cuando usamos el 239, y le toca otra vez mañana. ¿Es la distribución que esperabas?

—Sí. Tenemos cuentas en orina y heces. El metabolismo es normal.

—¿Hemos alcanzado la dosis más alta?

—Hemos alcanzado el límite previo, si es lo que quieres decir. Si no hay complicaciones, la dosis de mañana sería un récord y el final del tratamiento —explicó él.

Ella me miró con la delicadeza de una enfermera.

—Penúltima dosis. Mañana acabaremos. Eres muy fuerte.

Me puse colorado y creo que le di las gracias. Ella también se sonrojó y sus pecas desaparecieron. Y creí ver que sus ojos, del color de la plata, se llenaban de lágrimas. Era un ángel. No entendía cómo una persona así trabajaba para el Ejército.

Comenzó la inyección. Noté el calor en las venas. No tanto como con la primera, entonces había sido aún más intenso: me quemó la piel al entrar y los huesos me dolieron durante horas. Tuve un sabor metálico y salado un rato prolongado que me impedía comer a gusto. Luego disminuía mis dolores y me hacía sentirme bien.

En el hospital me habían extraído las balas y me curaron una terrible infección. Comenzaba a mejorar, aunque el dolor seguía ahí. Sobre todo al girarme en la cama. Aún no habían permitido que me sentase.

Cuando terminaron, se despidieron y me estrecharon la mano. Luego, mi mujer entró con el sheriff. El policía quería saber si había que juzgar al rubito del calabozo. No entendí sus preguntas.

—No ha muerto nadie —me explicó—, así que no solemos hacer un juicio por una pelea en la calle. Además, el vaquero disparó en defensa propia.

El sheriff tenía los pulgares metidos detrás del ancho cinturón y parecía relajado. Habían estado esperando a que me recuperara para tomar una decisión. Como no dije nada, continuó en tono suave.

—El muchacho se ha dado cuenta del daño que ha hecho. Créeme —me dijo—, no niega nada. Vosotros dos, tú y él, sois buenos tipos agredidos por un asesino en un momento de mala suerte. Si quieres que le juzguemos, lo haremos, él dice que se merece pasar la vida en Yuma.

No respondí. Tenía sentimientos contradictorios sobre el vaquero. Si hubiese sido al revés, esta conversación no habría tenido lugar. La justicia habría procedido con agilidad. Eso era independiente de que el vaquero tuviera remordimientos.

—Tú decides —insistió—. Tienes una oportunidad para perdonar y olvidar —añadió señalando la cruz que mi mujer llevaba colgada del cuello—. Y seguir con tu vida.

Entendía qué era lo que quería. No podía hacer nada si yo presentaba una acusación. Yo había venido a Hanford en busca de una vida mejor. No quería causar daño. Quería que me dejasen trabajar en paz y tener una familia. Y las balas, puestos a decir, habían salido de la mano de Halfdollar, no del muchacho. Debería volver con sus padres y enderezar su vida. Miré a mi mujer y ella asintió. Le dije al sheriff que no presentaría ninguna acusación. Mi esposa lloraba lágrimas de rabia y compasión.

El sheriff me felicitó por haber tomado la decisión correcta. Me confesó que no haría más papeleo y que solo por eso debería darme las gracias. Tenía órdenes de mantener los escándalos lejos del público —así lo quieren los Trajes—, y por eso también me daba las gracias. Yo no comenté nada más, y el policía se fue.

Ese día por la tarde vino el vaquero. «El hospital me pilla de camino», dijo y me abrazó hasta hacerme daño. Luego abrazó a mi mujer, y ella se sonrojó tanto que me hizo reír.

—Tengo mucho que aprender. No debí beber ni jugar a los dados. Nunca debí desenfundar.

—Tienes que conseguir que tu padre esté orgulloso de ti.

Miró a mi mujer y se dio cuenta del pequeño abultamiento en su vientre.

—Sí, señor, eso haré. No tengo dinero para pagarle y me gustaría que aceptasen esto. Ni compensa el mal hecho, ni paga por el enorme favor que me hacen. Podrían comprar tela para la ropa del bebé —dijo mientras dejaba en la cama un reloj de cadena.

Mi mujer lo cogió. En la tapa tenía grabada una silla de montar y un par de botas de vaquero y en el interior, debajo de las agujas doradas, había una pintura de un establo y dos caballos. En la parte de atrás, *bluebonnets* grabadas, la flor de Texas.

—Debe de pesar más de seis onzas.

—Mi padre cree que la cadena también es de plata.

Mi mujer volvió a mirar el reloj, luego a mí y decidió devolvérselo. Era un regalo demasiado caro para quedárselo. Pero el vaquero ya se había ido.

Encuentro en el *drugstore*

Klaus recordaba bien la mañana clave en Los Álamos. No le había costado levantarse de la cama al amanecer. Estaba de buen humor. Giró la manilla del Buick para abrir la puerta del pasajero y dejó un sobre marrón, que no tenía ninguna etiqueta, en el asiento. Lo hizo con cuidado, como si, en lugar de papeles, contuviese algo frágil. Dio la vuelta al coche, entró, se puso al volante y condujo hasta Santa Fe. La carretera tenía tantos baches y curvas como su vida. El viejo automóvil era demasiado ruidoso, pero respondía bien a sus movimientos automáticos. No había viento, ni lluvia, ni tormenta de arena: era un buen día para ir a Santa Fe. Fue cuando había recorrido unos kilómetros, y la base se había quedado atrás, cuando la sombra de una duda le distrajo. No quiso pensar sobre ello. No obstante, no pudo evitar cierta aprensión. Había dudado de Stalin cuando este firmó el pacto de no agresión con Hitler. Cuando las dudas regresaron deseó que su cerebro funcionase de modo automático en este asunto. No iba a vacilar más. Ya no. Haría lo que tenía que hacer y lo haría bien. Y nunca le atraparían.

En Santa Fe no se dirigió directamente al punto de encuentro. Condujo alrededor de la ciudad, mirando con frecuencia los espejos retrovisores. Aparcó en un almacén y compró chucherías y pañales para varias familias de Los Álamos. No vio nada sospechoso, ningún vehículo, ninguna cara que le inspirara sospecha. En la calle Castillo se detuvo, cerca del puente que cruza el río. No vio el coche de Raymond. Condujo otros diez minutos y volvió a dirigirse al puente. Habían quedado en la puerta del *drugstore* de Katie Zock, desde allí tenía una buena vista de la calle de San Francisco y de la tienda, pero Raymond seguía sin aparecer. Sintió que todas las aprensiones se le acumulaban en el estómago. Miró el reloj. Y este le dio la respuesta.

En la sala de interrogatorios, Groves iba a dar el empujón definitivo hacia el polígrafo. El general se levantó y le dio una palmada a Klaus en el hombro para animarle a que tomara asiento al lado de la máquina. El alemán miró la silla vacía sin girar la cabeza y apretó la espalda con fuerza contra el respaldo.

—Si quiere saber algo, pregúnteme.

—No me entiende. Necesito que todos le crean. Serán segundos. —Chasqueó los dedos—. Es una oportunidad única de convertirse en un héroe de esta guerra.

El general no era un oficial de la Gestapo, le faltaba la mente del torturador y le sobraba ingenuidad. Klaus dejó que su memoria viajase de nuevo al punto de encuentro. Al mirar el reloj se dio de cuenta que, confundido por la ansiedad, había llegado al *drugstore* una hora antes de la cita. Se dirigió a una licorería y compró vodka y *bourbon*. Caminó por las calles viendo los pocos escaparates que no mostraban vestidos para mujeres. Media hora después volvió a subir al coche y condujo hasta el puente. Entonces vio a Raymond, que corría hacia la tienda. Nadie se acercaría así a una reunión. «Cree en tu instinto», recordó. Comenzó a acelerar el paso hacia el coche. Este encuentro era clave para que los soviéticos ganasen la guerra que sobrevendría cuando acabasen con los nazis.

—General, confirme mis respuestas con Oppie o con Richard, o con quien usted quiera en Los Álamos.

—Voy a decirle algo: hay un espía soviético en el equipo inglés.

Klaus sonrió. «¿No me diga?», pensó. Y mientras fingía que sopesaba esa información, dejó que su imaginación regresara a aquel día en Santa Fe.

Condujo despacio por la ciudad asegurándose de que no le seguían y luego regresó a la calle San Francisco, y aparcó a dos bloques del *drugstore*, caminó hasta allí despacio y tratando de relajarse. Entró y le dijo a Katie que traía un regalo para Raymond. Esta le dio la contraseña y le explicó que su contacto había tenido un pinchazo, que le esperaba en la habitación de la parte de atrás. Klaus le pidió que le preparara unos cartones de tabaco y unas docenas de pañales y, pasando por detrás del mostrador, bajó por unas escaleras de cemento iluminadas por una luz amarillenta hasta el piso inferior. Allí, un espacio que servía de almacén, Raymond se disculpó. Klaus abrió el sobre y le enseñó que entre las páginas de varias revistas había insertado documentos llenos de esquemas, fotografías con rayos X, fórmulas, instrucciones y recomendaciones. Era un completo informe para construir una bomba de plutonio. Klaus estaba demasiado nervioso y Raymond le preguntó si se encontraba bien.

—*Ja, Ja.* Es que no sirvo para esto. ¿Nos vemos entonces en septiembre?

Klaus esperó a que Raymond saliese por la puerta de atrás y, cinco minutos después, subió las escaleras, se despidió de Katie, que le tenía preparada una caja con varias docenas de pañales y una bolsa con cartones de tabaco, y salió por la puerta principal. Caminó despacio hasta su coche y se puso en marcha hacia Los Álamos.

En el camino de vuelta quiso llorar, reír, huir, festejar, detenerse, acelerar y poder contarle la aventura y el éxito a Margot, ¡cómo disfrutaría con ese triunfo! También deseaba poder llamar a su padre y explicarle cada detalle. El mundo libre tendría por fin un arma con la que defenderse del tirano, y los Fuchs no habían sido ajenos a ello. Pensó que a su hermana se lo diría pronto, tenía que encontrar un método seguro para enviar el mensaje que no la comprometiera ni a ella ni a él. Quería que al menos ella fuese partícipe del éxito.

Los kilómetros se le hicieron más cortos que nunca y el Buick llegó a la puerta de seguridad, donde el soldado le dio la bienvenida y, después de hacer la anotaciones de rigor, le abrió la barrera sin preguntas.

En la sala, Klaus creyó intuir que todo el sudor del general no se debía al calor, sino a la falta de autoridad para hacer lo que estaba haciendo. al fin y al cabo era un oficial del Cuerpo de Ingenieros y él era un civil. Así que sacando fuerzas de los recuerdos de aquella mañana triunfal se levantó de la silla.

—Usted no puede ir haciendo acusaciones sin pruebas.

El general lo sentó empujándole hacia abajo los hombros. Klaus tomó el paquete de tabaco y jugó con él. Sacó un par de cigarrillos y los volvió a introducir. Pasó una mano por la mesa para limpiar los restos de tabaco. Y aventuró una defensa.

—¿Y quiere que yo le diga quién es el espía?

—¿Lo sabe?

—¡Váyase al infierno!

—¿Quiere que un hombre sin alma le pase la información sobre las bombas a Stalin? ¿Quiere que suceda eso? ¿Darle el producto de su trabajo a un monstruo que no dudaría en tirar la bomba sobre Massachusetts? Tiene que ayudarme, Klaus, y para ello ha de pasar el polígrafo y luego le haremos un sitio en nuestro sistema de contrainteligencia.

Klaus valoró la posibilidad de que Groves estuviese mintiendo, que supiese o que sospechase al menos que él era el espía. Quería sentarle en el polígrafo y atraparle.

—Yo solo trato con científicos, y todos ellos quieren que Estados Unidos gane la guerra.

El general dio dos caladas a su cigarrillo en silencio. Vio con el rabillo del ojo que el interrogador miraba el reloj. No debía haberlo hecho, necesitaban que Klaus pensara que tenían todo el día y toda la noche para él, que iban a retenerlo cuanto quisieran. Tiró el cigarrillo al suelo y lo aplastó con el pie.

—Hace demasiado calor aquí dentro —se quejó Klaus—, ¿podríamos salir afuera?

—Siéntese a la máquina y acabemos con esto.

Klaus observó cómo dos gotas de sudor corrían por la frente del general y cómo el interrogador volvía a mirar el reloj. El Zorro Rojo comprendió que eran débiles, que quizá no tenían nada contra él, que Oppie no había dado su permiso para este secuestro.

—*Nein.* Sé que manipularían cuanto dijera. ¿Quieren que me siente y conteste a sus preguntas? Muy bien, quiero que el doctor Oppenheimer, el doctor Chadwick y *Herr Doktor Peierls* estén presentes, y entonces pasaré el examen.

Groves se aflojó la corbata y volvió a sentarse detrás de la mesa. Klaus cruzó las piernas y puso las manos bajo ellas. El general se mantuvo callado. Klaus cogió un cigarrillo y lo pasó entre los dedos. Groves raspó una cerilla en la silla y le ofreció fuego. Klaus hizo un movimiento negativo.

—Le hemos estado observando. Y creemos que puede ser un buen operativo: es discreto y no levanta sospechas, así que será perfecto para este trabajo. Coopere con el FBI y la OSS, y se le recompensará.

Klaus se dio cuenta de que el libro de notas estaba lleno de apuntes biográficos, y nada más.

—Está bien, general, me comprometo a observar a los otros científicos y a pasarle la información si veo algo raro o sospechoso. Pero no me someteré al polígrafo, si vamos a trabajar juntos, tendrá que confiar en mí. Pero no sé si estaré preparado para esto.

—Yo le ayudaré.

Klaus asintió en silencio, se puso de pie y caminó hacia la puerta. Salió al exterior sin que Groves se moviese de su silla. Cuando pasó junto a la oficina de Dorothy, Oppie le llamó. Oppie fumaba.

—¿Qué te cuentas?

—Querían darme trabajo. Les dije que ya tenía uno.

Oppie asintió.

—No esperaba menos. ¿Has comprado lo que te pidieron las mujeres?

—Sí, los pañales. Y he comprado tabaco.

—Richard quiere que lleves algo para beber.

—Tengo lo que le gusta.

—Buen chico. No comentes esta reunión con nadie. Ni siquiera con Richard. Yo me ocuparé del general. No temas, a partir de ahora te dejarán en paz.

Lo malo es que no sabemos para qué sirve la paz

Alemania fue incapaz de mantener todos los frentes abiertos y se rindió el 7 de mayo de 1945. Fue como una bocanada de aire fresco para los agotados científicos de Los Álamos. Las bombas atómicas quizá ya no fueran necesarias. Leo Szilard quiso ser el primero en hablar sobre los nuevos acontecimientos con el excéntrico director, al que quería convencer de que debía desmantelar el Proyecto Manhattan. Fue a verle a su oficina.

Oppie le escuchó mientras Leo resumía las noticias.

—No tienes que leerme los periódicos otra vez, estoy demasiado ocupado. —Apuntó a los montones de papeles que cubrían su escritorio—. No necesito otras distracciones.

—Quieres que vaya al grano, perfecto. ¡Pon freno a la locura nuclear! Hitler ha desaparecido. Hemos ganado.

Oppie levantó la cabeza y dejó de estudiar un informe para mirar a Leo. Su aspecto no era el de un profeta, no tenía barba y su cara redonda y sonrosada estaba acentuada por dos largas y gruesas cejas, era normal que con aquella facies de luna llena nadie se creyera sus predicciones.

—Díselo a los *japonazis*.

—Armas convencionales serán suficientes.

—Entiendo. ¿Pensarías igual si Japón hubiese invadido Hungría?

Leo cogió una silla y se sentó frente a Oppie.

—Yo inicié el proceso, ¿recuerdas? La razón del Proyecto Manhattan era la necesidad de derrotar a Hitler, lo que podríamos conseguir construyendo una bomba atómica antes que él. Los ejércitos alemanes se han rendido y los laboratorios de Nishina en Tokio han sido concienzudamente destruidos por la aviación, con lo que Japón se ha quedado sin un programa nuclear efectivo. Así que no hay peligro de que tengan su propia bomba atómica. Y MacArthur acabará con la resistencia en pocos días, no se necesitan armas de destrucción masiva de civiles.

—O sea, lo horrible es matar a civiles, eso es. Tú propusiste la bomba, debiste haber pensado en ellos antes. Stalin puede ser el nuevo Hitler. Y él sí puede invadir Hungría. Sigue siendo tu país, ¿no?

Leo inclinó la silla hacia atrás y respiró dando un ronquido. No debía dejarse persuadir por Oppie, tenía que mantenerse centrado en su objetivo.

—Hitler era un asesino de masas.

—Stalin podría serlo también. Y peor que el nazi.

—La profilaxis no es una buena razón para crear bombas que pueden destruir a toda la humanidad en una noche.

—Para eso necesitaríamos cien mil bombas de uranio, Leo. No estás siendo racional, lees demasiada ciencia ficción.

Como Oppie pretendía, ese comentario ofendió a Leo, que reaccionó inclinándose hacia delante y apuntando a Oppie con los dos dedos índices. Pero antes de chillarle, se contuvo. No podía decirle que ya había *visto* lo que iba a pasar. Sí, había imaginado con detalle una guerra nuclear y había sido testigo de cómo Estados Unidos y la Unión Soviética se volcaban en una carrera de armamento atómico, y cómo otros países por razones de enemistades políticas o religiosas con sus vecinos ponían en marcha poderosos programas nucleares —mientras abandonaban a la mayoría de los ciudadanos en la miseria—, y cómo un mundo radicalizado llevaba a que los embriones de nuevos Hitler surgieran en los siete continentes y a que, finalmente en un país oscuro, con una mayoría de fanáticos guiados por el miedo, un nuevo dictador apareciera y tuviera a su disposición la capacidad para destruir el mundo si las naciones no se rendían a sus ambiciones y obedecían sus caprichos. Vio los primeros ataques y las primeras respuestas y cómo otros países usaban bombas que eran millones de veces más potentes que el Fat Man y terminaban destruyendo el planeta. La carta de Einstein a Roosevelt podría ser el obituario de la humanidad.

—Voy a escribir a Truman —advirtió y apretó con fuerza los apoyabrazos.

—¿Otra carta? Te nombrarán el cartero del reino —repuso y chasqueó la lengua.

Leo no sonrió.

—Muchos profesores firmarán la carta. Los científicos somos pacifistas por naturaleza y pararemos esta locura.

—Buena suerte con Truman. Él no tiene fama de pacifista y ha puesto a América por encima del sentimentalismo. Además, la bomba es ahora *su* bomba —mintió porque no sabía cómo reaccionaría el presidente a la retirada de Alemania—. Te considerarán un traidor.

—¿Por qué? No hay que usar la bomba. Podemos demostrar su potencia en un acto público, con las autoridades japonesas como testigos, esto acabaría la guerra. Mandaré la carta, Oppie, y te pararán los pies.

—Me temo que una carta puede empezar una guerra, pero no puede acabarla. Y menos una guerra mundial. ¿Olvidarán los americanos Pearl Harbor? —preguntó Oppie mirando sus uñas de perfecta manicura.

Leo se peinó el pelo hacia detrás con ambas manos, aunque ya estaba estirado y bien estirado. Y apretó los dientes.

—¡No me gustan nada tus intenciones!

—¿Que no te gustan mis intenciones? No te preocupes, no están en venta. Y bueno, el caso es que no hay bomba, ¿verdad? Esta discusión es inútil.

Priscilla entró en la habitación y notificó a Oppie que tenía otra visita esperando.

—Diles que tu jefe está ocupado —repuso Leo apuntándola con su doble barbilla.

Priscilla miró a Oppie, quien asintió con un gesto, y cerró la puerta sin ruido.

Oppie hizo un esfuerzo mental para tratar de relajarse, dio la vuelta al despacho, tomó una silla y se sentó al lado de Leo.

— Es verdad que las bombas pudieran no ser necesarias —mintió—. Y entiendo que hay cierta lógica en una posición pacifista.

—Entonces ¿estamos de acuerdo en algo?

Oppie se inclinó hacia delante.

—¿Cuáles son las posibilidades de éxito de un test atómico? Tú sabes cómo funcionan los experimentos y conoces bien la historia de la implosión. El Fat Man tiene un dispositivo de detonación complicado. Demasiadas cosas tienen que ir bien, y una sola que vaya mal...

Leo no creyó a Oppie, pero tenía que hacerle caso y esperar, porque sin bomba no podía haber protesta antibomba. El diseño arriesgado de la bomba podía impedir su funcionamiento, eso era verdad. Solo Teller estaba seguro de que funcionaría, y era más un deseo que una deducción. Esperaría, pero no con los brazos cruzados, seguiría aunando voluntades para una protesta masiva si fuese necesario y comenzaría el borrador de la carta a Truman. Esta vez su petición sería más lógica y mucho más barata que la que mandó a Roosevelt. Se levantó y se dirigió hacia la puerta.

—¿Sabes, Leo? El problema es la súper-súper —dijo refiriéndose a la bomba de hidrógeno.

—¿No lo sabes? Las matemáticas están equivocadas. Teller ha perdido la cabeza, pero es un loco inofensivo. Sin ciencia, no hay bomba. Confiemos en que la bomba no pase el test —dijo Leo, y se levantó y se fue.

Oppie salió a los pocos minutos del despacho para acudir a otra reunión. Al llegar al coche, vio que en el polvo del parabrisas alguien había escrito: ¡NO BOMBAS!

Volvió a su despacho y le pidió un paño a Priscilla, y cuando ella le preguntó para qué lo quería, Oppie le explicó el mensaje y se fue a coger un informe de su mesa. Priscilla entró y cerró la puerta.

—¿Crees que podrás controlarle?

La cogió por la cintura y tocó sus labios con un movimiento suave. Sus labios estaban apretados y los de ella, semiabiertos. Luego apartó lentamente su mano de su cara y le ordenó:

—Llama a Washington, necesitan saber lo que planea Leo.

—¡A la orden! —Se separó de él con un movimiento ondulante de las caderas.

—Y cancela mi siguiente reunión, voy a trabajar aquí.

—De acuerdo. Voy a limpiar el cristal del coche —informó y salió de la oficina cerrando la puerta.

Oppie se sentó a la mesa y se volvió a concentrar en estudiar los detalles de un plan al que había puesto el nombre de Trinidad.

Trinidad

Truman quería pruebas, y Groves iba a dárselas. El momento para el Super Bang, como le gustaba decir a Kisti, había llegado, y Oppie había organizado un comité para buscar el escenario más adecuado para la explosión. La localización debía tener como mínimo ciertas características:

- Debería ser un lugar aislado ideal para una explosión secreta y sin peligro para la población.
- El terreno debía permitir construir una torre, numerosos búnkeres de control y puestos de observación en un perímetro de varios kilómetros.
- Debería ser de fácil acceso por tierra y, quizá, por aire o por mar.

No eran condiciones extremas y muchos lugares cumplían estas condiciones. Cada miembro del comité tenía uno favorito. Las islas desiertas parecían ser una opción clara.

Alejadas de todo, permitían desplazar el equipo y trabajar en secreto sin levantar sospechas. Así que Oppie ordenó que se investigasen varias: una en la costa de California y las otras en el sudeste de Texas. Estas islas ofrecían la máxima privacidad y seguridad y, eran de difícil acceso para espías y curiosos. Pero también presentaban obstáculos para desplazar al personal implicado en la organización. Habría que construir pabellones, quizá otra base militar. Además, existía una desventaja desde el punto de vista de la política del ejército. Una isla requería la intervención de la Marina, que había estado llamando a la puerta del proyecto casi desde el comienzo, y a los que Groves se había encargado de dejar fuera. Durante el ataque ellos serían una pieza clave, pero no tenía por qué aguantarles antes de ese momento.

Los desiertos, por obvias razones, eran otra alternativa. El comité consideró dos: el Mojave y el Malpaís. Oppie prefería que el experimento se hiciera lo más cerca posible de Los Álamos, eso ayudaría en la logística, la intendencia y el movimiento de científicos. El voto de Oppie volvió a contar más que los demás, y triunfó la candidatura de un lugar más o menos desierto en Nuevo México. Un lugar que los nativos habían bautizado como la Jornada del Muerto. Un epíteto apropiado.

La jornada del muerto

Una compañía de infantería, otra de ingenieros y otra de policía militar fueron las primeras en llegar al desierto para preparar el terreno. No sabían por qué ni para qué habían ido
allí. Las órdenes llegaban con cuentagotas y lo hacían cuando el objetivo anterior estaba cumplido. Durante la primera
fase, los soldados iniciaron la expropiación de tierra seguida de la expulsión de unos pocos lugareños que vivían en pequeños campamentos, más que aldeas. Había granjeros, pero
también intelectuales fanáticos de las teorías expuestas por
Thoreau en su *Walden* y que habían apostado por residir en
comunas alejados de la civilización.

En una segunda fase, la policía militar estableció un perímetro de operaciones y construyó puestos de acceso con
guardias de veinticuatro horas y garitas de vigilancia. Patrullas motorizadas recorrían el perímetro día y noche. En la tercera fase llegaron los ingenieros, que comenzaron primero la
preparación de la Zona Cero y la construcción de carreteras

de acceso al lugar. En un mapa se distribuyeron los puntos de observación, marcando tres niveles, a dos, cinco y diez kilómetros de la Zona Cero. El más cercano sería el búnker más sólido y sin mucha sofisticación. En la cuarta fase se construyeron el puesto de mando militar y otro barracón, aún más alejado, para los líderes científicos. Eran pequeños edificios fortificados erigidos a medio kilómetro del puesto de observación más alejado y con ciertas comodidades, un área de comidas y otra de dormitorios. Groves y Oppie tenían despachos, acceso a teléfono y un camastro.

—¿Cómo han llamado a esta operación? —preguntó Richard.

—Tri-ni-dad, que encuentro de mal gusto para una maniobra militar, pero claro, Oppie es judío y no se entera de lo que pasa en el resto del mundo —rezongó Von Neumann.

Estaban inspeccionando el barracón de los científicos. Habían sido de los primeros en llegar, junto con Klaus y Fermi.

«Quizá fuese apropiado», pensó Richard. Ese nombre no desvelaba ni el contenido ni las intenciones del proyecto.

—Es un nombre común en estos lugares, hay un río y al menos un cerro con el mismo nombre —dijo Fermi—. Oppie es incapaz de pensar algo original.

—Como tú has dicho, das una patada a una piedra y debajo encuentras escrito Trinidad. Ah, pero el jodido místico dice que no lo escogió por eso, aunque tú y yo sabemos que sí. Según él, el nombre... —chasqueó la lengua— le vino durante un sueño... Groves se creyó esa mierda y lo prefirió a Operación 22 o Tormenta del Desierto, propuestos por los genios del Pentágono. Y quizá Trinidad sea un buen nombre, no lo niego. Pero lo han escogido, y de eso no debemos tener dudas, para seguir dando cuerda a la leyenda que el espabilado de Oppie se está creando a su alrededor. El general no quiere ver ese aspecto. Y eso es lamentable —concluyó Von Neumann.

Mientras unos científicos discutían si Trinidad tenía o no relevancia, otros comenzaron a hacer apuestas sobre la explosión, sobre cuál sería el poder de destrucción de la bomba de plutonio y cosas por el estilo, lo que había metido el miedo en el cuerpo a civiles y soldados sin conocimientos de física nuclear. Fermi quiso caldear el ambiente aún más formulando una pregunta concreta que resumía la suma de todos los miedos: ¿puede la bomba crear una atmósfera incandescente y eliminar a la humanidad?

Teller ya había reflexionado sobre ello y pensaba que era posible, quizá no con esa bomba, pero sí con una basada en un mecanismo termonuclear. Un dispositivo de fusión y no de fisión de los núcleos. Para el dispositivo de plutonio, su predicción era que la destrucción no pasaría de un par de kilómetros, si tenían suerte.

La verdad era que nadie sabía con seguridad cuál sería la potencia del estallido y cuánto territorio cubriría la radiación con efectos letales. Por eso, un periodista del *New York Times*, invitado especial del Pentágono, había preparado cuatro artículos imaginando cuatro escenarios diferentes:

- El primero describía un fallo total con falta de explosión.
- El segundo relataba un semifallo con una explosión atómica de mínimas consecuencias.

- El tercero comentaba un experimento fantástico y un radio de destrucción de varios kilómetros.
- El cuarto, que se publicaría *post mortem*, era un informe sobre un éxito clamoroso de la explosión que habría resultado en la muerte de cuantos se encontraban allí, periodista incluido.

Aunque algunos mostraban entusiasmo y otros decepción, la mayoría pensaban en un test con éxito y en un poder de destrucción ominoso, las excepciones eran pocas e incluían a Richard y Klaus. Estos dos se tomaban a broma las medidas profilácticas que el Ejército quería que tomasen incluyendo gafas de sol y crema de protección solar.

—Es como llevar casco cuando haces paracaidismo, puede resultar muy útil, siempre y cuando el paracaídas se abra —bromeó Richard.

—Creo que Trinidad nos va a hacer sabios. Hoy pasaremos directamente de la duda al pánico —concluyó Klaus.

Unas semanas antes, como control del tamaño de la explosión, Kisti había detonado cien kilos de TNT. La columna de humo se pudo ver desde ciento sesenta kilómetros de distancia. Kisti disfrutó como un niño y su novia también, y los dos describieron la explosión como *orgásmica*.

La explosión de la bomba de plutonio debía ocurrir en lo alto de una torre de hierro, a treinta y tres metros sobre el suelo, como había sugerido Von Neumann.

Unos cuantos soldados transportaron la enorme esfera de metal hasta una plataforma en lo alto de la torre. Allí los ingenieros volvieron a comprobar que las madejas de cables de los detonadores estaban en orden. Estos dieron luz verde, y lo mismo hicieron los equipos de explosivos, los físicos y los militares. La prueba podía llevarse a cabo a la mañana siguiente.

Cuando Oppie, acompañado por un fotógrafo y el periodista del *New York Times*, llegó a la base de la torre, los ingenieros, soldados y científicos habían descendido. Se sorprendió de que las operaciones hubiesen ido tan rápido y pidió que volviesen a subir para explicarle la situación *in situ* y tomar fotos. Los soldados e ingenieros subieron de mala gana, nadie quería estar más tiempo cerca de la esfera si no era absolutamente necesario. Oppie no aceptó disculpas. Una vez arriba, los animó a que fingieran que estaban examinando los cables exteriores de los detonadores y se hizo varias fotos *históricas* con ellos. Una hora después descendieron y varios camiones militares les condujeron hasta sus destinos en el primer, segundo o tercer nivel de observación y control, donde pasarían la noche. Solo un ingeniero se quedó a cargo de la bomba. Dormiría en la plataforma, pegado a la gran bola metálica, y descendería de madrugada, tres horas antes de la detonación.

Groves y Oppie estaban satisfechos con la celeridad y la meticulosidad de las preparaciones. Y fue entonces cuando sucedió algo que no habían planeado: el tiempo comenzó a empeorar. Primero fueron unos relámpagos en la distancia, que luego se convirtieron en una furiosa tormenta eléctrica y comenzaron a avanzar como una lenta pero inexorable armada enemiga a través del desierto hacia la Jornada del Muerto. Las avanzadillas de lluvia no tardaron en llegar a los búnkeres.

El guardián de la esfera comenzó a temer que un rayo tocase la torre, o incluso la bola metálica, e iniciase el mecanismo de detonación. Los nervios dieron rienda suelta a su imaginación, y sintió cómo Leo Szilard había notado el poder de una explosión atómica, pero ¡a un metro de distancia! Mirando el reflejo deformado de su cara en la superficie metálica presintió que su cuerpo se desmembraba y que piel, músculos, huesos y vísceras ardían antes de ser reducidos a polvo radiactivo y esparcidos a lo largo de kilómetros y kilómetros. Gracias a Dios, el viento, un ventarrón fuerte que transportaba polvo y arena, no soplaba en su dirección y probablemente acabaría desviando la tormenta e impidiendo que se acercase a la torre.

Lamento obstinado

El ingeniero se acostó arropado con dos mantas y se dio la vuelta dando la espalda a la esfera. Intentaba olvidarse de la bestia roja que fluía oculta en el viento del desierto.

Mientras tanto, las doscientas sesenta personas que Oppie había escogido meticulosamente para ser testigos de la explosión también trataban de descansar en camastros improvisados y esperaban el amanecer con un sentimiento que no habían tenido desde su niñez, cuando creían en la magia. Oppie y Groves, bajo el peso de la responsabilidad y sabiendo que Truman tomaría la decisión final sobre el proyecto basándose en ese test, no estaban tan ilusionados.

En la distancia se podía oír el bramido de la tormenta. Los oficiales a cargo de los informes sobre el tiempo pronosticaron que el viento alejaría la tormenta de la torre. Se equivocaron, porque la orografía del terreno de la Jornada del Muerto canalizaba el viento impidiéndole ejercer una oposición eficaz a la lenta marcha de las nubes. Groves amenazó a los meteorólogos con un expediente. Una hora después, una brisa violenta arañaba las córneas del ingeniero en la torre y dio al traste con sus intentos de dormir. Dos horas pasaron con la oscuridad ominosa, el estruendo y la furia acercándose a la torre. El ingeniero estaba hipnotizado por la esfera, iluminada por los relámpagos, y no podía apartar la vista de ella. Examinó, y volvió a examinar varias veces más, la continuidad de los cables en la superficie y cómo algunos se introducían bajo esta, dentro de la bomba. Los cables conectaban el sistema de puente de los detonadores y cubrían la esfera como las serpientes que adornaban la cabeza de la gorgona. Sabía que un toque eléctrico, una chispa aislada, le haría ir a reunirse con sus ancestros suecos, desintegrado a la velocidad de la luz: $E=mc^2$. La lluvia era otro factor preocupante, porque si el agua conseguía filtrarse dentro de la esfera, reaccionaría con el plutonio y produciría un accidente desastroso para él. Pensó si podía hacer algo para prevenir alguno de estos accidentes potenciales, miró alrededor y no vio nada que le pudiese ayudar, así que cerró sus párpados para bloquear la mente, pero en la minúscula pantalla de sus párpados podía ver la explosión. Un trueno sonó mucho más cerca que los anteriores y creyó sentir que la torre temblaba. Abrió los ojos y vio que la esfera oscura seguía allí, en el mismo sitio, aunque parecía que su tamaño se había multiplicado por dos.

Oppie fumaba y paseaba sin parar en su búnker. «Espero que el centinela no tenga una experiencia como la de Benjamin Franklin», bromeó con voz temblorosa. Intentaba que el humor quitase hierro a la situación. Los últimos siete días venía padeciendo un dolor punzante en el abdomen, en el epigastrio, que se había acompañado de náuseas y algún vómito. Aquel día, cuando la posibilidad de un accidente nuclear que pudiera echar sus planes a perder era real, las náuseas regresaron. Salió afuera, caminó unos pasos y sintió que las arcadas eran más intensas que otros días. Se sintió mareado y necesitó apoyar una mano en el cemento rugoso del búnker para no caerse. El vómito llegó al instante. No pudo evitar observar el contenido, que no era comida, sino una masa semilíquida negra como el poso del café. Se limpió los labios con el dorso, y cuando miró la mano vio que el líquido era rojizo. «Sangre digerida», pensó. Miró al cielo que no existía y gritó:

—¡Oh, Dios, aparta de mí este cáliz!

Si esperaba que un trueno secundase sus palabras, este nunca llegó.

En la torre, la tormenta asediaba y agitaba la estructura de hierro. El científico aún veía los relámpagos, pero la fuerza del viento le impedía oír los truenos. La plataforma estaba mojada y sus ropas también. Los ingenieros, para prevenir los efectos eléctricos, habían tomado medidas profilácticas y construido la torre como si fuese un pararrayos masivo, que transfería la electricidad hacia abajo enterrándola en el cemento de la base para evitar así que causase daño a la estructura. Pero allá arriba, con cada relámpago, las chispas se multiplicaban.

En otro búnker, varios kilómetros más lejos, Groves fingía dormir. Quería transmitir calma a la tropa y a sus subordinados, pero con cada trueno se prometía que mandaría a los responsables de las predicciones del tiempo a pelar patatas a Alaska. Con los ojos entrecerrados vio la sombra de alguien que entraba en su oficina reflejada en la pared. La luz de un relámpago iluminó la cara del oficial a cargo de los informes del tiempo.

—¿General?

—Es *una noche oscura y tormentosa*, ¿eh? —le gritó en la cara matando el cliché con un tono agrio.

—Tendremos cielo limpio a las cuatro de la madrugada —informó en un susurro.

Groves cogió al soldado por el cuello de la camisa. El oficial era de baja estatura.

—Lo has inventado para evitar el destierro.

—A las cuatro, predicción de cielo claro.

Groves abrió la puerta de la calle. La tormenta azotaba el lugar como las hordas de Atila. Cerró la puerta contra el viento y volvió a mirar la cara del pequeño y delgado oficial, que en su opinión era un profesional demasiado joven para saber nada.

—Te colgaré si te equivocas otra vez.

—No fue una equivocación, mi general. El tiempo en el desierto cambia con tal velocidad que lo hace impredecible.

Groves fijó su mirada unos segundos más en los ojos violeta del capitán. No pudo leer el futuro. Le dio una palmada en el hombro.

—De acuerdo, oficial, informaremos a los demás de las buenas noticias y recuerda que no deberíamos tener al presidente esperando mucho más tiempo, ¿entendido?

El encargado de informar del tiempo salió del búnker. El general pensaba que tenía poder para manipular el tiempo. Y luego hablaban de Patton.

En la torre, el ingeniero notó el segundo impacto directo

de un rayo. Comprendió que no iba a ser inusual. Estaba subido en la única estructura vertical en kilómetros a la redonda, con las montañas, árboles y edificios muy lejos de él. La torre de la bomba era, por lo tanto, un inmenso pararrayos y el perfecto blanco para la tormenta eléctrica. Un tercer relámpago se siguió de chispas entre él y la esfera atómica, y esta vez, a pesar de la lluvia, se iniciaron pequeños fuegos. Se quitó la camisa y, moviéndose con mucho cuidado por la resbaladiza plataforma, apagó con ella las pequeñas llamas. Las ráfagas de viento silenciaron sus maldiciones y estuvieron a punto de empujarle hacia abajo.

El capitán a cargo del tiempo caminó bajo la intensa lluvia a las cuatro de la madrugada para informar a un escéptico Groves.

—Cielos claros a las cuatro y media.

El general salió de la oficina y miró al cielo. Nada hacía presagiar que la tormenta iba a detenerse en media hora.

—¿Cuál, por el amor de Dios, es la posibilidad de que tu predicción se cumpla?

—Noventa y nueve por ciento de confianza.

El general cogió sus minúsculos hombros con sus dedos gruesos. El soldado adoptó una posición de firmes. Groves pensó que solo quedaba media hora y que en periodos tan cortos la llamada «ciencia del tiempo» acertaría, aunque no le cabía ninguna duda de que un lugareño sería de más valor que los *científicos*. Soltó al oficial y le indicó la puerta sin decir palabra. Cuando el capitán se fue, salió y, sin prestar atención al aguacero, se dirigió al barracón donde estaba instalada la radio y desde allí intentó contactar con Oppie. No pudo hacerlo, pero el operador le informó de que Oppie estaba en su barracón, despierto y enfermo. El general se subió en un Jeep y condujo hasta allí.

Mientras tanto, en la torre, el ingeniero notó que la esfera se había movido. Los rayos hacían temblar la plataforma y la enorme bola metálica había cambiado de posición. Lo preocupante no era el pequeño desplazamiento, sino las consecuencias del mismo: ¡el cable de uno de los detonadores estaba en contacto directo con los hierros de la estructura! Si un rayo tocaba la torre, el detonador se activaría y se dispararía una explosión atómica incompleta. «Incompleta» no era un vocablo optimista: él y la torre se convertirían en polvo cósmico y el Proyecto Manhattan quizá también. Se desplazó a gatas hasta la esfera e intentó separar el cable de las vigas de hierro. El detonador formaba una trenza con otros y estaba pegado a la cabeza de la medusa nuclear. No pudo extraerlo. Levantó la cabeza y vio lo que no quería ver: una docena de rayos se disparaban en todas las direcciones desde lo más alto de la tormenta. Uno de ellos tocaría otra vez, tarde o temprano, la torre. Era una predicción razonable. Y se cumplió justo en ese momento. Como las veces anteriores, aunque con más violencia, fue lanzado hacia atrás y quedó boca abajo a tres metros de la esfera y casi inconsciente. Medio minuto después, cuando intentó levantarse, no pudo hacerlo porque la estructura tembló de nuevo con el impacto de uno, dos, tres rayos más, cada uno más violento que el anterior, y él seguía aturdido. Contó los relámpagos con la nariz aplastada contra la madera y protegiéndose la cabeza con las manos, que parecía que iba a estallar. Cuando se le aclaró un poco la mente y se atrevió a mirar, la esfera había rodado de nuevo, separándose de los hierros, hacia el centro de la plataforma y estaba intacta y sin fuego a su alrededor. Respiró aliviado cuando creyó oír un ruido. Un ruido que le hizo ignorar sus lágrimas de miedo y alegría.

Era un silbido apagado, como si un gas a presión estuviese escapando por una pequeña rendija, como el agudo pitido de una olla exprés. No estaba seguro si lo oía o era su imaginación, por lo que se dio la vuelta con cuidado y acercó la cabeza a los cables de los detonadores, pero como no conseguía oír con claridad, sacó coraje de donde no había y pegó la oreja contra el frío metal, que estaba empapado y resbaladizo. Así, sí que podía oír el zumbido apagado dentro de la bola: fiiiiiiiiiiii. Ese ruido le horrorizó. Se separó de la bomba y miró alrededor de la superficie: no observó humo ni burbujas. Volvió a acercar la oreja al metal y esta vez no oyó nada, ¿podía ser que se lo hubiese imaginado? No, el ruido había sido real, así que se apretó aún con más fuerza contra la bomba, y en ese momento un rayo volvió a impactar en la torre, la esfera se movió con violencia y el cable de un detonador cortó el pabellón de su oreja hasta casi arrancarla. La onda le lanzó contra los hierros. No pudo ignorar ni el miedo ni el dolor ni la sangre, pero necesitaba saber si el interior de la esfera estaba *vivo*, así que gateó despacio hacia la bomba. Apoyó la otra oreja en la esfera, la sangre le corría por el cuello, y cerró los ojos. Oyó el suave siseo: siiiiiiiiiiii, pero parecía que el volumen descendía con rapidez y unos segundos después había desaparecido por completo. Se sentó, cogió la camisa del suelo y se tapó la oreja con ella. El rictus de dolor suprimió una risa enajenada. Intentó relajarse, pensar en lo importante. ¿Qué debería hacer ahora? ¿Podía bajar de la torre? Llegar a la escalera y comenzar a bajar no parecía ni difícil ni descabellado. Tenía órdenes, era verdad, pero también era una situación límite, todos allá abajo le entenderían. Pero una vez abajo, ¿dónde iría? No tenía medio de transporte y la explosión en cualquier caso le mataría igualmente. ¿Era posible sujetar la esfera a la tarima de madera, lejos de los hierros? No vio nada que pudiera ayudarle, su cinturón no parecía que pudiese ser de mucha ayuda, dado el tamaño de la esfera. Necesitaba elaborar un plan, tenía que pensar con claridad, pero el dolor en la espalda y la cabeza no le permitía hacerlo.

Histeria

Cuando Groves llegó al otro punto de observación, el drama se había apoderado de la habitación debido al comportamiento de Oppie. La bronca comenzaba a descontrolarse. El director de Los Álamos se encontraba envuelto en una discusión violenta con Kisti sobre un fallo en los detonadores que había ocurrido hacía semanas. Sentados en silencio observando la discusión había soldados y oficiales, además de ingenieros y científicos. Groves hizo una seña a Oppie y salió del refugio; Oppie lanzó la última amenaza a Kisti y siguió al general. Caminaron juntos unos pasos. Oppie mostraba una agitación como si estuviese a punto de un ataque de pánico.

—Por Dios, Oppie.

—Lo sé. Tengo el aspecto del fantasma de Julio César.

—¿De qué habla? Déjese de acertijos.

—Tengo una hemorragia digestiva, probablemente grave, pero no estoy muerto.

—¿Sangra?

—Se ha detenido —musitó y se estiró cómicamente como si sufriese un dolor terrible al hacerlo—. ¿Cuáles son las noticias? —preguntó con aire de quejido.

—El tiempo está cambiando para bien.

Oppie estaba a punto de echarse a llorar. El general le cogió del brazo y le hizo alejarse del búnker. Cuando pudieron hablar sin ser escuchados le recordó que había un hombre en la torre que podía morir y que no iban a tomar su sacrificio en vano. «¿Deberíamos ir a rescatarlo?», preguntó. Existía también la posibilidad de tener que cancelar la maniobra ¿Era conveniente? Entendía el estrés, y que el físico no fuese un soldado, pero debía comportarse y calmarse o tendría que mandarle a Los Álamos y hacer la prueba sin él.

—¿De qué habla? Ya hemos perdido la oportunidad. Es posible que la bomba haya explotado sin ser observada.

El general le miró perplejo y un segundo después le abofeteó la cara. Oppie le miró con rabia y cerró la mano en un puño. Groves le dio otra bofetada, esta vez más fuerte que le hizo perder el equilibrio, pero sin llegar a tirarle al suelo. Oppie dejó caer los brazos. Hay una línea muy fina que separa el valor absoluto de la cobardía más abyecta, y Oppie había cruzado la línea. Y los cobardes, en momentos decisivos de la batalla, constituyen un peligro tan grande como el enemigo. Había que impedir que Oppie destruyera el test.

—Nadie sabe cuánto trabajo he invertido en este plan —se quejó llorando.

—Pues ahora toca aguantar y acabar la faena —le amenazó con darle otro bofetón—. Y ha de dar ejemplo.

Oppie se abrazó a Groves.

—Acabo de vomitar sangre.

Groves no le creyó, le tocó el hombro varias veces y le dejó que llorase sin soltarse. Cuando dejó de llorar, Groves buscó la pipa en los bolsillos de la chaqueta de Oppie y se la dio. Luego sacó una pequeña botella de whisky de otro bolsillo, la destapó y se la puso en los labios. Oppie bebió un trago largo. Luego llenó su pipa y la encendió. Exhaló el humo varias veces y luego bebió otro trago. Notó el dolor corrosivo en su estómago.

—Es un buen amigo. ¿No ha habido explosión? ¿El agua no desmanteló la esfera? El hidrógeno del aire podría reaccionar con el uranio y, si ha entrado agua, puede hacerla hervir y disparar una explosión, como una bomba sucia.

—No ha pasado nada de eso, los búnkeres de observación cercanos a la torre no han detectado ninguna señal directa o indirecta de explosión o radiactividad. ¿Está mejor? Hemos de volver. Recuerde lo que dijo: los hombres vendrán a Los Álamos porque quieren ser parte de la Historia, y hoy la Historia se escribe aquí, en la Jornada del Muerto.

—Trinidad. Prefiero que la llame Trinidad.

Volvieron al refugio. Oppie se disculpó ante Kisti, que le ignoró y le despachó con un gesto de desprecio.

Groves subió al Jeep y volvió a su punto de observación. Oppie quería que se hubiese quedado, pero él mismo había establecido la regla por la que los dos debían estar en puntos separados durante la explosión. Pasara lo que pasase, el Proyecto Manhattan no debía quedarse sin líderes.

A las cuatro y media, todavía llovía. Un cuarto de hora más tarde, dejó de llover.

—De acuerdo, vamos a proceder —gritó el general ignorando al pequeño oficial, que estaba sentado en una esquina del búnker, con un informe del tiempo en la mano derecha y sus ojos violeta sonriendo.

Un Jeep salió hacia la torre para preparar la detonación. Rescataron al ingeniero de la plataforma, que descendió con la cara tensa y la expresión de alguien que hubiese estado peleando con coyotes toda la noche. Estaba en un tremendo estado de *shock*; llevaba la camisa pegada a la oreja, casi cercenada, pero no dejó que nadie le tocara. Y no pudo contestar a ninguna pregunta. Después de dar dos pasos torpes, no pudo caminar más y dos soldados le llevaron en volandas hasta una camilla, donde se tumbó a la espera de una ambulancia. Un enfermero le inyectó un sedante, le limpiaron la sangre y le dieron cinco puntos en la oreja.

A las cinco y diez comenzó la cuenta atrás de veinte minutos.

Desde su búnker, el oficial a cargo del cronómetro anunciaba por radio el tiempo que quedaba para la detonación. Pronto, los intervalos entre los mensajes pasaron a producirse cada minuto, y luego cada varios segundos. La tensión mental aumentó con rapidez y, cuando el cronómetro marcó cero, la mayoría de los protagonistas y testigos habían vaciado sus mentes de cualquier sentimiento salvo el de una expectación animal, que parecía estar en sincronía con la oscuridad, la tormenta y el desierto.

A las cinco y media, parte del sol cayó en la tierra.

El cielo se tornó mucho más brillante que el del día más soleado, y este increíble destello se volvió púrpura y luego mudó a un verde terrible y finalmente al blanco radiactivo. La luz era tan intensa que pudo verse desde cientos de kilómetros de distancia. Incluso los ciegos de los pueblos más cercanos percibieron el cambio artificial de la luz del universo, como la explosión de un sol. Richard, protegido por el parabrisas del coche, no usó las gafas de sol y se quedó sin vista durante tres segundos.

Si la luz era supernatural y la ceguera, un efecto inesperado y molesto, el silencio resultaba más extraño. La palabra «bomba» está intrínsecamente asociada a un gran ¡bum! Pero a Richard solo le inundó la luz: un silencioso tsunami de luz. Y luego, como en una película de cine mudo, una columna de humo comenzó a subir silenciosamente hacia el cielo adquiriendo la forma de un hongo.

Richard vio cómo los demás se quitaban las gafas a medida que la intensidad de la luz descendía y salió del coche para unirse a Klaus, quien se encontraba de pie observando mudo, pero con una sonrisa de pánico. El silencio era tan profundo que incluso el constante ruido del viento del desierto había desaparecido, como si hubiese sido aspirado por una fuerza sobrenatural o hubiese corrido a ocultarse, como hicieron todos los animales, que se refugiaron en las cuevas más profundas de los cañones del desierto.

Estuvieron así más de sesenta segundos antes de que llegase a ellos una brisa mórbida y cálida que parecía salir del núcleo incandescente del centro de la tierra y luego un vendaval tan fuerte que casi tumba a los dos amigos.

El sonido, un estertor horrible, surgió como una estampida de miles de búfalos o de valkirias —como después diría Oppie—, que se multiplicaba en ecos repetidos por los cañones y rebotaba en las montañas más lejanas para regresar multiplicado como el mayor trueno que había oído la humanidad desde el amanecer del hombre.

Fue ese sonido, más que la luz, lo que convenció a Groves de que el experimento había sido un éxito y de que el Ejército tenía un arma, nueva y definitiva para la que no había defensa.

Es imposible tocar la eternidad

Oppie le diría más tarde al periodista del *New York Times* tratando de parecer espontáneo: «Me he convertido en la Muerte, el Destructor de los Mundos». Y casi consiguió el tono correcto. Había rumiado y ensayado esta frase durante las últimas cuatro semanas y practicado durante horas los días antes de la prueba con Kitty. Creía que había encontrado la frase ideal, aquella que resumía en pocas palabras el momento y enfatizaba su papel de director, y lo hacía de forma sutil, casi oblicua, porque escondía el mensaje debajo de un aparente pesar. Y la información estaba tan condensada que la frase —con su exotismo— podía utilizarse como titular del *New York Times*. Era algo apocalíptico, fácil de recordar por quienes lo oyeran. Nada en francés ni en sánscrito, como había pensado al principio y había desechado luego; era una frase en inglés, de contenido profundo. La había leído hacía tres meses en el Bhagavad-Gita. La repitió varias veces en voz alta. Con los días practicaría el tono apropiado, el ritmo de la declamación delante del espejo. No debía parecer demasiado afectado o teatral, debía dar con el tono de trágica aceptación del destino final del hombre. No era fácil, se requería un Laurence Olivier... Cuando encontró el acento ideal, ensayó más aún, ahora con su mujer. Les encantaba a los dos. Era memorable. «Siempre será recordado», estuvo de acuerdo Kitty. «Me he convertido en la Muerte, el Destructor de los Mundos». ¡Genial!

El director de la operación Trinidad, un veterano coronel con experiencia en batalla que debía ser el testigo principal de la frase lapidaria de Oppie, no mostró interés ni apreció la *literatura* del comentario. «En lo que nos hemos convertido, Oppie, es en unos hijos de puta. En los mayores hijos de puta de la historia de la humanidad», espetó con rotundidad. Y ese comentario agradó a Oppie sobremanera. El mundo estaba en deuda con él, y pensaba cobrarla.

Durante las horas que siguieron a la prueba, Oppie aceptó las enhorabuenas de muchos de los testigos, y a pesar de ser La Muerte, el Destructor de los Mundos, como le gustaba repetir, parecía complacido con el resultado y caminaba exultante entre los científicos, como un general entre sus tropas después de ganar una guerra. Él era el creador de la bomba, como tal había hecho historia. Podía estar contento. Se merecía las felicitaciones. «¡Dejad que los simples se acerquen a mí!».

Groves se aseguró de mandar el mensaje en clave a Truman. Oppie no tuvo acceso al mismo, así que no pudo modificar el texto. El presidente casi saltó de alegría cuando leyó en Potsdam que la operación del paciente había salido bien y que el doctor Groves estaba contento con el resultado. Pensando que la bomba frenaría las ambiciones internacionales de Stalin, Truman informó al dictador soviético durante la conferencia en la ciudad alemana.

—Espero que nos sirva contra los japoneses —replicó el dictador.

Truman sonrió sin decir nada y pensó: «La probaremos con ellos, primero. Y luego ya veremos».

Durante la reunión, Stalin también había leído el informe del Zorro Rojo sobre la bomba que había hecho estallar Truman. Los informes de Klaus marcarían el rumbo que llevaría a la Unión Soviética a ser un poder atómico, mucho antes de lo que los americanos pudieran siquiera imaginar. Tendría que sacar a Klaus de Estados Unidos cuanto antes, se merecía volver a su país y vivir el resto de su vida en una nación libre. Era un héroe comunista. A veces, un hombre solo puede salvar el destino de la humanidad.

Un alfil quiere moverse como una torre

No todos veían con buenos ojos el éxito de la prueba de la bomba de plutonio. Alemania se había rendido y el objetivo de las bombas era destruir a Hitler, de modo que ahora ya no tenían sentido alguno. Los científicos comenzaron a organizarse en torno a Leo Szilard para detener el lanzamiento de las bombas atómicas porque estas, de manera inevitable, causarían millones de bajas civiles. Y no iba a ser un daño colateral. La población, incluyendo mujeres y niños, sería masacrada de modo indiscriminado, y barrios enteros, iglesias, escuelas y hospitales serían arrasados. Ahora que el nazismo había sido derrotado, el uso de las bombas parecía un acto criminal y la marea de protestas contra ello crecía cada día.

Leo Szilard entró en la oficina de Oppie sin llamar tomando a Priscilla por sorpresa. Desde Trinidad, alertados por Groves, el FBI, que ahora se centraba en eliminar la resistencia al empleo de las bombas atómicas contra Japón, le estaba acosando y sabía que tratarían de impedir que frenara el proceso. No le daban miedo, había muchos como él y tenían la razón: había que parar aquella locura. Ese día iba a darle la posibilidad a Oppie de situarse en el lado correcto de la Historia.

—Ya tienes el *rayo de la muerte*. ¡Estarás contento!

—Mira quién llega sin avisar. El Mahatma Gandhi húngaro —repuso Oppie.

Leo cogió una silla, la acercó al escritorio y se sentó frente a Oppie. Este descolgó el teléfono, marcó tres números y luego colgó sin hablar.

—Cuando tu general me advirtió de que no era bienvenido en ninguna de las oficinas de los líderes del Proyecto Manhattan, me sentí decepcionado, pero quería ver tu cara por última vez, justo antes de que destruyas las guarderías y hospitales de una ciudad en Japón. ¿Es ese el plan? ¿No? ¡Claro que lo es!

Oppie se dejó caer en su sillón.

—Leo, profeta de la guerra nuclear, trabajaste mucho para convencer a Roosevelt, a Lawrence, a Fermi y a mí de que las bombas eran una necesidad mayor y urgente, y ahora después de todo el esfuerzo, de conseguir paralizar la industria americana, supones que es lícito decir que lo sientes mucho, que cambiaste de opinión; hasta ayer eras un paranoico, pero hoy has visto la luz. Lo único lo que necesitamos es intercambiar amor por balas con los nipones. Olvidémonos de Pearl Harbor. Sentémonos a tomar el té con el emperador.

Leo se quitó caspa de los hombros. Fuera de la oficina, Priscilla hablaba por teléfono. Su voz de soprano parecía haberse estirado en un alto y rápido *falsetto*. Leo y Oppie no podían discernir lo que decía, pero notaron la intensidad de la conversación.

—Estás usando la reputación que te ganaste como científico para hacer política donde quieres, utilizar la estrategia opuesta y convertirte en un pacifista para volver a salvar al mundo —continuó Oppie—. Piensas que cambiando de chaqueta podrías volver a triunfar. Pero la guerra tiene sus reglas, aunque tú no quieras aceptarlas, y una de ellas es darle al enemigo con lo que se tenga, y hacerlo cuanto antes y con todas tus fuerzas. Leo asume tu responsabilidad.

Leo levantó las anchas cejas.

—¿Política? Estamos hablando de guerra. Tú eres La Muerte, ¿no? El Destructor de los Mundos, ¿no? Eres un cerdo que ha asumido la misión de un puerco.

Oppie cogió el sombrero que estaba sobre la mesa y golpeó el despacho varias veces.

—Tu pase de seguridad para materias de guerra ha sido retirado —le advirtió y apuntó a la puerta con el sombrero.

—Me prometiste que hablaríamos del futuro de la energía nuclear después del ensayo, y ahora, en cambio, me mandas a tu bulldog para asustarme.

—No sabes dónde te estás metiendo. Pero la línea de la traición es clara y no deberías cruzarla.

Más allá de la puerta de la oficina se oían tres voces: dos hombres y Priscilla.

Leo sacó una carta del bolsillo de la chaqueta y la puso encima del despacho.

—La han firmado cincuenta científicos. —Le señaló con el dedo—. Y pronto serán más.

Oppie hizo un gesto con la mano para que recogiera la carta. No pensaba mirarla.

Varios meses atrás, Leo había soñado que caminaba otra

vez por las calles de Londres, como cuando imaginó la reacción en cadena. Llovía y sus pies estaban pegados al suelo y le impedían moverse, así que más y más líquido entraba en sus zapatos, mojándole los calcetines y los pantalones. Miró hacia abajo. La calle era un río, pero no era agua lo que llevaba, sino bilis y sangre.

—Queremos que el presidente use su poder para prevenir un ataque nuclear, a menos que las condiciones, que serán impuestas públicamente a Japón, no se cumplan y el Ejército del emperador decida no rendirse.

Oppie soltó una carcajada falsa.

—¿Anunciaron ellos el ataque a Pearl Harbor? ¿Cuántos soldados muertos son tu límite antes de que decidamos usar la bomba? ¿Mil, dos mil quince mil, cincuenta mil? ¿En qué mundo vives?

Leo se las compuso para parecer relajado cuando habló:

—No hay necesidad de usar la bomba, Japón se rendirá igualmente. Los generales japoneses saben que no tienen ninguna posibilidad de ganar la guerra. Siguen peleando porque su emperador no ha claudicado, pero es una cuestión de tiempo... Si esperamos un poco, no necesitaremos asesinar a gente inocente.

Oppie movió el dedo índice para negar la afirmación de Leo.

—¡No hay gente inocente! Ese es tu error. Estamos en guerra y ellos son culpables de haberla comenzado y de actuar con el máximo odio. No morirá ni una sola persona inocente.

Leo se levantó y apoyó los puños en la mesa, los nudillos se le pusieron blancos.

—¡Eres un psicópata! Desde que intentaste envenenar a tu profesor en Cambridge, desde cuando quisiste estrangular a tu compañero de habitación en París, desde que llevaste a la muerte a Jean... Y ahora el psicópata tiene la oportunidad de cometer el mayor crimen contra la humanidad. El más grande de la Historia. No hay un gramo de compasión en tu sangre.

—Leo, los hombres son compasivos y son crueles, su modo de actuar depende del momento, de la coyuntura. Hoy estamos en guerra con Japón, una guerra en la que mueren compatriotas nuestros cada día, ¿no tienes compasión con ellos?

No tuvo tiempo para responder porque Priscilla abrió la puerta y Leo se giró hacia ella.

—Están aquí —anunció.

—Diles que Oppie está ocupado —soltó Leo y movió su mano para indicarla que les dejara en paz y cerrase la puerta.

—No han venido a ver al doctor Oppenheimer —repuso ella con acritud.

Leo miró a Oppie con una pregunta en los ojos. El físico no contestó, se relajó en su silla y sacó la pipa unos segundos. Después dijo:

—Priscilla, déjales entrar.

Ella abrió completamente la puerta para que entraran dos tipos con cuerpos de militares, vestidos con trajes marrones y sombreros marrones. Uno era descendiente de eslavos, el otro, de europeos del sur. Oppie se los presentó a Leo.

—Agentes Kowalski y Gómes, OSS.

«Contrainteligencia, la nueva inquisición, la nueva plaga en el país», pensó Leo.

Los oficiales se quedaron pegados a la pared, con las manos cruzadas en la espalda, justo detrás del respaldo de la silla de Leo.

—No me impresionan. —Señaló este hacia atrás con el dedo pulgar—. Ni la Gestapo lo hizo, ni ellos lo conseguirán.

Oppie ignoró su comentario.

—Leo, la filosofía es esta: si ellos insisten en asesinar a nuestros soldados, *nosotros los aniquilaremos a todos*, tal como amenazó Thomas Jefferson, el padre bueno de la patria. Desde Jefferson para acá, la compasión en América es una actividad que se ejerce en tiempos de paz.

—No seas idiota. Pronto los rusos y otras naciones tendrán acceso a las bombas y ellos también podrán aniquilarnos. Un precedente podría iniciar una era de devastación. ¿Te ha vendido Von Neumann la lógica del dilema del prisionero? Sus razonamientos son un colador... Sin bombas, no hay problemas.

El teléfono sonó y, antes de que Oppie lo descolgara, Kowalski solicitó:

—¿Me permite, doctor?

Oppie asintió. La cara larga y seria escuchó en silencio.

—Así lo haremos —dijo, colgó y volvió a convertirse en estatua detrás de Leo.

Leo había conseguido escuchar que le pedían al agente que esperase por otros.

—Leo, nos hemos convertido...

Las dos barbillas de Leo asintieron al unísono.

—Sí, en el Destructor de los Mundos. Seguro que tienes un objetivo detrás de la bomba atómica. ¿Qué quieres ser? ¿Presidente de Gobierno? ¿Te gustaría suceder a Truman? ¿Vivir en la Casa Blanca?

—Ciertamente no es el peor barrio para trabajar.

—Qué lástima me das.

—Ten lástima de ti mismo y del grupo de traidores. Ellos perderán sus trabajos así de rápido —amenazó Oppie, y chasqueó los dedos—, y tú pasarás unos años en la cárcel, meditando los límites de tu lealtad a este país que te ha dado refugio, trabajo y poder.

—Esta carta será un testimonio de la conciencia de la humanidad en este instante tan crítico.

Entonces se oyó la voz grave de Gómes.

—Doctor Szilard, ¿tiene usted una copia de esa carta?

—¿No la ves? Está ahí, encima de la mesa, te iría bien leerla —contestó Leo, sin girarse.

—Gracias, profesor —dijo la voz grave mientras una mano grande como una pala cogía la carta y la guardaba en el bolsillo interior de la chaqueta marrón.

—No tengo tiempo para tu misiva, estoy preparando otra carta —advirtió Oppie—. Informaremos a Truman de que la mayoría de los científicos creen que la bomba atómica debe usarse para forzar la rendición de Japón.

Eso es una mentira de proporciones ingentes.

Priscilla llamó a la puerta. A Oppie le extrañó que lo hiciera.

—Adelante —ordenó Oppie, cuando la mano de Kowalski giraba el pomo.

Entraron dos militares y un civil. El hombre de traje pasó entre las estatuas de la OSS y Leo y extendió la mano hacia Oppie, quien la estrechó. Leo se puso de pie.

—Permíteme presentarte... —comenzó Oppie.

—¿Al fiscal general del Estado? No es necesario —repuso Leo.

—Vayamos entonces al asunto que me ocupa —pidió el fiscal—. Me temo, profesor, que tendrá que acompañarnos a Washington.

Los dos estatuas del OSS se movieron un paso hacia delante, uno de ellos apartó la silla donde había estado sentado Leo.

—¿Cuál es la acusación?

—Entrar sin autorización en una base militar podría ser una de ellas, y lleva pena de cárcel. El general Groves prohibió su presencia en Los Álamos, y le encuentro aquí, me pone usted en una situación difícil. Bloquear una acción militar podría ser otra. La traición, como puede entender, no se ha descartado todavía. Necesitamos saber si supone un riesgo para la seguridad nacional. En Washington quieren que pase el polígrafo.

—No es necesario. Nunca miento.

El fiscal dibujó una suerte de sonrisa con la esquina de la boca.

—Es un procedimiento de rutina. Tendrá que informar en una sesión privada a varios miembros del senado. Por último, se entrevistará con la OSS y el FBI.

—Y después de los interrogatorios, ¿la cárcel?

—No los llame interrogatorios, por favor. Si usted colabora le dejarán en libertad aunque le prohibirán el acceso a cualquier laboratorio de física en Estados Unidos, y preferiríamos que no lo hiciera en ningún otro país.

—Entiendo —murmuró Leo y se giró hacia Oppie—. ¿Quién firma tu carta?

—Un comité. —La pipa echó el humo hacia el techo.

—El firmante es uno.

—Lleva mi firma, si es eso lo que quieres saber. No me lavo las manos. Si puedo evitar la muerte de soldados americanos, lo haré. No me importa el precio que tengan que pagar nuestros enemigos. Ellos comenzaron esto y nosotros lo acabaremos. Y en semanas tendremos bombas atómicas suficientes para destruir las ciudades importantes de Rusia en una noche. ¿Te preocupa?

—Me preocupa que tú sigas al mando de esta masacre —concluyó Leo, y se giró hacia el fiscal y le ofreció las muñecas.

La estatuas miraron al fiscal, quien movió su cabeza con un gesto negativo.

—Doctor Szilard, he reservado un asiento en primera clase en un tren directo a Washington. Es un invitado del presidente Truman mientras acate las condiciones que he mencionado.

Leo hizo una mueca que no mostró agradecimiento. Los agentes de la OSS abrieron la puerta y juntos abandonaron la oficina dejando a Oppie fumando la pipa, sentado en su despacho.

—Pobre Leo —comentó Priscilla.

Oppie se encogió de hombros.

—Ya sabes que las revoluciones devoran a quienes las comienzan.

Cielos para desplomar

En la primavera de 1945 Von Neumann formaba parte del grupo de científicos y oficiales de infantería y cuerpo de ingenieros que debían seleccionar los blancos del ataque nuclear. El húngaro supervisó los cómputos relacionados con la potencial devastación y el número de víctimas. Estableció que el área de mayor destrucción se daría en un círculo de unos tres kilómetros de diámetro y que, por lo tanto, para maximizar el número de dianas humanas, sería preferible que la ciudad incluyera un área de un tamaño similar y con una gran densidad de edificios. Para poder determinar la destrucción causada por la bomba, convenía que la ciudad no hubiese sido bombardeada con anterioridad. Eso hizo que se descartase Tokio, sobre la que habían caído miles de bombas. Escogió Kioto, la capital cultural. Según él, ese sería el ataque que conllevaría el mayor *shock* psicológico. Sin embargo, los militares preferían objetivos que pudiesen relacionarse con el Ejército enemigo, y Kioto no entraba en esa categoría. Alguien comentó que el secretario de Defensa, que era experto en cultura japonesa, nunca aprobaría Kioto. Entonces Von Neumann sugirió Hiroshima, con una población de un cuarto de millón de personas en el círculo de destrucción de la bomba (similar a la de Dallas, en Texas) y con varios objetivos militares. Esta vez, la ciudad fue seleccionada como el objetivo de la bomba de uranio, y Kokura, otra ciudad con parecidas características, fue elegida para el ataque con la bomba de plutonio.

Hanford radiactivo

Abrí la puerta de la caravana y la luz del interior se precipitó hacia fuera chocando con la oscuridad de la noche. Antes de cerrar, el olor me llegó a la nariz. Era una mezcla de alcohol barato, sudor y ropa sucia. Entré y le vi, sentado en una silla, mirando a mi mujer como un pervertido mientras jugaba con una navaja, amenazando con mover la hoja bajo su vestido mientras miraba un número de *Casas y Jardines* con la otra mano.

—¿Me echabas de menos? —preguntó Halfdollar mirando el reloj: eran las siete y media—. Pierdes el culo por trabajar, ¿eh?

—Aléjate de ella.

—Como quieras. Siéntate ahí, cariño —ordenó señalando una silla cerca de él. Ella se movió con prisa—. Podríais ofrecerme un matarratas...

—Sabes que no bebo.

—Podías haber empezado, jodido cabrón.

—La policía está de ronda.

Halfdollar separó un poco la cortina y miró afuera.

—Hagamos como que nos da igual. Necesito un favor. El último. Lo prometo. Y desapareceré, no volverás a verme.

—No tengo dinero.

—Esta choza debe costarte litros de sangre por mes. —Apuntó con la navaja las paredes de la caravana mientras parecía mirarlas con admiración—. Quiero información de los Trajes.

Cogí una silla y me senté.

—Es un asunto peligroso, Halfdollar.

—¿No lo has oído? Dicen que tienen algo más valioso que el oro.

—Es un rumor.

—Tú tenías un amigo, ¿no? Un ingeniero. ¿No te ha dicho nada?

—¿A mí? —pregunté y él se rio. Se puso de pie, se acercó a mi mujer y le tocó el pelo con la navaja.

—Entiendo que quieras protegerle. Pero necesito detalles. He de ir sobre seguro. ¿Dónde lo guardan?

Ella se levantó, corrió hacia mí y me abrazó. Él tomó asiento de nuevo.

—Vamos, cuéntame ese cuento.

—Tendrás un ejército buscándote.

—¿Lo guardan en las casas?

Miré a mi mujer. Su expresión era de terror. No merecía pasar por esto.

—No. Guardan algo en los coches, a veces.

—¿Estás de broma?

—Tienen unos recipientes especiales, de cuatro litros y

medio, más o menos, metálicos, no muy pesados, que a veces cubren con una funda de tela negra.

—¿Oro líquido?

—Si te digo lo que me dijeron, no lo creerás.

—¡Habla ya!

—Me dijeron que era... un trozo del sol.

—Eso he oído —asintió Halfdollar—. Dicen que pueden cambiar plomo en oro. Soles de oro.

Me encogí de hombros y apreté más a mi mujer contra mí.

—Ni lo sé, ni me interesa. Ya tienes lo que has venido a buscar. Márchate.

—Un trato es un trato. Acompáñame fuera y dime dónde aparca tu amigo el coche.

Salimos. Me relajé un poco cuando mi mujer cerró la puerta.

—Puedo decirte dónde está su aparcamiento, pero el coche estará vacío. Lo cargan para transportarlo a otro sitio.

—¿Adónde?

—No lo sé.

Nos alejamos de la caravana y llegamos a la alambrada que separaba los edificios de los Trajes. No le gustó la alambrada. Ni la torre de observación.

—¿Dónde vive tu amigo?

—Ya te he dicho lo que sé.

—Ahora no me abrirá, pero puedo volver otro día y arrancarle la cabellera a tu mujer mientras la tengo debajo.

—No es mi amigo. Es un conocido. No sé los detalles. Está fuera de Hanford. Lejos.

Sacó el puñal y me lo puso en la espalda. Me forzó a caminar. Íbamos en la dirección de la caravana. Tenía que pensar en algo. No le iba a dejar que se acercase a mi mujer nunca más. No fue necesario hacer nada, nos detuvimos unos metros antes, al lado de un coche.

—Entra. Está abierto.

—Tú no tienes coche.

—Es un regalo, hermano. ¿Piensas que nadie me quiere? Entra.

El coche arrancó sin necesidad de una llave. La aguja marcó un depósito de gasolina casi vacío.

—Con eso no tenemos bastante.

Ignoró mi comentario.

—Piensa en el hermoso pelo de tu mujer.

Llegamos al barrio donde podía estar la casa. No había coches aparcados. Decían que a veces trabajaban toda la noche.

—Es una de estas. ¿Puedo irme?

—Pronto te irás. Ahora te necesito aquí. Hemos encontrado una mina de oro. Mira cómo viven estos cabrones. Y sus mujeres son deliciosas: solo de verlas me caliento.

Aparcó el coche en una zona no iluminada, bajo un árbol. Desde allí se veían varias casas. El motor se apagó.

—Maldita sea, negro, nos hemos quedado sin gasolina.

Un coche se acercó despacio a una de las casas. Halfdollar indicó silencio apretando un dedo sucio contra mis labios. El ingeniero salió del vehículo dejando el motor en marcha y entró en su casa. Probablemente quería desearles buenas noches a sus hijos antes de volver al trabajo. Quizá lo hacía cada día.

—Espera aquí —ordenó Halfdollar.

Le vi aproximarse al coche y pensé que iba a robarlo. Pero abrió el maletero y cogió un recipiente que brillaba bajo la luz de la luna. Quería robar el oro sin que el ingeniero se diese cuenta, así tendría tiempo para escapar antes de que descubriesen el robo, y además, cuando lo hiciesen no podrían relacionarle con el delito. Yo era el único testigo. Quise escapar y mis piernas no me dejaron moverme. El ingeniero abrió la puerta de la casa y se quedó hablando con su mujer. Un perro ladró. Los ladridos rompieron la parálisis del miedo, salí del coche y corrí en la oscuridad. Unos metros más tarde miré hacia atrás, Halfdollar corría detrás de mí. Si me alcanzaba me mataría: yo era el único testigo. Después de diez minutos de correr sin parar, cambiando constantemente de dirección, temiendo caer en un barranco, me tiré al suelo cubierto con hojas y raíces, y me escondí tras un árbol. Me quedé un rato echado recuperando el aliento, escuchando. No escuché pasos ni ruidos sospechosos. Esperé un poco más. Oí cerca el sonido intermitente de coches que pasaban. Caminé hacia la carretera. Cuando llegué al asfalto vi la señal de una parada de autobús. «A estas horas ya no pasa ninguno», me dije. Y me senté en la cuneta de todos modos. Estaba demasiado lejos de mi casa.

Unos segundos después, un autobús apareció al final de la recta. Me puse de pie, no podía verlo bien, pero creía que era de los que transportaban trabajadores a Hanford. En un bolsillo del pantalón encontré mi identificación. No disminuía la velocidad, tal vez el conductor no me veía. Hice gestos con los brazos y grité con fuerza para que se detuviera. El conductor, un negro con cara de cansado, abrió la puerta y trató de detenerme. Salté dentro y le mostré mi tarjeta.

—No hay peligro, jefe, soy de los nuestros —dije señalando la carretera para que siguiera.

El conductor no estaba convencido del todo.

—¿Es una emergencia? —preguntó.

—No le dejes entrar —gritó un pasajero.

—Dime que es una urgencia.

Asentí en silencio.

El conductor imitó mi gesto y cerró la puerta. Mientras comenzábamos a movernos, susurró:

—Espero que sepas lo que haces.

Me giré hacia los pasajeros buscando un asiento. Mi cara mostró la sorpresa sin tapujos y debía de tener un aspecto cómico porque se inició un coro de risas. Estaba en un autobús de trabajadores blancos, algo estrictamente prohibido.

Sonaron varios insultos, más altos que las risas. Un pasajero dio una palmada en el asiento de ventanilla que estaba vacío a su lado y, sin pensarlo dos veces, me senté a su lado.

—Cometí el mismo error el otro día, me equivoqué de autobús.

—No creo que fuese el mismo caso. Lo que he hecho es ilegal.

El hombre blanco negó con la cabeza.

—Solo te has saltado una norma. En mi caso el error fue decírselo a mi mujer. Grave error. ¿Quieres un consejo? No se lo digas a tu esposa. No necesita saberlo.

Mientras escuchaba a aquel gigante de voz fina, vi por la ventana que un hombre cruzaba la carretera iluminada por los faros del autobús. Llevaba una especie de botellón en su mano. ¡Halfdollar!

Mi compañero de asiento también le vio.

—Se dirige al río. Ah, un baño bajo la luna. En Alabama me gustaba hacerlo. ¿Te has bañado de noche?

Negué con un gesto.

—El agua y la noche juntas... No, jamás.

—Una combinación peligrosa.

—Es algo especial.

Me giré hacia él. Iba vestido de negro, con un collarín blanco y una cruz dorada colgando sobre la camisa.

—Padre, ¿es usted sacerdote?

—Pues, ¿qué hora es? Veamos. —Miró el reloj de pulsera—. Las ocho y cuarto, tengo que decir que sí, que lo soy. Y como el hombre que busca el río, vivo perdido en la oscuridad.

Halfdollar cruzó el río sin problemas, aunque cerca de la orilla opuesta el agua a veces cubría más de un metro, y tuvo que alternar nadar y andar durante un par de minutos. Del otro lado, intentó volver a correr y no pudo: estaba exhausto. Se sentó para descansar. Apoyó la espalda contra un árbol. Mientras esperaba a que se calmase su respiración, no podía quitar los ojos del recipiente. El metal mojado reflejaba aún más los rayos de la luna. Recuperado el aliento, desenroscó la tapadera, que cedió sin hacer ruido. Dentro había otra botella blanca, que parecía de plástico, con una pequeña asa cerca de la boca. El agua del río había entrado en el recipiente metálico y mojado la botella blanca. Intentó sacarla, pero no pudo. Debía de estar unida al fondo de metal mediante unos tornillos o con cola. Se puso de pie y, todavía jadeando, se colocó el recipiente de metal entre las piernas, tiró con fuerza de la botella blanca. Oyó el desgarro del plástico. Eso le animó y tiró otra vez, y supo que la había roto porque el agua del fondo se llenó de burbujas. Entonces vio o creyó ver un intenso destello seguido de un ruido seco. Probó con más fuerza, y el contenedor blanco cedió y pudo sacarlo de la envoltura de metal.

Era tan blanco como la leche y tan nuevo como si lo hubiesen hecho esa misma noche. Caminó unos pasos hipnotizado por la belleza de la botella y por la luz que de un modo tenue comenzaba a salir de ella. Tenía una raja en el fondo. Lo agitó despacio y pudo oír el agua dentro. Un rayo mínimo de luz verdosa le cegó durante unos momentos. Lo agitó de nuevo y el ruido como de un trueno en miniatura se oyó con claridad. Entonces comprendió: el sol estaba *realmente* dentro.

Con las manos temblando, despacio, dejó el contenedor en el suelo. Se sintió mareado, nauseoso. Sus manos estaban enrojecidas y su cara quemaba. «Me estoy tostando al sol», pensó. Comenzó a caminar hacia detrás mientras mantenía la vista en el cilindro. «No voy a poder venderlo. ¿Quién me creería?». Vomitó y su estómago le avisó que venían más. «Es peligroso. El esclavo tenía razón». Se alejó más rápido, pero unos pasos después no sabía por qué lo hacía. Miró a su alrededor. «¿Dónde estoy?».

No recordaba el contenedor y no recordaba el río. Vio la botella blanca y caminó hacia ella. La cogió en las manos y la agitó para saber qué había dentro. El calor que sentía debajo de la piel era insufrible. «Estoy ardiendo. Estoy ardiendo en la tierra», gritó según avanzaba hacia el río, con la botella blanca ronroneando en la mano, en busca de agua fría. Antes de llegar a la orilla vio un relámpago verde y sufrió una crisis epiléptica que le tiró con violencia al suelo.

Se despertó al lado de la botella, que brillaba más que un diamante. Intentó levantarse, y no pudo. Tomó la botella en sus manos. Tenía fuego dentro de los pulmones y su cuerpo se agitó con una serie de crisis que le rompieron los huesos de los brazos y luego de las piernas antes de sumirle en un coma transitorio. Se despertó, o le despertó el horrible dolor y el fuego, y volvió a entrar en coma, esta vez durante más tiempo. Estuvo así varias horas: el dolor le desvelaba, pero volvía a entrar en coma. Por la nariz, la boca, los ojos y los oídos le salieron regueros de sangre mientras fallecía.

Ocho y cuarto

Oppie no podía estar sentado y paseaba por la habitación. Groves había citado a los pilotos del avión y se habían reunido con ellos en la oficina del general. La primera impresión fue que los aviadores estaban entregados a la misión: incluso habían bautizado a uno de los aviones con el nombre de la madre de uno de los pilotos. Oppie aprovechó la ocasión para soltar otro de sus discursos histriónicos. No necesitaba hacerlo, pero insistió en que el mecanismo de la bomba requería que fuese tirada manualmente en un día claro, que permitiese seguir la trayectoria de modo visual y luego por radar. Necesitaban seguir observando los blancos a medida que el avión se alejaba. Si llovía o había niebla, la misión debía cancelarse y deberían buscar el segundo o el tercer objetivo.

—La bomba ha de explotar a la altura adecuada.

—Quinientos metros —repuso el piloto a cargo de la visualización.

Los aviadores tomaban notas en unas pequeñas libretas;

lo hacían para satisfacer a Oppie, porque conocían los detalles.

—No os molestarán con fuego antiaéreo —comunicó el general.

—Estaremos preparados por si esa contingencia surgiese.

Groves torció la boca.

—Tiene razón, piloto, siempre alerta. Sin embargo, las defensas antiaéreas están acostumbradas a disparar sobre un grupo grande de bombarderos, a veces más de cien. No creemos que presten atención a dos o tres aviones volando muy alto. Y volaréis a mayor altura que los bombarderos habituales; no podrían alcanzaros a no ser que tuviesen mucha suerte. Pensarán que sois aviones espías y no dispararán, están ahorrando municiones.

El 6 de agosto de 1945 el fluir del tiempo se detuvo en Hiroshima. Cuando el avión dejó caer la bomba de uranio, el sol se había levantado sobre el puerto. El proyectil metálico se encontraba en caída libre a quinientos metros sobre el puente con forma de T mayúscula cuando una bala hueca de uranio fue disparada contra otra masa de uranio que encajaba en su cavidad de modo perfecto. La masa crítica se formó al instante e inició una reacción en cadena imparable. El uranio se desintegró y explotó como una supernova maligna. Eran las ocho y cuarto de la mañana en Hiroshima.

Los colmillos incandescentes del dragón volador devoraron la ciudad y los relojes nunca llegaron a marcar las ocho y dieciséis minutos. Una millonésima de segundo después de la detonación, la circunferencia del sol artificial era de cuatrocientos pies; no demasiado grande, nada impresionante, pero su infernal temperatura era similar a la de la superficie de las estrellas. La bola de fuego necesitaba expandirse para liberar la tremenda presión a la velocidad de la luz de un pequeño círculo de horror a otro más grande de terror. El tiempo fue testigo contra su voluntad, porque su ejército de segundos quedó paralizado por el miedo. Durante el primer milisegundo, sin un sonido que disparase la alarma o el pánico, la temperatura en la piel de los ciudadanos de Hiroshima alcanzó más de cincuenta grados centígrados. Nadie sabía, ni se podía imaginar, qué estaba pasando. Mientras, la bola silenciosa seguía creciendo a una velocidad de treinta metros por segundo. Cada tres segundos, cubría la distancia de un campo de fútbol, incinerando cuanto encontraba a su paso, ya fuese líquido, sólido o gaseoso. Y cada segundo la esfera adquiría un diámetro mayor. A los treinta segundos de la detonación, el sol artificial, construido en Los Álamos, había cometido un asesinato en masa, y treinta segundos después, el disco de fuego había borrado del mapa miles y miles de metros cuadrados de vecindarios tranquilos e ignorantes.

La onda de choque de la bomba llegó incluso antes que el fuego. Y cuando Hiroshima ardía, el impacto de la explosión había barrido de manera demoledora treinta kilómetros cuadrados de área urbana. Los pocos edificios que resistieron la expansión de la presión física y la avalancha radiactiva fueron reducidos por el fuego a cenizas.

Lejos de la zona cero, un hombre trató de ayudar a una mujer que había quedado atrapada bajo los escombros de su casa. Intentó sacarla de allí cogiéndola de las muñecas, y cuando tiró de ellas, la piel resbaló lentamente sobre la carne, como si fuera un par de guantes finísimos.

Una niña de diez años había salido de casa para visitar a su abuela, que se encontraba enferma. Con la última paga de su pensión, la abuela le había comprado a la nieta un reloj de pulsera, y la niña lo llevaba puesto. A pesar del riesgo de caerse de la bicicleta no podía dejar de mirar la divertida y bonita danza de las agujas. Nunca llegó. La explosión desintegró su cuerpecito. Por una razón difícil de entender, el reloj no fue destruido. Sufrió desperfectos por el fuego y la presión, pero conservó la esfera y las manecillas que marcaban un instante preciso del pasado más reciente.

Las ocho y cuarto.

Muchos otros relojes se detuvieron en la ciudad marcando paralíticamente la misma hora: las ocho y cuarto. Miles de veces en cada hospital, en cada iglesia, en cada escuela. Las ocho y cuarto.

Sobre la ciudad se extendió una nube sobrenatural, como una lápida de mármol blanco, que cubría la masiva fosa común. El fuego radiactivo eliminó incluso el olor de la muerte.

Cuando los pilotos miraron hacia atrás y abajo, después de la explosión solo vieron el humo, no lo que ocurría en la tierra. La muerte había reclamado las vidas de setenta mil de sus hermanos y hermanas antes de que ellos pudieran escuchar el eco lejano de la mayor explosión de la historia.

El rey de las moscas

Aquella noche letal, una noticia se dejó sentir en Los Álamos: «Hiroshima ha sido destruida». El ambiente era de celebración. El esfuerzo de tantos meses viviendo en aquella jaula, el estudio y la experimentación, y la presión del Ejército, que les había impedido el sueño en demasiadas noches habían sido recompensados.

—Funciona —dijo Teller. ¿Quién tenía dudas? Y esto es solo el principio. Para la que ya estamos preparando, la bomba atómica será el detonante.

Oppie organizó un acto para felicitar oficialmente a todo el equipo. Era el maestro de ceremonias y el rey de la fiesta, a punto de autoproclamarse héroe de la nación, así que llegó el primero y les esperó. Y cuando llegaron los demás a la plaza, caminó entre ellos exhibiendo una alegría obscena, estrechando manos, dando abrazos, dando palmadas en los hombros, besos en la cara, en las manos, susurrando felicidades al oído con radiante sonrisa y ojos agradecidos. No contaban los muertos, no importaban las víctimas del terrible acto de agresión para el que no había habido posibilidad alguna de defensa. Él era el campeón y se subió al podio con agilidad. Allí estaba, comportándose como si le hubiesen elegido presidente, las manos entrelazadas detrás de la cabeza, levantando los brazos al aire, haciendo la V triunfal con los dedos de las dos manos, los brazos extendidos sobre sus hombros.

—Mi única lamentación —comenzó y la multitud le interrumpió con un aplauso. Se detuvo e hizo más gestos de victoria y luego les pidió gesticulando con las manos que se calmaran—. Mi sola lamentación —continuó hablando despacio, pronunciando cada sílaba y aumentando el volumen a medida que hablaba— es que no acabé la bomba a tiempo para usarla contra los nazis.

La audiencia, incluyendo los científicos alemanes que se olvidaron de que la bomba habría matado más niños y mujeres que fanáticos nazis, le ovacionó.

—¡Y aún tenemos una bala en la recámara!

Sin embargo, la celebración no era universal. No todos festejaron el triunfo como Oppie. Algunos racionalizaron su participación en aquel terrible proyecto pensando que la bomba atómica era la menos abominable de sus opciones, ya que podría ser que hubiese salvado vidas. Quizá su gran poder de destrucción impondría una *Pax Americana* en el mundo: un periodo de no violencia internacional que duraría décadas. Cuando quisieron culpar a Einstein, este se encogió de hombros: «Solo escribí una carta», fue su respuesta. Bohr no pudo ocultar su tristeza, pero la solución, explicaba, no la tienen los científicos, solo la tienen los políticos, sobre todo quienes deciden al más alto nivel, porque solo ellos pueden conseguir que el mundo no se autodestruya. Eso no obviaba el hecho de que habían sido los científicos, y no los políticos, quienes habían abierto la caja de Pandora nuclear. Otto aceptó después de Hiroshima que su tía, Lisa Meinert, había tenido razón, que el paso tecnológico que iba de la fisión nuclear a la producción de una bomba nunca debió darse. No todo lo que puede hacerse debe hacerse, le había dicho. Era difícil tener el alma tan pura como Lisa y la mente tan clara como para prever las consecuencias como ella había hecho. Chadwick inició los preparativos para regresar a Inglaterra, como le había ordenado Churchill, y lanzar el programa nuclear inglés; él no quería lamentaciones ni remordimientos, sabía que pronto vendría otro Hitler y su país necesitaba estar protegido. Después de Hiroshima, Seth se dedicó a estudiar parapsicología, una materia que nadie creía que mereciese un estudio científico, pero lo que pensaban los demás seguía sin preocuparle. Kisti abandonó Los Álamos para enseñar en Harvard y acabó separándose completamente de los proyectos militares. Serber y Charlotte fueron acusados por el FBI de comunistas y traidores cuando se opusieron a la generación de la bomba de hidrógeno. Teller se dedicó de lleno a construir un artefacto nuclear tan potente que si se usaba destruiría el planeta. Él lo llamaba la Bomba del Juicio Final. Klaus y Hans Bethe se unieron a él. Según le dijeron a Richard Feynman, lo hicieron para demostrar que esa bomba no podía construirse. Von Neumann también apoyó a Teller, aunque se mantuvo como consultor del proyecto que él llamaba Bomba de Destrucción Mutua Asegurada, porque no le gustaba esa tontería del juicio final que había salido de la bocaza de Teller. Lawrence se alió con el grupo de Teller porque pensaba que la ciencia haría de América una fortaleza inexpugnable a la que nadie, ni el más loco de los dictadores fascistas o comunistas, se atrevería a provocar. Y en eso también estaba de acuerdo Fermi, que aceptó la invitación de Teller, aunque regresó a Chicago, la ciudad que su mujer había añorado tanto. Groves firmó un contrato con una compañía privada y pensaba dejar el ejército una vez que se usara la bomba de plutonio.

Recuerdos de Hanford

Era 1945 y llevaba más de dos años allí. Mi mujer había ahorrado algún dinero y cuando vendimos la caravana pensamos que teníamos suficiente para regresar a Mississippi e intentar establecernos allí. Podríamos comprar una casa, mi mujer estaría con sus padres, podíamos planear tener familia. En el grande y oscuro sur las cosas importantes no habían cambiado para mejor: los salarios seguían estando por debajo de un dólar por hora; las casas eran viejas y estaban en malas condiciones; y vivir en nuestro vecindario era más peligroso. Había pocas tiendas, ningún salón de belleza, ningún dispensario médico, y no sabían qué eran las máquinas de discos. Veníamos de una gran capital, moderna, con más de ciento cincuenta mil personas para instalarnos en un pueblo de cinco mil habitantes anclado en el pasado y la miseria. Sin embargo, habíamos tomado la decisión y no íbamos a rendirnos enseguida. Al fin y al cabo, habíamos crecido allí. Encontré un trabajo y alquilamos un apartamento en el mismo complejo donde vivían mis suegros.

Las noticias de la bomba me cogieron por sorpresa. Familiares y amigos decían que la bomba se había hecho en Hanford, que *yo* había hecho la bomba. Y querían saber detalles: ¿cómo es de grande?, ¿cuánto pesa?, ¿es más grande que una casa?, ¿no pasaste miedo? Entonces pensé en los Trajes y el secreto con el que trabajaban. A nosotros nos habían dicho que construían cohetes eléctricos, pero era posible que hubiesen construido la bomba bajo mis mismas narices sin que yo me enterase, yo vivía preocupado de mi trabajo y de mi familia. En el pueblo querían convertirme en un héroe de guerra. Yo solo había matado a más japoneses que toda la Marina de guerra. Les dije que yo construía casas y carreteras y que vivía en una caravana en un sitio con buenos servicios y un buen salario. No me creyeron o no quisieron creerme. Pensaban que protegía un secreto de estado. Entonces explotó la segunda bomba. Y volvieron con más preguntas y con cada una de ellas mi nostalgia de la vida en Hanford aumentaba.

Una noche, después de hacer el amor, sudados y casi asfixiados en una habitación sin ventilador y sin ventanas, decidimos volver al norte. Y así lo hicimos. En Hanford, el ritmo de crecimiento no se había enlentecido. Aún contrataban personal y recibían bien a obreros con experiencia previa y un expediente de buena conducta en el pasado. Si estaban o no construyendo bombas no era asunto nuestro. Cogimos el tren, que esta vez no se desvió hacia Oak Ridge. Cuando llegamos a Hanford, vimos las alambradas y los coches de patrulla blancos sin demasiada preocupación porque sabíamos que esas visiones desaparecerían en cuestión de días, suprimidas por la rutina. En la oficina de empleo, me recibieron bien.

Conseguí un trabajo en el que estaría a cargo de tres obreros, y con un poco más de salario. Mi mujer se quedó embarazada a las semanas de llegar. Cuando estaba de ocho meses, comenzó a convencerme de que su madre sería de gran ayuda después del nacimiento del niño. Teníamos que conseguir una caravana con una habitación más para mis suegros. No parecía que eso fuera a ser difícil. Ella era inmensamente feliz. Tanto como yo.

Una tarde recibimos una visita inesperada. Eran el doctor y la enfermera del hospital. Me preguntaron si podía contestar a unas preguntas y pasar un test. Les invité a entrar. Comenté que las heridas de bala me escocían un poco con los cambios de tiempo y que el resto estaba todo bien. Me pidieron que me echara en la cama. Pasaron el cable rojo por el cuerpo y el cric-cric, suave y constante, salió de la máquina. El ruido era mucho menor que en el pasado. Las preguntas eran las mismas del hospital: dolor de espalda, problemas para orinar, fiebre y esas cosas. Contesté que no a todo. No quise mencionar que tenía dolor en los riñones cuando me acostaba porque ya me había pasado antes cuando trabajaba duro. Aunque ahora, a veces, no me dejaba dormir. Querían hacer un análisis de sangre para estar seguros de que la infección había sido controlada. Les dije que adelante. La enfermera me miró a los ojos mientras salía la sangre. Le pregunté si necesitaban algo más. Pasaron el cable rojo por el tubo de sangre y volvió el cric-cric. Me puse la camisa. Ellos acabaron de recoger y se dirigieron hacia la puerta.

—Nos veremos en el hospital —comentó mi mujer y se ruborizó.

El doctor movió la cabeza.

—¡Olvidaos del hospital, eres oficialmente un superviviente!

Cogí a mi mujer por el hombro mientras ella se sonrojaba.

—Iremos por otros motivos —les informé con alegría.

El doctor no me entendió y la enfermera tuvo que explicarle que mi mujer estaba embarazada.

—¡Felicidades! —exclamó el doctor y extendió la mano hacia mí—. Así que te queda un mes, más o menos. Por favor, cuando vayas al hospital dale este papel a la recepcionista. Te incluirá en un protocolo específico, que incluye visita preferente y trato especial. Y, por supuesto, será gratuito.

Mi mujer se emocionó y comenzó a suspirar. Les di las gracias a los dos, los acompañé a la puerta y salieron a la calle donde la oscuridad se había apoderado de todo.

Cielos de todos los agostos

La ciudad de Kokura tuvo suerte el día 9 de agosto. Un escudo de nubes la salvó porque la tripulación del bombardero no pudo identificar visualmente el objetivo. El avión pasó tres veces sobre la ciudad: la bomba de plutonio lista para ser lanzada, las compuertas abiertas, el lanzador preparado, pero ninguna de las tres veces hubo visibilidad suficiente. El piloto abrió el sobre que contenía el nombre del segundo objetivo, aunque recordaba bien la ciudad. Leyó el nombre en voz alta para el copiloto:

—Nagasaki.

El copiloto abrió su sobre y confirmó el objetivo en voz alta:

—Nagasaki.

Volaron una hora y doce minutos hacia el noroeste. Había nubes sobre Nagasaki, pero la visibilidad era aceptable. El piloto a cargo se puso unas gafas especiales y dejó caer la bomba sobre la ciudad.

En Nagasaki llovió fuego. El infierno cayó sobre escuelas, iglesias, hospitales y parques llenos de niños.

Y Oppie volvió a celebrarlo.

La audiencia entregada coreaba: «¡Presidente, presidente, presidente!».

Mientras tanto, Klaus llevaba a Richard a la estación de tren cerca de Santa Fe. El viento del desierto aullaba por agua. Catorce minutos más tarde llegaron a la estación. Klaus aparcó y salió del coche. El tren para California estaba a punto de partir. Richard había aceptado una posición de profesor en Caltech.

—¿Sabes una cosa, Klaus? —preguntó mientras se estrechaban las manos por última vez—. Oppie no quiso aceptar la verdad.

Klaus pensó que Richard conocía su secreto.

Richard se subió al tren y desde la plataforma le gritó:

—La herencia de Hitler, ¿entiendes?

—No te entiendo.

El tren silbó con fuerza para dar el último aviso.

—Él murió en su búnker, pero nos ha dejado su legado. Gracias a él, a las ocho y cuarto, hora de Hiroshima, se ha iniciado una cuenta atrás que martirizará a nuestros hijos. Otro día te contaré el cuento de la aldea, los bandidos, el cazador y el tigre...

El tren se alejó de Los Álamos mientras Klaus decía adiós en la estación. Richard se sentó frente a una madre y su hija de cuatro o cinco años. Cerró los ojos y con el traqueteo del tren se quedó dormido. Su deseo de escapar del presente le llevó a soñar con una novela de H. G. Wells. Al poco, un pitido de la máquina le despertó. Cuando abrió los ojos vio que la niña, como si hubiera escapado de su sueño, estaba cerca de él ofreciéndole suna flor casi marchita.

Richard la aceptó y sonrió. En la novela de Wells, la flor que trajo el viajero del futuro representaba la esperanza para una humanidad camino de enfrentarse a un futuro desolador.

Agradecimientos

Sin Cande esta novela, o la vida, no merecería la pena. Joan e Irene soportaron lecturas y aportaron ideas. Rafael guarda y viaja con mis libros. Agradezco a Rolando Frediani haberme regalado *Oppenheimer*, de Goodchild. Ramiro Andorrà y Merche González leyeron la novela y me hicieron comentarios que agradezco en lo que valen. Chema Soler pensó que esta novela sería un «bombazo». Silvia Bastos mantiene viva la llama de esta antorcha. Clara Rasero mostró un conocimiento profundo de la novela y un fuerte entusiasmo por su publicación, a ella se debe el título final. Aunque es un relato de ficción, el texto se basa en la información recogida en más de cincuenta libros sobre los personajes. De todos estos estudios, han tenido una influencia destacable aquellos escritos por Richard Rhodes y Leslie Groves, y las biografías de Oppenheimer escritas por Kai Bird y Martin J. Sherwin, Ray Monk, Gregg Herken y Alice Kimball.